Vanessa Fuhrmann

HOPE FULL OF Tears

D1724713

VANESSA FUHRMANN, Jahrgang 1996, lebt mit ihrer kleinen Familie in der Fränkischen Schweiz in Oberfranken. Sie hat ihr Herz bereits mit sieben Jahren an Buchstaben und Wörter verloren. Am liebsten schreibt sie Liebesromane, hat aber auch einen Hang zu Schicksalsschlägen und Dramatik. Neben dem Schreiben zeichnet Vanessa mit Bleistift, Kohle und Pastellkreide.

 vanessa.fuhrmann.autorin

Vanessa Fuhrmann

HOPE
FULL OF
tears

ROMAN

VAJONA

Dieser Artikel ist auch als E-Book erschienen.

Hope Full of Tears

Copyright
© 2024 VAJONA Verlag
Alle Rechte vorbehalten.
info@vajona.de

Drukarnia Bernardinum
ul. Biskupa Dominika 11
83-130 Pelplin
Printed in Poland

Gemeinsam mit unseren Partnern und Lieferanten setzt sich der VAJONA Verlag für eine klimaneutrale Buchproduktion ein.

Lektorat: Désirée Kläschen
Korrektorat: Madeleine Seifert
Umschlaggestaltung: Julia Gröchel,
unter Verwendung von Motiven von Pexels
Satz: VAJONA Verlag, Oelsnitz

ISBN: 978-3987180279
VAJONA Verlag

Wir haben die weißen Männer nicht darum gebeten, hierherzukommen.
Der *Große Geist* hat uns dieses Land als Heimat gegeben.
Ihr hattet immer eure eigene.
– citalische Weisheit

Für alle, die indigene Wurzeln in sich tragen – im *Blute* oder im Herzen.

Und für Manuela – die *Navajo* in meiner Familie.

Vorwort

Diese Geschichte und die gesamte Reihe handeln von einem fiktiven Stamm der Native Americans. Es geht darum, die Kulturen und Traditionen wertzuschätzen, nicht um die Reproduktion von Stereotypen und Rassismus.

Playlist

Vangelis – *Conquest Of Paradise*
White Lion – *When The Children Cry*
Five Finger Death Punch – *AfterLife*
Marc Streitenfeld – *Charge*
Coldplay – *Paradise*
Marcus Warner – *Africa*
Two Steps From Hell – *Flight Of The Silverbird*
Thirty Seconds To Mars – *Kings & Queens*
AFI – *The Leaving Song*
James Horner – *Listen To The Wind*
Scorpions – *Send Me An Angel*
Trevor Jones – *Promentory*
Marcus Warner – *Friendship Is Magic*
Belinda Carlisle – *Heaven Is A Place On Earth*
RyanDan – *Tears Of An Angel*
Bryan Adams – *Sound The Bugle*
AFI – *Tied Of A Tie*
John Barry – *Fire Dance*
a-ha – *Lifelines*
Michael Jackson – *Earth Song*
Joanne Shenandoah – *Dance of The North*
Imagine Dragons – *Warriors*
Peter Jeremias – *Battle For Honor*
Blue Öyster Cult – *(Don't Fear) The Reaper*
Hans Zimmer – *Run Free*
Audiomachine – *Ice Of Phoenix*
Bryan Adams – *Brother Under The Sun*
Bryan Adams – *Nothing I've Ever Known*

Part I

An den Spuren, die wir hinterlassen,
werden wir für immer erkannt
werden.
Teile von uns werden so immer auf
Mutter Erde wandeln.

– citalische Weisheit

KAPITEL 1

Zakima

Die Welt ist voll von Gold. Sie funkelt in ihren schönsten Farben. Der Wald ist in ein glänzendes Licht getaucht, und wenn ich meine Augen schließe, dann höre ich die Vögel singen. Ich bin mir sicher, dass es ein Lied der Freude ist. Freude darüber, dass der Frühling nun endlich wieder Einzug in den Zion-Nationalpark erhält. Auch ich bin froh darüber, dass der triste Winter nun endgültig verschwindet, denn es ist schön, zu sehen, wie die Natur Stück für Stück erwacht.

»*Itéta!*«, erklingt die Stimme meines Vaters neben mir.

Ich wende mich ihm zu.

»Guten Morgen, Vater«, begrüße ich ihn mit einem Nicken.

Auf seinen Lippen bildet sich ein Lächeln. »Die Jagd wird heute ein großes Ereignis werden«, offenbart er.

Augenblicklich kribbelt mein gesamter Körper, vom Kopf bis in die Zehenspitzen. Obwohl ich meinen Vater bereits von Kindesbeinen an auf die Jagdausflüge des Stammes begleite, bereitet mir der Gedanke daran jedes Mal aufs Neue Aufregung und Nervenkitzel. Die Jagd ist wichtig. Zwar züchten wir Rinder und Schafe unweit unseres Dorfes, dennoch hat das Wild eine andere Bedeutung für uns. Es verbindet die *Citali* noch enger mit der Natur. Mit jedem Hirsch, der für uns fällt, zeigen wir dem *Großen Geist* unsere Ehrerbietung.

»Meine Pfeile sind alle spitz. Ich bin bereit«, verkünde ich schon beinahe feierlich.

Das Lächeln im Gesicht meines Vaters Ahusaka will nicht verschwinden. Es ist, als würden ihm noch andere Worte fest auf den Lippen liegen.

»Was ist los?«, frage ich nach.

»Es wird ein großes Ereignis, weil ich heute nicht mit dabei bin«, erklärt der *Athánchan*.

Automatisch lege ich meine Stirn in Falten. »Wer führt die Jagd dann an?«

»Natürlich du, Sakima.«

Es fühlt sich an, als würde ein kräftiger Windstoß über mich hinwegfegen. Das Singen der Vögel klingt mit einem Mal nach Schadenfreude und das Gold des Himmels verliert seinen Zauber und wirkt stumpf.

»Aber …« Ich bringe keinen vollständigen Satz zustande.

Ahusakas Augen bohren sich tief in meine. »Du wirst eines Tages Häuptling werden, Sakima. Die Jagd anzuführen, wird dann eine deiner Pflichten sein. Ich möchte, dass du gut vorbereitet bist. Und das bist du nur, wenn du mich ab und an vertrittst. Nur so werden die Männer frühzeitig Respekt vor dir haben und dich als zukünftigen *Athánchan* akzeptieren.«

Egal wie gern ich ablehnen möchte – die Worte meines Vaters leuchten mir ein. Außerdem wäre Widerspruch zwecklos. Es ist meine Bürde, eines Tages Häuptling der *Citali* zu werden. Diese Last wurde mir bereits als Säugling auferlegt, ich bin damit aufgewachsen. Nur ahnt niemand, welch große Versagensängste in mir schlummern. Die negativen Gedanken lassen mich nicht los. Was wäre, wenn die Jagd erfolglos bleibt? Ein unangenehmes

Ziehen breitet sich in meinem Bauchraum aus. Doch ich weiß, dass ich es tun muss. Eine andere Wahl gibt es nicht.

»Ich werde dich nicht enttäuschen«, sage ich zu meinem Vater.

Dieser nickt. »Etwas anderes würde ich von meinem Sohn auch nicht erwarten. Du bist so weit, Sakima. Sonst hätte ich den heutigen Tag nicht ausgewählt.«

»*Tá*«, erwidere ich schlicht. Weitere Worte fallen mir nicht mehr ein.

»Dann lass uns zurück ins Dorf gehen. Schare die Männer um dich und ziehe los. Die Morgenstunden eignen sich sehr gut für eine erfolgreiche Jagd.«

Auch hier hat Ahusaka recht. Natürlich. Er ist schließlich der Häuptling. Gleichzeitig aber auch mein Vater. Wobei er mir viel häufiger als Ersterer begegnet.

Nebeneinander laufen wir über die vom Morgentau noch feuchte Wiese. Unser Dorf liegt unweit des Waldrandes, verborgen vor den Blicken neugieriger Menschen aus der Außenwelt. Es ist ein wohlgehütetes Geheimnis, dass wir *Citali* hier noch so leben, wie es einst unsere Vorfahren taten. Und dieses Leben liebe und schätze ich. Deswegen sammle ich all meine Kraft, rufe mir positive Gedanken ins Gedächtnis und schicke ein stummes Gebet hinauf zum *Großen Geist*. Er wird helfen, dass die Jagd ein Erfolg wird und ich nicht versage.

»Bis zur Mittagssonne, Sakima«, verabschiedet sich mein Vater schließlich von mir. Unsere Wege trennen sich. Er kehrt zum Tipi zurück, während ich in der Mitte des Dorfes die Männer um mich versammle. Zum Glück sind schon fast alle da und ich muss keinen Aufruf mehr starten.

Dennoch fühlt es sich seltsam an. Alle Blicke ruhen auf mir. Sie warten auf Anweisungen, Befehle. Niemand von ihnen würde zögern, mir Folge zu leisten. Dabei bin ich doch nur Sakima.

Manche der Männer kenne ich von Kindesbeinen an und bin mit ihnen aufgewachsen. Andere sind bereits deutlich älter als ich. Ich fühle mich nicht als Autoritätsperson. Diese Ausstrahlung ist doch nur meinem Vater vorbehalten.

»Nun gut, sind alle da?«, rufe ich in die Runde.

Es kostet mich Überwindung, meine Stimme zu erheben. Doch nach außen ist meine Unsicherheit nicht sichtbar. Schon immer habe ich es gut geschafft, sie zu überspielen. Die *Citali* sollen nur den starken Sohn des *Athánchan* sehen. Keinen jungen Mann, der Angst hat zu versagen.

»*Ná*, wir fehlen noch«, ertönt plötzlich Sunwais Stimme.

Meine Schwester eilt Hand in Hand mit ihrem Außenweltler Johnny heran. Ich verziehe kurz das Gesicht, ehe ich die Fassung wiederfinde. Inzwischen habe ich akzeptiert, dass Johnny ein Teil des Stammes ist. Dennoch finde ich es unangebracht, dass beide öffentlich Händchen halten und sich verliebte Blicke zuwerfen. Es missfällt mir, dass sie jeden Tag gegen die Traditionen verstoßen, indem sie nicht den Bund der Ehe eingehen. Doch unser Vater gewährt meiner Schwester in diesem Punkt Narrenfreiheit. Nur aus dem Grund, weil Johnny nicht von hier ist und sich an die Gesetze der *Citali* erst gewöhnen müsse. Meines Erachtens ist er nun schon so lange Mitglied des Stammes, dass er bereit für die Ehe sein sollte. Nur habe ich hier noch nicht mitzubestimmen. Außerdem freue ich mich ja auch mit Sunwai. Sie ist so glücklich, seitdem sie mit dem Außenweltler zusammen ist. Und Johnny ist nett. Er hat sich gut in den Stamm eingefunden, auch wenn ich anfangs die Befürchtung hatte, er könnte die *Citali* an die Außenwelt verraten. Doch das hat er niemals getan. Im Gegenteil, er zeigt sich stets loyal zu den *Citali*. Trotzdem sollte Sunwai die Traditionen höher halten. Ich bin stolz, dass ich meinen Vorvätern jeden Tag Ehre erweisen kann, indem ich mich an ihre alten Vorschriften halte. Zwar ist die Bürde als Sohn des Häuptlings schwer, aber dennoch ist es ein Privileg, so zu leben.

Laut räuspere ich mich, um das Gewirr der Stimmen zu übertönen:»Nun, lasst uns aufbrechen. Der Morgen ist schon fortgeschritten und wir möchten die beste Zeit, um Wild zu erlegen, nicht verstreichen lassen.«

Es imponiert mir, wie schnell Stille und Ordnung einkehren. Die Männer des Stammes nicken und laufen mit mir bis zur Weide. Nachdem sich jeder von uns auf einem Pferderücken befindet, verlassen wir bewaffnet das Dorf.

Inzwischen hat sich der Tau auf den Wiesen weitestgehend verflüchtigt. Die Sonne streckt ihre Strahlen aus und versucht, die Welt in eine warme Decke zu hüllen.

Takoda, mein bester Freund, und Paco, ein junger, starker Krieger des Stammes, reiten an der Spitze. Ich halte mich im Hintergrund und bilde das Schlusslicht.

»*Itéta Kadó*, dein Blick vorhin hat Bände gesprochen«, meint Sunwai. Mir ist nicht aufgefallen, dass Anoki direkt neben Devaki, meiner schwarzen Stute, hergeht.

»Für dich bin ich heute nicht dein Bruderherz, sondern der vertretende Häuptling, *túlá Enás*.« Ich muss mich anstrengen, um mein Schmunzeln zu verbergen.

Sunwai zieht einen Schmollmund. Sie mag es nicht, wenn ich sie als ›kleine Schwester‹ bezeichne. Was im Grunde genommen ja auch falsch ist. Sie ist älter als ich, doch ich genieße es, sie damit aufzuziehen.

»Du lenkst vom Thema ab«, protestiert sie und wirft ihr dunkles Haar zurück. »Ich habe Augen wie ein Adler.«

Mir entweicht ein tiefes Seufzen. »Meiner Meinung nach sollten Johnny und du euch mit Liebesbekundungen bis zu einer offiziellen Vermählung etwas zurückhalten. Zumindest wenn ihr nicht unter euch seid.«

Jetzt verzieht Sunwai ihre Lippen zu einem breiten Grinsen. »Weißt du, wenn man verliebt ist, zeigt man seine Liebe eben gern. Johnny und ich stehen zueinander. Unsere Gefühle möchte ich nie wieder verstecken.«

Das klingt nachvollziehbar. Ich lasse meinen Blick in die Ferne gleiten, auf die Männer vor mir, die alle meinen Befehlen Folge leisten würden.

»Kann es sein, dass du eifersüchtig bist?«

Sunwais Frage kommt unerwartet und trifft mich wie eine Pfeilspitze.

»Vielleicht«, gebe ich zu. »Sunwai, du spürst die Bürde nicht, die ich trage. Vater zieht mich immer mehr in die Verantwortung als Häuptling. Nicht umsonst ist er heute nicht dabei. Wenn ich eines Tages seine Rolle übernehme, dann möchte ich wenigstens nicht allein sein, sondern eine Frau an meiner Seite wissen, die mich jederzeit unterstützt. So wie Mutter das bei Vater tut.«

Verständnis blitzt in Sunwais Augen auf.

»Das verstehe ich. Niemals möchte ich mit dir tauschen, Sakima. Aber ich bin mir sicher, dass du die richtige Frau kennenlernst. Du musst nur dem *Großen Geist* vertrauen.«

»Werde ich«, verspreche ich meiner Schwester, ehe wir von Johnny unterbrochen werden, der sich auf seinem Pferd bis zu uns zurückfallen lassen hat.

»Da hinten ist eine Herde Rehe!«, verkündet er und weist in die Ferne.

Augenblicklich treibe ich Devaki an und schließe zu Takoda und Paco auf.

Und wirklich – versteckt zwischen den Bäumen des Waldes entdecke ich sie. Es sind vier weibliche Tiere, sie haben uns noch nicht bemerkt.

Mit einer Handbewegung gebe ich den Männern zu verstehen, dass sie anhalten sollen. Auch ich bringe Devaki dazu, stehen zu bleiben. Dann rutsche ich von seinem Rücken. Vorsichtig, weil ich auf dem Grund des Waldbodens kein Geräusch verursachen möchte. Die Rehe könnten aufschrecken, was ich unbedingt vermeiden möchte. So schnell auf Beute zu stoßen, kommt nicht häufig vor. Wir haben großes Glück.

Nun kommt alles auf die Stille an – keiner der Männer darf einen Laut von sich geben.

Gemeinsam schleichen wir uns weiter in die Nähe der Tiere. Ich achte darauf, auf keinen Ast zu treten. Leichtfüßigkeit ist hier gefragt. Eine Eigenschaft, die jeder *Citali* im Blut zu haben scheint. Das ist eines der kostbaren Güter unserer Vorväter und sichert unser Überleben.

Mittlerweile schafft es sogar Johnny, sich flink und gleichzeitig leise zu bewegen. Eine Tatsache, die ich ihm hoch anrechne. Nur mit den Waffen geht er noch nicht so sicher um wie die anderen Männer des Stammes. Etwas, das ich schon als kleiner Junge gelernt habe. Schon früh war mir klar, dass Pfeil und Bogen mich ausgewählt haben. Sie sind ein Teil von mir. Und so fühlen sich der Köcher auf meinem Rücken und der handgefertigte Bogen über meiner Schulter nicht wie Fremdkörper an. Das Gewicht merke ich kaum.

Inzwischen sind wir nah genug an die Rehe herangeschlichen. Im Schutze eines Gebüsches, das uns von der Herde trennt, legt Takoda seinen Bogen an. Er spannt ihn, dann surrt der Pfeil durch die Luft – und trifft. Nur einen Bruchteil eines Wimpernschlages später hat auch Paco seinen Pfeil auf die Reise geschickt. Kein bisschen zu spät. Nachdem das zweite Reh fällt, haben die beiden anderen die Flucht ergriffen. Doch zwei Tiere erlegt zu haben, ist gut. Es ist ein Erfolg. Stolz schwillt meine Brust an.

»Gut gemacht, Männer«, lobe ich.

Als ich mich umsehe, blicke ich nur in zufriedene Gesichter.

Die nächste Aufgabe steht nun ganz allein mir zu: dem Häuptling. Oder eben seinem Vertreter.

Wir nähern uns den gefallenen Rehen. Andächtig stellen sich die Männer und Sunwai um die Tiere herum auf. Stille senkt sich über den Wald. Als würden sogar die Vögel um den Verlust dieser zwei Seelen trauern.

Tief atme ich durch, fühle mich bereit dazu, laut das Dankesgebet an den *Großen Geist* zu richten. Ich öffne meine Lippen und beginne: »*Großer Geist*, zwei Leben haben wir dir genommen, doch nicht grundlos sind diese beiden Rehe dahingeschieden. Die *Citali* danken dir für deine Gaben, um zu überleben. Wir …«

Auf einmal stocke ich. Mein Herz klopft augenblicklich schneller und Wärme schießt in meine Wangen. Alle Ohren sind nur auf mich gerichtet und ich stammle.

»Wir … wir … Die Rehe, sie …« Kein passendes Wort will mehr meine Lippen verlassen. Es ist mir unangenehm, dass ich Schwäche zeige. Dem *Athánchan* wäre das nicht passiert. Nur mir. Dabei strenge ich mich doch so sehr an.

»Wir bedanken uns für diese Kreaturen und legen ihren Geist in deine schützenden Hände. Auf dass wir nie mehr von der Natur nehmen, als *Mutter Erde* uns zu geben bereit ist«, schaffe ich es schließlich, fortzufahren. Mehr bringe ich nicht heraus.

Niemand spricht mich auf mein misslungenes Gebet an. Sie alle bewahren Anstand. Paco und ein paar andere Männer laden die Rehe auf Pferde. Danach treten wir den Heimweg ins Dorf an.

Während Paco sich feiern lässt, hält sich Takoda im Hintergrund. Mein bester Freund ist noch nie jemand gewesen, der sich gern in den Mittelpunkt drängt. Trotzdem kommt er mir heute stiller vor als sonst.

Schnell treibe ich Devaki an und schließe zu ihm auf.

»Ich bin sehr stolz auf dich«, lobe ich ihn. »Du hast das Reh perfekt getroffen!«

»*È Radó*«, bedankt sich Takoda, verfällt dann aber in Schweigen.

»Du wirkst heute sehr nachdenklich«, bricht es aus mir heraus.

»Ist das so?« Takoda sieht kurz zu mir, doch sein Gesichtsausdruck verrät mir nicht, was er in diesem Augenblick wohl denkt.

»Liegt es an der Heirat mit Ajana?«, will ich wissen.

Mein bester Freund ist seit Beginn des Winters einer der schönsten Frauen im Dorf versprochen. Ajana. Sie selbst schwärmt schon sehr lange für Takoda. Die Blicke, die sie ihm stets zuwirft, sind mehr als offensichtlich. Deswegen hat es mich gefreut, als Takodas und Ajanas Familien die Heirat arrangiert haben. Dennoch sieht mein bester Freund gerade ganz und gar nicht glücklich darüber aus. Dabei soll die Zeremonie bereits zur Mitte des Frühlings stattfinden.

»Mir kannst du es sagen. Ich bin dein bester Freund.«

»Das weiß ich. Allerdings ist alles in Ordnung. Mir geht es gut und auf die Eheschließung freue ich mich«, antwortet Takoda. Er bemüht sich um ein Lächeln, doch in meinen Augen sieht es nicht echt aus. Dennoch erwidere ich nichts. Takoda muss sich mir von sich aus öffnen, wenn er das möchte. Unsere jahrelange Freundschaft basiert auf Vertrauen und Ehrlichkeit. Wenn einer von uns sich dem anderen nicht anvertrauen möchte, dann akzeptiere ich das.

Schweigend reiten wir weiter, bis sich der Wald lichtet und das Dorf in Sicht kommt.

Nun spüre ich das aufgeregte Kribbeln wieder. Was wird mein Vater nur für Augen machen, wenn er die erlegte Beute sieht?

Wir bringen die Beute zur Mitte des Dorfes. Die Bewohner warten bereits auf uns, jubeln uns zu oder schicken Dankesgebete hinauf zum *Großen Geist.* Die Stimmung ist ausgelassen und schließlich entdecke ich auch Ahusaka, der auf uns zukommt.

Ich rutsche von Devakis Rücken.

»Gut gemacht, mein Sohn«, lobt mich der *Athánchan* .

Stolz keimt erneut in meiner Brust auf. »Danke, Vater. Wir hatten Glück. Der *Große Geist* hat uns heute einen erfolgreichen Jagdzug beschert.« Dann senke ich meine Stimme, sodass nur er mich hören kann: »Nur beim Gebet bin ich ins Straucheln geraten. Auf einmal sind mir keine passenden Wörter mehr eingefallen.«

Die Lippen meines Vaters heben sich und ein kleines Lächeln erscheint. »Mein lieber Sakima, das ist normal. Auch ich habe in meiner Anfangszeit als Häuptling viele Fehler gemacht. Es sind die Erfahrungen durch Fehler, die uns wachsen lassen. Nur so werden wir weise. Sieh dir Mingan an – auch er war einmal ein junger Mann, weit entfernt von dem Medizinmann, der er heute ist. Doch der Lauf der Zeit hat ihn wachsen lassen. Jeder einzelne Mondzyklus. So wird es bei dir ebenfalls sein.«

Ahusakas Worte kommen mir in diesem Augenblick so weise vor, dass ich ihn direkt mit Mingan vergleiche und mich danebenstelle. Mich, den jungen Krieger, dem eine Bürde auferlegt worden ist, die er sich nie aussuchen durfte. Und doch machen mir seine Worte Mut.

»Danke, Vater. Ich hoffe, dass ich eines Tages dein würdiger Nachfolger sein werde.«

»Und ob du das wirst. So, jetzt kümmern wir uns erst einmal um die Verarbeitung des Wilds. Heute Abend wird es in allen Familien hier im Dorf frisches Fleisch geben, was nur dein Verdienst ist.«

Nein, sage ich mir im Stillen. Es ist nicht nur meiner. Ohne die Männer an meiner Seite hätte ich es kaum geschafft.

»Ich möchte noch kurz mit Takoda sprechen. Er bringt die Pferde zurück zur Herde und … Ich habe das Gefühl, er sollte gerade nicht allein sein.«

Der *Athánchan* nickt.

»*Tá.* Geh zu deinem Freund. Es ist wichtig, als Häuptling stets den Blick auf die Bedürfnisse der Stammesmitglieder zu richten.«

Das lasse ich mir nicht zweimal sagen.

Takoda finde ich zum Glück noch bei den Pferden vor. Er streicht seinem Hengst gerade gedankenverloren über das Fell und scheint tief in seiner eigenen Welt versunken zu sein.

»Hier bist du!«, rufe ich aus.

Takoda zuckt kurz zusammen. Sicher habe ich ihn aus seinen Gedanken gerissen.

»Solltest du als zukünftiger Häuptling nicht bei den anderen Dorfbewohnern sein?«, fragt er mich.

Entschieden schüttle ich den Kopf. »Nein. Manchmal sind andere Dinge wichtiger. So wie du. Warum versinkst du nur so in Einsamkeit? Es ist, als hätte dich der Winter verändert.«

Takoda senkt seinen Blick. »Ist es falsch, manchmal nur für sich sein zu wollen?«

»*Ná.* Natürlich nicht«, räume ich ein. »Möchtest du aber heute bei Sonnenuntergang mit meiner Familie essen? Es wäre sicher schön.«

»Du brauchst mich nicht zu dir einzuladen. Ich habe doch meine Eltern und meinen kleinen Bruder um mich.« Takoda lacht.

Zum ersten Mal heute lacht er voller Ehrlichkeit.

Erleichterung durchflutet mich. Vielleicht sind seine Worte wahr und bei ihm ist wirklich alles in Ordnung und ich mache mir nur zu sehr Gedanken.

»Gut«, sage ich schlicht. »Sehen wir uns dann morgen?«

»Bestimmt«, verspricht Takoda und ich glaube ihm.

KAPITEL 2

Sakima

Lange währt mein Glaube nicht. Oder spielen meine Gedanken ein falsches Spiel mit mir?

Am Abend treibt mich die Unruhe hinaus aus dem Tipi. Die Stille der Nacht hüllt mich ein, zusammen mit einer Decke aus Sternen.

Ich erinnere mich an die Nächte, in denen Sunwai neben mir saß. Wir haben zusammen den Himmel betrachtet, doch jetzt bin ich allein. Sie verbringt ihre Abende lieber mit Johnny. Ein kurzer Stich trifft mich. Manchmal vermisse ich diese Momente mit meiner Schwester. Sie sind seltener geworden. Meist sind wir inzwischen zu dritt, weil Johnny immer dabei ist. Was ich respektiere, denn er ist ein guter Freund geworden. Dennoch ist dieser kurze Stich in meine Brust mit einem Mal da, ehe er wieder verschwindet und für Takoda Platz macht.

Seine gedankenverlorenen Blicke haben sich tief in meinen Kopf gebohrt. Schon seit dem Winter. In dieser Zeit des Jahres rutscht Takoda regelmäßig in traurige Stimmungen ab. Er mag die strengen Winter im Zion-Nationalpark einfach nicht. Etwas, das ich ihm nicht verübeln kann. Mir sind die wärmeren Zeiten des Jahres auch deutlich lieber. Doch jetzt, obwohl der Frühling endlich da ist und das Licht der Sonne *Mutter Natur* Lebenskraft spendet, hat sich Takodas Stimmung noch nicht gewandelt. Bald wird er verheiratet sein. Ein freudiges Ereignis. Takodas Familie ist auch stets liebevoll im Umgang mit ihren Kindern, weswegen mir kein Grund einfällt, warum Takoda traurig sein sollte.

Mir entfährt ein tiefes Seufzen, als ich hinter mir ein Rascheln vernehme. Die Bisonhaut am Eingang des Tipis wird zurückgeschlagen und mein Vater Ahusaka kommt heraus.

»Darf ich mich zu dir setzen?«, möchte er wissen.

»Natürlich.« Ich rutsche im Schneidersitz ein Stück nach rechts, sodass mein Vater neben mir auf dem erdigen Boden Platz nehmen kann.

»Wie fühlt es sich als Häuptling an, mein Sohn?«, fragt mich der *Athánchan*.

»Merkwürdig. Aber ich habe heute mein Bestes gegeben. Dennoch war ich froh, als du im Dorf wieder die Führung übernommen hast.«

Der *Citali*-Häuptling lacht laut auf. »Eines Tages werde ich nicht mehr die Führung übernehmen. Dann bist du für den Stamm verantwortlich. Aber glaub mir, ich bin bereits jetzt sehr stolz auf dich.«

Wieder spüre ich aufkeimenden Stolz in meiner Brust. Es kommt nicht oft vor, dass der strenge Häuptling seine Gefühle so offen zeigt. Doch der heutige Tag scheint sein Herz erweicht zu haben.

»Danke.«

»Morgen wirst du den Handel mit den Außenweltlern übernehmen. Das ist der nächste wichtige Schritt. So kannst du am besten lernen.«

Wild flattert das Herz in meiner Brust und ich denke an Takoda. »Vater, normalerweise bitte ich dich selten um etwas.«

»Richtig. Deine Schwester ist diejenige, die mit mehr Angelegenheiten zu mir kommt, mir aber dafür auch mehr Sorgen bereitet hat.«

Ahusaka schmunzelt und ich ahne, dass er an die rebellische Sunwai zurückdenkt, die sich vor Sonnenaufgang aus dem Dorf geschlichen hat, um ihren Pflichten zu entkommen. Ich mache das niemals. Nie. All meine Prinzipien würden sonst fallen. Doch ein Gefühl sagt mir, dass ich meinen Vater jetzt fragen muss. Nur so kann ich mich wie ein Freund um Takoda kümmern.

»Ich möchte mir gern ein paar Tage freinehmen«, eröffne ich. »Takoda braucht mich. Er … er ist anders geworden. Als hätte die Kälte des Winters ihn verändert. Aufmunterung tut ihm sicher gut. Wäre das in Ordnung?«

Die Augen meines Vaters gleiten über mein Gesicht. Sein nun wieder ernster Blick hat mir bereits als Kind Respekt eingeflößt. Allerdings nie im negativen Sinne. Alles, was mein Vater entscheidet, ist stets zum Guten gewesen. Deswegen würde ich mich nie einer seiner Anweisungen widersetzen.

»Natürlich«, antwortet mein Vater. »Die Verhandlungen kann ich auch selbst durchführen und wir haben genug Männer im Dorf, die mitkommen können. Takoda und du werdet nicht fehlen. Was wäre ich auch für ein Häuptling, dir so etwas zu verwehren? Du sorgst dich um die Mitglieder des Stammes, und das ist gut so. Es wird dich viel lehren, dich um deinen besten Freund und dessen Bedürfnisse zu kümmern.«

Ich lächle. »Danke, *Ité*. Magst du mir nun etwas über unsere Vorväter in den ewigen Jagdgründen erzählen? Ich wüsste gern mehr über Großvater. Wie ist er als Häuptling gewesen? Habe ich auch Wesenszüge, die dich an ihn erinnern?«

Meine Fragen zaubern erneut ein Lächeln auf die Lippen meines Vaters. Er wendet seinen Blick gen Himmel und deutet hinauf zu den Sternen.

»Jeder einzelne Stern erzählt dir eine Geschichte über unsere Vorväter. Jeder ein anderes Abenteuer.«

Dann beginnt er, die meines Großvaters aufzuzählen.

Es kommt nicht oft vor, dass ich vor dem Sonnenaufgang wach bin. Das ist meist dann doch Sunwais Eigenschaft gewesen. Doch ich bin aufgeregt und möchte unbedingt Takoda von meiner spontanen Idee erzählen.

Noch vor dem morgendlichen gemeinsamen Essen, verlasse ich das Tipi und laufe bis zu dem Zelt, in dem Takoda mit seiner Familie lebt.

Takoda sitzt vor dem Zelt und schlürft gerade einen Brei aus Getreide und Wasser zum Frühstück. Ich habe Glück, denn wecken wollte ich keinen.

»*Haulá,* Takoda«, begrüße ich meinen besten Freund, der überrascht von seiner hölzernen Schale aufsieht.

»Ist es nicht recht früh am Morgen?«

»Schon, aber ich möchte dich etwas fragen. Die nächsten Tage bin ich von meinen Pflichten als Häuptling befreit und möchte mit dir gern einen Ausflug machen. Du sollst auf andere Gedanken kommen, und was eignet sich da besser als ein Ritt zum Checkerboard Mesa?«

»Nur wir beide?«, hackt Takoda nach.

Ich nicke. »Und unsere Pferde natürlich. Wir könnten dort ein paar Tage bleiben. Einfach die Zeit als Freunde genießen, ohne von den Pflichten des Stammes verfolgt zu werden.«

Fragend wandert mein Blick über das Gesicht meines besten Freundes, dessen Mundwinkel zucken und sich schließlich zu einem Lächeln verziehen.

»Klingt sehr gut. Eine tolle Idee! Ich bin schon lange nicht mehr richtig aus dem Dorf herausgekommen«, antwortet Takoda. Die Begeisterung in seiner Stimme klingt diesmal aufrichtig und ehrlich und mein Herz macht vor Glück einen Satz.

»Und ich hatte schon Angst, dass mein Vorschlag zu überraschend kommt. Normalerweise plane ich eine solche Reise nicht kurzfristig.«

»Sakima, mir kommt das sehr gelegen. Außerdem mag ich es, wenn nicht alles nach Plan bei dir abläuft.«

»Dann würde es dich auch nicht stören, wenn wir sofort aufbrechen?«, frage ich.

Er schüttelt den Kopf. »Sobald ich mit meinem Essen fertig bin, kann ich packen. Treffen wir uns dann bei den Pferden?«

Ich nicke. »*Tá*. Ich lade uns ein kleines Tipi für unterwegs mit auf.«

»Ich bin schon so lange nicht mehr am Checkerboard Mesa gewesen«, seufzt Takoda, als das Dorf hinter uns verschwindet und wir uns mit unseren beladenen Pferden den Weg durch den Wald hindurchbahnen. Das Wetter ist ebenso schön wie gestern, weswegen der Ritt nicht weiter anstrengend werden sollte.

»Der höchste Berg im ganzen Zion-Nationalpark«, stoße ich aus.

Takoda nickt und lenkt seinen Hengst um einen Baum herum. »Wie muss es wohl früher gewesen sein, als unsere Vorväter noch als Nomaden durchs Land gezogen sind ...«

»Sie haben sicher tolle Orte gesehen«, antworte ich. »Vater hat mir gestern von meinem Großvater erzählt. Auch er war ein guter und weiser Häuptling.«

»Und dennoch kannte er diese Freiheit nicht, die damals unter den Stämmen der Native Americans herrschte«, unterbricht mich Takoda sachlich.

Inzwischen haben wir auch den Wald hinter uns gelassen und reiten am Ufer des Virgin Rivers entlang. Das Wasser plätschert sanft und einladend vor sich hin, während die Sonne es in ein glitzerndes Licht taucht. Wie gewohnt halten wir uns von den üblichen Touristenpfaden fern. Die oberste Regel der *Citali* ist es, unser Geheimnis zu wahren. Nur so können wir noch einigermaßen frei sein – auch wenn es mit der Freiheit unserer Vorväter nicht zu vergleichen ist.

»Ich wäre gern früher geboren worden und in der damaligen Welt aufgewachsen.« Mein bester Freund gerät ins Schwärmen. »Es muss wunderschön gewesen sein, als die Außenweltler noch nicht das Land besetzt haben. Vor den Kämpfen und Kriegen. Noch nie habe ich verstanden, weshalb die *Îs Môhálo* nicht einfach in ihren eigenen Ländern geblieben sind. Dort hatten sie doch auch mehr als genug Platz. *Ná*, sie haben unsere Natur erobern müssen. Nur dank ihnen sind die Büffel fast vollständig ausgerottet. Sie vernichten die Natur, es ist nur noch eine Frage der Zeit, bis sie *Mutter Erde* voll und ganz zerstören.« Takoda redet sich in Rage. Ich verstehe seine Worte nur zu gut.

»Dennoch haben wir es besser als die anderen Native Americans, die sich den Weißen gebeugt haben«, werfe ich ein. »Diese leben nun in Reservaten mit der Moderne der Außenwelt, während wir immer noch im Einklang der Natur leben können.«

»Fragt sich nur, wie lange. Es ist nur eine Frage der Zeit, bis die *Citali* zufällig entdeckt werden. Es muss nicht einmal durch Verrat geschehen. Die Außenweltler werden immer neugieriger. Was, wenn einer von ihnen auf unser Dorf stößt? Nicht alle sind wie

Johnny und Logan, die uns niemals verraten werden.«

»Du denkst sehr negativ, Takoda.«

»Ich sehe es nur realistisch«, widerspricht mein bester Freund. »Die Zukunft wird schwerer werden. Da bin ich mir sicher.«

»Wird sie nicht. Ich werde als Häuptling stets mein Bestes für den Stamm geben.«

»Das stelle ich auch nicht infrage«, beteuert Takoda. »Ich habe wohl einfach Angst.«

»Die sich hoffentlich legen wird. Das soll ein fröhlicher Ausflug werden«, meine ich und tätschle meiner Stute Devaki den Hals, die zustimmend schnaubt.

»Glaub mir, ich bin glücklich«, antwortet Takoda. »Ich genieße die Zeit mit dir als Freund. Aber unter Freunden kann man doch auch jederzeit über ernste Themen sprechen, oder?«

»*Tá*, natürlich. Außerdem mag ich es, dass du stolz auf das Leben der *Citali* bist. Das ist nicht bei jedem im Dorf der Fall.«

»Spielst du etwa auf Adsila an?«, will Takoda wissen.

Adsila ist Sunwais beste Freundin, hat den Stamm allerdings verlassen und lebt seitdem in der Außenwelt mit Johnnys Freund Logan zusammen.

»*Tá*. Sie ist vor dem Leben hier geflüchtet.«

»Tja, manchmal geht es mir auch so. Aber nicht, dass ich in die Außenwelt fliehen möchte«, gesteht Takoda. »Ich würde vielmehr gern zurück in die Vergangenheit reisen.«

Mir entfährt ein Lachen. »Das ist nicht zu überhören. Du denkst, dass die alten Zeiten sehr viel besser waren. Stell dir aber vor, du hättest deine Familie und deinen Stamm beschützen müssen, als die Weißen in das Land eingefallen sind. Das war sicher auch nicht immer einfach. Es hat so viele Tote gegeben. Richtige Massaker.«

»Trotzdem hätte ich eine wichtige Aufgabe gehabt.«

Takodas Blick wandert verträumt in die Ferne.

Unser Weg führt uns weg vom Virgin River. Wir reiten weiter durch den Hidden Canyon. Grüne Landschaft wechselt sich mit rötlichen Felsen ab. In der Ferne bekommen wir sogar einen Berglöwen zu Gesicht.

Die Klänge der Natur lassen uns den Alltag Stück für Stück vergessen, je länger wir unterwegs sind. Ab und an legen wir eine kurze Pause ein, um zu trinken und auch unseren Pferden kurz Ruhe zu gönnen.

Fast den gesamten Tag sind wir unterwegs. Als schließlich der Checkerboard Mesa imposant vor uns aufragt, steht sie Sonne schon tief am Horizont. Ich staune über das helle Gestein, das den Berg zeichnet. Weißer Sandstein, der in der Sonne wie Schnee wirkt, von vertikalen und horizontalen Furchen durchzogen. Feine Linien, die seine Gestalt formen und bestimmen.

»Wunderschön. *Scotábjá*«, stoße ich ehrfürchtig aus.

»Hast du etwas dagegen, wenn wir unser Lager direkt auf dem Berggipfel aufschlagen?«, möchte Takoda wissen. Sein Blick ist starr auf die Spitze gerichtet und in seinen Augen glitzert Abenteuerlust. Vom gestrigen niedergeschlagenen Takoda ist nicht mehr viel übrig.

Ich schüttle den Kopf. »*Ná*. Lass uns die Spitze besteigen!«

Um unsere Pferde nicht zurücklassen zu müssen, gehen wir einen Umweg, um den Berggipfel zu erreichen. Wir reiten von hinten, wo es nicht so steil ist, hinauf bis an die Spitze. Urplötzlich liegt uns die Welt zu Füßen.

Ich rutsche von Devakis Rücken, während Takoda schon längst ganz vorn am Abhang steht.

Sein Gesicht strahlt vor Freude.

Ich geselle mich neben ihn und gemeinsam lassen wir unsere Augen über unser Zuhause wandern. Das Reservat, das uns vor der Außenwelt schützt und uns eine sichere Umgebung bietet. Der Zion-Nationalpark ist im Frühling unglaublich schön. Die Natur unter uns erstrahlt in einem neuen Glanz. In jeden Winkel des Parks ist das Leben zurückgekehrt.

Um das Tipi nicht im Dunkeln aufbauen zu müssen, machen wir uns direkt an die Arbeit. Takoda benötigt etwas länger, um seinen Blick von der schönen Aussicht fortzureißen. Doch dann hilft er mir. Nachdem wir fertig sind, setzen wir uns vor das Zelt und genießen die warmen Sonnenstrahlen auf unserer Haut. Obwohl ich lange Ritte gewöhnt bin, spüre ich die Spannung in jedem meiner Knochen. Doch die Ruhe tut gut. Die Natur ist die Einzige, die zu uns spricht. Kein Stimmengewirr der Dorfbewohner begleitet unseren Tag.

Takoda ist müde und macht ein Nickerchen, während ich meine Gedanken einfach schweifen lassen kann. Keine Pflichten, die mich heute jagen. Keine Verantwortung. Es fühlt sich gut an. Schwerelos. Für den heutigen Tag wurde mir die Bürde als zukünftiger Häuptling von den Schultern genommen.

Als der Abend naht, zünden wir uns ein Feuer an. Nun merkt man, dass die Sommermonate doch noch fern sind. Die Luft kühlt abends schneller ab. Wir essen unser mitgebrachtes Brot und erzählen uns Geschichten. Malen uns aus, wie unsere Vorväter hier früher lebten. Obwohl die *Citali* Nomaden waren und nie lange an einem Ort blieben, erzählt Mingan stets, dass es sie immer wieder zurück in den Zion-Park getrieben hat. Als würde von diesem Fleckchen Erde eine magische Kraft ausgehen. Vielleicht hat dieser unseren Vorvätern schon früh gezeigt, dass der Zion-Nationalpark das für sie bestimmte Zuhause ist. Der

Gedanke gefällt mir.

Doch je mehr der Abend voranschreitet und je dunkler die Nacht wird, desto mehr zieht sich Takoda zurück in sein Schneckenhaus. Das Lächeln auf seinen Lippen wird schmaler. Es ist, als hätte der Anbruch der Dunkelheit all seine Freude fortgewischt. Dieses Mal lasse ich ihn in Ruhe und bedränge ihn nicht mit Fragen. Sicher ist er einfach nur müde von der Reise. Sie hat schließlich auch an meinen Kräften gezerrt.

Ich unterdrücke ein Gähnen.

»Was hältst du davon, wenn wir heute früh schlafen gehen?«, frage ich ihn. »Morgen können wir uns dann nach Wild zum Essen umsehen und den Tag in aller Ruhe angehen. Gestärkt mit neuen Kräften.«

»Klingt gut«, meint Takoda.

Wir löschen das Feuer und sehen noch einmal nach den Pferden, ehe wir in unser Tipi huschen.

Es herrscht ein angenehmes Schweigen zwischen uns, bis ich fast einschlafe.

»Weißt du was, Sakima? Du bist der beste Freund, den man sich wünschen kann«, murmelt Takoda. Er liegt unter Decken aus Schafsfell, in der Dunkelheit kann ich sein Gesicht gar nicht mehr erkennen.

»Du aber auch«, gebe ich zurück. »Der Ausflug mit dir tut gut.«

»*Tá*. Geht mir genauso. Versprich mir, Sakima, dass du weitermachen wirst. Egal, was noch kommt. In Ordnung?«

Ich runzle die Stirn.

»Natürlich.«

»Dann bin ich beruhigt. Du hast mir immer Hoffnung gegeben, weißt du?«

Ich überlege, was Takoda mit seinen Worten meint, doch mir fehlt die Kraft, ihn danach zu fragen. Die Müdigkeit hat mich zu sehr im Griff.

»Gute Nacht, Takoda«, bringe ich noch über die Lippen.

»Gute Nacht, Sakima«, erwidert er.

Es ist dunkel, als ich plötzlich wach werde. Kein Traum hat mich geweckt. Mich beschleicht das Gefühl, dass etwas nicht stimmt. Warum ich dieses Gefühl verspüre und woher es kommt, ist mir schleierhaft.

Müde setze ich mich auf und reibe mir den Schlaf aus den Augen. Dann wende ich meinen Kopf nach rechts. In der Dunkelheit kann ich nichts erkennen und doch merke ich, dass etwas anders ist. Mein Herz macht einen Satz, als ich meine Hand ausstrecke, um nach Takodas Körper zu tasten. Doch er ist nicht hier. Wahrscheinlich ist er ebenfalls aus unerklärlichen Gründen wach geworden.

Ich strecke meine verschlafenen Muskeln und schäle mich aus meinen Fellen. Dann tape ich nach draußen.

Noch immer ist die Nacht sternenklar und still. Von unserem Feuer ist nur die Glut übrig, die eine sanfte Wärme ausstrahlt.

»Takoda?«, rufe ich leise.

Doch mich erreicht keine Antwort. Da bemerke ich eine Gestalt, die direkt am Rand des Checkerboard Mesas steht, an der es in die Tiefe geht. Es kann nur Takoda sein. *Ná*, er ist es. Ich erkenne seine Gestalt.

Was tut er nur mitten in der Nacht hier, wo er doch lieber schlafen sollte?

Ich gehe ein paar Schritte in seine Richtung. Zögernd. Doch dann bleibe ich stehen. Das Gefühl, das mich geweckt hat. Nun erkenne ich den Sinn dahinter. Schwere legt sich über meine

Brust, als mich ein Gedanke durchzuckt. Der Grund, aus dem Takoda mitten in der Nacht so nah an einem Abgrund steht, der so tief reicht, dass ein falscher Schritt gefährlich werden könnte. Eine Welle aus Schock erfasst mich, gleichzeitig kriecht Traurigkeit in mir hoch. Das kann und darf nicht sein! Takoda ist niemand, der das Leben nicht mag. Oder etwa doch? Seine traurigen, in die ferne schweifenden Blicke kommen mir wieder in den Sinn. Als wäre er längst woanders, nur nicht mehr auf Mutter Erde.

»Takoda, bitte, tu das nicht!«, höre ich mich flehen.

Wieder schaffe ich es, ein paar Schritte auf meinen besten Freund zuzugehen.

Endlich dreht sich dieser um. Die düsteren, traurigen Schatten in seinem Gesicht sind zurück. Nichts ist mehr von der Freude des gestrigen Tages zu spüren.

»Sakima, ich muss es tun. Der *Große Geist* hat mir mein Schicksal gezeigt. Es liegt nicht in dieser Welt, sondern in den ewigen Jagdgründen. Nur dort kann ich endlich vollkommen frei und glücklich sein. Meine Vorväter erwarten mich … In dieser Welt gibt es nichts für mich. Nur Traurigkeit und Leid. Eine quälende Zukunft, die ich mir nicht ausmalen möchte.«

Seine Worte dringen tief in meine Seele ein. Auf einmal ist mein Hals so trocken, dass kein Satz meinen Mund verlassen möchte. Dabei will ich so viel sagen. Ich will losstürmen und Takoda davon abhalten. Ihm darf nichts zustoßen! Nicht meinem besten Freund, der mir immer Halt gegeben hat. Er hat mich stets ermutigt, dass ich eines Tages den Stamm als weiser Häuptling anführen werde.

»Bi-bitte«, stammle ich. »Geh nicht! Lass mich nicht allein!«

Meine Füße lassen sich nicht mehr bewegen. Meine Beine fühlen sich schwer an, als würden Felsen in ihnen stecken.

Ich stoße einen Klageruf aus. »Takoda! Nein!«

Im Licht des Mondes breitet sich ein Lächeln auf Takodas Lippen aus. *Tá*, er wird es nicht tun. Hoffnung strömt in meine Knochen.

Großer Geist, kehre Takodas Schicksal um!

Ob mein Gebet ihn noch erreicht?

»Appasaché, Inìs.«

In diesem Moment dreht sich Takoda von mir weg und macht einen Schritt nach vorn.

Und ich? Ich schreie.

KAPITEL 3

Sakima

Auf Wiedersehen, Bruder.

In wenigen Schritten bin ich am Abgrund.

Doch es ist zu spät.

Takoda ist schon längst in der Schwärze verschwunden.

Mein Schrei ist so laut, dass mich die Dorfbewohner sicher hören können. Er zerreißt die Nacht und lässt sie noch dunkler werden, als sie ohnehin ist. Die Sterne am Himmel erlöschen mit einem Mal und der Mond verschwindet.

Machtlos sinke ich auf meine Knie. Ich fühle mich ohnmächtig. Bin wütend auf mich selbst und auf Takoda. Warum hat er das getan? Was hat ihn dazu bewogen? Und warum bin ich nicht rechtzeitig zu ihm gestürzt und habe ihn einfach festgehalten? Ich hätte nur meine Beine bewegen müssen, dann hätte ich das Schicksal aufhalten können.

Tränen rinnen über meine Wangen. Es sind unendlich viele, sie gleichen dem Wasser im Virgin River. Doch mich sieht niemand. Außerdem bringt es nichts, meine Schwäche zu verstecken. Nicht, wenn nichts mehr einen Sinn ergibt. Meine Welt ist innerhalb eines einzigen Wimpernschlages zerbrochen. Jegliche Kontrolle ist mir genommen worden. Der Zauber der wilden Natur und des

Männerausflugs – er ist mit einem Mal fort. Anstatt des Glücks, das ich am gestrigen Tag empfunden habe, klafft in mir ein großes Loch. Takoda hat den Teil, der für die Emotionen in meinem Inneren verantwortlich ist, einfach mitgenommen.

Ich muss aus diesem Traum erwachen. Mit meinen Fingern zwicke ich in meine nackte Haut. Das wird mich wachrütteln, wird dafür sorgen, dass ich zurück in die Realität gelange. Den Ort, an dem Takoda noch neben mir liegt. Unter seinen Schafsfellen im Tipi. Wir würden nach dem nächsten Sonnenaufgang die Gegend erkunden, einen kleinen Jagdausflug machen. Und wenn wir dann zurück ins *Citali*-Dorf reiten, würde Takoda mit einem Lächeln auf seinem Hengst sitzen. Weil er glücklich ist. Weil die Zeit mit mir ihm gutgetan hat.

Lass mich aufwachen! Bitte lass mich aufwachen!

Doch ich wache nicht auf. Natürlich nicht. Takodas Sprung ist die bittere Wirklichkeit. Mein Vater hat gesagt, es sei gut, wenn ich mich um die Mitglieder des Stammes kümmere. Nun habe ich versagt. Ich konnte nicht einmal meinen besten Freund retten. Wie soll es mir gelingen, einen ganzen Stamm zu führen und zu beschützen? Ich bin ein Versager. Die Bürde des Häuptlings ist zu schwer für mich, das habe ich nun am eigenen Leib erfahren.

»Ich bin nicht würdig«, nuschle ich und wende meinen Blick vom Abgrund ab.

Immer noch laufen die Tränen stumm über mein Gesicht. Ich schaffe es zum Tipi zurück. Hier kann ich nicht mehr bleiben. Ich muss Takoda finden. Ohne ihn kann und möchte ich nicht ins Dorf zurückkehren.

Doch die Dunkelheit lässt mich nicht sehen. Mir bleibt nichts anderes übrig, als bis zum Sonnenaufgang zu warten.

Mit dem ersten Licht des Tages breche ich mein Lager ab und

mache mich auf Devakis Rücken an den Abstieg vom Checkerboard Mesa.

Während mir der Aufstieg federleicht vorgekommen ist, fühle ich
mich nun schwach. Jegliche Kraft hat meinen Körper verlassen.

Gebüsche und Bäume säumen den trockenen Boden am Fuße
des Berges. Ich rutsche von Devakis Rücken und schlage mich
durch die Sträucher.

Ich muss ihn finden. Takoda darf nicht hierbleiben.

Doch was, wenn mich sein Anblick schockiert? Will ich Takoda
überhaupt so sehen?

Plötzlich klammere ich mich an einen Gedanken. Gebrochene
Knochen und Wunden. Wäre das eine Möglichkeit, dass er nur
verletzt ist? *Ná.* Der Berg ist viel zu hoch, der Sprung viel zu tief
gewesen.

Jegliche Luft entweicht meinen Lungen, als ich plötzlich einen
Körper entdecke.

Die Tränen ersticken meine Sicht. Takoda sieht nicht mehr aus
wie Takoda. Verkrümmt liegt er da, seinen Arm hält er so, wie ihn
niemals ein lebendiger Mensch halten würde. Er ist gänzlich verdreht.

»Oh, Takoda!«

Schnell bin ich bei ihm, knie mich neben ihn hin und wiege ihn
in meinen Armen.

»Wach auf. Bitte, bitte wach auf!«

Doch er rührt sich nicht. Seine Seele hat den Körper längst
verlassen. Takoda ist fort. Er befindet sich nun auf dem Weg zu
den ewigen Jagdgründen. Dorthin kann ich ihm nicht folgen.

»*Großer Geist!*«, schniefe ich. »Warum hast du ihn nur zu dir geholt? Er ist viel zu jung, um in den ewigen Jagdgründen zu leben! Takoda hätte am Leben bleiben müssen. Er hätte noch so viele Jahre gehabt, noch so viel im Stamm bewirken können. Warum nimmst du mir meinen besten Freund? Warum gerade ihn?«

Meine Stimme wird flehender, Wut schwappt darin hoch. Doch auch das bin ich. Nicht nur die Trauer hat mich fest im Griff, sondern auch die Wut. Ich bin wütend auf den *Großen Geist*, auf Takoda, aber am meisten auf mich selbst. Weil ich zu schwach gewesen bin, seinen Tod zu verhindern.

Der *Große Geist* ist der Geber des Lebens. Warum nur nimmt er es auch? Hat er nicht die Kraft, mir meinen besten Freund zurückzugeben?

Dicke Tränen tropfen auf Takodas blasse Haut. Wo einst Wärme gewesen ist, herrscht nun Kälte. So fühlt sich der Tod an.

Wieder überrollt mich das Gefühl der Leere, diesmal noch stärker als zuvor. Weil ich nun begreife, dass mir nichts und niemand meinen besten Freund je wieder zurückgeben kann. Er ist nun für immer fort. Ein Gedanke, der mir die größte Angst meines Lebens einjagt. Ohne ihn habe ich niemals leben wollen. Wir haben aufeinander gebaut, uns gegenseitig unterstützt.

»Du sollst aber nicht hierbleiben«, flüstere ich Takoda leise zu und fahre mit meiner Hand durch sein dichtes, schwarzes Haar. Es fühlt sich noch so lebendig, so weich an. Warum nur ist seine Haut dann so kalt und weiß?

»Warte, ich hole die Pferde.«

Sanft lege ich seinen Kopf auf dem staubigen Boden ab, dann hole ich seinen Hengst. Vorsichtig hebe ich Takoda auf seinen Rücken. Doch wie ein Krieger, ein *Citali*, sieht er auf seinem Pferd nicht mehr aus. Eher wie ein Gepäckstück. Ich muss ihn mit Seilen befestigen, damit er nicht wieder herunterrutscht. So sollte kein Mensch je aussehen. Sein Anblick jagt mir immer wieder Tränen in die Augen.

Der Ritt zurück nach Hause ist einsam. Die Stille begleitet mich wie ein treuer Freund, den ich eigentlich gar nicht haben möchte. Sie ist unheimlich und lässt mich nur noch mehr in meinen Gedanken umherirren.

Wie werden die *Citali* reagieren?

Und vor allem: Wie soll ich Takodas Tod seiner Familie erklären? Seine Eltern und auch sein kleiner Bruder, sie alle werden am Boden zerstört sein. Mir die Schuld geben, ganz sicher.

Am liebsten würde ich meine Rückkehr in das Dorf noch hinauszögern. Doch Takoda hat eine angemessene Beisetzung verdient. Ganz in den Traditionen seiner Vorväter, die er so sehr geliebt hat. Vielleicht etwas mehr als das Leben selbst. Denn nur so kann seine Seele vollkommen frei in die ewigen Jagdgründe gelangen. Es ist eine wichtige Zeremonie, die ich ernst nehme. Der Gedanke daran gibt mir die Kraft, weiterzureiten und nicht aufzugeben, nicht vollständig in meinem Meer aus Tränen zu ertrinken. Eines Tages werde ich Häuptling. Ob ich bei Takoda versagt habe oder nicht – es wird meine Bestimmung sein. Also möchte ich stark sein. Für Takoda, seine Familie und das Dorf. Auch wenn es in mir anders aussieht.

Ich durchquere mit beiden Pferden den Wald, der das Dorf vor den neugierigen Blicken der Außenweltler schützt. Takodas Hengst führe ich an einem Strick hinter mir her, sodass er nicht vom Weg abkommen kann.

Als sich der Wald lichtet, erstreckt sich vor mir die große Wiese

– dahinter das Dorf. Inzwischen steht die Mittagssonne hoch am Himmel und zeigt mir durch ihre Wärme, wie kräftig sie schon ist und dass wir den Sommermonaten näher als den kalten Tagen sind.

Kurz vor den ersten Tipis kommt mir eine Frau entgegen. Es ist Takodas Mutter Halona. Sie trägt einen Korb, in dem sich Feuerholz befindet.

Als sie mich erblickt, hebt sie ihre Hand. Auf ihren Lippen glaube ich, ein Lächeln zu erkennen. Sie freut sich auf die Rückkehr ihres Sohnes. Der Gedanke lässt den Kloß in meinem Hals wachsen und ich zügle automatisch Devaki, sodass sie anhält.

Halona kommt näher – doch dann bleibt sie stehen. Der Korb rutscht ihr aus den Armen, fällt ins Gras und das Holz ergießt sich auf die Erde. Ihre Augen weiten sich. Ich brauche ihrem Blick nicht zu folgen. Denn ich weiß, dass sie den leblosen Körper ihres Sohnes entdeckt hat.

Dann ertönt ein markerschütternder Schrei.

»Warum?!«

Ihre Klagelaute werden eindringlicher, während sie auf den Hengst zustürmt und Takodas toten Körper berührt. Sie schreit und weint, trommelt mit den Fäusten gegen Takodas Rippen.

»Er ist gesprungen«, murmle ich. »Er ist einfach gesprungen.«

Ich wiederhole die Worte wieder und wieder, während Halona ihren Sohn beweint, seinen Tod ebenso wenig fassen kann wie ich.

Ihre Laute haben noch mehr Bewohner des Dorfes auf uns aufmerksam gemacht. Plötzlich scharen sich mehr Männer und Frauen um uns. Ich erkenne Adsilas Eltern und auch unseren Medizinmann Mingan, der traurig seinen Kopf senkt. Paco ist ebenfalls unter ihnen. Der sonst so laute Krieger ist mit einem Mal seltsam still.

»Er ist gesprungen.« Noch immer murmle ich die Worte vor mich hin, als könnten sie erklären, was in Takoda vorging, als er starb. Doch mehr schaffe ich nicht zu sagen. Mein Herz liegt jetzt schon in Trümmern, ich bringe es nicht über mich, die gesamte Geschichte zu erzählen. Viel zu sehr bin ich damit beschäftigt, stark zu bleiben und die Tränen zurückzuhalten, die sich immer wieder aus meinen Augenwinkeln stehlen wollen.

»Was ist hier los?«

Die Stimme meines Vaters poltert über die der Dorfbewohner hinweg.

Ich hebe mein Gesicht, fange Ahusakas Blick ein. Mehr braucht es nicht. Er ahnt sofort, was los ist, und ist bei mir. Donoma, meine Mutter, ist ebenfalls hier. Sie reicht mir ihre Hand, hilft mir so von Devakis Rücken. In diesem Moment fühle ich mich unglaublich verletzlich – weil ich es auch bin. So sollte sich kein zukünftiger Häuptling benehmen. Der Gedanke fügt meinem Herzen einen noch größeren Stich zu.

»Takoda!«

Auf einmal ist auch Sunwai da, zusammen mit Johnny. Sie bricht in seinen Armen zusammen, ich sehe, wie sie sich Tränen aus den Augen wischt.

Alle sind betroffen. Alle sind schockiert.

Und alle Blicke sind auf mich gerichtet.

»Wie ist es geschehen?«, fragt mich der *Athánchan*. Seine Stimme ist sanft und mitfühlend. Und ihm muss ich es sagen.

»Takoda hat … hat …« Ich breche ab, weil meine Stimme versagt. Nach mehreren Anläufen schaffe ich es, den Kloß in meinem Hals herunterzuschlucken.

»Er hat sich umgebracht«, bringe ich über die Lippen.

Meine Eltern halten den Atem an.

»Aber warum?«, haucht Donoma und drückt mich dann fest an

sich, sodass ich mich wieder wie ein kleines Adlerjunges fühle, das in seinem Nest liegt, um beschützt zu werden.

»Wenn ich das wüsste«, hauche ich. »Er ist nachts einfach gesprungen.«

»Takoda wird eine traditionelle Beisetzung bekommen«, verkündet mein Vater und erhebt dazu seine Stimme, sodass es die Bewohner des Dorfes alle hören können. »Er ist ein Teil von uns gewesen und wir werden ihm helfen, damit seine Seele sicher in die ewigen Jagdgründe gelangt.«

Laut ruft Halona: »Aber er ist doch noch so jung! Warum hat ihn der *Große Geist* zu sich geholt?«

Ihre Augen wandern umher, bohren sich schließlich direkt in meine.

»Du! Du hättest ihn retten können, ihn davon abhalten! Ich habe gewusst, dass er nie hätte mit dir mitreiten dürfen.«

Tiefer als eine Pfeilspitze treffen mich ihre Worte. Sie hätte mir genauso gut das Herz herausreißen können.

Takodas Mutter blitzt mich wütend an. Ich ahne, dass sie einfach etwas braucht, um ihre Trauer verarbeiten zu können. Doch niemals habe ich derjenige sein wollen.

»Es tut mir so leid«, entschuldige ich mich, auch wenn kein Wort der Welt Takoda wieder zu ihr zurückbringen wird.

»Du kannst nichts dafür«, flüstert meine Mutter sanft in mein Ohr, doch das ist nicht wichtig.

Denn nur noch Halonas Worte sind in mir präsent: *Du hättest ihn retten können!*

Tá, das hätte ich.

Nur war ich nicht gut genug.

Ein Versager. Ein Feigling. Nicht würdig.

KAPITEL 4

Sakima

Wie kann ein solcher Tag nur so schön sein?

Die Sonne strahlt hell vom Himmel, während die Männer Takodas Leichnam zur Dorfmitte tragen.

Mir selbst fehlt die Kraft dazu.

Ich folge ihnen, zusammen mit meiner Mutter, die mir nicht von der Seite weicht, während Vater den Trauerzug anführt.

Sunwai schluchzt hinter mir an Johnnys Brust. Es ist nicht verwunderlich, dass sie so empfindet. Denn Takoda ist mit mir aufgewachsen – also auch mit ihr. Er ist für sie wie ein zweiter kleiner Bruder. Wir waren so oft zusammen. Dass mich von nun an Takodas fröhliches Lachen nicht mehr begleiten wird, bereitet mir Schmerzen. Immer wieder treffen mich Halonas Blicke. Sie sind wie spitze Dornen. Ich versuche mich von ihr fernzuhalten.

In der Mitte des Dorfes wurde unweit des Marterpfahls Holz aufgeschichtet, der Stapel streckt sich hinauf in den Himmel. Kurz bleibe ich stehen, denke daran, was bald folgen wird. Noch bin ich nicht bereit, Takoda gehen zu lassen. Doch ich weiß, dass dies wichtig ist. Nicht nur für die Trauernden, sondern auch für ihn selbst. Er muss seine letzte Reise antreten.

Andächtig wird Takodas Leichnam ganz nach oben auf das

Holz gelegt.

Trommeln ertönen. Der wummernde Klang fährt tief in meine Ohren. Gleichzeitig erhebt Ahusaka seine Stimme. Klagend stößt er einen Schrei aus, dem weitere folgen. Die anderen Dorfbewohner stimmen mit ein. Nur mein Mund bleibt stumm. Ich kann nicht. Alles fühlt sich so unendlich falsch an.

Die Trommeln werden lauter. Die wilden Klänge sollen Takoda auf seiner letzten Reise begleiten.

Schließlich verstummt die Menge und der Häuptling spricht ein Gebet zum *Großen Geist*.

Doch nicht mal hier schaffe ich es zuzuhören. Ich erlebe alles wie ein Außenstehender. Als wäre ich nicht richtig da, sondern würde alles von einer Wolke aus beobachten. Das Gefühl des Zusammenhalts, das ich sonst im Dorf so geschätzt habe, erreicht mich mit einem Mal nicht mehr. Ich bin nur ein Fremder. Der Schuldige, in Halonas Augen.

Schließlich beendet Ahusaka das Gebet und bekommt vom *Grauen Wolf*, von Mingan, eine brennende Fackel überreicht. Wieder werden die Trommeln angestimmt, begleitet von lauten Klagerufen.

Der Kloß in meinem Hals wird immer dicker. Am liebsten würde ich zu dem Haufen aus Holz rennen und mich auf meinen besten Freund werfen. Möchte an seiner Stelle die letzte Reise in die ewigen Jagdgründe antreten. Will, dass Takoda wieder Atem eingehaucht wird.

Doch es ist nur ein Wunschtraum.

Meine Mutter legt eine Hand auf meine Schulter.

»Es wird alles gut werden«, verspricht sie mir.

Nein, nie wieder wird es das. Ihre Worte sind eine glatte Lüge und doch ist mir bewusst, dass sie mir damit nur helfen will. Also entziehe ich mich ihrer Berührung nicht, sondern versuche, daraus Kraft zu schöpfen.

Stumm beobachte ich, wie der *Athánchan* sich dem ewigen Ruhebett meines besten Freundes nähert. All meine Nackenhaare stellen sich auf und da ist plötzlich ein salziger Geschmack auf meinen Lippen. Dabei habe ich nie weinen wollen. Nicht hier, mitten in der Öffentlichkeit des Dorfes. Die Tränen des zukünftigen *Athánchans* gehören hier nicht her.

In diesem Augenblick entzündet mein Vater das Holz. Ich halte den Atem an, während ich beobachte, wie sich das Feuer langsam, aber sicher einen Weg durch die Äste frisst. Rauch steigt in den Himmel empor.

Das ist es also: Takoda macht nun seine letzte Reise zu unseren Vorvätern.

Nacheinander treten immer mehr Stammesmitglieder vor und übergeben den Flammen persönliche Gegenstände. Sie sollen Takoda die Reise angenehmer machen.

Ich schlucke. Jetzt oder nie. Ich blinzle meine Tränen fort, ehe ich mich auf die Flammen zubewege, die sich immer weiter nach oben fressen. Bald werden sie den schutzlosen Körper meines besten Freundes erreichen und ihn zu sich nehmen.

Mit einer fließenden Handbewegung löse ich den Bogen von meiner Schulter sowie den Köcher, in dem sich meine Pfeile befinden. Beides übergebe ich den Flammen.

»Das wird dir bei der Jagd in den ewigen Jagdgründen helfen«, murmle ich. »Mach's gut, Takoda.« Meine Worte werden vom Knistern des Feuers verschluckt. Funken sprühen und ich trete einen Schritt zurück.

Als ich mich umdrehe, sehe ich Ajana. Die wunderschöne junge Frau, die Takoda versprochen war, weint bitterlich. Ich verspüre den Drang, zu ihr zu gehen, um sie zu trösten – vielleicht könnten wir das gegenseitig füreinander tun. Doch Halonas Blick trifft mich erneut hart. Sie schiebt mir alle Schuld zu.

Ich senke meinen Blick und gehe zurück zu meiner Mutter. Inzwischen hat das Feuer den gesamten Haufen eingenommen. Der Körper meines besten Freundes ist nicht mehr zu erkennen. Einzig und allein ein Flammenmeer ist es, das ich erblicke.

»Er wird den Weg in die ewigen Jagdgründe gut meistern«, beruhigt mich meine Mutter. »Seine Seele ist nun frei. Ihm wird es gut gehen und er wird über uns alle wachen. Auch über dich. Du warst immer sein bester Freund.«

»Aber es ist nicht gerecht, dass er nun nicht mehr da ist«, klage ich.

Donoma lächelt sanft.

»Es ist einzig und allein seine Entscheidung gewesen. Du hast sie ihm nicht nehmen können, Takoda. Er hat sie selbst getroffen.«

Tá. Aber ich hätte ihn retten können.

Ich schweige und starre weiter in die Flammen. Beobachte, wie Takoda Stück für Stück verschwindet und einen Teil von mir mitnimmt.

Ich ziehe mich schon früh zurück, weg vom Mittelpunkt des Dorfes. Das Tipi meiner Familie ist meine Zuflucht.

So tief wie möglich verkrieche ich mich in meinen weichen Schafsfellen, vergrabe mich in meinen trauernden Gedanken, bis mich die Stimme meines Vaters wieder ins Hier und Jetzt holt.

»Was ist los, Sakima?«

Eine einfache Frage, die jedoch einen Sturm an Emotionen in mir wachrüttelt.

Ich hebe meinen Kopf, schlucke.

»Ich glaube, dass ich an Takodas Tod schuld bin«, gebe ich zu.

Ahusaka legt den Kopf schief und schüttelt dann sein Haupt.

»Halona hat das gesagt. Doch es ist nicht deine Sichtweise. Erzähl mir doch, was genau geschehen ist, als ihr zum Checkerboard Mesa geritten seid.«

Ich wühle mich aus meinen Fellen. Dann stehe ich auf und folge meinem Vater nach draußen. Ich will weg vom Trubel des Dorfes und der Häuptling versteht das, ohne dass wir darüber sprechen müssen. Schweigend gehen wir nebeneinander her, bis wir den See hinter den Feldern erreichen.

»Ist Takoda jetzt schon oben bei unseren Vorfahren?«, frage ich meinen Vater, nachdem wir uns ans Ufer gesetzt haben.

Mit einer Hand weise ich hinauf zu den Sternen.

Ahusaka schmunzelt. »Die letzte Reise, die unsere Brüder und Schwestern in die ewigen Jagdgründe führt, kann von unterschiedlicher Dauer sein. Wir wissen nicht, wie lange die Seelen unterwegs sind. Die Frage, ob Takoda seine Reise schon heute geschafft hat und nun an diesem friedlichen Ort ist, kann dir nur der *Große Geist* beantworten.«

Ich schlucke. »Der *Große Geist* ist ein Verräter.«

Die Augen des *Athánchan* weiten sich schockiert.

»So etwas darfst du niemals sagen oder auch nur denken, mein Sohn!«

»Ich weiß«, wispere ich. »Doch er hat mich verlassen. In dem Augenblick, als ich in der Nacht Takoda am Rand des Berges habe stehen sehen. Er hat mir nicht gezeigt, was das Richtige ist. Ich bin zu langsam gewesen. Hätte ich Takoda einfach festgehalten, dann hätte er niemals springen können.«

Mir entweicht ein Seufzen, ehe ich fortfahre. »Außerdem hätte ich schon früher bemerken müssen, dass es ihm nicht gut geht. Ich meine, ich bin sein bester Freund und mir ist nicht aufgefallen, mit welcher Art von düsteren Gedanken er zu kämpfen hat. Sicher hat er schon länger darüber nachgedacht, dass er sich ... sich das Leben nehmen möchte. Ich habe geglaubt, dass ein einfacher Ausflug seine Fröhlichkeit zurückbringen könnte. Dabei habe ich meine Augen nur vor der Wirklichkeit verschlossen. Und deshalb blieb mir auch die Kraft des *Großen Geistes* verwehrt. Stattdessen habe ich mit ansehen müssen, wie Takoda in den Tod gesprungen ist. Ein richtiger Häuptling hätte ihn gerettet. Ich bin dieses Amtes niemals würdig.« Traurig lasse ich meine Schultern hängen und spüre mit einem Mal die tröstende Hand des *Athánchan* an meinem Rücken. Der sonst so wenig durchschaubare Mann, der gleichzeitig Häuptling und Vater ist, sieht mich mit fest an, in seinen Augen einzig und allein väterliche Fürsorge.

»*Ná.* Du hast nichts falsch gemacht, mein So*hn*. Und Takodas Tod ist auch keine Prüfung des *Großen Geistes* gewesen, glaube mir.«

»Aber warum hat er es dann getan? Ich stelle mir diese Frage immer und immer wieder, nur niemand kann sie mir beantworten. Denn Takoda ist tot, er kann mir nie mehr seine Gedanken oder Gefühle mitteilen.«

»Erinnere dich«, haucht Ahusaka. »Rufe dir die letzten Worte deines Freundes in Erinnerung. Sie sind es, die dir Kraft geben und seine wahren Beweggründe verraten. Aber denke daran, egal, was andere sagen: Du bist niemals an seinem Tod schuld gewesen. Wäre Takoda nicht letzte Nacht gesprungen – er hätte es an einem anderen Tag getan. Vielleicht wäre er dann allein gewesen, aber so hatte er dich als seinen Begleiter bei sich.«

Ich will den Worten meines Vaters wirklich glauben. Mir einreden, dass ich nicht schuld bin. Doch es auszusprechen, ist so viel einfacher, als es auch zu fühlen.

Dennoch nicke ich.

»Wird es leichter?«, frage ich den Häuptling. »Wie war es, als du deinen Vater verloren hast?«

Ein klitzekleines Lächeln bildet sich im Gesicht meines Vaters.

»Es ist schlimm gewesen. Aber ja, es wird leichter. Indem wir jeden Tag weitermachen, in Gedanken aber dennoch bei dem Menschen sind, den wir verloren haben. So vergessen wir ihn nie.«

»Und die Sterne. Sie sind unsere Hoffnungsträger, nicht wahr? Weil sie uns ein Abbild derer geben, die in den ewigen Jagdgründen über uns wachen«, sage ich.

»Genauso ist es. Unsere Vorväter werden immer auf uns aufpassen. Und auch dein Großvater und von nun an Takoda.«

»Dennoch bin ich kein würdiger Häuptling.«

»Doch. Du bist es. Nur siehst du es noch nicht, mein Sohn. Ich glaube fest an dich und dein Können. Du bist mit der Bürde aufgewachsen, ebenso wie ich. Deshalb kann ich nachvollziehen, welch schwere Last du trägst. Aber auch das wird leichter. Die Jahre werden dir zeigen, dass du keinen Grund hast, zu zweifeln. Du wirst eines Tages ein großartiger *Athánchan*, glaub mir, Sakima.«

Nein. Ich schaffe nicht, ihm zu glauben, aber ich nicke dennoch.

»*È Radó*«, bedanke ich mich bei meinem Vater.

»Ich bin immer sehr stolz auf dich, mein Sohn. In ein paar Tagen wird es dir besser gehen, da bin ich mir sicher. Dann wird sich auch Halonas Trauer wandeln und sie wird dich nicht mehr als den Schuldigen sehen. Sie wird in sich gehen und verstehen, dass ihr Sohn ganz allein so gehandelt hat.«

»Das hoffe ich«, antworte ich meinem Vater.

»Möchtest du mit mir zurückgehen? Deine Mutter und Schwester sind sicher inzwischen auch im Tipi und warten auf uns.«

Ich schüttle den Kopf.

»Gern würde ich hier noch eine Weile sitzen.«

»In Ordnung. Aber ich wünsche mir nur positive Gedanken für dich.«

Leichter gesagt als getan.

Dennoch versuche ich, mir den Rat meines Vaters zu Herzen zu nehmen. Nachdem er außer Sichtweite ist, rutsche ich etwas näher ans Wasser und tauche meine nackten Zehen in das Nass. Es ist eiskalt, doch gleichzeitig tut es gut. Als würde mir die Natur so zeigen, dass ich noch am Leben bin. Es versucht mich Stück für Stück aus dem Zustand der Trance herauszuholen.

Takoda hat bei unserem Ausflug sehr viel über unsere Vorväter gesprochen. Und über eine Zukunft, die er in dieser Welt nicht erleben möchte. Er hatte Angst davor. Sind das seine Gründe für den Sprung gewesen? Sicher bin ich mir nicht, aber mehr kommt mir nicht mehr in den Sinn.

»Die Zukunft im Dorf ist doch wunderschön«, murmle ich leise und blicke hinaus auf das Wasser, das im Mondlicht sanft schimmert.

Könnte es wirklich sein, dass unser Leben hier eines Tages von der *Îs Môhá*, der Außenwelt, bedroht wird?

Nein. Niemals. Ich werde alles dafür geben, dass es nie so weit kommen wird. Als Beschützer des Stammes der *Citali*.

Nebel hüllt mich ein.

Sonnenaufgänge und Sonnenuntergänge vergehen.

Die Tage kommen und verschwinden wieder.

Licht und Dunkelheit wechseln sich ab und doch scheint mir alles unwirklich.

Mein Vater versucht, mich zu schonen, indem er mich von allen Pflichten befreit. Dennoch mag ich es nicht, gar nicht mehr am Leben im Stamm teilzunehmen. Deswegen begleite ich die Männer auf Jagdausflüge. Allerdings bin ich stets nur mit halbem Herzen dabei. Es kommt so weit, dass ich einen Beutezug sogar verpatze – mein Pfeil trifft nicht ins Ziel, zum allerersten Mal seit einer gefühlten Ewigkeit. Natürlich fällt das jedem der Männer auf, doch niemand sagt etwas dazu. Allerdings spüre ich Sunwais besorgte Blicke auf mir und auch die meines Vaters und meiner Mutter. Meine Familie ahnt, wie es um mich steht. Sie sind die Einzigen, die merken, dass ich nicht vollkommen anwesend bin, sondern mich in einer Art Blase befinde. Ein Trancezustand. Weder bin ich hier noch woanders, sondern irgendwo dazwischen.

Nach den täglichen Arbeiten schotte ich mich stets von meiner Familie ab. Am liebsten ziehe ich mich an den See zurück, wenn gerade niemand aus dem Stamm dort ist. Dann schnitze ich an einem neuen Bogen und unzähligen Pfeilen. Meinen alten habe ich schließlich Takoda mitgegeben.

Immer wieder treffen mich Halonas vorwurfsvolle Blicke, wenn ich ihr im Dorf begegne. Doch sie sind nicht mehr so scharf wie am Tag von Takodas Tod. Sie scheint langsam zu verstehen und ihre Trauer zu verarbeiten. Ganz im Gegensatz zu mir. Noch hadere ich mit mir, sehe Takoda in meinen Träumen vor mir.

Wie er am Abgrund steht.

Wie er sich verabschiedet.

Wie er springt.

Die Träume lassen mich jedes Mal aufschrecken. Schweißgebadet und atemlos.

So vergehen Sonnenaufgang um Sonnenaufgang.

Tag für Tag.

Und der nächste Vollmond zieht ins Land.

Meine Mutter Donoma ist schon immer eine ausgezeichnete Köchin gewesen. Ihr Eintopf aus unterschiedlichem Gemüse schmeckt wieder einmal sehr gut.

Ich sitze neben Ahusaka, wie es sich für den Sohn des Häuptlings gehört. Sunwai und meine Mutter hocken auf der anderen Seite des Tipis. Die Frauen haben einen gesonderten Platz, der allerdings nicht weniger wert ist. Schon immer haben die *Citali* großen Wert darauf gelegt, dass Frauen und Männer gleichberechtigt sind. Hier wird niemand unterdrückt.

Ein Monat ist seit Takodas Tod vergangen. Doch langsam habe ich aufgehört, die Tage zu zählen. Sie kommen mir ohnehin zu endlos vor.

»Ich habe eine besondere Ankündigung zu machen«, eröffnet Ahusaka, nachdem die Schalen voll Eintopf geleert sind.

Sunwais Augen werden groß. »Was denn?«, möchte sie wissen.

Der Häuptling lächelt geheimnisvoll, sodass auch ich neugierig werde.

»Ihr als meine Familie erfahrt es als Erste. Zwar habe ich schon mit den ältesten Männern des Dorfes Rat gehalten, aber ich möchte euch vor den anderen *Citali* davon in Kenntnis setzen.« Der *Athánchan* räuspert sich laut.

»Sag es schon«, murmle ich und der Blick meines Vaters fällt auf mich.

»Wir werden in wenigen Tagen Gäste bekommen«, verkündet er mit einem feierlichen Unterton in seiner Stimme.

Sofort werde ich hellhörig. »Gäste? Was für Gäste?«

Im Dorf der *Citali* gibt es das niemals. Johnny und Logan aus der Außenwelt waren ungeplante Ausnahmen. Gäste würden bedeuten, dass jemand den Weg zum Dorf erfahren würde. Und derjenige könnte dieses Wissen nutzen, um uns zu schaden.

Mein Herz macht einen holprigen Satz nach vorn. In meinen Ohren klingt das nach keiner guten Idee.

»Aber wir müssen unser Geheimnis doch wahren!«, rufe ich aus.

Mein Vater lächelt und Falten bilden sich rund um seine Mundwinkel.

»Glaub mir, mein Sohn, es werden besondere Gäste sein. Die *Navajo* reisen zu uns.«

Sunwai saugt hörbar Luft ein. Auch sie ist davon offenkundig überrascht.

»Aber was wollen sie hier?«, frage ich laut. »Wir sind der einzige Stamm, der noch nach den alten Traditionen lebt. Selbst die *Navajo* sind mehr mit der Außenwelt verknüpft als mit den Wurzeln ihrer Vorfahren.«

»Die *Navajo* sind ein indigenes Volk – so wie wir. Wir haben eine gemeinsame Vergangenheit. Ihr Besuch ist sehr wichtig und eine große Ehre für uns«, erklärt mein Vater.

»Aber *Ité*, was ist, wenn sie der Außenwelt verraten, wo sich unser Dorf befindet?«, werfe ich ein. »Besucher gab es zu keiner Zeit hier, auch nicht von einem indigenen Stamm.«

»Dann wird es jetzt höchste Zeit«, antwortet Ahusaka knapp. »Wir werden schon bald alle Vorbereitungen für ihre Ankunft treffen. Sie sollen sich hier bei uns wohlfühlen und wieder in die alte Welt eintauchen können. Kann ich auf euch als meine Familie zählen?«

Donoma nickt und auch Sunwai bewegt nach einigem Zögern zustimmend ihren Kopf.

Ich seufze und schließe mich ihnen an. »*Tá*.«

Mein Vater lächelt sanft. »Ich danke euch. Es wird großartig werden! Eine ganz besondere Zeit.«

Mit diesen Worten steht er auf und verlässt das Tipi. Stutzig bleibe ich zurück und werfe meiner Mutter einen fragenden Blick zu. Diese lächelt nur und zuckt mit den Schultern, so als wüsste sie ebenso wenig wie ich. Dennoch ahne ich, dass der Häuptling sie in mehr eingeweiht hat.

Sunwai, schießt es mir durch den Kopf.

Meine Schwester verabschiedet sich gerade von unserer Mutter, da sie Johnny einen Besuch abstatten will.

Sie schlüpft aus unserem Zelt und ich folge ihr rasch.

»Sunwai, warte!«, rufe ich aus.

Sie dreht sich in der Dunkelheit des Dorfes zu mir um. »Was ist los?«

»Weißt du, weshalb Vater die Navajo zu uns eingeladen hat? Es ergibt in meinen Augen keinen Sinn und passt nicht zu unseren Regeln. Es muss also einen besonderen Grund dafür geben.«

»Ehrlich gesagt, weiß ich auch nicht mehr. Vielleicht möchte Vater die Regeln des Stammes etwas lockern. Immerhin hat er sogar zwei Außenweltlern Zugang zum Dorf gewährt.« Sie lächelt breit.

»Hmmm … Mein Gefühl sagt mir, dass noch mehr dahintersteckt.«

»Es könnte auch einfach sein, dass die *Navajo* und *Citali* eine engere Freundschaft schließen möchten. Das wäre eine Möglichkeit, oder?«, mutmaßt Sunwai.

»Das könnte tatsächlich sein«, antworte ich, grüble aber immer noch.

»Übrigens finde ich es schön, dass du dabei bist, der alte Sakima zu werden«, sprudelt es plötzlich aus Sunwai hervor.

»Wie meinst du das?«

»Der letzte Mondzyklus war hart für dich. Aber ich glaube, dass dich Vaters Vorhaben nun auf andere Gedanken bringt. Seit dem Abendessen und Vaters Verkündung bist du wieder mehr hier. Wieder anwesend und nicht so weit entfernt. Das finde ich gut. Ich hab dich vermisst, Bruderherz.«

Das quittiere ich mit einem Augenrollen. »Ich dich auch, *túlá Enás*.«

»Tzz! Als ob ich das wäre.«

Sunwai lacht laut und hebt dann ihre Hand. »Bis später, ich gehe zu Johnny und erzähle ihm von den Neuigkeiten.«

Dann hüpft sie durch die Dunkelheit davon.

Ich blicke ihr nach, bis sie verschwunden ist, und mache ich ebenfalls auf den Weg durch das Dorf.

Takoda will die Neuigkeiten sicher auch wissen.

Moment!

Meine Füße bleiben plötzlich stocksteif stehen.

Takoda ist nicht mehr da. Ich kann meinem besten Freund gar nichts vom Besuch der *Navajo* erzählen.

Die Leichtigkeit, die ich eben kurz mit meiner Schwester verspürt habe, wird fortgewischt. Wie ein Blatt, das der Wind vom Baum fegt.

Mein bester Freund ist nicht mehr hier und wird es auch niemals mehr sein. In meinem Hals wächst ein erneuter Kloß heran, die Traurigkeit packt mich fest und hüllt mich ein. Immer weiter zieht sich die Schlinge der Dunkelheit um meine Kehle und ich kann nichts dagegen tun.

KAPITEL 5

Nitika

Es ist wieder einmal einer dieser Tage, an dem sich die Tür zum *Navajo Rest* kein einziges Mal öffnet. Diese Tage häufen sich. Früher war das nicht so, da hatte ich noch zu tun und habe den Trubel hier im Hotel geliebt. Doch die hohen Preise schrecken die Touristen langsam, aber sicher zurück. Nur noch selten verirrt sich jemand hierher.

Seit Monaten habe ich dementsprechend weniger zu tun, was Langeweile bedeutet. Sehr viel Langeweile.

Heute habe ich bereits die Zimmer geputzt und auch an der Rezeption Ordnung geschaffen. Alles glänzt sauber und sollte doch Menschen den Anreiz geben, hier für ein paar Nächte unterzukommen. Immerhin besucht man nicht alle Tage ein Reservat der Native Americans.

Seufzend lehne ich mich über die Theke der Rezeption und spiele mit den Spitzen meines tiefschwarzen Haares. Nicht gerade das, was sich eine zwanzigjährige junge Frau wie ich für einen sonnigen Tag wie diesen vorstellt. Doch viele Freunde habe ich nicht. Die Kontakte haben sich im Sand verlaufen, sobald wir alle die Schule abgeschlossen hatten. Danach stand für meinen Vater fest, dass ich im Hotel mithelfen werde – was ich tatkräftig tue.

Und eigentlich mag ich diese Arbeit auch, nur eben keine langweiligen Tage.

Heute sehne ich mich nach einem anderen Ort, wo Lachen und Fröhlichkeit herrscht. Blätter, Bäume – Frieden.

»Hier sieht es aber sauber aus.« Die Stimme meines Vaters schreckt mich aus meinen Tagträumen.

»Hallo, Dad!«, begrüße ich ihn mit einem Lächeln.

Schon lange haben wir die Sprache unseres Volkes abgelegt und sprechen meist wie die übrige Bevölkerung der USA. Wir sind von ihnen kaum zu unterscheiden, wäre nicht mein Äußeres. Denn das verrät nur zu gut, dass eine kleine Ureinwohnerin in mir steckt. Bisher war ich darauf immer sehr stolz.

»Du warst offenbar sehr fleißig heute«, stellt er anerkennend fest.

Ich liebe es, wenn sich auf seinen sonst so ernsten Lippen ein kleines Lächeln bildet. Das zeigt mir seine Zuneigung.

»Danke. Allerdings haben wir für heute wieder keine Gäste. Es kommt einfach niemand und wir haben schon Nachmittag«, werfe ich ein.

Sofort ist das Lächeln aus Shilahs Gesicht wie weggewischt. Auf der Stirn meines Vaters bilden sich Falten.

»Wieder keine Einnahmen«, murmelt er.

»Tut mir leid«, entschuldige ich mich aus Gewohnheit.

»Du kannst nichts dafür. Niemand kann das. Doch wenn um uns herum alle Hotels die Preise anheben, bin ich gezwungen, mitzugehen. Dass das die Touristen vertreibt, war mir niemals klar. Doch alle Lebenshaltungskosten werden höher. Ich würde mir ins eigene Fleisch schneiden, wenn ich die Übernachtungspreise wieder senke …«

»Aber Anfang des Monats kam doch durch Zufall eine große Reisegruppe für vier Tage vorbei …«

»Trotzdem reicht das Geld nicht«, schnaubt mein Vater. Der ruppige Ton in seiner Stimme lässt mich zusammenzucken, auch wenn ich ihn gewohnt bin. Ab und an wird mein Vater zu einem Eisklotz. Immer dann, wenn er seine Wut nicht im Zaum halten kann. Doch ich kenne den Grund dafür, deswegen hinterfrage ich es nicht mehr. Ich weiß um die schwere Last, die er zu tragen hat. Außerdem ahne ich, wohin die Einnahmen durch die Reisegruppe verschwunden sind. Doch laut spreche ich das nicht aus, denn mein Vater Shilah möchte niemals darüber reden.

»Wir schaffen das schon«, flüstere ich. »Jeden Monat schaffen wir es aufs Neue.«

»Das stimmt. Und für deine Hilfe bin ich dir sehr dankbar, Nitika. Mir ist klar, dass einige deiner Freunde das Reservat nach der Schule verlassen haben. Du bist hier bei mir geblieben. Das bedeutet mir unfassbar viel.«

Da sind sie wieder. Die liebevollen Worte meines Dads, die mein Herz sofort warm werden lassen.

»Hast du was dagegen, wenn …«

Shilah schüttelt den Kopf.

»Nein. Nimm dir den Nachmittag ruhig frei. Du kümmerst dich um so viel, Nitika!«

Ich bedanke mich, dann husche ich hinter der Rezeption hervor und überlasse meinem Vater für den Rest des Tages meine Aufgaben.

Schnell eile ich aus dem Hotel. Draußen atme ich die stickige Luft ein. Selbst für den Frühling ist es bereits ungewohnt heiß und schwül. Das Wetter spielt verrückt. Automatisch kremple ich die Arme meines beigefarbenen Oberteils so weit zurück, wie es mir möglich ist. Dann haste ich über den staubigen Boden bis hinüber zum Bungalow, der direkt an das Hotel angrenzt, allerdings eine eigene Eingangstür besitzt. Er ist mein Zuhause. Hier bin ich aufgewachsen. Seit ich denken kann, gibt es Vater, mich und das *Navajo Rest.*

Ich betrete unser Heim – klein aber fein. Viel brauche ich nicht, um glücklich zu sein. Materielle Dinge waren mir niemals wichtig. Aus diesem Grund trage ich auch kein aufwendiges Make-up oder teure Kleidung. Im Gegenteil – das Shirt, was ich heute anhabe, ist mindestens schon fünf Jahre alt. Doch was spielt das für eine Rolle? Wichtig sind doch nur die Sachen im Leben, die mich glücklich machen. Und dahin flüchte ich jetzt.

In meinem kleinen Schlafzimmer riecht alles nach Farben. An einer freien Wand habe ich unzählige Leinwände gegeneinander gelehnt. Abstrakte Abbildungen der Natur tummeln sich darauf. Das Malen ist meine größte Leidenschaft, zusammen mit dem Arbeiten mit Ton. Die Ergebnisse davon habe ich auf einem kleinen Regal aufgereiht, das über meinem Bett hängt. Kleine Figuren habe ich gefertigt sowie unterschiedlichste Gefäße.

Automatisch lächle ich, als ich all die bunten Welten sehe.

»Na dann los!«

Ich hole mir meinen Malerkittel aus dem Kleiderschrank, der über und über mit Flecken bedeckt ist, die auch durch Waschen nicht mehr herausgehen. Darin eingehüllt suche ich mir eine leere Leinwand und meine Tuben voller Acryl.

Danach schnappe ich mir mein Malerbrett und mische mir die erste Farbe zusammen. Sobald ich den Pinsel auf der Leinwand ansetze, habe ich das Gefühl, mich fallen lassen zu können. Ich werde davongetragen, als würde ich nicht mehr wiegen als eine Feder. Jeder Pinselstrich fühlt sich natürlich an und der Pinsel selbst ist wie eine Verlängerung meines eigentlichen Arms. Er gehört einfach zu mir, wird immer ein Teil von mir sein. Die Kunst hat mich stets fasziniert. Schon als Kind konnte ich von Farben nicht genug bekommen.

Seit ein paar Jahren habe ich mich in der abstrakten Malerei verloren. Menschen, die nichts von Kunst verstehen, glauben oft, dass jeder ein abstraktes Bild hinbekommen würde. Denn für den Außenstehenden sieht es wirr und wild aus. Einfach Farben, die kreuz und quer ohne jeglichen Sinn auf einer Leinwand verteilt und verschmiert worden sind. Doch das Gegenteil ist der Fall. Jeder Pinselstrich wird von mir gut durchdacht. Die orange-braunen Töne stehen für eine Wüste. Doch anstatt, dass ich den Himmel in einem satten Blau male, greife ich zu Grautönen. So sehe ich diese Welt in ferner Zukunft. Eine Welt, die durch die Hand des Menschen zerstört worden ist. Das verrückte Wetter ist ein Zeichen dafür. Es führt jedem einzelnen Menschen den Klimawandel vor Augen und dennoch verschließen sie so viele. Niemand achtet darauf, dass die Spaltung zwischen Arm und Reich größer wird. Doch ich erfahre es am eigenen Leib. Die ausbleibenden Touristen, die steigenden Preise für den Lebensunterhalt – mein Vater und ich kämpfen gemeinsam um unsere Existenz. Um das zu verdeutlichen, nehme ich mir einen schlanken, dünnen Pinsel und male ein schwarzes Gebäude deutlich sichtbar auf die Leinwand. Unser kleines *Navajo Rest*. Früher golden schimmernd, jetzt nur noch ein Schatten seiner selbst.

Ein Kloß bildet sich in meinem Hals. Das Bild ist voll von Traurigkeit, dennoch ist es mir unfassbar wichtig und mein Herz quillt über vor Stolz, wenn ich es betrachte. Es zeigt die Realität. Das ist mir wichtig. Trotz der abstrakten Malerei wird die Gegenwart der heutigen Welt sichtbar.

Zum Schluss signiere ich die Leinwand und betitle das Bild ›Traurige Zukunft‹.

Ein Blick auf den Wecker, der neben meinem Bett steht, verrät mir, dass ich beinahe zu spät dran bin.

»Mist!«, fluche ich laut und schäle mich aus meinem Malerkittel. Hastig eile ich ins Bad, um mir die Farbreste von den
Händen und aus dem Gesicht zu waschen.

Schon bin ich in der Küche, um das Abendessen für mich und
meinen Vater vorzubereiten. Ein Blick in den Kühlschrank zeigt
mir, dass ein Einkauf längst überfällig wäre. Doch die Einnahmen
fehlen und das Geld ist knapp. Wohl oder übel müssen also die
Reste herhalten.

»Das duftet aber gut«, meint Shilah, als er in die Küche kommt,
die gleichzeitig als Esszimmer dient.

Mehr als einen Tisch mit drei Stühlen gibt es hier nicht. Doch
für uns reicht es. Ich habe ihn schon gedeckt und bin gerade
dabei, ein letztes Mal den Erbseneintopf abzuschmecken, ehe ich
das dampfende Gericht auf den Tisch stelle.

»Danke. Setz dich!«

Wir setzen uns einander gegenüber und ich mache Dad den
Teller voll.

»Kam heute Nachmittag noch ein Gast?«, möchte ich wissen.

Stumm schüttelt er den Kopf und schiebt sich einen Löffel
Eintopf in den Mund.

Ich kann verstehen, dass er darüber nicht weiter reden möchte,
also schweige ich ebenfalls.

»Wie war dein Nachmittag?«, fragt mich Dad schließlich.

»Gut«, antworte ich wahrheitsgemäß. »Heute habe ich eine
neue Leinwand bemalt. Doch es wird bald Zeit für ein paar
Gefäße aus Ton. Mein Pferd möchte ich eigentlich auch noch
anmalen, das habe ich bisher nicht geschafft.«

Die kleine, grazile Pferdefigur ist mein ganzer Stolz.

»Nitika, meine kleine Künstlerin.«

Mein Vater schmunzelt. »Du bist eben etwas ganz Besonderes.«

»Sag so etwas nicht!«, rüge ich ihn und spüre Hitze in meine Wangen schießen. »Sonst werde ich noch rot.«

Shilah lacht. »Du bist meine Tochter und musst mit Komplimenten deines alten Herrn zurechtkommen.«

»Weißt du was, Dad?«, frage ich ihn lächelnd.

»Was denn?«

»Ich liebe die gemeinsame Zeit mit dir. Als Familie haben wir die viel zu wenig. Seit Mom …«

Weiter spreche ich nicht, denn ich sehe, wie sich auf der Stirn meines Vaters tiefe Falten bilden. Niemals hätte ich Mutter erwähnen sollen. Der weiche Gesichtsausdruck wird von eiskalten Schatten übermannt.

Ich mag es nicht, Shilah so leiden zu sehen. Doch das tut er jeden Tag, an dem meine Mutter nicht bei uns ist. Nur vergesse ich manchmal, dass ich besser nicht über sie reden sollte, um den kalten, gedankenverlorenen Blick meines Vaters nicht heraufzubeschwören. Er hat sowieso noch immer stark damit zu kämpfen, dass seine Frau fort ist. Seither hat sich in unserer Familie sehr viel verändert. Nicht ins Positive. Dunkle Gedanken spielen mit uns Tag für Tag.

»Ist schon gut«, sagt mein Vater schließlich und schafft es, seine Gesichtszüge etwas zu entspannen. Er konzentriert sich wieder auf seinen Teller, der schon fast geleert ist, während ich meinen kaum angerührt habe.

»Ich möchte dir heute etwas Schönes erzählen, Nitika. Etwas, das schon seit einiger Zeit feststeht, aber heute ist ein guter Zeitpunkt, dich einzuweihen.«

Sofort werde ich hellhörig. »Um was geht es denn?«

»Milton hat eine Reise zu einem anderen Stamm der Natives vereinbart. Als Präsident der *Navajo Nation* kann er entscheiden, wer ihn begleitet. Und das werde ich sein.«

»Das klingt … interessant«, gebe ich zu. »Um welchen Stamm handelt es sich denn?«

»Um die *Citali*. Sie leben im Zion-Nationalpark in Utah. Milton möchte mit ihnen gern ein Bündnis schließen, basierend auf einer Verbindung zwischen unseren Stämmen. Und du darfst ebenfalls mitkommen, denn der Sohn des dortigen Häuptlings ist noch nicht verheiratet.«

Mein Herz stolpert verwirrt nach vorn. »Das klingt nach einer Art Zwangsheirat. So etwas kommt doch in unseren Kreisen nicht mehr vor! Das ist viel zu altmodisch«, widerspreche ich sofort.

»Es soll auch kein Zwang sein«, fährt Shilah fort und seine Augen bohren sich weich in meine. »Aber ich sorge mich um dich. Hier in Tuba City kannst du nicht das Leben führen, was ich mir für dich vorstelle. Jeden Monat kämpfen wir aufs Neue mit Geldsorgen. Du hast etwas Besseres verdient.«

»Aber ich kenne weder die *Citali* noch deren Häuptling.« Skeptisch hebe ich eine Braue und schüttle dann den Kopf. »Das sind Fremde für mich und ihr stellt euch meine Heirat mit dem Häuptlingssohn vor?«

Mein Vater beugt sich etwas weiter über den Tisch zu mir. »Nein, nein! Es ist erst einmal natürlich nur ein Kennenlernen. Du triffst dich viel zu selten mit jungen Männern in deinem Alter. Vielleicht magst du ihn ja.«

Ich werde rot, denn Shilah hat in einem Punkt recht. Mein letztes Date liegt etliche Monate zurück, ebenso wie meine letzte Beziehung.

»Außerdem«, erklärt mein Vater, »leben die *Citali* noch nach den alten Traditionen unserer Vorväter. Versteckt vor der übrigen Welt führen sie ein Leben, wie wir Native Americans es früher getan haben.«

»Was, wenn ich aber nicht mitkommen will?«, fordere ich Dad heraus.

Dieser stößt ein Seufzen aus. »Dir wird es dort bestimmt gefallen. Unsere Vorväter, sie werden dort geehrt! Bei den *Citali* ist das Leben komplett anders als hier bei uns. Sieh es dir doch wenigstens einmal an. Was hast du zu verlieren? Außerdem ist es eine Ehre, dass der Präsident uns dazu ausgewählt hat, mitzukommen.«

»Er ist einer deiner besten Freunde, daher verwundert es mich ganz und gar nicht«, lache ich. »Ihr zwei kennt euch seit Jahren!«

»Erwischt!«, gibt Shilah zu. »Aber im Ernst, es würde mich sehr freuen, wenn du uns begleitest. Du musst dem Sohn des Häuptlings ja nicht sofort um den Hals fallen. Aber lerne ihn kennen, lerne das Leben dort kennen. Sieh es als eine Art Urlaub an.«

»Was ist mit dem *Navajo Rest*, während wir beide fort sind?«

Die fehlenden Einnahmen können nie wieder aufgeholt werden, wenn wir das Hotel längere Zeit schließen müssen. Dessen ist sich mein Vater hoffentlich bewusst.

»Wir schaffen das. Das ist eine einmalige Chance!«, argumentiert mein Vater. »Komm, begleite deinen alten Herren.« Er legt den Kopf schief und sieht mich fast schon bettelnd an.

Tief seufze ich, doch dann nicke ich.

»Na gut«, gebe ich nach. »Aber ich möchte, dass keinerlei Bedingungen daran geknüpft sind! Nichts mit Heirat und in den Sohn des Häuptlings verlieben. Das ist allein meine Sache.«

»In Ordnung«, antwortet mein Vater und ein Lächeln schleicht sich auf seine Lippen. »In zwei Tagen werden wir aufbrechen. Das wird toll, du wirst schon sehen.«

»Sicher?«

»Sicher.«

Shilah klingt so überzeugt, dass ich ihm glauben möchte. Und wer weiß, vielleicht tut dieser Urlaub uns wirklich gut. Vielleicht lässt er unsere Gedanken weniger kreisen und meinen Vater weniger oft zu Eis erstarren.

Gemeinsam beenden wir das Abendessen. Shilah kommt aus dem Schwärmen von der bevorstehenden Reise gar nicht mehr heraus. Doch das ist schöner, als wenn er in seinem Gedankenchaos versinkt oder gar in seinen depressiven Stimmungen. Ein glücklicher, lächelnder Vater ist mir definitiv lieber.

Als ich schließlich unsere leeren Teller abräume, steht Shilah abrupt vom Tisch auf.

»Bis später, Nitika! Das Essen war sehr gut.«

Auf einmal fangen meine Hände zu zittern an und ich laufe schnell zur schmalen Küchentheke, um die Teller dort abzustellen, bevor ich sie fallen lasse.

»Wo willst du denn hin?«, frage ich ihn vorsichtig.

»Ähm …«, Shilah druckst herum. Die Antwort liegt auf der Hand, aber ich möchte sie dennoch aus seinem Mund hören.

»Sag schon«, weise ich ihn an, diesmal klingt meine Stimme etwas rauer.

Ich drehe mich zu meinem Vater um, dessen runder Kopf die Farbe einer reifen Tomate angenommen hat.

Er weiß es ganz genau.

Und er weiß auch, wie schlecht das für unsere Familie ist. Dennoch kommt er einfach nicht davon los.

»Na ja … ins … ins *Twin Arrows*.«

Damit ist es raus. Ich spüre, wie sich ein Stein auf mein Herz legt und es schwer werden lässt.

Das *Twin Arrows Navajo Casino* ist knapp eineinhalb Stunden von hier entfernt, dennoch treibt es meinen Vater regelmäßig dorthin. Meiner Meinung nach finden die Nächte, in denen er nicht nach Hause kommt, weil er dort ist, viel zu oft statt.

Zwar habe ich ihn noch nie begleitet, aber mir ist klar, dass dieses Casino einer der Gründe ist, weshalb das Geld in unserer Haushaltskasse stets knapp ist. Klar, die fehlenden Touristen spielen auch eine große Rolle. Doch das Geld der Reisegruppe ist bereits fort. Und warum? Sicher hat es Shilah dort verspielt. Dass er heute wieder dort hinmöchte, zeigt mir nur, dass es für ihn eine Gewohnheit geworden ist. Und es gefällt mir nicht. Alle meine Nackenhaare stellen sich auf.

»Ich werde doch morgen wieder nach Hause kommen«, versucht mein Vater mich zu beschwichtigen. Er kommt auf mich zu, um mir einen Kuss ins Haar zu drücken. Doch ich weiche ihm aus. Das will ich nicht. Kann er nicht einfach bei mir bleiben wie jeder Vater? Warum muss er mich immer in dieser Einsamkeit zurücklassen?

»Sei nicht sauer, Kleines, bitte. Ich brauche das, um den Kopf freizubekommen. Und danach fahren wir gemeinsam ins *Citali*-Reservat. Das wird toll! Ein richtiger Urlaub.«

Mir ist bewusst, dass Shilah damit seinen Casinobesuch nur herunterspielen möchte. Als wäre es nicht weiter schlimm, dass er die Nacht dort verbringt und sicher mit weniger Geld nach Hause kommt, als er mitgenommen hat.

Doch es hat keinen Sinn, dass ich noch mehr dagegen spreche. Aufhalten kann ich ihn nicht.

»In Ordnung«, wispere ich also. Die Lüge entgleitet schnell meinen Lippen. Denn nichts ist in Ordnung, im Gegenteil.

»Dann bis morgen. Ich hab dich sehr lieb, Nitika.«

Diesmal ist er schneller und schafft es, mir einen väterlichen Kuss auf mein Haar zu drücken. Dass er es aufrichtig meint, weiß ich. Dennoch fühlt sich der Abschied wie eine bitterböse Lüge an.

Mein Vater lächelt und winkt, als er die kleine Küche verlässt.

Meine Füße tragen mich zum Fenster und wenig später sehe ich den alten Geländewagen meines Vaters den Hof verlassen. Sofort wächst sich der Kloß in meiner Kehle und die Einsamkeit droht mich zu verschlingen.

Um nicht ständig darüber nachdenken zu müssen, was mein Vater nun im Casino tut, wie sein Abend verläuft und ob er an mich denkt, ziehe ich mich in mein Zimmer zurück.

Neben den Acrylbildern ist das Arbeiten mit Ton meine größte Leidenschaft. Ich schnappe mir meine Töpferscheibe und lege den Boden des Zimmers mit altem Zeitungspapier aus, um nichts dreckig zu machen. Dann knete ich meinen Ton, bis er etwas geschmeidiger ist, und platziere ihn mittig auf der Scheibe. Meine Hände tunke ich immer wieder in eine Wasserschale, die ich neben mich gestellt habe. So bleibt der Ton schön weich und lässt sich auf der drehenden Scheibe gut formen.

Das Töpfern erfordert sehr viel Geduld. Während ein Bild an einem Tag fertiggestellt werden kann, bin ich bei Ton gezwungen, ihn ein paar Tage trocknen zu lassen, ehe ich weiterarbeiten kann. Doch meine Kanne hat bereits ordentlich an Form gewonnen und als ich spät nachts, nachdem die Dunkelheit schon längst ganz Tuba City verschluckt hat, meine Töpferscheibe ausschalte, aufräume und zu Bett gehe, komme ich mir sehr produktiv vor. Und das Wichtigste: Die ganze Zeit über habe ich mich nur auf das Hier und Jetzt konzentriert und war mit meinen Gedanken nirgends sonst.

KAPITEL 6

Nitika

Schon immer habe ich gern bei offenem Fenster geschlafen. Ich mag es, ein Stück Natur in mein Schlafzimmer zu lassen. Der einzige Nachteil daran ist, dass ich meist sofort wach werde, wenn ich den Gesang der Vögel höre und das Sonnenlicht einladend hineinscheint.

Als ich heute davon geweckt werde und aus meinem Bett schlüpfe, herrscht Stille im Bungalow. Natürlich! Wenn Dad nicht zu Hause ist, ist es dermaßen ruhig. Nur mein eigener Atem und Herzschlag sind zu hören. Und wie immer kriecht mir Sorge in den Nacken, während ich allein im Badezimmer stehe und meine Zähne putze. Ich hoffe, dass es meinem Vater gut geht. Dass er bald zurück ist. Die Angst, dass er einfach nicht mehr wiederkommt, ist groß und sorgt noch vor dem Frühstück für ein flaues Gefühl in meinem Magen.

Seufzend tappe ich in die Küche und bereite mir Rührei mit Bacon zu, weil ich die dazugehörigen Zutaten zu meinem Glück noch im Kühlschrank finde.

Während ich allein am Tisch sitze und auf den leeren Platz mir gegenüber starre, wird mir klar, dass ich mich definitiv ablenken muss. Sonst werde ich noch verrückt. Doch mein Tonkrug muss trocknen, ehe ich daran weiterarbeiten kann.

»Ob ich schon mal für die Reise packen soll?«, frage ich den leeren Stuhl gegenüber von mir.

»In zwei Tagen geht es los und ich habe keine Ahnung, was mich erwartet«, seufze ich. »Was, wenn es mir im Reservat der *Citali* nicht gefallen wird?«

Doch ich vertraue dem Urteil meines Vaters. Schon immer haben mich die Geschichten rund um unsere Vorväter interessiert. Die Kulturen der Native Americans, die von Stamm zu Stamm etwas unterschiedlich sind. Nur die Sache mit dem Sohn des Häuptlings macht mir Sorgen. Shilah hat gesagt, ich solle ihn ungezwungen kennenlernen. Doch in meinen Ohren klingt trotzdem nach, dass sie eine Verbindung zwischen den Stämmen haben möchten. Ich fürchte, dass der Präsident der *Navajo Nation* mich als Schlüsselfigur sieht.

»Das kann ja was werden«, murmle ich zu mir selbst.

Tatsächlich beginne ich nach dem Frühstück zu packen.

Es fühlt sich seltsam an. Seit ich denken kann, bin ich immer hier in Tuba City gewesen. Nun plötzlich einen Urlaub zu machen – das klingt in meinen Ohren absolut fremd. Meine früheren Klassenkameraden waren auch meist zu Hause. Die wenigsten Mitglieder der *Navajo Nation* können es sich leisten, wegzufahren. Stattdessen sehen wir uns die Touristen an, die unser Reservat besuchen, um hier Urlaub zu machen.

Mir fallen die strahlenden Gesichter der Menschen ein, die im *Navajo Rest* bisher übernachtet haben. Sie alle haben sich gefreut, hier zu sein. Meistens hatten sie Kameras dabei, um jeden Augenblick festzuhalten. Dazu die Aura, die von ihnen ausging – jeder von ihnen war stets gelassen, kaum einer wirkte angespannt oder gestresst. Ob Dad und ich so aus dem Zion-Nationalpark zurückkommen würden? Das hoffe ich. Vielleicht könnte der Urlaub

Shilah sogar so guttun, dass er Abstand vom *Twin Arrows Navajo Casino* nimmt.

Ich krame in meinem Kleiderschrank nach einer Reisetasche. Natürlich besitze ich so etwas nicht, warum auch? Es hat bisher nie einen Anlass dazu gegeben. Doch mein alter Rucksack, den ich während meiner Schulzeit genutzt habe, hat ebenfalls eine gute Größe. Zwar hat er schon bessere Tage gesehen, doch für diesen Zweck wird er reichen müssen.

Nach und nach packe ich Kleidungsstücke ein, von denen ich denke, dass sie in einem Nationalpark praktisch sein könnten. Mein Block für Skizzen und ein paar Stifte dürfen auch nicht fehlen, auch wenn ich meine Acrylfarben und meine Tonscheibe sicher schmerzlich vermissen werde.

Schließlich höre ich das Geräusch eines Autos, das auf den Hof gefahren kommt. Ein Blick auf die Uhr in meinem Zimmer verrät, dass es bereits Mittag ist.

Ich stehe auf und laufe zum Fenster, das noch immer geöffnet ist. Mein Gehör hat mich nicht getäuscht: Dad ist wieder da. Sein Geländewagen hält gerade an und der Motor verstummt. Gebannt beobachte ich, wie er aus dem Auto steigt. Die Tür knallt er geräuschvoll hinter sich zu. Scharf sauge ich die Luft ein. Seine zusammengezogenen Brauen verraten mir, dass die Nacht im Casino nicht erfolgreich war. Sonst hätte er ein Lächeln auf den Lippen – was so gut wie nie vorkommt, wenn er wiederkommt.

Mit großen Schritten läuft er über den Hof und ich husche schnell vom Fenster weg, um ihn zu begrüßen.

»Hallo, Dad!«, rufe ich ihm durch den Flur zu.

Mein Vater sieht nicht auf, während er seine alten Schuhe von den Füßen streift. Dunkle Schatten tanzen über sein Gesicht und seine Miene wirkt wie versteinert.

»Ich … ich habe bereits angefangen für die bevorstehende

Reise zu packen«, erkläre ich in der Hoffnung, dass es ihn aufmuntern könnte.

Doch auch darauf reagiert mein Vater nicht. Stattdessen trifft mich sein harter Blick plötzlich und unerwartet, als er sich aufrichtet und mich ansieht.

Glück. Das ist es, was meinem Vater letzte Nacht mit Sicherheit gefehlt hat. Er braucht nichts zu sagen, es ist ihm ins Gesicht geschrieben. Ich merke, dass ich fehl am Platz bin, er auf meine Worte nichts erwidern wird und ihn auch nichts aufmuntern kann.

»Ich packe dann mal weiter«, murmle ich also schnell und verschwinde wieder in meinem Zimmer. Schnell schließe ich die Tür hinter mir und lasse mich am glatten Holz hinunter auf den Boden gleiten. Was kann ich nur tun, um meinen Vater aus dieser Schleife herauszuholen?

Um mich abzulenken, greife ich schlussendlich wieder zu meinen bunten Farben. Doch meine Hände malen automatisch ein Bild, das mir noch stärker das Herz zerreißt. Abstrakt ist es, dennoch weiß ich, um wen es sich bei den schattenhaften Gestalten auf meiner Leinwand handelt: um meinen Vater, meine Mutter und mich.

Sobald ich den letzten Pinselstrich gesetzt habe, trete ich zurück und atme tief durch. Doch ich spüre trotzdem, wie mir die Tränen über die Wangen laufen. Der Schmerz sitzt so unendlich tief. Während ich ihn versuche mit meinen Bildern zu bekämpfen, tut es mein Vater stets mit den Besuchen im Casino. Jeder von uns hat seine eigene Art, mit den Dämonen der Vergangenheit zu kämpfen. Und dennoch tut mein Vater etwas, was unsere gesamte Existenz für immer gefährden könnte.

Nachdem ich meine Malsachen weggeräumt habe, schleiche ich mich in die Küche.

Zu meinem Glück ist sie leer. Ein Blick aus dem Fenster verrät mir, dass mein Vater draußen auf der Bank vor dem Hotel sitzt. Er starrt vor sich hin und mir fällt auf, dass sich die Schatten von vorhin verflüchtigt haben. Stattdessen haben sie der Traurigkeit Platz gemacht. Seine gerunzelte Stirn lässt ihn direkt fünf Jahre älter wirken, als er eigentlich ist. Shilah ist gebrochen, ebenso wie ich. Und anstatt dass wir es schaffen, gemeinsam wieder zusammenzuwachsen, entsteht eine Kluft zwischen uns. Etwas, das es in einer Familie niemals geben dürfte.

Mein Vater kommt erst zum Abendessen ins Haus.

Seine Augen sehen müde aus, doch er trägt ein Lächeln im Gesicht, auch wenn es erzwungen wirkt.

»Nitika, das riecht aber gut!«

Kein ›Es tut mir leid, dass ich dich vorhin mit bösen Blicken gestraft habe‹.

Kein ›Es tut mir leid, dass ich gestrige Nacht einen Teil unseres Geldes mal wieder verspielt habe‹.

Und trotzdem freue ich mich automatisch, dass mein Vater wieder mehr sich selbst ähnelt.

»Danke! Setz dich.«

Er setzt sich zu mir an den Tisch, und obwohl es heute nur Sandwiches gibt, schmeckt es ihm.

Nun traue ich mich, endlich vom heutigen Tag zu erzählen.

»Ich habe bereits gepackt. Bist du schon bereit für die Reise?«

Sein Blick wird weich. »Ich habe vor, morgen meine Tasche zu packen, übermorgen werden wir abreisen. Es wird aufregend werden, Nitika. Das wirst du schon sehen.«

»Hoffentlich werde ich diesen Trip mit euch beiden Männern nicht bereuen.«

Shilah lacht. »Niemals! Es wird dir gefallen und uns beiden wird es guttun. Du wirst schon sehen.« Er zwinkert mir zu und beißt in sein Sandwich.

Und ich? Ich glaube ihm und schöpfe Hoffnung, dass in nächster Zeit die Casino-Nächte weniger werden – oder gar ganz aufhören.

KAPITEL 7

Sakima

Die Stimmung ist ausgelassen.

Seit der Beisetzung meines besten Freundes gab es das nicht mehr. Der Tag, an dem er starb, hat Dunkelheit über das Dorf gelegt, doch nun blüht alles und jeder mit einem Mal auf. Es scheint, als hätte eine Welle aus Energie alle Dorfbewohner erfasst.

Holz wird gesammelt und auf dem Platz neben dem Marterpfahl aufgetürmt. Doch diesmal aus einem absolut freudigen Ereignis: Heute werden unsere Freunde aus dem *Navajo*-Reservat ankommen.

Freunde? Kann man so etwas schon über sie sagen? Mit Sicherheit. Sie gehören der indigenen Bevölkerung an und haben dieselben Wurzeln wie wir. Natürlich sind es keine Feinde.

Gedankenverloren schlendere ich durch das Dorf, das bereits in den frühen Morgenstunden voller Leben steckt. Noch nicht einmal der Nebel hat sich verflüchtigt, trotzdem sind alle voller Tatendrang. Ein paar haben ihre Tipis mit Traumfängern oder Makramees verschönert, um den Gästen zu imponieren. Die kleinsten Dorfbewohner rennen wild durcheinander. Immer wieder schnappe ich Fetzen ihrer dünnen Stimmchen auf, die mir alle verraten, wie aufgeregt sie sind. Das treibt mir ein Lächeln auf die Lippen und Freude macht sich in mir breit. Ein Gefühl, das ich seit Wochen nicht mehr verspürt habe, doch die ausgelassene Stimmung im Dorf ist einfach ansteckend. Ich bin gespannt, wie unsere Gäste wohl aussehen und vor allem, wie viele es sein werden. Noch macht Ahusaka ein großes Geheimnis daraus und hat nicht einmal mich als zukünftigen Häuptling eingeweiht.

»Warum stehst du nur herum, anstatt mit anzupacken?«

Meine Schwester Sunwai tippt mir keck auf die Schulter. Auf ihren Lippen trägt sie das breiteste aller Grinsen. Es ist nur zu deutlich sichtbar, wie sehr auch sie sich auf die kommenden Besucher freut.

»Und du? Was machst du?«, frage ich sie.

»Ähm … Ich helfe Mingan dabei, die Friedenspfeifen sauber-zumachen«, erklärt Sunwai und ihr Lächeln bekommt freche Züge.

Ihre offenkundige Lüge quittiere ich mit einem Augenrollen. Schon immer hat Sunwai es geschafft, sich aus Pflichten jeglicher Art herauszuhalten.

»Du bist nicht tatkräftiger als ich«, stelle ich klar. »Außerdem werde ich später mit Vater und ein paar Männern die *Navajo* abholen gehen.«

»Das ist mir klar«, meint Sunwai leichthin. »Johnny wird auch mitreiten. Er kennt sich schließlich mit den Außenweltlern aus und die *Navajo* sollen ähnlich wie sie leben, nur eben nicht unter der Regierung der USA stehen.«

»Das ist aber auch das Einzige, was wir von deren Besuch wissen. Oder hat der *Athánchan* dir etwa mehr verraten?«

Wild schüttelt meine Schwester den Kopf. »*Ná*. Ich bin wirk-lich gespannt! Meiner Meinung nach muss es einfach einen besonderen Anlass für diesen Besuch geben. Noch nie sind

Fremde hier gewesen, auch nicht, wenn sie von den indigenen Völkern abstammen.«

»Das kann sein«, gebe ich zu.

»Auf jeden Fall steht dir deine gute Laune, Sakima. Ich habe dich schon lange nicht mehr so unbeschwert gesehen«, meint Sunwai.

Ich sehe sie an und ihre braunen Augen, das Ebenbild der meinen, bohren sich tief in meine.

»Es tut noch weh, Sunwai. Und es wird niemals verschwinden«, flüstere ich.

»Das kann ich mir vorstellen«, seufzt Sunwai. »Aber Takoda hätte gewollt, dass du glücklich bist. Dessen bin ich mir absolut sicher.«

Ich nicke. Takoda hätte das wirklich gewollt. Dennoch ruft allein das Hören seines Namens die altbekannte Enge in meiner Brust hervor. Alles in mir zieht sich zusammen und der Schmerz ist plötzlich wieder allgegenwärtig.

»Habe ich etwas Falsches gesagt?«

»Nein«, antworte ich schnell. Sunwai meint es nur gut.

»Wir sollten uns jetzt aber wirklich unter die Dorfbewohner mischen und mit anpacken. Sonst stehen wir am Ende nur im Weg herum.«

Sunwai nickt. »*Tá*. Schade, dass Adsila nicht da ist. Sie hätte das leckerste Festessen zubereitet!«

Das sorgt tatsächlich dafür, dass ich kurz laut auflache.

»Sie hätte die *Navajo* nur über das Leben in der Außenwelt ausgehorcht. Das ist alles, was sie je interessiert hat.«

»Stimmt. Deswegen ist sie in Los Angeles mit Logan auch mehr als glücklich. Wusstest du, dass sie bei seinen Eltern das Handwerk der Gastronomie lernt? Das bedeutet, dass sie sich jeden Tag mit dem Kochen von unterschiedlichsten Speisen beschäftigt. Eines Tages möchte ich sie mit Johnny besuchen. Sobald sie ihr eigenes Restaurant eröffnet hat.«

Sunwai stößt ein fast schon sehnsuchtsvolles Seufzen aus. Nur zu gut verstehe ich, dass sie ihre beste Freundin vermisst. Dennoch ist es nicht damit zu vergleichen, wie sehr mir Takoda fehlt. Jederzeit kann Sunwai über Johnnys Außenweltler-Handy mit Adsila in Kontakt treten, während ich Takoda niemals wiedersehen kann.

»Komm schon, Sunwai. Lass uns den anderen zur Hand gehen«, wechsle ich schnell das Thema.

Sunwai nickt und wir schließen uns den *Citali* an, die das Dorf für die Ankunft unserer Besucher zum Strahlen bringen.

Es ist immer noch früher Morgen, als sich die Männer rund um Ahusaka bei der Pferdeherde versammeln.

Jetzt wächst meine Aufregung tatsächlich. Ich bin gespannt, wie es wohl sein wird, den *Navajo* gegenüberzustehen.

»Wir nehmen drei zusätzliche Pferde mit«, erklärt der Häuptling. »Für unsere Gäste, die am Rand des Nationalparks mit ihren … Wie nennt man sie noch gleich?«

»Autos«, hilft Johnny weiter.

»Richtig, mit ihren ›Autos‹ ankommen werden.«

Alle anwesenden Männer nicken einstimmig.

»Und ich möchte außerdem, dass sich unsere Gäste bei uns wohlfühlen werden. Sie sollen das Gefühl von Heimat vermittelt bekommen und sich nicht wie Fremde bei uns vorkommen.«

Wieder nicken die Männer, ohne zu widersprechen. Dann schwingen wir uns auf unsere Pferderücken.

Devaki wiehert fröhlich, als ich ihren Hals tätschle. Seit dem

Ausflug mit Takoda bin ich mit ihr kaum ausgeritten, was sie offenbar vermisst hat.

Langsam macht sich die Truppe auf den Weg. Abgesehen von mir und Johnny ist nur Paco in unserem Alter. Die anderen beiden Männer sind schon erfahrene Krieger und müssten fast so viele Winter wie mein Vater gesehen haben.

Wir reiten den Virgin River in einem flotteren Tempo entlang. Doch immer wieder zügeln wir unsere Pferde, um ihnen kurze Verschnaufpausen zu ermöglichen.

»Wo ist der vereinbarte Treffpunkt?«, möchte ich wissen.

»Angels' Landing«, antwortet mein Vater knapp. »Unsere Gäste werden den Weg dorthin zu Fuß gehen. Ich hoffe, dass sie sicher dort ankommen.«

»Werden sie schon«, gebe ich zurück. »Es sind schließlich Native Americans. Ihre Wurzeln liegen in der Natur, von daher sollten sie sich im Park auch gut zurechtfinden.«

»Das siehst du etwas falsch, Sakima. Wir sind schließlich *der* einzige Stamm, der nach den alten Traditionen lebt. Die Navajo sind mit der Außenwelt eng verwoben.« Mein Vater treibt sein Pferd an und überholt mich, um wieder an die Spitze des Zuges zu gelangen. Ich bleibe hinten bei Johnny und Paco zurück.

»Sie haben dann wohl all unsere Traditionen vergessen«, murmle ich leise und schüttle den Kopf. Für mich sind die Regeln der *Citali* sehr wichtig. Ich kann mir auch nicht vorstellen, wie es ist, in der Moderne zu leben. Johnny und Logan habe ich daher anfangs nicht gemocht und Adsilas Beweggründe, den Stamm zu verlassen, habe ich ebenfalls nie verstanden. Für mich ist es ein Rätsel, beinahe Verrat des *Großen Geistes*, auch wenn der Häuptling das inzwischen anders sieht.

»Du wirkst, als hättest du Vorurteile«, stellt Johnny fest.

»Na ja, die Außenwelt ist für mich stets der Feind gewesen«, erkläre ich. »Wie kann man nur seine Wurzeln vergessen? Es tut mir in der Seele weh, wenn ich daran denke.«

Paco nickt. »Ich verstehe das auch nicht. Dennoch sind die *Navajo* ein Teil der indigenen Bevölkerung. Wir sollten sie als Freunde aufnehmen und nicht zwiespältig betrachten.«

»Das sehe ich genauso«, stimmt Johnny Paco zu.

Dieser reckt sofort stolz seine Brust nach vorn und ich verdrehe die Augen. Arrogantes Gehabe habe ich noch nie gemocht.

»Sakima, die *Navajo* werden uns von ihrem Leben erzählen und wir haben die Aufgabe, ihnen unsere Traditionen näherzubringen«, fährt Johnny fort. »Du hattest schon immer viele Vorurteile. Auch mir gegenüber. Und doch habe ich die *Citali* niemals verraten und werde das auch nie tun.«

Mir entweicht ein tiefes Seufzen. »Schon gut. Ich gehe ohne Vorurteile an die Sache heran. Aber ihr könnt mir nicht verübeln, dass ich misstrauisch bin.«

»Dein Vater hat sie ins Dorf eingeladen. Er wird gute Gründe dafür haben«, stellt Johnny klar.

Hier muss ich zugeben, dass er absolut recht hat. Also nicke ich nur und reite schweigend weiter.

Bald schon erblicke ich die Felsformation von Angels' Landing. Obwohl ich hier aufgewachsen bin und die Natur jeden Tag um mich habe, raubt mir der Anblick der rötlich schimmernden Felsen jedes Mal den Atem.

Plötzlich mache ich vor dem Pfad, der hinauf auf die Felsen führt, eine kleine Gruppe von Menschen aus.

»Sind sie das?«, frage ich laut.

Der *Athánchan* nickt.

Als wir näher kommen, erkenne ich, dass es sich um drei Personen handelt. Um ehrlich zu sein, hätte ich mehr Mitglieder der *Navajo* erwartet. Doch der Gedanke rückt in den letzten

Winkel meines Kopfes, als wir fast bei der kleinen Gruppe sind. Denn ich bin gefesselt. Völlig und unerwartet.

Ihre Aura raubt mir den Atem. Schüchtern steht sie neben den beiden älteren Männern. Ihr Blick ist in die Ferne gerichtet, geht an allen von uns dabei, so als würde sie in ihrer eigenen Welt leben. Sie sieht aus wie eine *Citali* und doch gänzlich anders. Ihre Kleidung entstammt der Außenwelt, doch ihr schwarzes, glänzendes Haar hat sie zu zwei kunstvollen Zöpfen geflochten, die mich an unser Volk erinnern. Die junge Frau ist wunderschön. Ich schaffe es nicht, mich von ihr abzuwenden. Auch nicht, als wir von den Pferden absteigen.

Nur am Rande bekomme ich mit, wie der *Athánchan* vortritt und dem schlankeren der beiden Männer zuerst die Hand schüttelt. Diese Geste hat mein Vater offenbar von Johnny gelernt – in der Außenwelt ist das als Begrüßung Brauch. Der Mann trägt einen Cowboyhut auf dem Kopf und sein dunkles Haar ist kurz geschnitten.

»Willkommen bei uns! *Haulá*«, sagt mein Vater. »Es ist schön, dass ihr hier seid.«

»Ich bin Milton Nowak, der Präsident der *Navajo Nation*«, stellt sich der Mann mit dem Hut vor.

Eigentlich sollte ich auch nach vorn treten und mich vorstellen. Doch ich bin gefangen. Und sehe keine Möglichkeit, von ihrer Präsenz loszukommen.

KAPITEL 8

Nitika

Es ist, als hätte jemand die Zeit mit einem Mal zurückgedreht.

Schon die Ankunft im Zion-Nationalpark hat mich schwer beeindruckt. Die Natur ist noch so wild, und das, obwohl unzählige Pfade für Touristen durch den Park führen. Dennoch sieht alles unberührt aus.

Doch jetzt werde ich mir der Vergangenheit immer mehr bewusst. Denn sie ist es, die nun vor uns steht.

Die *Citali* beeindrucken mich und jagen mir gleichzeitig einen Schauer über den Rücken. Es sind alles Männer, die uns abholen. Sie alle tragen braune Hosen aus einem leichten Leinenstoff. Über ihren ebenso braunen Hemden liegen Ketten aus unterschiedlichsten Materialien. Federn und Knochen, wenn ich mich nicht täusche. Eigentlich sehen sie aus wie Wilde. Zumindest müssen sie in den Augen der Touristen so aussehen. Doch für mich sind sie eine Art Spiegel. Sie zeigen mir meine Herkunft, meine Wurzeln. Gebannt mustere ich sie, wenn auch möglichst unauffällig. Ihr Auftreten ist bewundernswert und dennoch fühlt es sich merkwürdig an, ihnen nun gegenüberzustehen. Nicht nur, weil sie alle Männer sind. Nein, ihre Blicke gleiten voller Neugierde über uns, als wären wir Außerirdische.

Automatisch rücke ich näher an meinen Vater heran und bin froh, direkt zwischen ihm und dem Präsidenten zu stehen. So fühle ich mich geschützt.

»Ich bin Ahusaka, der *Athánchan* der *Citali*. Der Häuptling«, stellt sich plötzlich einer der Männer vor. Er hat Milton bereits die Hand gegeben, doch nun sieht er auch mich und meinen Vater an.

»Mein Name ist Shilah und das ist Nitika, meine Tochter«, erklärt mein Dad und schiebt mich währenddessen ein Stück nach vorn, was mir äußerst unangenehm ist. Meine Wangen brennen und ich senke kurz meinen Blick, ehe ich den Häuptling genauer betrachte. Mir hätte eigentlich auffallen müssen, dass er derjenige ist, der die *Citali* anführt. Denn er trägt zusätzlich zu dem Schmuck um seinen Hals auch eine Krone aus Federn auf dem Kopf.

Nur wer ist nun sein Sohn, von dem Shilah gesprochen hat?

Ich lasse meinen Blick unauffällig über die drei jungen Männer in der Gruppe gleiten. Einen schließe ich direkt aus – seine Haut ist so bleich, dass er zwischen den Native Americans wie ein Fremder wirkt. Die beiden anderen haben langes schwarzes Haar, ihre Oberteile spannen sich über der Haut. Sie müssen beide offenkundig gut gebaut sein. Mein Hals wird kurz trocken, sodass ich schlucken muss. Das hatte ich nicht denken wollen! Ich rüge mich sofort für meinen unzüchtigen Gedanken und wende meinen Blick wieder ab.

»Es ist für uns eine große Ehre, dass ihr hier seid«, fährt Ahusaka fort. »Mein Sohn ist ebenfalls mit uns gekommen. Komm her, Sakima.«

Sieh nicht hin, sieh nicht hin!

Ich möchte wirklich nicht hinsehen. Zu stark klingen die Worte meines Vaters in meinem Kopf nach. Dass eine Verbindung zwischen *Navajo* und *Citali* entstehen soll und dass diese am besten durch eine Heirat hergestellt werden kann.

Also halte ich meinen Kopf gesenkt, während einer der jungen Männer vortritt und sich uns offiziell vorstellt.

»Ich heiße Sakima«, erklärt er und seine Stimme fegt wie ein tosender Sturm über mich hinweg, bringt mich ins Wanken. Sie ist tief, aber dennoch sanft, anstatt einschüchternd zu wirken. Seine Worte sorgen dafür, dass sich die feinen Härchen auf meinen Armen automatisch aufstellen. Am liebsten würde ich meinen Kopf heben und ihn ansehen, weil ich wissen möchte, wem der jungen Männer diese sanfte und gleichzeitig absolut männliche Stimme gehört.

Dennoch unterlasse ich es. Denn was, wenn er mir tatsächlich gefällt? Seine Stimme raubt mir den Atem, warum sollte es dann auch sein Äußeres nicht tun? Ich habe Angst, dass ich ihm verfalle, obwohl ich es nicht möchte. Das hier soll ein Urlaub werden, mehr nicht. Ich bin nicht hier, um mich zu verlieben, auch wenn es der größte Wunsch meines Vaters ist.

Und doch spüre ich die ganze Zeit über, dass Sakima mich ansieht. Sein Blick liegt so deutlich auf mir, dass es mir schwerfällt, dieser merkwürdigen Anziehung zu widerstehen, die mich festhält, seitdem er seinen Namen ausgesprochen hat.

»Dann wollen wir zum Dorf reiten«, beschließt der Häuptling feierlich.

Erleichterung macht sich in mir breit, als sich die *Citali* zerstreuen und wir ihnen folgen. Jetzt brauche ich wenigstens nicht mehr wegzuschauen.

Ich hebe meinen Blick und sehe zu, wie sich unsere Gastgeber alle auf die Rücken ihrer Pferde schwingen.

Pferde! Aber natürlich! Sie sind ein Spiegel der Vergangenheit, weswegen es hier selbstverständlich keine Autos gibt.

Uns werden ebenfalls Pferde zugeteilt und ich sitze vorsichtig auf dem Rücken der braunen Stute auf. Sie tänzelt leicht hin und her, doch ich finde schnell das Gleichgewicht und halte mich an dem Strick fest, der um ihren Hals liegt. Froh bin ich, dass ich nicht viel zu tun brauche. Die Tiere scheinen den Weg zu kennen, so muss ich mir keine Gedanken darüber machen, wie ich das Pferd lenken kann.

Langsam reiten wir am Fluss entlang, der durch den Park fließt. Der Virgin River. Natürlich habe ich mich im Vorfeld darüber informiert, doch jetzt alles in echt zu erleben, ist noch einmal eine ganz andere Nummer. Die Sonne scheint auf die rötlichen Felsen und lässt sie sanft leuchten. Die Stille, die uns umgibt, ist geradezu magisch. Nur der Klang der Hufe auf dem staubigen Boden ist zu hören, gepaart mit dem Schnauben der Pferde.

»Sakima, ich reite vor!«, höre ich plötzlich jemanden sagen.

Jetzt kann ich nicht anders, sehe auf. Einer der jungen Männer überholt die anderen und setzt sich an die Spitze des Zuges.

Nun habe ich einen perfekten Blick auf ihn. Sakima, den Sohn des Häuptlings. Sein langes Haar weht hinter ihm sanft im Wind. Mir fällt auf, dass sein Gesicht äußerst markant geschnitten ist, aber nicht im negativen Sinne. Im Gegenteil: Von ihm geht eine Männlichkeit aus, die für ein Kribbeln in meinem Inneren sorgt. Obwohl ich so etwas nicht fühlen will, kann ich die Anziehung nicht leugnen. Seine Stimme passt perfekt zu seinem Äußeren. Er sieht verwegen aus und strahlt dennoch eine Art Autorität aus, was bestimmt daran liegt, dass er der Sohn des Häuptlings ist. Ob er mich vorhin genauso gemustert hat? Wie muss ich nur auf ihn gewirkt haben?

Ich beiße mir nervös auf die Unterlippe. Starren gehört sich nicht, ich sollte meinen Blick endlich von ihm abwenden. Doch dadurch, dass er schräg vor mir reitet, gleiten meine Augen immer wieder automatisch zu ihm.

Er ist attraktiv.

Der Gedanke durchzuckt mich plötzlich und unerwartet und ich rüge mich gedanklich selbst dafür. Er ist ein Fremder, mehr nicht.

Tief atme ich durch und schaffe es, mich endlich von ihm loszureißen. Stattdessen konzentriere ich mich auf den Weg, der vor mir und meinem Pferd liegt.

Immer weiter reiten wir durch die Natur des Zion-Nationalparks. Mir fällt auf, dass wir die Wanderwege meiden. Der Häuptling führt den Zug am Ufer des Virgin Rivers entlang. Zu jeder Zeit sehen sich die *Citali* wachsam zu allen Seiten um, so als hätten sie Angst, dass jemand oder etwas sie verfolgen könnte.

Schließlich ändert Ahusaka die Richtung etwas und wir erreichen einen Waldrand. Dort macht er nicht halt, sondern führt sein Pferd zielstrebig hindurch. Alle anderen folgen ihm.

Ich schließe zu meinem Vater auf, der nicht weit von mir entfernt reitet und auf dem Rücken seines Pferdes keine recht glückliche Figur macht.

»Sie halten wirklich alles geheim, oder?«, wispere ich ihm leise zu.

Shilah sieht zu mir hinüber. »Wie meinst du das?«

»Keine Wanderwege. Ständig diese Blicke, ob Touristen uns folgen.«

»Ach so.« Mein Vater lacht. »Ja, sie halten ihr Zuhause geheim. Sonst würden sie irgendwann so leben wie wir.«

Wehmut schwingt in seiner Stimme mit. Ihm ist deutlich anzumerken, dass er sich ein anderes Leben wünscht. Mir entweicht ein Seufzen. Das tue ich auch. Ich wünsche mir das Leben zurück, in dem meine Mutter noch bei uns war. Ein fröhliches, unbeschwertes Leben.

Schließlich lichtet sich der Wald. Ich staune nicht schlecht, als ich eine große, weite Wiese erblicke. Doch noch mehr fasziniert mich das, was dahinter liegt: Tipis. So weit das Auge reicht, überall Tipis. Rauch steigt fröhlich empor und es ist, als hätte mich jemand in eine Zeitmaschine geschmissen. Ehrfürchtig halte ich den Atem an.

»Wow«, stoße ich aus. »Das ist einfach nur wunderschön.«

Die Erzählungen meines Vaters über die *Citali*, jedes Wort hat gestimmt. Das ist wirklich ein indigenes Volk Amerikas, so wie ich es mir als Kind ausgemalt habe. Ich habe mir stets vorgestellt, wie es wäre, selbst in einem Tipi aufzuwachsen und es nicht nur aus Erzählungen zu kennen. Und jetzt bin ich plötzlich mittendrin.

Am Rand des Dorfes rutschen wir von den Pferden. Sakima und die beiden anderen jungen Männer führen sie fort. Sicher zu einer Weide, wo sich die anderen Pferde der Dorfbewohner befinden.

»Es ist eine ganz andere Welt«, hauche ich ehrfürchtig.

»Ganz genau!«, lacht Milton. Ich habe gar nicht gemerkt, dass der Präsident der *Navajo Nation* neben mich getreten ist.

»Es ist eine Ehre, dass wir hier sein dürfen, Nitika.«

»Das kann ich mir vorstellen«, antworte ich leise. »Zuerst wollte ich nicht mitkommen, doch jetzt verstehe ich, was Vater so hierhergetrieben hat. Es ist eine einmalige Möglichkeit, unsere Vorväter richtig kennenzulernen. Oder zumindest deren Lebensweise.«

»Genauso ist es«, lobt mich Milton. »Eine Verbindung zwischen unseren beiden Stämmen wäre wunderbar. Die *Navajo* haben sich zu sehr von ihren Wurzeln entfernt, leben zu sehr in der Moderne. Es wäre schön, wenn wir mit den *Citali* eine tiefere

Bindung eingehen.«

Ich stoße ein Seufzen aus. »Glaub mir, Milton, ich weiß, worauf du anspielst. Dad hat mir alles gesagt. Aber ich bin nicht hier, um nach einem Ehemann Ausschau zu halten. Sondern um Kraft und Energie zu tanken, Urlaub zu machen. Das und nicht mehr. Ich bin nicht mitgekommen, um mich zu irgendetwas zu verpflichten.«

Ich strafe den Präsidenten der *Navajo* mit einem ernsten Blick. Dieser hebt sofort entschuldigend die Hände.

»Das hab ich auch gar nicht gemeint. Natürlich soll es ein zwangloser Aufenthalt sein.«

Seine Lüge müsste meilenweit zu riechen sein, doch ich verkneife mir jeglichen Kommentar.

Zum Glück räuspert sich in diesem Augenblick der Häuptling Ahusaka.

»Liebe Gäste, wir möchten euch mit einem großen Festmahl willkommen heißen! Folgt mir, die Mitglieder unseres Stammes sind schon sehr aufgeregt, euch kennenzulernen.«

Zu dritt folgen wir dem Häuptling.

Wir laufen durch das Dorf, sodass ich einen Eindruck davon bekomme, wie die *Citali* hier leben. Jedes Tipi hat eine unterschiedliche Bemalung, manche auch gar keine. Doch jedes von ihnen ist wunderschön geschmückt. Zwischen manchen Zelten sind Seile gespannt, die sicher zum Trocknen von Wäsche dienen, doch heute hängen überall Makramees und andere handgemachte Dekorationsstücke. Überwältigt halte ich den Atem an.

Schließlich kommen wir zur Mitte des Dorfes – zumindest nehme ich an, dass es das Zentrum ist, denn es ist ein Platz, auf dem bereits munter ein großes Lagerfeuer brennt. Außerdem schraubt sich ein Marterpfahl hinauf in den Himmel. Unwillkürlich frage ich mich, ob die *Citali* diesen auch noch nutzen, da sie sich sonst an die alten Traditionen halten. Allerdings schließe ich das instinktiv aus.

Bei unserer Ankunft werden wir bejubelt – einen anderen Ausdruck gibt es nicht dafür. Von überall ertönen die Rufe der *Citali*, die sich auf dem Platz befinden. Trommeln werden gespielt und eine Gruppe von Frauen stimmt einen indianischen Gesang an. Wohin ich auch sehe, blicke ich in strahlende Gesichter. Plötzlich kommt von rechts ein kleines Mädchen auf mich zu und hält mir eine Kette aus Federn hin. Mit großen Augen sieht sie mich an, und als ich mich zu ihr hinunterbücke, legt sie mir die Kette um den Hals. Danach strahlt sie mich fröhlich an und hüpft zu ihrer Mutter zurück.

Alle sind so herzlich und nett, dass es mir merkwürdig fremd vorkommt. In Tuba City gibt es keinerlei Offenheit. Sie ist mit den Jahren und dem wachsenden Elend verloren gegangen, denke ich zumindest. Eigentlich weiß ich nicht, ob es sie je gegeben hat. Die Menschen leben ihr Leben, ohne es miteinander zu teilen, während hier alle gemeinsam feiern und fröhlich sind. Ein wenig überfordert mich der Trubel, doch gleichzeitig sauge ich alles gierig in mich auf, als wäre es meine neue Nahrungsquelle.

Schließlich bleiben wir stehen und der Häuptling richtet sein Wort an die Menge.

»*Inìsas* und *Enásas*! Brüder und Schwestern, hört mir zu! Unsere Gäste aus dem Reservat der *Navajo* sind nun eingetroffen und ich möchte, dass ihr sie zusammen mit mir willkommen heißt. Lasst sie an unserem Leben hier im Dorf teilnehmen. Begrüßt mit mir und gemeinsam mit dem *Großen Geist* Milton, Shilah und Nitika!«

Es ist mir unangenehm, dass alle Blicke nur auf uns gerichtet sind. Jubel wird laut und die Frauen und Männer stimmen in ein wildes Geschrei ein.

Kriegsgeschrei, schwirrt es mir durch den Kopf. Genauso klingt es. Ein Teil ihrer Kultur – nein, *unserer* Kultur.

»Und jetzt lasst uns das Festmahl beginnen, für das uns der *Große Geist* heute seinen Segen gegeben hat«, verkündet der Häuptling.

Eine augenblickliche Stille überkommt das Dorf. Selbst die Kinder sind auf einmal ruhig und alle senken ehrfürchtig ihren Blick auf die Erde. Sogleich verstehe ich auch, weshalb.

Der Häuptling der *Citali* spricht ein Dankesgebet, das er an den *Großen Geist* richtet. Ich senke ebenfalls meinen Kopf und lasse das Gebet auf mich wirken.

Danach beginnt der große Trubel.

Während sich ein Teil der *Citali* direkt auf das Festmahl stürzt – über dem Feuer sehe ich Fleisch, das gegrillt wird – fällt der Rest von ihnen geradezu über uns her.

Unterschiedlichste Stimmen prasseln auf mich ein.

»Wie lebt ihr *Navajo*?«

»Warum tragt ihr Kleidung der Außenweltler?«

»Hattet ihr eine angenehme Reise?«

Ich bin froh, dass Shilah und Milton so viele Fragen wir möglich zu beantworten versuchen. Mir selbst ist plötzlich alles zu viel.

Jemand zupft an meinem T-Shirt. Es ist eine junge Frau mit offenem schwarzem Haar und einem selbstbewussten Lächeln auf den Lippen.

»Ich glaube, ich muss dich retten«, verkündet sie und zieht mich, ohne auf mein Einverständnis zu warten, etwas von den anderen Dorfbewohnern weg.

»Ähm, wie heißt du eigentlich?«, stoße ich aus, während mich die junge Frau in Richtung des köstlich duftenden Festmahls zieht.

»Wie unhöflich!«, seufzt diese und bleibt stehen, streckt mir die Hand hin. »Das habe ich von Johnny gelernt, meinem Freund. Er kommt aus der Außenwelt, ist aber jetzt ein waschechter *Citali* geworden. *Haulá*, ich heiße Sunwai und bin die Tochter des *Athánchan*. Meinen Vater hast du ja bereits kennengelernt.« Sie lächelt mich breit an und ich ergreife etwas schüchtern ihre Hand.

»Ich heiße Nitika«, stelle ich mich höflich vor, auch wenn ich mir sicher bin, dass inzwischen durch Ahusakas Rede jeder Dorfbewohner meinen Namen kennt.

»Freut mich!«

Sunwais Lächeln ist absolut aufrichtig, wird mir klar. Und wenn sie Johnny als Außenweltler bezeichnet, dann muss er in meiner Welt aufgewachsen sein. Es ist sicher der hellhäutige junge Mann im Abholtrupp gewesen.

»Du glaubst gar nicht, wie toll ich es finde, dass mein Vater einmal Gäste hierher eingeladen hat.«

»Kommt das denn nicht häufiger vor?«, frage ich.

Wild schüttelt Sunwai ihr schwarzes Haar. »*Ná*. Ihr seid unsere ersten offiziellen Gäste. Zu uns ins Dorf kommt im Normalfall nie jemand. Nun ja, Johnnys bester Freund Logan war einmal zu Besuch, aber das zählt nicht, denn das war nicht wirklich geplant.«

»Oh, okay.«

»Weißt du, ich finde es faszinierend, jemanden kennenzulernen, der einem anderen Stamm angehört. Wir kennen nur die Geschichten von Mingan, das ist unser Medizinmann. Wie lebt ihr denn? Wohnt ihr auch in Tipis?«

In Sunwais Stimme ist die pure Neugierde zu hören. Sie plappert wild und ohne Unterlass und behandelt mich so, als wäre ich eine jahrelange Freundin. Irgendwie gefällt mir das, doch es verunsichert mich auch. Hier ist alles so bunt und laut, was ich überhaupt nicht gewohnt bin.

So klar wie möglich beantworte ich Sunwai all ihre Fragen, ehe mich diese weiter in Richtung Essen schleppen möchte. Dabei erzählt sie mir von ihrer besten Freundin Adsila, die wohl die beste Köchin des gesamten Dorfes war, es aber nun verlassen hat, um in der Außenwelt zu leben.

Ich höre Sunwai zu, trotzdem kann ich nicht annähernd alles von ihren Worten behalten. Es sind einfach zu viele Informationen, die auf mich einprasseln.

»Ich … ich glaube ich habe noch gar keinen Hunger«, stammle ich schließlich.

Sunwai lässt enttäuscht die Schultern hängen.

»Glaub mir, unsere Speisen sind immer noch sehr lecker, selbst wenn Adsila nicht mehr bei uns lebt und die Frauen beim Kochen unterstützt.«

»Das glaube ich dir gern, aber ich muss noch einmal kurz hinüber zu meinem Vater. Wir sehen uns sicher bald wieder!«

Schnell verabschiede ich mich von Sunwai, komme mir dennoch schäbig vor, als ich mir einen Weg durch die Dorfbewohner bahne. Denn zu meinem Vater möchte ich nicht. Stattdessen flüchte ich vom Dorfplatz und atme erst auf, als die Stimmen der *Citali* leiser werden.

Das brauche ich: Luft zum Atmen. Die *Citali* sind unglaublich nett, aber die Eindrücke überfordern mich. Nun kann ich mich wenigstens in Ruhe im Dorf umsehen.

Ich laufe weiter, meine Augen wandern neugierig nach links und rechts. Die Tipis sind wunderschön. Der Gedanke, dass ich die nächsten Tage selbst in einem schlafen darf, sorgt für ein wohliges Kribbeln in meinem Inneren.

Keine Sorgen, kein langweiliges Herumstehen am Empfang des *Navajo Rest*. Und vor allen Dingen keine Nächte, in denen ich allein bin, weil mein Vater der Sucht des Spiels erliegt. Das ist die Chance, dass wir wieder zusammenwachsen können. Wieder eine Familie sein können.

Der Gedanke lässt mich lächeln.

In diesem Augenblick rempelt mich jemand von der Seite an. Ich stolpere, verliere das Gleichgewicht, versuche noch, es wiederzufinden, rudere unkontrolliert mit den Armen, ehe in der staubigen Erde auf dem Po lande.

»*Ôjãtá*!«

Das Wort klingt wie ein Fluchen.

Ich hebe meinen Kopf, um zu sehen, wer mich zu Fall gebracht hat. Und erstarre, als ich in seine dunklen, funkelnden Augen schaue.

Es ist Sakima und sein eindringlicher Blick sorgt dafür, dass mir mit einem Mal ganz heiß wird.

KAPITEL 9

Zakima

Ihre rot gefärbten Wangen … Ahnt sie, wie sie mich damit um den Verstand bringt? Dass meine Beine plötzlich weich werden und mir die Worte fehlen?

Ich werde eines Tages Häuptling der *Citali* und unzählige Frauen des Dorfes haben bereits versucht, mein Herz für sich zu erwecken. Keine von ihnen hat es geschafft und auch bei keiner von ihnen habe ich mich jemals so verhalten, wie ich es hier vor der jungen *Navajo* tue.

»*Ôjãtá*!«

Warum nur kann ich plötzlich nichts anderes mehr, außer zu fluchen? Das ist falsch und unhöflich noch dazu. Wo sind nur meine Manieren geblieben?

Nitika hat ihre braunen Augen weit aufgerissen und blickt mich von unten an, während ich mir meine noch leicht schmerzende Schulter reibe. Aus irgendeinem Grund habe ich sie übersehen.

»*Tárádá*, tut mir leid«, finde ich schließlich meine Sprache wieder und strecke ihr meine Hand hin. »Normalerweise reiße ich niemanden zu Boden, erst recht keinen Gast.«

Nitika betrachtet meine Hand, schließlich ergreift sie diese zögerlich. Ihre fühlt sich weich und warm an. Zart, als könnte sie jeden Augenblick zerbrechen. Vorsichtig ziehe ich sie wieder auf ihre Beine.

»Macht nichts, es ist ja nichts passiert«, meint Nitika. Ihre Stimme ist nur ein leises Flüstern und die Röte auf ihren Wangen ist immer noch nicht verschwunden. Ihre offensichtliche Schüchternheit gefällt mir. Das bin ich von Frauen in ihrem Alter nicht gewohnt. Die meisten haben ein gesundes Selbstbewusstsein, während Nitika ständig versucht, meinem Blick auszuweichen.

»Wir sind uns noch gar nicht richtig vorgestellt worden. Du bist Nitika, richtig?«

Sie nickt. »Ja. Inzwischen wissen es wohl alle bei dir im Dorf. Und dass du der Sohn des Häuptlings bist, ist mir auch bekannt.«

»*Tá*. Genau der bin ich«, gebe ich zurück und hätte die Worte am liebsten zurückgenommen, weil sie arrogant klingen. Nitika soll keinen falschen Eindruck von mir bekommen. Ich habe mich noch nie aufgrund meiner Herkunft für besser als andere gehalten.

»Darf ich fragen, wie es dir hier bei uns gefällt, wo du doch offenkundig vom Fest geflohen bist?«, frage ich.

Die Röte in ihrem Gesicht wird mit einem Mal noch ein Stück stärker.

»Na ja, um ehrlich zu sein, hat mein Vater mich eigentlich zu dieser Reise gedrängt.« Sie versteckt nervös ihre Arme hinter ihrem Rücken.

Mir ist nicht klar, was genau sie damit meint. Ist sie nun gern hier oder nicht? Doch ehe ich nachfragen kann, fährt Nitika fort: »Große Feierlichkeiten mag ich nicht besonders. Der Trubel ist mir oft zu viel. So etwas bin ich auch nicht gewohnt. Bei uns ... Da, wo ich herkomme, in Tuba City, da gibt es nicht mehr so viele große Feste wie früher. Meist nur noch für die Touristen, doch die ... Nun ja, so viele wie früher sind das auch nicht mehr.« Sie stößt ein kleines Lachen aus.

»Weißt du, ich bin ziemlich neugierig, was euren Besuch angeht. Mein Vater, also der Häuptling, hat nicht viel über die Gründe eures Kommens erzählt. Ich habe noch nie jemand anderen von meinem Volk getroffen – aus einem anderen Stamm. Ich bin gespannt, was ihr von eurem Leben erzählen werdet«, gebe ich zu.

Jetzt lacht Nitika lauthals und diesmal klingt es absolut echt. »Witzig, was du da sagst. Denn mein Vater hat mir ganz genau erzählt, worum es bei dem Besuch geht. Ist dir nicht bekannt, dass die große Hoffnung eures Häuptlings und unseres Präsidenten ist, dass ein Bund zwischen unseren Stämmen geschlossen wird?«

»Was denn für ein Bund?« Ich hebe fragend eine Augenbraue. »Wir vertiefen unsere Freundschaft doch schon, indem wir uns über die unterschiedlichen Traditionen und Regeln unserer Stämme austauschen. Ist das damit gemeint?«

Wild schüttelt Nitika ihren Kopf, sodass ihre geflochtenen Zöpfe hin- und herschwingen.

»Laut meinem Vater entsteht ein völlig fester Bund zwischen *Navajo* und *Citali* nur durch eine Heirat«, erklärt sie mir.

Langsam, aber sicher verstehe ich, was genau Ahusaka vorhat. Es ergibt alles einen Sinn. Auch weshalb Nitika als einzige junge Frau dabei ist.

Ihre Worte sorgen dafür, dass ich sie automatisch noch einmal intensiver mustere. Ihre Augen sind dunkel und ihre Wimpern dicht und schön geschwungen. Nitika wirkt durch ihre schlanke Gestalt wie ein zerbrechlicher Krug, doch sie ist wunderschön. Das kann ich nicht leugnen. Und aus irgendeinem Grund habe ich ein sicheres Gefühl bei ihr. Meine Gedanken schweifen nicht ab, ich denke nicht an Takoda, sondern nur an das Hier und Jetzt.

Als würde diese fremde junge Frau meinem Herzen plötzlich beim Heilen helfen.

»Alle Sorgen sind fort«, flüstere ich leise zu mir selbst.

»Was meinst du damit?«

Nitika hat meine Worte offenbar gehört.

Ich schlucke und ein Kloß bildet sich in meinem Hals. Die Gefühle drohen mich innerlich zu zerreißen. Nitikas Augen sind direkt auf meine gerichtet. Sie kennt mich nicht, sie weiß nicht, wie es in mir aussieht, will unvoreingenommen wissen, was meine Worte bedeuten, und irgendwie wird das Bedürfnis in mir übermächtig, ihr davon zu erzählen.

»Komm mit«, bitte ich sie.

Nitika zögert nicht, was mir imponiert. Sie kennt mich nicht, weiß nur, dass ich derjenige bin, mit dem sie laut ihrem Vater den Bund der Ehe schließen sollte, damit sich unsere Stämme näher sind. Und doch folgt sie mir, obwohl sie kundgetan hat, zu dieser Reise gedrängt worden zu sein.

Nebeneinander laufen wir durch das Dorf. Die Trommeln vom Fest werden leiser und leiser, bis wir auch das letzte Tipi hinter uns lassen und an den Feldern vorbeigehen.

Dahinter tut sich der See auf.

Ich höre, wie Nitika scharf Luft einzieht. Der Anblick begeistert sie, ich kann es an ihren glänzenden Augen erkennen und der Art, wie sie ihren Blick nicht mehr abwenden kann.

»Eines Tages soll ich Häuptling des Stammes werden«, fange ich schließlich an und sehe gemeinsam mit Nitika hinaus in die Ferne des Sees.

»Eine Bürde, die ich mir nicht selbst ausgesucht habe. Und doch war ich mir ihrer immer bewusst. Nur habe ich nie damit gerechnet zu versagen. Doch das habe ich.« Langsam wende ich ihr mein Gesicht zu. Auch Nitika dreht ihren Kopf. Schweigend sehen wir einander an, ehe ich tief Luft hole und fortfahre.

»Mein bester Freund Takoda, er … Er hat sich vor meinen Augen in die Tiefe gestürzt. Ich hätte ihn aufhalten müssen und doch konnte ich es nicht. Jetzt ist er tot.«

In diesem Augenblick verändert sich Nitikas Gesichtsausdruck. In ihre Augen kehrt ein seltsamer Glanz ein, der nichts mit der Freude über die Schönheit des Sees zu tun hat. Traurigkeit legt sich wie ein Schatten über ihr hübsches Gesicht. Fühlt sie etwa so tief mit mir?

»Es hat mich aus der Bahn geworfen. Euer Besuch … Er hat mich abgelenkt. Heute ist der erste Tag, an dem ich wieder gelacht habe. Zumindest hat das meine Schwester Sunwai gesagt.« Ich schlucke, doch mit einem Mal fühlt sich mein Körper viel leichter an. Es ist merkwürdig, dass ich ausgerechnet mit einer Fremden über all die Gefühle in meinem Inneren spreche. Und doch ist es gleichzeitig so natürlich. Als sollte es so sein.

»*Tárádá*«, entschuldige ich mich. »Ich wollte dir nicht von diesem schweren Tagen meines Lebens erzählen. Das wird dich sicher langweilen. Außerdem bin ich Fremden gegenüber sonst nicht so offen.«

»Ganz und gar nicht.« Nitika schüttelt fest entschlossen den Kopf. »Ich höre gern zu. Manchmal wünsche ich mir, dass die Menschen in meinem Leben mehr mit mir reden. Einfach offener zu mir sind.«

Sie stößt ein tiefes Seufzen aus. »Und ich bin normalerweise auch bei Fremden nicht so. Eher schüchtern. Wobei ich das wohl immer noch bin.« Jetzt lacht sie und erfüllt damit mein gesamtes Wesen.

»Was hältst du davon, wenn ich dir das Leben der *Citali* etwas näherbringe?«, schlage ich ihr vor. »Dann werden wir keine Fremden mehr sein und du kannst deine Schüchternheit sicher ablegen.«

Wieder schleicht sich eine sanfte Röte auf Nitikas Wangen.

»Gern«, antwortet sie.

Ich bin erleichtert, dass sie einwilligt. Nachdem sie von meiner schweren Last erfahren hat, hätte ich auch verstehen können, wenn sie nichts mit mir zu tun haben möchte.

»Allerdings habe ich eine Bedingung«, fährt die junge *Navajo* fort.

»Gut, ich bin immer offen.«

»Ich bin nicht hier, um mich zu verlieben«, sprudelt es aus Nitika heraus. »Ich bin hier, um die Kultur eines anderen indigenen Stammes kennenzulernen. Das und nicht mehr. Ich möchte vom Alltag im *Navajo*-Reservat verschnaufen. Für Gefühle ist kein Platz, auch wenn unsere Väter das gern hätten. Außerdem weiß ich nicht, wie du die ganze Sache mit dem Bund zwischen *Navajo* und *Citali* siehst.« Erwartungsvoll sieht sie mir in die Augen und streicht sich eine lose Haarsträhne aus dem Gesicht.

In mir macht sich ein kleiner Stich der Enttäuschung breit, der jedoch nicht lange anhält. Schließlich bin ich ebenfalls nicht mit Nitika ins Gespräch gekommen, um sie irgendwann an mich zu binden. Im Gegenteil: Mir war nicht bewusst, dass Ahusaka in Nitika eine Heiratskandidatin für mich sieht.

»Natürlich«, antworte ich demnach. »Aber dann sollten wir zurück zum Fest gehen. Dein Vater wird dich sicher auch schon vermissen und wir wollen doch nicht allein hier am See entdeckt werden, oder? Sonst wird es Fragen geben.«

Ich schenke ihr ein Zwinkern und Nitika nickt heftig. »Du hast recht.«

Gemeinsam schlendern wir zurück zur Dorfmitte. Dabei bin ich mir der Blicke meines Vaters und der beiden *Navajo*-Männer deutlich bewusst. Es ist offensichtlich, dass es ihnen gefällt, dass wir beide von selbst ins Gespräch gekommen sind. Dennoch werden wir ihren Plan sicher nicht umsetzen. So sehr Nitika mich auch fasziniert: Sie hat ihren Standpunkt klargemacht und das werde ich respektieren.

KAPITEL 10

Nitika

Als die Sonne untergeht, bin ich froh.

Das Fest der *Citali* ist anstrengend gewesen. Vor allen Dingen, weil wir vorher den ganzen Tag unterwegs waren. Deswegen fühlt es sich jetzt unglaublich gut an, sich zurückziehen zu können.

Auch die Dorfbewohner verschwinden langsam, aber sicher in ihren Tipis. Natürlich. Sie leben mit der Sonne, das kann ich mir selbst zusammenreimen. Schließlich gibt es hier keinen Strom, der ihnen künstliches Licht bieten könnte.

Milton hat ein Tipi für sich allein. Ich bekomme eines zusammen mit meinem Vater zugeteilt. Doch mir gefällt es, denn so kann ich viel Zeit mit ihm verbringen. Mit meiner Familie. Ob ich Hoffnung habe, dass es uns mehr zusammenschweißt? Das kann gut sein.

Während ich mich im Inneren des Zeltes umsehe, schleppt mein Vater gerade das Gepäck herein. Ächzend stellt er die beiden Taschen auf dem Boden ab und klopft sich unsichtbaren Staub von den Händen.

»Das wäre dann geschafft«, erklärt er. »Sieht doch ganz nett aus, oder was meinst du?«

»O ja«, antworte ich und blicke nach oben, wo eine kleine

Klappe den Rauchabzug bildet. Da dieser gerade geöffnet ist, lege ich meinen Kopf in den Nacken. Einen einzelnen Stern sehe ich am Himmel, doch er ist wunderschön.

»Wir sind viel näher an der Natur«, hauche ich voller Ehrfurcht.

»Das stimmt. Die Vorväter der *Navajo* haben ebenso gelebt«, erklärt mein Vater und auf seinen Lippen bildet sich ein zartes Lächeln. Dann setzt er sich auf seine Pritsche und fängt an, in seiner Tasche herumzuwühlen.

»Ach ja … Sakima ist sehr nett, oder? Es freut mich, dass ihr euch heute so gut verstanden habt.«

Fast beiläufig schiebt Shilah das Gespräch auf den Häuptlingssohn.

Ich stoße ein Seufzen aus. Natürlich musste das kommen.

»Wie soll ich wissen, ob Sakima nett ist, wenn ich ihn noch gar nicht richtig kenne?«, stelle ich die Gegenfrage.

Mein Dad runzelt die Stirn. »Aber ihr habt euch doch unterhalten. Ich habe euch gesehen.«

»Du musst mich nicht rund um die Uhr beobachten, Dad. Das ist mir unangenehm«, seufze ich. »Außerdem bin ich nicht hier, um mich zu verlieben, auch wenn du dir das für mich wünschen würdest. Ich will die Kultur der *Citali* kennenlernen. Und ja, ich habe mich gut mit Sakima unterhalten, allerdings ist er nach wie vor ein Fremder für mich.«

Falsch.

Die Stimme in meinem Kopf schreit unglaublich laut, aber ich spreche nicht aus, was sie mir zuflüstert. Es hat mir imponiert, dass Sakima mir, einer vollkommen Fremden, das Herz so geöffnet hat. Er hat mir Dinge aus seinem Leben erzählt, die dafür gesorgt haben, dass ich mich ihm automatisch näher gefühlt habe. Und wenn ich mir das jetzt ins Gedächtnis rufe, sehe ich in meinen Gedanken sofort sein Gesicht vor mir. Die wilden schwarzen Haare. Funkelnde Augen und markante Züge. Doch nichts davon ist mir so lebendig in Erinnerung geblieben wie der Blick, mit dem er mich stets ansah. Er hat *mich* gesehen. Mich einfach angeschaut und doch so viel tiefer geblickt als je ein Mensch vor ihm. Und das, obwohl wir uns heute zum ersten Mal begegnet sind. Außerdem habe ich das Gefühl, dass uns noch mehr miteinander verbinden könnte. Längst habe ich aufgehört, die Reise hierher nicht mehr zu bereuen, sondern bin gespannt auf die Zeit, die hier im Dorf der *Citali* noch folgen wird.

»Du könntest ihn aber noch näher kennenlernen. Wir reisen schließlich nicht direkt morgen wieder ab«, meint mein Vater und reißt mich aus meinen Gedanken.

Ich brauche einige Wimpernschläge, um mich zu sammeln. Sakima ist nicht einmal anwesend und bringt mich trotzdem aus dem Konzept. Irgendwie ist das gruselig.

»Aber ich bin nicht hier, um mich zu verlieben. Zu Hause habe ich dir doch erklärt, was ich von einem Bund durch Heirat halte: nämlich nichts!«

Ich lege eine harte Betonung in die letzten zwei Worte, um es Shilah ausdrücklich klarzumachen.

»Ich weiß, meine Kleine. Tut mir leid, wenn ich so fordernd rüberkomme. Ich sorge mich eben um dich und deine Zukunft. Du sollst nicht so leben wie bisher. Denn du hast etwas Besseres verdient. Das hättest du genau hier. Die *Citali* leben frei und unabhängig. Hier gibt es keine Sorgen, keine Geldprobleme wie unsere.«

»Denkst du?«, hake ich nach und verkneife mir den Kommentar, dass ich erst heute von jemandem erfahren habe, dass es auch hier im Dorf Verlust und Trauer gibt. Ganz normale Schatten, mit denen einfach jeder Mensch zu kämpfen hat. Egal ob freier *Citali* oder gefangener *Navajo*.

Heftig nickt Shilah. »Natürlich! Sieh dir an, wie leicht sie ihr Leben führen können. Hier passt jeder auf den anderen auf. Alle halten zusammen und ehren die alten Traditionen. Das ist überaus kostbar. Zwar habe ich bisher nur den heutigen Tag hier im Dorf erlebt und doch habe ich direkt einen so intensiven Eindruck erhalten ...«

Er gerät förmlich ins Schwärmen. Zum ersten Mal seit Langem sehe ich ein glückliches Funkeln in den Augen meines Vaters. Er ist nicht mit dem Mann zu vergleichen, der kürzlich ohne Erfolg aus dem Casino zurückgekehrt ist. Der Mann, der sich verbissen dort versteckt, um vor all seinen Sorgen zu fliehen. Jetzt bringt er mich zum Lächeln.

»Ich finde es sehr schön, dass du hier so glücklich bist, Dad. Dass es dir hier so gefällt. Ich glaube, dir tut dieser Urlaub gut.«

»Meinst du?«, fragt Shilah.

Ich nicke, stehe von meiner Pritsche auf und gehe zu ihm hinüber. Dann setze ich mich neben ihn und lege meinen Kopf auf seine Schulter.

»Ich finde, wir sind schon jetzt wieder mehr eine Familie, als wir es in letzter Zeit waren«, flüstere ich.

Im gleichen Augenblick kehren die dunklen Dämonen zurück ins Gesicht meines Vaters. Sein Lächeln verblasst. Ich brauche gar nicht zu fragen, denn ich weiß genau, an wen er denkt. An die Person, die eigentlich mit uns hier sein sollte. Die Person, die unsere Familie stets komplett gemacht hat.

Ein Kloß bildet sich in meinem Hals.

»Glaub mir, ich vermisse sie auch«, wispere ich. »Aber wir müssen weitermachen, oder? So hart es auch klingt.«

Mein Vater nickt tapfer. »Ich habe mir heute vorgestellt, dass sie zurückkommt und mit uns ins Reservat reist. Es wäre so schön gewesen.«

»Allerdings«, gebe ich ihm recht. »Schöner als jeder Traum.«

»Aber ich werde für uns kämpfen, Nitika. Und dann wirst du das schönste aller Leben führen. Das verspreche ich dir. Ich möchte nur das Beste für dich.«

Mein Vater drückt mir flink einen Kuss auf mein Haar. Eng kuschle ich mich an seinen warmen, vertrauten Körper und lausche seinem Herzschlag.

So sollte es immer sein.

Und ich hoffe, dass morgen nicht alles nur ein Traum gewesen ist.

Eine Weile sitzen wir noch nebeneinander da. Sind einfach Vater und Tochter einer ganz normalen Familie. Doch irgendwann werden meine Augen schwer und ich tappe hinüber zu meiner eigenen Pritsche.

»Gute Nacht«, flüstere ich meinem Vater zu, der sich bereits hingelegt hat. Eine Antwort erhalte ich nicht mehr. Er ist bereits friedlich eingeschlafen. Und auch ich finde schnell den Weg ins Land der Träume – viel schneller, als ich es zu Hause in Tuba City tue. Vielleicht, weil mein Vater recht hat: weil hier wirklich alles so viel leichter ist.

Das Licht der Sonne weckt mich am nächsten Morgen.

Verschlafen recke und strecke ich mich, doch als ich meine Lider öffne, bin ich mit einem Mal hellwach und ein Lächeln stiehlt sich auf meine Lippen. So geweckt zu werden, daran könnte ich mich definitiv gewöhnen. Und überraschenderweise fühlt es sich merkwürdig vertraut an, in einem Tipi zu erwachen. Ob das meine Wurzeln sind, die anschlagen? Instinkte, die sich daran erinnern, dass meine Vorfahren früher ebenso lebten wie die *Citali* noch heute? Der Gedanke sorgt für ein wohliges Kribbeln in meinem Bauch und einen weiteren Energieschub.

Hastig stehe ich auf und schlüpfe in meine Kleidung für den heutigen Tag. Aus irgendeinem Grund finde ich es unpassend, eine Jeans zu wählen, und so entscheide ich mich für ein braunes Kleid aus lockerem Flanell.

Danach schlüpfe ich aus dem Tipi und genieße die ersten warmen Sonnenstrahlen auf meiner Haut. Tief atme ich ein und rieche den sauberen Geruch der Natur in meiner Nase, gepaart mit Rauch – sicher sind bereits einige *Citali* dabei, zu kochen.

Mein Vater steht unweit unseres Tipis und unterhält sich gerade mit Milton.

»Guten Morgen!«, begrüße ich die beiden überschwänglich.

Lächelnd dreht sich mein Vater zu mir. »Du bist aber gut gelaunt!«

»Warum auch nicht? Hier ist es wunderschön.«

»Wir werden bei der Häuptlingsfamilie frühstücken«, verkündet Milton.

Als hätten sie mich ertappt, erstarre ich mit einem Mal. In wenigen Minuten würde ich Sakima treffen. Klar, er hatte sich gestern mit mir verabredet, um mir im Dorf alles zu zeigen. Dennoch hätte ich nicht mit einem so schnellen Wiedersehen gerechnet.

»Wann?«, frage ich vorsichtig.

»Na, jetzt sofort! Oder hast du etwa keinen Hunger?«

Mein Vater fährt sich mit einer Hand über seinen fülligen Bauch, während ich mein wirres Haar zu ordnen versuche, um das ich mich heute noch nicht gekümmert habe. Außerdem kommt mir das Kleid, das ich trage, mit einem Mal dumm vor. Was muss er von mir nur denken, wenn ich so bei ihm aufkreuze? Etwa, dass ich mich für ihn so hergerichtet habe? Vielleicht.

»Ich bin doch gerade erst aufgestanden«, widerspreche ich.

Doch mein Vater schüttelt den Kopf. »Das sind wir doch alle! Komm schon mit, Nitika, wir wollen los!«

Und so bleibt mir nichts anderes übrig, als meinem Vater und dem Präsidenten der *Navajo Nation* zu folgen.

Das Tipi des Häuptlings und seiner Familie ist leicht zu finden. Milton kennt es offenbar schon, denn er führt uns zielstrebig durch das Dorf. Sobald wir davor stehen, wird mir klar, welches Zelt es ist. Es ist am prunkvollsten bemalt und verziert und bildet eine Art Mittelpunkt zwischen den anderen Zelten.

Eine Frau schlüpft gerade aus dem Eingang. Als sie uns sieht, breitet sich das herzlichste Lächeln auf ihren Lippen aus, das ich bis dahin gesehen habe.

»*Haulá*!«, begrüßt sie uns sofort.

»Ich bin Donoma, die Frau des *Athánchan*.«

Während sie sich vorstellt, blickt sie allein mich an. Meinen Vater und Milton kennt sie sicher schon von der gestrigen Feier.

»Freut mich sehr. Ich bin Nitika.«

»Kommt alle mit ins Tipi. Das Mahl ist bereits vorbereitet.«

Dad bedeutet mir, voranzugehen, was mir unangenehm, dennoch unausweichlich ist.

Ich schlüpfe in das Tipi und entdecke sofort Sunwai, die mich hellauf begeistert begrüßt. An ihrer Seite sitzt der junge Mann, der gestern zwischen all den anderen *Citali* herausstach. Es muss Johnny, ihr Freund, sein.

Auch er begrüßt mich, doch schon längst wandert mein Blick weiter und erfasst Sakima. Nervös streiche ich durch mein Haar, das mit Sicherheit verrät, dass ich eben erst aufgestanden bin. Seine Augen bohren sich tief in meine und seine ernsten Mundwinkel umspielt ein kleines Lächeln.

»Schön, dass ihr alle gekommen seid!«

Die Stimme des Häuptlings holt mich schließlich zurück in die Gegenwart.

Ahusaka erklärt uns, wie wir Platz zu nehmen haben. Während der Häuptling und der Präsident der *Navajo* sich nebeneinander niederlassen, sitzen Männer und Frauen getrennt voneinander. So kommt es, dass ich schließlich direkt gegenüber von Sakima und neben Sunwai sitze.

Das Frühstück beginnt mit einem Gebet, das Ahusaka zum *Großen Geist* spricht. Erst danach wird gegessen. Doch so recht schaffe ich es nicht, mich auf das Mahl zu konzentrieren. Es gibt ein flaches Brot, dazu eine Art Brei aus Wasser und Getreide. Einfach, aber dennoch lecker. Nur bringt mich allein Sakimas Anwesenheit aus dem Konzept. Ständig habe ich das Gefühl, dass er mich ansieht, und lasse meine Augen zu ihm wandern. Doch genau in diesen Augenblicken sieht er weg. Ich spüre das, obwohl ich ihn nie dabei erwische.

Als wir mit dem Essen fertig sind, nimmt mich zunächst Sunwai zusammen mit ihrer Mutter Donoma unter ihre Fittiche. Gemeinsam machen wir die hölzernen Schalen vom Frühstück am Flussufer sauber. Sunwai plappert währenddessen ohne Unterlass, doch ich schaffe es kaum, zuzuhören, nicke aber immer wieder höflich.

Zurück am Tipi, bemerke ich Sakima, der vor dem Eingang im Schneidersitz Platz genommen hat und sofort aufspringt, als wir drei zurückkommen.

Sunwai und ihre Mutter schlüpfen hinein, während ich automatisch stehen bleibe.

»Hast du Lust, dass ich dich durch das Dorf führe?«, fragt mich Sakima. »Wir hatten bereits darüber geredet, nur weiß ich nicht, wie du heute dazu stehst.«

Schnell nicke ich. »Sehr gern. Allerdings sollte ich meinem Vater noch Bescheid geben.«

»Der ist längst fort«, erklärt Sakima. »Milton, Shilah und mein Vater sind auf dem Weg zum Medizinmann Mingan.«

»Okay. Dann können wir sofort gehen, oder?«, frage ich Sakima schüchtern und habe das Gefühl, dass meine Haut schon wieder brennt und sich Feuer in meinem Inneren ausbreitet.

»Wir fangen am besten am Dorfplatz an.«

Ich folge Sakima durch das Dorf, das bereits zum Leben erwacht ist. Überall herrscht geschäftiges Treiben. Ich beobachte ein paar ältere Frauen, die gerade Wäsche zum Trocknen aufhängen. Andere sehe ich mit Körben, die bis oben hin mit Holz gefüllt sind. Dazwischen tollen immer wieder die Kinder herum. Ihr Lachen erfüllt mich bis tief in meine Seele. Es zeigt mir, wie unbeschwert und leicht sie aufwachsen. Wehmut breitet sich in mir aus, gepaart mit Glück, weil ich den Anblick so schön finde.

»Wird euer Marterpfahl eigentlich noch genutzt?«, sprudelt es ungefiltert aus mir heraus, sobald wir den Platz erreicht haben.

Von den gestrigen Feierlichkeiten ist nichts mehr zu spüren. Das Feuer ist abgebrannt, nur eine schwarze Stelle auf dem Boden zeugt von seiner Existenz.

Sakima stößt ein helles Lachen aus. »Natürlich nicht! *Tá*, wir leben nach den alten Traditionen, aber wir leben friedlich miteinander. Den Marterpfahl zu nutzen, ist einfach nicht mehr nötig.«

»Habe ich mir schon fast gedacht. Es war wohl eine sehr unüberlegte Frage.« Meine Wangen fangen wieder an zu brennen und ich weiche Sakimas Blick schnell aus.

»Es gibt keine Fragen, die nicht gestellt werden sollten«, erklärt dieser. »Zu jeder gibt es eine Antwort.«

»Ziemlich weise.«

»So würde ich das nicht gerade nennen. Ich bin noch weit davon entfernt, weise zu sein. Los komm, ich zeige dir, wo unsere Pferde grasen.«

Ich bin froh, dass wir das Dorf kurz verlassen. Die Wiese, auf der die Pferdeherde der *Citali* grast, ist absolut friedlich. Wir reden nicht, stattdessen lausche ich den Geräuschen der Pferde und dem leisen Summen der Insekten, die über die Weide flattern.

»Laufen sie euch nicht weg?«, frage ich.

»Nein. Unsere Pferde sind uns treu. Manchmal würde ich fast sagen, dass sie noch treuer sind als Menschen. Sie gehen niemals fort, weil sie wissen, dass wir sie beschützen.«

»Das ist wirklich unglaublich!«

»Nur unsere Rinder und Schafe halten wir hinter hölzernen Zäunen. Sie sind nicht so schlau wie die Pferde und würden uns mit Sicherheit verlassen.«

»Klingt einleuchtend«, stelle ich fest. »Es ist wirklich faszinierend, dass ihr euch komplett selbst versorgt. Bei uns gibt es Supermärkte, die uns jede Art von Nahrungsmitteln anbieten. Es ist selbstverständlich, sich mit allen Dingen eindecken zu können, die man gern isst. Bei euch ist das nicht so. Ihr schätzt es deutlich mehr, habe ich recht?«

»Ich habe keinen Vergleich, weil ich selbst noch nie in der Außenwelt gewesen bin«, gibt Sakima zu.

»Warum sagt ihr Außenwelt? Ist nicht die Erde ein großes Ganzes?«

Meine Fragen müssen in Sakimas Augen sicher total dumm klingen. Dennoch brennen sie mir wie Feuer auf der Zunge. Ich möchte alles über ihn und seine Art, zu leben, erfahren, weil es mich aufs Äußerste fasziniert. Doch Sakima antwortet voller Geduld.

»Weil der *Große Geist* ein Leben wie unseres vorgesehen hat.

Es ist nicht natürlich, dass der Mensch in der Heftigkeit über *Mutter Erde* herrscht, wie es die Außenweltler tun. Das zerstört sie. Eines Tages wird *Mutter Erde* sterben. Die Außenwelt lässt die Natur zu sehr leiden. Diese Betonstädte sind wieder dem, was der *Große Geist* für uns möchte. Eigentlich sollte jeder Mensch mit der Natur leben, nicht aber gegen sie.«

»Wow. Das … das ist wunderschön. Traurig, aber wahr. Die Menschen machen wirklich sehr viel in dieser Welt kaputt«, gebe ich zu. »Öltanker und Plastik vergiften die Weltmeere. Tierarten sterben aus, weil der Regenwald Stück für Stück abgeholzt wird.«

Mir entweicht ein Seufzen. »Wahrscheinlich sind wir *Navajo* nicht besser als die übrige Außenwelt. Und das, obwohl wir abgeschottet von deren Gesetzen leben und versuchen, uns nicht in deren Politik einzumischen.«

Sakimas Augen bohren sich sanft in meine. »Nitika, ich spüre, dass du die *Nãwagã* im Herzen hast. Sonst würdest du all diese Fragen nicht stellen und dich für unser Leben und die Natur hier so interessieren.«

»Da-danke«, stammle ich, überrascht von seinem Kompliment. »Was kannst du mir noch alles zeigen?«

Schnell lenke ich ab, denn es ist mir unangenehm, dass er so viel Gutes in mir sieht, wo ich doch auch dunkle Seiten mit mir herumschleppe.

»Dann sehen wir uns noch die andere Seite vom Dorf an«, schlägt Sakima lächelnd zu.

Die Gemüsefelder der *Citali*, die Sakima mir als Nächstes zeigt, führen mir vor Augen, dass mein Vater ganz klar recht hatte: Das Leben der *Citali* ist tatsächlich leicht und einfach. Zwar ist hier körperliche Arbeit an der Tagesordnung, aber alle helfen mit, was ich an den Frauen, die auf den Feldern neue Samen säen, unschwer erkennen kann.

Schließlich landen wir wieder am See, wo Sakima und ich bereits gestern waren. Auch tagsüber ist er wunderschön und wir lassen uns am Ufer nieder. Ich schlüpfe aus meinen lockeren Sandalen und tauche wie Sakima meine Zehen in das kalte Nass.

»Hier gibt es wirklich weder arm noch reich«, murmle ich.

»*Tá*«, bestätigt Sakima. »Jeder ist bei uns gleich. Und es ist für uns sehr wichtig, jeden Tag unsere Vorväter zu ehren und auch den *Großen Geist* oder *Mutter Erde*.«

»Deswegen betet ihr regelmäßig«, mutmaße ich.

Sakima nickt. »Tut ihr das nicht? Und habt ihr auch keine Feste, die die alten Zeiten wieder aufleben lassen? Einmal im Jahr gibt es bei uns zum Beispiel den Büffeltanz. Im Sommer. Obwohl die Weißen schon lange den Büffel vertrieben haben, tanzen wir immer noch für die großen Herden, denen unsere Vorväter früher gefolgt sind.«

»Nein.« Ich schüttle den Kopf. »In Tuba City, dort wo ich wohne, gibt es nur im Sommer Feste für die Touristen. Doch es hat mit den früheren *Navajo* nicht mehr viel zu tun, sondern dient ganz allein zur Unterhaltung der Schaulustigen und als Einnahmequelle. Ich hasse das. Viel lieber würde ich mehr über meine Vorfahren erfahren. Deswegen gefällt mir dieser Urlaub auch so sehr.«

Ich werfe Sakima ein kurzes Lächeln zu, ehe ich meinen Blick hinaus auf den See richte. Unwillkürlich frage ich mich, ob es meiner Mutter hier gefallen hätte. Wahrscheinlich schon. Sie hat sich immer ein freies Leben gewünscht und uns aus diesem Grund auch verlassen. Hier hätte sie es gehabt. Hier ist niemand eingesperrt, nicht so wie im *Navajo*-Reservat, wo es sich nur um das finanzielle Überleben dreht.

»Warum schaust du plötzlich so traurig?«, schreckt mich Sakima aus meinen Gedanken.

Ich wende ihm mein Gesicht zu, nur um festzustellen, dass er auf einmal sehr nah bei mir sitzt. Er muss in meine Richtung gerückt sein. Unsere Schultern berühren sich kurz und ich ziehe mich automatisch etwas weiter zurück, obwohl mir diese kleine Berührung gefallen hat.

»Ich sehe nicht traurig aus«, lüge ich.

Sakima legt den Kopf schief und schüttelt ihn dann kräftig. »Glaub mir, ich erkenne das. Auch wenn ich das bei Takoda oft übersehen habe.«

Ein Seufzen dringt aus seinem Mund und mit einem Mal verändert sich auch sein Gesichtsausdruck. Ich will nicht, dass Sakima wieder an seinen verstorbenen Freund denken muss. Es belastet ihn sehr und er sollte nicht traurig sein. Niemals.

»Magst du mir von eurem Alltag hier erzählen?«, lenke ich ab.

»Nur wenn du wieder lächelst.«

Als ich meine Mundwinkel nach oben ziehe, nickt Sakima zufrieden.

»Gut, was möchtest du wissen?«

»Was tut ihr, wenn ihr nicht gerade die Felder bestellt? Gehen die Kinder hier auch in eine Art Schule? Also an einen Ort, wo sie lesen und schreiben und all das lernen? Und wie laufen deine Tage ab? Vielleicht bin ich etwas zu neugierig, aber ich will mir euer Leben hier einfach besser vorstellen.«

»Schon gut. Es ist schön, dass du so viele Fragen stellst. Ich verbringe gern Zeit mit dir.«

Da ist es schon wieder. Ein Kompliment aus seinem Mund, das meine Knie weich werden lässt. Zum Glück sitze ich gerade. Nervös streiche ich mein Kleid ab. Dann fährt Sakima fort und berichtet vom Alltag der *Citali*. Und in meinen Ohren hört er sich einfach nur perfekt an – leicht und frei.

KAPITEL 11

Sakima

»Aber ich habe damals meine Pflichten dennoch erledigen müssen«, protestiert Sunwai laut, nachdem mein Vater mich von meinen heutigen Aufgaben entbunden hat.

»Das ist etwas anderes.«

Ahusaka seufzt tief und sieht seine rebellische Tochter mit schiefgelegtem Kopf an: »Sakima ist sonst immer sehr zuverlässig, was all seine Pflichten angeht. Daher steht ihm diese freie Zeit mehr als nur zu.«

Sein eindringlicher Blick sorgt dafür, dass meine Schwester schwermütig ausatmet.

»Außerdem hast du dich ohne unser Wissen mit Johnny getroffen. Eine Sache, die sehr heikel gewesen ist – wie du weißt.«

»Nur, dass Johnny kein Verräter ist und niemals war«, widerspricht Sunwai.

»Das wissen wir. Steiger dich da nicht zu sehr rein. Man könnte ja fast meinen, dass du eifersüchtig bist, dass Sakima sich mit Nitika trifft«, mischt sich unsere Mutter Donoma in das frühmorgendliche Gespräch ein.

Sunwai verzieht ihre Lippen zu einem Schmollmund.

»Nun, Sakima belagert sie doch geradezu. Niemand anderes

114

aus dem Dorf hat die Möglichkeit, sich mit ihr über die Kultur der *Navajo* zu unterhalten.«

»Ich belagere sie nicht«, widerspreche ich. »Sie verbringt gern Zeit mit mir und da sie so schüchtern ist, würde sie wohl kaum mit allen jungen Dorfbewohnern etwas unternehmen.«

»Du findest sie gutaussehend, oder?« Der neckische Unterton meiner Schwester ist nicht zu überhören.

Ich seufze. Manchmal benimmt sie sich wirklich unmöglich. Einer der Gründe, weshalb ich sie als meine kleine Schwester bezeichne. Denn meiner Meinung nach verhält sich Sunwai manchmal nicht altersentsprechend.

»Das hat nichts damit zu tun«, antworte ich, ohne dass mein Gesichtsausdruck auch nur im Entferntesten verrutscht. Denn ja, Nitika gefällt mir und ich mag es wirklich sehr, Zeit mit ihr zu verbringen. Ihr gestern das Dorf zu zeigen, hat sich so unbeschwert angefühlt wie schon lange nichts mehr. Wenn ich mit ihr zusammen bin, vergesse ich meine Schuldgefühle und alle negativen Gedanken sind fort. Doch das geht meine Schwester nichts an. Sie würde direkt etwas anderes denken und behaupten, ich hätte mich verliebt. Was nicht der Fall ist. Ich glaube nicht daran, dass es schnell geht, romantische Gefühle für jemanden zu entwickeln. Das benötigt Zeit.

»Es gehört zu meiner Pflicht als zukünftiger Häuptling, dass ich sie unter meine Fittiche nehme. Schließlich kümmert sich *Ité* um deren Präsidenten und Shilah.«

Zum Glück stimmt mir mein Vater zu, indem er fest nickt.

Sunwai rollt nur mit den Augen. »Eines Tages werde ich es aus dir herauskitzeln, Sakima. Wir sind nicht umsonst Geschwister. Ich werde jetzt jedenfalls zu Johnny gehen.«

»Nicht so schnell«, wirft Donoma ein, als meine Schwester aufsteht und das Tipi eilig verlassen möchte. »Hast du nicht etwas vergessen?«

»Das ist nicht gerecht! Sakima kann heute das tun, was er möchte.«

»Du sollst mir nur bei der Kleidung helfen, Sunwai. Das dauert nicht den ganzen Tag. Danach kannst du immer noch zu Johnny gehen. Doch Sakima will zusammen mit Nitika zum Temple of Sinawava reiten und solch ein Ritt dauert. Außerdem soll unseren Gästen doch nicht langweilig werden.« Sie lächelt meiner Schwester aufmunternd zu, die sich murrend geschlagen gibt.

»Dann bis später, *túlá Enás.*«

Ich spreche Sunwai mit dem verhassten Spitznamen an, der mir einen wütenden Blick von ihr einbringt. Aber ich weiß, dass sie es nicht so meint. Es sind einzig und allein Neckereien unter Geschwistern.

Sobald ich draußen in das Sonnenlicht trete, werde ich nervös. Ich werde heute den ganzen Tag mit einer jungen Frau verbringen. Das habe ich bisher noch nie getan und der Gedanke fühlt sich mit einem Mal seltsam fremd an.

Der gestrige Tag mit Nitika, den wir gemeinsam am See haben ausklingen lassen, hat sich so natürlich angefühlt. Auch die Tatsache, dass wir uns direkt für heute wieder miteinander verabredet hatten. Nur kommt jetzt Angst in mir auf: Was, wenn sie meiner Gesellschaft irgendwann überdrüssig wird? Nitika fasziniert mich schon viel zu sehr, als dass ich mit ihr keine Zeit mehr verbringen möchte. Aus irgendeinem Grund fällt es mir leicht, bei ihr ich selbst zu sein. Natürlich könnte das gefährlich werden – ich bin kein Mensch, der Fremden schnell vertraut. Sunwais Johnny hat das am eigenen Leib erfahren müssen. Ihm gegenüber bin ich anfangs lange misstrauisch gewesen, während ich Nitika direkt meine Welt zeigen möchte. Doch etwas in meinem Inneren fühlt sich mit ihr auf eine seltsame Art und Weise verbunden, was vielleicht daran liegt, dass ich ihr direkt beim Begrüßungsfest mein Herz ausgeschüttet habe. Dass sie von meinem besten Freund und dessen Tod weiß, obwohl sie ihn gar nicht kannte.

»*Großer Geist*«, flüstere ich leise und beginne so auf dem Weg zu Nitikas Tipi ein Gebet. »Deine Kraft soll mich in die richtige Richtung lenken. Ich habe Angst, dass ich etwas Falsches tue und vom Weg abkomme. Lass mich wissen, was das Richtige für mich ist.«

All mein Vertrauen schicke ich in Gedanken hinauf zum *Großen Geist*. Er hat mir schon immer geholfen und wird es auch jetzt tun, wenn ich bei Nitika ins Straucheln geraten sollte. Er zeigt mir, ob ich ihr voll und ganz vertrauen kann, da bin ich mir sicher.

Inzwischen bin ich bei Nitikas Tipi angekommen, wo ich auch auf ihren Vater und Milton treffe.

»Sei gegrüßt, Sakima!«, rufen mir die beiden Männer freudig zu.

Bisher haben sie auf mich auch einen sehr netten Eindruck gemacht. Während Milton eher wie der frühere Feind der Native Americans wirkt – er trägt stets einen Hut, den ich aus Mingans Erzählungen über die Weißen kenne – ist Nitikas Vater rundlich gebaut. Doch er hat ihre weichen, warmherzigen Augen.

»*Haulá!*«, begrüße ich sie. »*Hò túntà mó dus?* Ich meine, wie geht es euch?«

»Gut, und selbst?«, fragt Milton nach.

»Sehr gut. Ich bin hier, um Nitika abzuholen.«

»Sie ist gerade zum Fluss gegangen, um sich etwas frisch zu machen«, erklärt ihr Vater. »Allerdings müsste sie jeden Augenblick zurück sein.«

Ich nicke höflich.

Danach baut sich Schweigen zwischen uns auf. Shilah unterhält sich mit dem Präsidenten der *Navajo Nation*, wobei ich nicht zuhöre. Das gehört sich in meinen Augen nicht. Sicher besprechen sie, was Ahusaka ihnen heute über unser Volk zeigen möchte.

Zum Glück dauert es nicht lange, da taucht Nitika auf. Ich halte den Atem an. Ihr Haar schimmert feucht im Licht der Sonne. Sie hat es diesmal zu einem dicken Zopf geflochten, den sie über ihre rechte Schulter gelegt hat. Ein paar Strähnen hängen ihr allerdings wild und ungezähmt ins Gesicht, was mir gefällt.

Nur fallen mir ihre Schultern auf, die sie nach unten hängen lässt. Ihre Haltung drückt Traurigkeit aus. Sie wirkt in Gedanken versunken und hat mich noch nicht gesehen. Ihren Blick hat sie zu Boden gewandt und ist offenbar gerade in ihrer eigenen Welt. Genauso wie gestern. Ich erinnere mich an den plötzlich traurigen Gesichtsausdruck, den sie am See hatte. Als würde sie etwas beschäftigen, was ihre Stimmung drückt. Mit dem Dorf hatte das sicher nichts zu tun, denn alles, was ich ihr gestern gezeigt habe, hat ihre Begeisterung hervorgerufen. Und diese ist echt gewesen, das kann nicht gespielt gewesen sein. Es muss also etwas anderes sein, das Nitika manchmal so nachdenklich stimmt. Vielleicht verbirgt sie tief in ihrem Inneren einen Teil ihrer Vergangenheit, den sie niemandem offenbaren will.

Vertraue keinen Fremden!

Der Gedanke durchzuckt mich wie ein heller Blitz. Es könnte sein, dass sie etwas mit sich herumträgt, das gegen die Traditionen der *Citali* verstößt. Den Stamm zu schützen, ist mir das Wichtigste überhaupt.

Doch mit einem Mal lächelt Nitika. Sie hat mich gesehen und hebt winkend ihre rechte Hand in die Luft. Mit einem Mal ist die Traurigkeit von ihr gewichen und sie hüpft geradezu federleicht auf mich zu.

Ná. Ich kann ihr vertrauen. Sie ist doch keine Fremde mehr, wenn wir bereits gestern so viele Stunden miteinander geteilt haben, oder?

Außerdem ist ihre Freude so ehrlich, dass ich mir sicher bin, Nitika könnte niemandem etwas zuleide tun. Sie ist ein guter Mensch, sonst hätte mein Vater wohl kaum die *Navajo* zu uns eingeladen.

»*Haulá!*«, ruft mir Nitika schüchtern zu, als sie schließlich bei mir ist.

»Du benutzt unsere Sprache«, stelle ich überflüssigerweise fest.

»Ja«, erwidert Nitika. »Ich finde, dass sie wunderschön klingt. Außerdem ist die frühere Sprache der *Navajo* längst in Vergessenheit geraten. Nur wenige beherrschen sie. Es fühlt sich für mich gut an, ein paar Begriffe der *Citali* zu verwenden. Als könnte ich dadurch auch meinen eigenen Vorvätern näherkommen.«

»Das ist ein schöner Gedanke«, lobe ich. »Wollen wir sofort aufbrechen? Wir müssen ein Stück weit reiten, ich hoffe, das macht dir nichts aus.«

Nitika schüttelt den Kopf und nickt dann. »Ähm, nein … Es macht mir nichts aus und ja, wir können sofort aufbrechen. Bis später, Dad!«

Sie hebt ihre Hand zum Gruß und ihr Vater schenkt ihr ein kurzes Lächeln.

Dann machen wir uns auf den Weg zur Pferdeweide.

Als die braunen, weißen und gescheckten Tiere in Sicht kommen, bleibt Nitika plötzlich stehen.

»Habe ich überhaupt das Passende an?«, fragt sie und blickt erschrocken an sich hinunter.

Das braun-blaue Kleid, das sie trägt, reicht ihr gerade einmal bis zur Mitte ihrer Oberschenkel. Dazu hat sie offene Schuhe an den Füßen.

»Schuhe sind beim Reiten eigentlich nicht notwendig«, antworte ich ihr. »Wir *Citali* möchten zu jeder Zeit den Erdboden spüren. Und auf dem Rücken unseres Pferdes können wir so am besten seine Bewegungen nachempfinden.«

»Klingt einleuchtend«, meint Nitika. »Aber ist es nicht unangenehm, jeden Tag dreckige Füße zu haben? Außerdem, was wenn der Weg beschwerlich und steinig ist?«

Ich stoße ein kurzes Lachen aus. »Unsere Füße sind bereits daran gewöhnt. Der *Große Geist* hat den Menschen so erschaffen, dass er auf dem Boden gehen kann, ohne etwas zu tragen. Oder hat er etwa diese Art von Kleidung an den Füßen erfunden?«

Jetzt schüttelt Nitika ihren Kopf.

»Ich verstehe. Trotzdem würde ich meine Sandalen gern anbehalten. Ich hoffe nur, dass das Kleid nicht zu kurz ist.« Ihre Wangen färben sich in den Ton der untergehenden Sonne.

»Das wird sicher gehen«, mache ich ihr Mut. »Komm, du kannst das Pferd meiner Schwester nehmen: Anoki.«

Wir gehen auf den gescheckten Hengst zu. Neugierig hebt dieser seinen Kopf und hört auf zu grasen. Misstrauisch beäugt er Nitika, die sich ihm langsam nähert und ihre Hand ausstreckt, um ihn zu streicheln. Dabei ist sie sehr vorsichtig und zeigt damit, wie viel Respekt sie vor den großen Tieren hat. Ich verkneife mir, ihr zu sagen, dass sich Anoki normalerweise nur von wenigen Personen reiten lässt. Es würde sie mit Sicherheit verunsichern, außerdem lässt er gerade ihre Berührung zu, was mich zuversichtlich stimmt.

»Devaki!«, rufe ich unterdessen.

Meine schwarze Stute kommt sofort auf mich zugetrabt. Sie wiehert leise, während sie ihren Kopf an meine Brust schmiegt und ich meine Hände um ihren Hals lege, um sie zu begrüßen.

Schon immer habe ich ein inniges Verhältnis zu ihr gehabt. Sie vertraut mir und ich ihr. Es ist ein Geben und Nehmen – genau das, was wir *Citali* immer ausleben.

Nach ein paar kurzen Streicheleinheiten sitze ich auf. Dabei ist mir Nitikas Blick sicher, die mich aufmerksam beobachtet, ehe sie versucht, so elegant wie ich auf Anokis Rücken zu gelangen. Allerdings ohne Erfolg. Kurz sehe ich ihr bei mehreren misslungenen Anläufen zu. Es ist süß, wie unbeholfen sie aussieht. Ihre Hilfsbedürftigkeit ist kaum zu übersehen und weckt etwas in mir. Vielleicht eine Art Beschützerinstinkt?

Schließlich steige ich von Devakis Rücken und gehe hinüber zu Anoki und Nitika.

»Warte, ich helfe dir.«

»Ich bin so ungeschickt«, seufzt Nitika mit leuchtenden Wangen. Nervös streicht sie sich eine Haarsträhne aus dem Gesicht. »Sogar den Ritt hierher ins Dorf habe ich gemeistert, warum komme ich nun nicht mehr auf den Pferderücken?«

»Du bist in deinem Leben wahrscheinlich noch nicht sehr oft geritten, oder?«

Nitika schüttelt wie zu erwarten den Kopf. »Nein. Höchstens auf früheren Festen in Tuba City. Doch da waren die Pferde deutlich kleiner, es waren eher Ponys und sie wurden von jemandem geführt.« Sie lacht leise und sieht mich mit großen Augen an. »Wie komme ich am besten hier nach oben?«

»Ich werde mit meinen Händen eine Art Tritt formen. In ihn kannst du deinen Fuß stellen. Dann stützt du dich an mir oder an Anoki ab und schwingst dein anderes Bein über seinen Rücken.«

»Klingt einfacher, als es mit Sicherheit sein wird.«

»Das schaffst du. Und mit der Zeit wirst du Übung bekommen, du wirst schon sehen.« Ich trete neben Anoki und lege meine Hände so ineinander, dass sie eine Art Stufe bilden.

Zögerlich tritt Nitika neben mich.

»Sicher, dass ich dir nicht wehtue, wenn ich mein gesamtes Gewicht gleich auf dich lade?«, fragt sie.

»Nitika, du siehst nicht besonders schwer aus. Glaub mir, wäre es mein Vater, dem ich helfen müsste, wäre es etwas anderes. Ich bin stärker, als ich aussehe.«

»Nun ja, stark bist du sicher mit deinen breiten Schultern.« Erschrocken schlägt sich Nitika ihre Hand vor den Mund. »Ups! Das wollte ich eigentlich nicht laut sagen.«

Die Verlegenheit steht ihr ins Gesicht geschrieben.

Schnell stellt sie ihren zierlichen Fuß auf meine Hände. Dann hält sie sich an meiner Schulter fest und stemmt sich so nach oben, ehe sie sich an Anoki festhält, um ihr anderes Bein über seinen Rücken zu schwingen. Kurz sehe ich weg, als Nitikas Kleid gefährlich hochflattert. Dabei kann ich mein heftig klopfendes Herz kaum ignorieren. Es ist nicht das erste Mal, dass mich eine junge Frau berührt – natürlich nicht. Schon oft habe ich Mädchen im Stamm umarmt oder ihnen bei etwas geholfen, wobei es dann zu Körperkontakt gekommen ist. Doch noch nie habe ich dieses Flattern gespürt. Noch nie sind Blitze durch meinen gesamten Körper geschossen. Diese Empfindungen sind so neu, so verwirrend, dass ich automatisch die Luft anhalte, bis Nitika schließlich sicher auf Anokis Rücken sitzt.

»Fühlst du dich sicher?«, frage ich sie, während der Hengst schon nervös vor- und zurücktänzelt.

Sie nickt tapfer. »Solange Anoki brav ist, ist das kein Problem. Ich hoffe, dass er dir einfach folgt. Wie ich ein Pferd lenke, ist mir nämlich ein Rätsel.«

»Anoki wird Devaki folgen, wenn ich vorrausreite«, erkläre ich und werfe dem gescheckten Hengst einen Blick zu, der ihm sagen soll, dass er sich ja zu benehmen hat.

Dann steige ich zurück auf Devaki und treibe sie an. Gemeinsam reiten wir in Richtung des Waldes, lassen das Dorf hinter uns und dringen ein in die Freiheit der Natur.

Zunächst folgen wir dem North Fork des Virgin Rivers. Unser Weg führt uns bis zu Angels' Landing und darüber hinaus.

Nitika schlägt sich gut auf Anokis Rücken. Je länger wir reiten, desto glücklicher sieht sie aus und ich beobachte, wie sie den Frühling im Zion-Nationalpark gierig in sich aufsaugt. Die blühenden Pflanzen, das erwachende Leben. Auch ich liebe diese Jahreszeit und kann sie heute zum ersten Mal wieder richtig genießen. Zuletzt bin ich mit Takoda unterwegs gewesen. Obwohl es noch nicht so lange her ist, kommt es mir vor, als wären seitdem Jahre vergangen.

»Kann es sein, dass ihr die Pfade der Touristen immer meidet?«, fragt mich Nitika plötzlich.

Ich nicke und drehe meinen Kopf etwas nach hinten, um sie beim Sprechen ansehen zu können.

»*Tá*. Die *Îs Môhálô* dürfen uns nicht entdecken. Sie würden Fragen stellen, weil wir so anders gekleidet sind. Am Ende würden uns einige folgen und schlussendlich enttarnen. Daher meiden wir alle Wege, die die Außenweltler gern zum Wandern nutzen«, erkläre ich ihr.

Bisher sind wir auf unserem Ritt noch keinem begegnet. Zum Glück.

»Habe ich mir schon gedacht. Denkst du, dass die … Außenweltler euer Leben hier zerstören könnten, wenn sie euer Dorf entdecken?«

Wild nicke ich. »Ja. Wir leben versteckt, nur jene Außenweltler, mit denen wir Handel treiben, wissen von unserer Existenz. Außerdem natürlich Johnnys Freund Logan. Aber er würde nichts an andere weitertragen. Unser geheimes Dorf ist unser höchstes Gut. Wir müssen dafür sorgen, dass uns unser Land niemals weggenommen wird. Nicht, wie es den anderen Stämmen passiert ist, nachdem die Weißen ins Land einfielen.«

Nitika lässt traurig ihre Mundwinkel nach unten hängen.

»Manchmal frage ich mich nun tatsächlich, wie die *Navajo* leben würden, wenn wir nicht mit der Moderne dieser ... der Außenwelt verbunden wären.«

»Es wäre wie bei uns«, antworte ich ihr. »Davon bin ich fest überzeugt.«

Bis wir am Temple of Sinawava ankommen, plaudern wir weiter über die Traditionen der *Citali*. Außerdem bekommen wir in der Ferne auf einem Felsen einen Berglöwen zu Gesicht, der Nitika Angst einjagt, sie aber auch fasziniert. Mir gefällt der Blick, mit dem sie die Natur betrachtet, die zugleich mein Zuhause ist. Sie findet es schön hier, das ist nicht zu übersehen.

Beim Temple of Sinawava angekommen, müssen wir schon stärker aufpassen, keinen Außenweltler zu Gesicht zu bekommen. Der Ort ist ein beliebter Aussichtspunkt für die Touristen. Versteckt beobachten wir zunächst eine Gruppe Menschen, die eifrig mit kleinen Kästchen vor den Gesichtern durch das Tal läuft.

Nachdem sie weitergezogen sind, wagen wir es, von unseren Pferden zu steigen. Langsam pirschen wir uns vor. Nitika folgt mir, ohne ein Wort von sich zu geben. Sie versteht, wie wir leben.

Der Virgin River bahnt sich seinen Weg durch das Tal, das von rötlichen Felsen gesäumt wird. Wir laufen weiter, bis wir einen kleinen Wasserfall aus einem der Felsen sprudeln sehen.

»Wow! Es ist so schön hier!«, stößt Nitika aus.

Ihre Augen funkeln hell, während sie ihren Blick durch das Tal gleiten lässt.

»Tuba City ist nichts im Vergleich zu diesem Ort«, stößt sie aus.

Sie schließt ihre Augen, breitet ihre Arme aus, als hätte sie Flügel und dreht sich dann wild im Kreis. Zum ersten Mal erlebe ich Nitika gänzlich gelöst. Keinerlei Scham ist ihr anzumerken, sie genießt einfach diesen für sie so kostbaren Moment.

»Danke, dass du mich hierher mitgenommen hast. Hier ist es so friedlich … nur das Rauschen des Wasserfalls und das Singen der Vögel.« Sie stößt ein tiefes Seufzen aus und öffnet ihre Augen schließlich wieder, bleibt gleichzeitig stehen. Ihre Brust hebt und senkt sich, sie atmet angestrengter, doch ihr Lächeln zeigt, wie glücklich sie hier ist.

»Sagtest du nicht, dass du zunächst gezögert hast, mit in den Zion-Nationalpark zu kommen?«, frage ich sie.

Nitika beißt auf ihre Unterlippe und nickt dann ertappt. »Ja. Aber nun bin ich froh, dass ich meinem Vater doch nachgegeben habe. Um ehrlich zu sein, will ich gar nicht nach Hause. Doch ich glaube, dass die Abreise schon bald naht. Wir können nicht ewig eure Gäste bleiben.«

Traurig lässt sie die Schultern hängen.

»Aber möchtest du nicht irgendwann auch wieder nach Hause? Ich würde mich nach meiner gewohnten Umgebung sehnen, wenn ich sie ein paar Tage nicht gesehen hätte.«

»Nein«, antwortet Nitika rasch und schlägt sich die Hand vor den Mund. »Das wollte ich eigentlich gar nicht so sagen.«

»Aber warum? Findest du es in Tuba City etwa nicht schön? Die Stadt gehört doch zum Reservat deines Stammes. Ihr lebt mit den Vorteilen der modernen Welt, während wir hier körperlich noch härter arbeiten müssen als ihr. Mich stört das natürlich nicht, ich bin hier im Zion-Park glücklich, doch ich kann mir vorstellen, dass du die Außenwelt ein wenig vermisst.«

»Nur kann der äußere Schein eben auch trügen«, erklärt Nitika. »Weißt du, die Technik bei uns mag schon vieles erleichtern. Wir können nachts wach bleiben, so lange wir möchten, da wir über elektrisches Licht verfügen. So müssen wir nicht erst ein Feuer machen. Das nur als Beispiel. Doch unser Leben ist viel härter, als es für dich vielleicht bisher geklungen hat.«

Ich mache einen Schritt auf Nitika zu, bleibe direkt vor ihr stehen und schüttle dann den Kopf.

»Ich kann mir das einfach nicht vorstellen. Ihr habt Handys und Autos! All das ist doch in der Außenwelt so beliebt und dient dazu, leichter zu leben. Warum ist es dann so hart?«

Nitikas Blick sucht meinen. Ihre Augen wandern über mein Gesicht, erkunden jeden Fleck davon.

»Erkläre mir, wie es bei dir aussieht«, hauche ich. »Wir haben so viel über die *Citali* gesprochen. Nun ist es an der Zeit, dass ich mehr von deiner Welt erfahre.«

»Es ist schwer, das alles zu erklären«, meint Nitika. »Du müsstest es am besten mit eigenen Augen sehen. Komm doch mit, wenn wir abreisen, und bleibe eine Weile im *Navajo*-Reservat. So wie ich deine Welt kennengelernt habe, lernst du dann meine kennen. Unvoreingenommen. Ohne dass ich dir zunächst davon so viel erzähle.«

Überrascht reiße ich meine Augen auf, öffne meinen Mund, schließe ihn dann jedoch wieder.

Kann das wirklich ihr Ernst sein? Möchte sie, dass ich mit ihr komme, um ihr Zuhause zu sehen?

KAPITEL 12

Nitika

Reue. Das ist es, was ich verspüre. Ich habe unüberlegt gehandelt. Doch die Einladung ist ausgesprochen.

Warum nur möchte ich, dass Sakima mit mir kommt? Er ist ein Fremder aus einer fremden Welt.

Weil er mir seit zwei Tagen das Gefühl gibt, nicht mehr allein zu sein.

Das lässt sich nicht leugnen. Bei Sakima fühle ich mich weniger allein, sogar geborgen. So sehr, als würden wir uns schon länger kennen.

Hunderte von wirren Emotionen schwirren durch meinen Körper, während Sakima mich ungläubig anstarrt. Er kann offenbar nicht fassen, dass ich ihn eben gebeten habe, mit mir nach Tuba City zu kommen.

Genauso wenig wie ich.

»Ähm, wenn es zu plötzlich kam … Du … du musst nicht Ja sagen«, stammle ich nervös, während sich Sakimas Gesichtsausdruck wandelt. Der Unglaube verschwindet, stattdessen sieht er merkwürdig nachdenklich aus.

Wünsche ich mir, dass er Ja oder Nein sagt? Mein verräterisches Herz schreit mich an, dass Sakima meine unüberlegte Einladung annehmen soll. Weil seine Gegenwart mich glücklich macht und ich zum ersten Mal seit Jahren das Gefühl von Geborgenheit verspüre.

Doch ein anderer Teil von mir – vielleicht der vernünftige – hofft, dass Sakima ablehnt. Dann habe ich eine Chance, die wirren Gedanken und Gefühle in meinem Inneren in den Griff zu bekommen. Wir wären so etwas wie Bekannte, vielleicht Freunde, wenn ich wieder abreise. Aber ich brauchte mir keinen Kopf über mein wild hämmerndes Herz in meiner Brust zu machen.

»Ich komme gern mit dir in das *Navajo*-Reservat.«

Die Worte hängen in der Luft fest, ich realisiere sie nur am Rande, ehe ich blinzle und ein erstauntes »Was?!« ausrufe.

»Na ja, ich würde gern mitkommen«, wiederholt Sakima. »Es ist überaus nett, dass du mir deine Welt zeigen möchtest.«

Ich schlucke den Kloß in meinem Hals hinunter. »Ehrlich? Ich … Es kam mir einfach fair vor. Ich kenne nun die *Citali*, warum solltest du nicht auch das Leben bei mir kennenlernen dürfen?«

Unsicherheit schwingt in meiner Stimme mit. Sie ist für mich hörbar, also sicher auch für ihn. Doch Sakima mustert mich weiterhin mit einem dezenten Lächeln auf den Lippen.

»*Tá.* Ich habe tatsächlich etwas Respekt davor, den Zion-Nationalpark zu verlassen. Weißt du, Nitika, ich bin noch nie von hier fort gewesen. Das wird komisch werden.«

Täusche ich mich oder klingt er tatsächlich etwas ängstlich?

Ich pruste kurz los, halte mir dann aber schnell meine Hand vor den Mund und fange mich wieder.

»Tut mir leid«, entschuldige ich mich. »Es ist nur so: Du wirst eines Tages Häuptling der *Citali* sein und hast auf mich immer den Eindruck gemacht, als hättest du vor nichts Angst.«

Amüsiert schmunzelt Sakima. »Jeder hat vor irgendetwas

Angst, Nitika. Auch ein zukünftiger Häuptling, glaub mir. Du weißt inzwischen, wie es in meinem Inneren aussieht. Ich habe viel zu oft das Gefühl, nicht gut genug zu sein. Mein Vater ist so viel weiser und mutiger als ich. Er weiß stets die richtigen Worte zu sagen, er kennt sich mit allem so gut aus. Dagegen sehe ich wie eine kleine, graue Maus aus.«

»Ich habe auch vor viel zu vielen Dingen Angst. Manchmal habe ich das Gefühl, dass mich das Leben eines Tages verschlingen wird.«

»Ja, so denke ich auch.«

Schweigend sehen wir einander in die Augen. Fast bin ich dazu verführt, Sakimas Haar hinter seine Ohren zu streichen. Es hängt in Strähnen nach vorn, verwegen und wild. Um seinen Hals trägt er eine eng anliegende Kette, die mit bunten Steinen verziert ist und etwas, das wie Knochen aussieht. Zaghaft strecke ich meine Hand aus, berühre seinen Schmuck. Sakima schließt die Augen. Für einen winzigen Augenblick sind wir uns unglaublich nah. Sein Atem streift über meine Haut und ich bin gewillt, mich diesem Moment voll und ganz hinzugeben. Seine Aura zieht mich fest zu sich, lässt mich nicht mehr los. Jetzt wird mir klar, dass der Abschied von Sakima mich zerbrochen zurücklassen wird. Ich würde mich immer wieder fragen, ob ich nicht die Chance gehabt hätte, ihn noch besser kennenzulernen. Ihn zu verstehen, ihm zuzuhören. Die Einladung sollte ich nicht bereuen.

»Wir müssen mit unseren Vätern sprechen«, flüstere ich und lasse meine Hand sinken, hole Sakima zurück ins Hier und Jetzt, denn er schlägt seine Augen wieder auf.

»Sie müssen ihre Zustimmung geben, dass du uns ins *Navajo*-Reservat begleiten darfst.«

Sakima nickt. »In Ordnung. Willst du demnach zurückreiten?«

Ich drehe mich im Kreis, sauge die Natur noch ein letztes Mal in mich auf. Der Temple of Sinawava ist wirklich eindrucksvoll. Am meisten hat mich der Wasserfall in seinen Bann gezogen, der aus dem Nichts aus einem Felsen entspringt. An ihm bleibe ich kurz hängen, ehe ich mich losreiße.

»Ja, ich denke, das ist besser so. Außerdem haben wir noch einen langen Ritt vor uns.«

Sakima nickt und wir laufen zurück zu der Stelle, wo wir Devaki und Anoki zurückgelassen haben. Diesmal schaffe ich es, mich allein auf Anokis Rücken zu schwingen.

»Siehst du, Sakima? Ich habe es geschafft!«, rufe ich freudig aus.

Sakima lächelt. »Aus dir könnte eine waschechte *Citali* werden, weißt du das?«

»Soll das etwa ein Kompliment sein?«, gebe ich zurück.

Der Sohn des Häuptlings nickt und da ist sie, die Hitze in meinen Wangen, die mich viel zu oft heimsucht, wenn Sakima etwas zu mir sagt oder mich mit seinem verschmitzten Lächeln ansieht.

»Da-danke«, stottere ich.

Zum Glück erwidert er nichts weiter, sondern treibt stattdessen seine Stute an. Anoki folgt sofort und wir machen uns auf den Weg ins Dorf.

Dort angekommen kümmern wir uns als Erstes um die Pferde. Sakima zeigt mir, wie ich Anokis Fell mit Gras trocken reiben kann. Er hat ganz schön geschwitzt, schließlich war der Weg für ihn lang und anstrengend.

Danach laufen wir nebeneinander durch das Meer aus Tipis. Doch beim Zelt von Sakimas Familie finden wir weder Ahusaka noch Milton oder Shilah.

»Sie sind noch bei Mingan«, klärt uns Donoma auf und schenkt uns ein freundliches Lächeln. Ich mag seine Mutter. Sie hat ein so reines Herz, dass es sogar äußerlich sichtbar ist.

»*È Radó*«, bedankt sich Sakima in seiner Sprache, dann gehen wir weiter.

Ich erkenne das Tipi von Mingan schon von Weitem, denn vier Gestalten sitzen davor und einer von ihnen kann nur mein Vater sein.

Es ist merkwürdig, vier erwachsene Männer im Schneidersitz auf dem blanken Erdboden sitzen zu sehen. Und sie wirken dazu noch alle gleichermaßen konzentriert. Zwischen ihnen brennt ein Feuer, der Rauch steigt in den Himmel empor.

»Was tun sie da?«, frage ich Sakima.

»Sie meditieren«, antwortet er mir. »Mingan ist unser Medizinmann, der *Tátáchan*. Er ist neben meinem Vater einer der wichtigsten Männer hier im Dorf. Ahusaka sucht ihn auch oft auf, wenn er Rat benötigt. Er ist wahrscheinlich der weiseste aller *Citali* und ein wenig wie mein Großvater, den ich nicht mehr kennenlernen konnte.«

»Das tut mir leid«, bekunde ich sofort mein Beileid.

Sakima winkt ab. »Das tut nicht so sehr weh wie Takodas Verlust. Denn meinen Großvater kannte ich nie persönlich. Er ist schon vor meiner Geburt verstorben. Daher fehlt er mir nicht, auch wenn das nicht sehr nett klingt. Verstehst du?«

»Natürlich verstehe ich dich«, antworte ich sofort. »Trotzdem ist es nicht schön, wenn man ein Familienmitglied verloren hat.«

»Wir hier im Dorf sind eine große Familie. Hier passt jeder auf den anderen auf«, wirft Sakima ein und eine Welle von Wehmut erfasst mich. Ich wünschte, das wäre bei mir zu Hause genauso. Dann würde ich mich dort vielleicht auch weniger allein fühlen.

»*Ité*, wir sind zurück!«, ruft in diesem Augenblick Sakima laut.

Die Männer blicken auf und auf den Lippen meines Vaters bildet sich sofort ein Lächeln, als er mich und den Häuptlingssohn sieht. Instinktiv mache ich einen Schritt von Sakima weg. Mein Vater und auch Milton – keiner von ihnen soll ein falsches Bild von uns bekommen.

»War euer Ausritt schön?«, will Ahusaka wissen.

Sakima nickt. »*Tá*.«

»Und wie hat dir der *Temple of Sinawava* gefallen?«, richtet der Häuptling das Wort an mich.

»Er ist wunderschön«, stoße ich aus. »Hier ist alles so besonders. All die unberührte Natur ...«

»Wenn noch weniger Touristen im Park unterwegs wären, dann wäre es wunderbar«, antwortet Ahusaka lachend. »Doch um unser Geheimnis zu wahren, müssen wir eben damit leben. Aber ich schätze, dass ist ein sehr kleines Opfer für die Art von Freiheit, die wir hier genießen können.«

»Vater, Nitika hat einen Vorschlag gebracht, den ich gern annehmen würde.«

Die Augen des Häuptlings werden größer und ein Blick zu meinem Vater verrät mir, dass dieser vor Neugierde platzt.

»Nicht das, was du vielleicht denkst«, sage ich leise und an Dad gerichtet. Dieser hört mich allerdings nicht oder übergeht die Aussage mit Absicht.

»Nitika hat mich zu sich ins *Navajo*-Reservat eingeladen«, erklärt Sakima. »So hätte ich die Möglichkeit, auch ihre Welt näher kennenzulernen.«

Milton klatscht begeistert in die Hände: »Ich finde das großartig!«

Shilah nickt heftig. »Du kannst jederzeit unser Gast sein, Sakima. Es würde uns freuen.«

»Vorausgesetzt, es ist für dich in Ordnung«, fügt der Präsident der *Navajo Nation* an Ahusaka gewandt zu.

Ich beobachte die Miene des Häuptlings, doch auch dieser ist offensichtlich erfreut von der Idee.

»Ein Bund zwischen den Stämmen wäre zu unserem und eurem Vorteil«, erklärt er an Milton und Shilah gewandt, so als wären weder Sakima noch ich anwesend. »Zwei Stämme der Ureinwohner Nordamerikas verbünden sich, das ist für den *Großen Geist* eine absolut große Ehre.«

Mein Vater nickt. »Ich sehe das genauso. So können Sakima und Nitika sich noch näherkommen, wenn sie länger Zeit miteinander verbringen.«

Zufrieden sieht er den *Athánchan* der *Citali* an, während mir das schon wieder zu wenig eigene Entscheidungen sind. Entschlossen trete ich einen Schritt vor: »Sakima und mich verbindet ein Band der Freundschaft. Ich will nicht, dass seinem Besuch im Reservat vorausgesetzt wird, dass am Ende eine Heirat folgt.«

»Dem stimme ich zu«, mischt sich Sakima mit fester Stimme ein. »Es sollten keinerlei Bedingungen daran geknüpft sein.«

»In Ordnung, mein Sohn. So haben wir es nicht gemeint. Vielleicht sind meine väterlichen Gefühle etwas mit mir durchgegangen«, entschuldigt sich Ahusaka.

Milton räuspert sich. »Von meiner Seite aus geht Sakimas Besuch bei uns im Reservat in Ordnung. Es wird eine Ehre sein, ihn als Gast zu begrüßen. Shilah, es ist nett von dir, dass du dich bereiterklärt hast, ihn bei dir zu Hause aufzunehmen. Sollen noch andere Männer der *Citali* mit uns reisen?«

Der *Athánchan* schüttelt den Kopf. »Wann werdet ihr abreisen?«

»In zwei Tagen«, verkündet Milton mit fester Stimme.

»Gut«, antwortet Sakima. »Dann werde ich mit euch kommen.«

Er nickt bedächtig und mir ist klar, dass es nun kein Zurück mehr gibt: Sakima wird mit uns ins Reservat kommen und er wird meine Welt kennenlernen. Nur möchte ich ihm nicht alles davon zeigen – die Schatten sollte er nicht sehen, nicht, wenn seine eigenen Wunden nach Takodas Tod noch nicht verheilt sind.

Zakima

Mich überkommt der Drang, sofort Sunwai und auch Johnny von meiner bevorstehenden Reise zu erzählen.

Noch immer kann ich nicht fassen, dass ich zugestimmt habe, das sichere Reservat der *Citali* zu verlassen. Ein solch wagemutiges Abenteuer passt eigentlich sehr viel besser zu meiner Schwester als zu mir.

Dass ich mich tatsächlich darauf eingelassen habe, fühlt sich unwirklich an.

Beschwingt laufe ich durch das Dorf zu Johnnys Tipi. Es steht am Rand, etwas abgelegener, doch ich weiß, dass ich Sunwai und ihn dort mit höchster Wahrscheinlichkeit antreffen werde.

Voller Tatendrang stolpere ich in das Zelt – ohne mich vorher anzukündigen. Keine gute Idee, wie sich herausstellt.

Sunwai und Johnny sitzen auf seiner Schlafpritsche und stieben auseinander, sobald sie mich sehen.

»Wie kannst du nur?«, ruft Sunwai empört. Röte brennt auf ihren Wangen, etwas, das ihr gar nicht ähnlich sieht. »Was, wenn wir nichts mehr am Leib getragen hätten?«

»Tut mir leid«, entschuldige ich mich sofort. »Ich will ja nicht wieder damit kommen, aber normalerweise geht man nur bei Ehepaaren von so etwas aus …«

Sunwai schnaubt. »Ich bin eben nicht wie die anderen *Citali*.«

»Das ist mir bewusst.«

»Also, was willst du hier? Wenn es nicht dringend ist, dann …«

Sunwai verschränkt drohend die Arme vor der Brust, während sich Johnny nervös durch sein Haar fährt und bisher noch nichts gesagt hat.

135

»Ich werde das Reservat für kurze Zeit verlassen«, entfährt es mir.

Beinahe entsetzt reißt Sunwai die Augen auf.

»Was?!«, ruft sie erschrocken aus. Ihr Blick spricht Bände. Sie glaubt nicht, dass ich fähig bin, mein Zuhause hinter mir zu lassen.

»Warum wirst du denn weggehen?«, will Johnny wissen und setzt sich aufrecht auf die Pritsche.

Schnell räuspere ich mich. »Weil ich das *Navajo*-Reservat kennenlernen möchte. Nitika hat mich eingeladen, mir auch in ihre Welt Einblicke zu gewähren.«

Erwartungsvoll lasse ich meine Augen zwischen Sunwai und Johnny hin- und herwandern.

»Das sieht dir aber gar nicht ähnlich, Bruderherz«, stellt Sunwai fest. »Normalerweise bist du ein absoluter Gegner der Außenwelt. Dir ist bewusst, dass die *Navajo* nicht so leben wie wir? Dass dort keine Verehrung des *Großen Geistes* mehr stattfindet und die Nahrung auch nicht selbst angebaut wird?«

»*Tá*. Das ist mir bewusst. Aber ich sehe es als Chance an. So kann ich das Leben eines anderen indigenen Stammes erforschen. Außerdem kam die Einladung von Nitika. Und ich konnte sie wohl kaum ausschlagen.«

»Hmm … Meiner Meinung nach haben dich die letzten Tage sehr verändert«, meint Sunwai grübelnd, während sie ihren Blick über meinen Körper wandern lässt, als könnte sie auch da Veränderungen feststellen.

»Nun ja, seitdem die *Navajo* bei uns sind, hatte ich wenig Zeit, über Takodas Tod nachzudenken. Die Schuldgefühle sind in den Hintergrund gerückt«, gebe ich zu.

»Das ist doch schön!«, freut sich Johnny. »Es wurde auch Zeit, dass du endlich nach vorn siehst. Das hast du dir verdient und

Takoda hätte es nicht anders gewollt.«

Auf den Lippen meiner Schwester bildet sich ein schiefes Grinsen. Sie führt etwas im Schilde. »Gib es zu! Dir gefällt Nitika! Wäre sie nicht, würdest du niemals einem Besuch im *Navajo*-Reservat zustimmen. Vor allem würdest du nicht ganz allein dort hinreisen.« Ihre Augen funkeln schelmisch, ich weiche ihrem Blick gekonnt aus.

»Das ist nicht wahr. Ich interessiere mich einfach auch für deren Stamm. Für einen zukünftigen Häuptling ist das nicht ungewöhnlich, oder? So erkunde ich auch die Wurzeln unserer Vorväter.«

Laut lacht Sunwai auf. »Ich erkenne es, wenn du lügst, *Itéta Kadó*. Du magst Nitika, und das nicht nur ein bisschen. Denkst du, dass ich nicht gesehen habe, wie gern du mit ihr Zeit verbringst? Du hast ihr das Dorf gezeigt, bist heute mit ihr ausgeritten … Das sind eindeutige Zeichen dafür, wie es um die Gefühle in deinem Herzen steht.«

Sie schnalzt mit der Zunge. Ihr breites Lächeln bringt mich aus dem Konzept. Ich öffne den Mund, um etwas zu erwidern, doch mir fällt kein guter Spruch ein, der meine Zuneigung zu Nitika verleugnen könnte.

»Also ich persönlich freue mich für dich, Sakima. Es ist schön, wenn du dich mit ihr so gut verstehst.« Johnny schenkt mir ein aufrichtiges Lächeln.

Sunwai schnaubt nur. »Ich mag es nur nicht, wenn du mich anlügst, Sakima. Romantische Gefühle sind etwas, das jeden von uns irgendwann ereilt. Auch ich habe mich verliebt und bin es immer noch. Sag mir bitte einfach nur die Wahrheit.«

Ich verkneife es mir, zu sagen, dass Sunwai ihre Gefühle für Johnny ebenfalls lange verschwiegen hat – weil das ihren Verrat sonst offengelegt hätte. Stattdessen horche ich tief in mich hinein.

Denn meine Schwester hat in allen Punkten recht: Nitika gefällt mir und ich genieße ihre Gegenwart. Und wäre sie nicht, dann würde ich unser Dorf mit hoher Wahrscheinlichkeit wirklich nicht verlassen.

»Wisst ihr, ich habe mich Nitika sofort öffnen können«, sprudelt es aus mir heraus. »Es ist, als würde sie mich von Grund auf verstehen und tief in mich hineinblicken können – wie eine Seelengefährtin. Und das, obwohl sie doch nur eine Fremde ist.«

»Das nennt man Verliebtsein«, meint Sunwai.

Ich schüttle den Kopf. »Aber wie kann ich das so nennen, wenn ich mir selbst meiner Gefühle noch nicht sicher bin? Ohne Zweifel mag ich sie, doch ich kenne sie zu wenig. *Tá*, die Bindung zwischen uns mag über normale Freundschaft hinausgehen. Aber ich muss Nitika noch näher kennenlernen. Deswegen habe ich dem Besuch bei ihr auch zugestimmt. Irgendetwas trägt sie mit sich herum, was sie manchmal traurig wirken lässt. Ich glaube, dass ihr etwas auf der Seele brennt, das sie mir noch nicht anvertraut hat. Versteht ihr? Ich habe mich ihr geöffnet, doch umgekehrt ist es noch nicht vollständig der Fall.«

»Wenn du das Gefühl hast, dass deine Offenheit nicht auf Gegenseitigkeit beruht, dann verstehe ich, dass du sie erst noch mehr kennenlernen möchtest«, meint Sunwai. Jetzt glitzert nichts Neckisches mehr in ihren Augen. Sie meint ihre Worte vollkommen ernst.

»*È Radó*, Sunwai. Und sag Vater bitte nichts davon. Er möchte mich nur mit einer Frau von den *Navajo* verheiratet sehen, um ein Bündnis zwischen den Stämmen zu schließen. Doch das ist es nicht, worauf es bei einer Ehe ankommt. Es sollte um Gefühle gehen. Wenn er jetzt erfährt, dass ich Nitika mag, wird er sofort mit der Planung für die Vermählung beginnen. Etwas, das weder Nitika noch ich wollen. Sie hat ihren Standpunkt klargemacht:

Nitika ist nicht hier, um sich zu verlieben, und das respektiere ich. Aber ich will wissen, was ihr auf der Seele brennt, und weiter mit ihr Zeit verbringen. Deswegen gehe ich mit. Nicht, um meiner Pflicht als zukünftiger Häuptling nachzukommen und mit ihr eine Verbindung einzugehen. Das werde ich nicht tun, bevor ich mir über meine Gefühle im Klaren bin.«

»Bei mir ist dein Geheimnis sicher, Sakima. Auch wenn ich manchmal gern und viel rede – du kannst mir immer alles anvertrauen.«

»Danke.«

Wieder meine ich es ehrlich, und weil die Gefühle mich in diesem Moment übermannen, gehe ich ein paar Schritte auf Sunwai zu und schließe sie fest in meine Arme.

Das Band zwischen Schwester und Bruder ist eben doch etwas Besonderes. Durch Sunwai habe ich jetzt noch mehr Mut erlangt und bin mir sicher, dass meine Entscheidung, das Reservat für kurze Zeit zu verlassen, die richtige ist.

KAPITEL 13

Nitika

Milton hat entschieden, dass wir bereits übermorgen zurück ins *Navajo*-Reservat aufbrechen werden.

Jetzt, da klar ist, dass Sakima uns begleiten wird, möchte er ihm wohl so bald wie möglich unsere Welt zeigen. Mein Vater dagegen hegt offenkundig immer noch die Hoffnung, dass aus Sakima und mir ein Paar wird und wir die Stämme damit vereinen. Nur will ich nach wie vor nichts davon wissen. Auch wenn ich wirklich gern Zeit mit Sakima verbringe.

Selbst am Tag vor der Abreise treffen wir uns wieder.

Sakima holt mich am späten Nachmittag bei meinem Tipi ab. Ich bin froh darüber, dass mein Vater mit Milton, Ahusaka und einigen anderen Männern der *Citali* auf die Jagd geritten ist, um diesen Bereich ihrer Kultur kennenzulernen. Daher bleibe ich von seinen Kommentaren verschont, als Sakima lächelnd bei mir auftaucht.

»Hast du etwa schon alles für den morgigen Aufbruch gepackt?«, frage ich ihn.

Sakima zuckt mit den Schultern. »Weißt du, ich brauche nicht viel. Wir *Citali* legen wenig Wert auf materielle Dinge. Und meinen geliebten Bogen und den Köcher mit den Pfeilen werde ich kaum brauchen, oder?«

Automatisch lache ich kurz laut auf. »Stimmt.«

»Wollen wir heute noch mal zum See gehen? *Mutter Erde* ist uns wohlgesinnt und beschert uns heute warme Temperaturen.« Er legt seinen Kopf schief und betrachtet mich eingehend.

Wie gewöhnlich trägt Sakima eine leichte Hose aus Leinen und ein dazu passendes Oberteil in einer ebenso braunen Farbe. Sein Haar fällt ihm strähnig ins Gesicht, kein einziges Schmuckstück ziert seinen Hals.

»Gern«, antworte ich sofort. Gedanklich verfluche ich mich dafür, dass ich meine Reisetasche nicht bereits gepackt habe. Stattdessen habe ich den Morgen genutzt, um auszuschlafen. Zeitverschwendung. Jetzt wird meine Tasche wohl warten müssen.

Nebeneinander schlendern wir durch das Dorf. Ich sauge jedes Bild nochmals in mich auf. Denn heute ist der letzte Tag, an dem ich all das sehen kann. Diese andere Welt, die mir mittlerweile gar nicht mehr so fremd ist.

Auf den Feldern arbeiten wieder ein paar Frauen. Ich kann sogar Sakimas Schwester Sunwai entdecken, die uns wild zuwinkt. Ich winke zurück. Obwohl ich bisher nicht viel mit ihr gesprochen habe, fühle ich mich ihr verbunden. Sie ist nett und ihre gesamte Körperhaltung strahlt aus, dass die Sympathie auf Gegenseitigkeit beruht.

Als der See in Sicht kommt, halte ich kurz den Atem an. Es ist mein liebster Ort hier bei den *Citali*, so viel steht fest. Das Wasser liegt glatt und einladend vor uns. Wieder setzen wir uns direkt ans Ufer, allerdings auf die andere Seite. Kurz hinter uns beginnt der Waldrand. Von den Feldern aus sind wir kaum einsehbar. Wir sind völlig ungestört, und ohne zu zögern, streife ich mir meine Sandalen von den Füßen und lasse meine nackten Zehen mit dem kalten Nass spielen.

»Hier ist es so unfassbar ruhig«, seufze ich.

Sakima nickt. »*Tá*. Außer wenn die anderen *Citali* hier ein Bad nehmen. Natürlich Frauen und Männer getrennt.«

Ein Lächeln umspielt seine Lippen und ich konzentriere mich schnell wieder auf den See anstatt auf sein Gesicht, um nicht in Verlegenheit zu geraten. Für den Hauch einer Sekunde habe ich mir Sakima tatsächlich nackt vorgestellt. Etwas, das ich niemals hätte tun dürfen. Doch meine Gedanken kann ich nicht steuern.

»Ich hoffe, dass es okay für dich ist, das Dorf morgen zu verlassen«, sage ich zu Sakima.

»Natürlich! Sonst hätte ich doch nicht zugestimmt«, antwortet dieser sofort.

Nicht die geringste Prise von Aufregung schwingt in seiner Stimme mit und ich frage mich unwillkürlich, ob er tatsächlich so entspannt ist oder nur so wirken möchte.

»Aber du verlässt deine schöne Heimat! All die Natur … Du lässt sie hinter dir. An deiner Stelle wäre ich vermutlich nicht fortgegangen«, gebe ich zu.

»Es ist ja nicht für immer«, entgegnet Sakima. »Außerdem dachte ich, dass du dich freuen würdest, wenn wir noch mehr Zeit miteinander verbringen können.«

Da ist er wieder, ein Moment, der mich in Flammen stehen lässt.

»Na-natürlich freue ich mich«, stammle ich und hasse in diesem Augenblick einmal mehr meine Unsicherheit. Sakima merkt bestimmt, wie schüchtern ich bin.

Hoffentlich ist es kein Fehler gewesen, Sakima einzuladen. Er wird mich zu Hause sicher noch weitere Male in diese Art von Verlegenheit bringen. Außerdem habe ich nie zuvor einen vollkommen Fremden so tief in meine Welt gelassen. Er wird alles mitbekommen, was sich bei mir zu Hause abspielt. Shilah … Ich hoffe, dass mein Vater sich anstrengen und nicht direkt wieder ins Casino fahren wird. Doch vielleicht ist das die positive Seite an Sakimas Besuch: Dass mein Dad lernt, davon loszukommen. Immerhin hat er das Casino die letzten Tage hier im Dorf auch nicht vermisst. Er hat nicht ein einziges Mal davon gesprochen.

Nur was würde meine Mom darüber denken? Sie würde mir wahrscheinlich raten, lieber meinen Aufenthalt im Zion-National-park zu verlängern. Schon immer hat sie die Natur geliebt. Wäre sie nur nicht so weit von mir entfernt …

Mir entweicht ein Seufzen und ich spüre plötzlich einen Luft-zug neben mir. Schnell sehe ich mich um und stelle fest, dass Sakima inzwischen aufgestanden ist und sich gerade sein Shirt über den Kopf zieht. Einfach so. Ohne Vorwarnung.

Ich halte den Atem an. Es wäre höflicher, nicht hinzusehen, doch ich kann nicht anders und starre seinen Oberkörper geradezu schamlos an, während meine Wangen Feuer fangen.

Es ist Sakima anzumerken, dass er körperliche Arbeit gewohnt ist. Ich habe mich nicht getäuscht, als ich mir schon bei unserer ersten Begegnung dachte, dass er gut gebaut ist. Leichte Muskeln spielen auf seinem Oberkörper, seine breiten Schultern lassen ihn absolut männlich wirken. Kein einziges Haar ziert seine Brust, stattdessen glänzt die braune Haut verführerisch in der Sonne.

Nitika!, rüge ich mich gedanklich. Diese erotischen Geistes-blitze darf und will ich nicht zulassen. Das könnte dafür sorgen, dass ich Sakima plötzlich mit ganz anderen Augen sehe.

Tust du das nicht schon längst, nach allem, was ihr in den letz-ten Tagen miteinander erlebt habt?

Ich schlucke, obwohl meine Kehle eigentlich ganz trocken ist, und beobachte, wie Sakima einen Schritt auf den See zumacht. Er will doch nicht etwa …?

Doch! Genau das hat er vor. Langsam steigt er in das kühle

Nass, mitsamt seiner Leinenhose, die sich sofort mit Wasser voll-saugt.

Es ist nicht so, als hätte ich noch keine Erfahrung mit Männern gesammelt oder wäre noch nie einem so gut aussehenden begegnet. Allerdings hat niemand von ihnen in der Vergangenheit bereits so vieles erlebt. Die Konfrontation mit dem Tod. Die Bürde, eines Tages Häuptling zu werden, die er sich selbst nicht ausgesucht hat. Die Auszeit bei mir zu Hause wird ihm sicher gut-tun.

Mit einem Platschen lässt sich Sakima vollständig ins Wasser gleiten. Er schwimmt ein Stück vom Ufer weg. Sein Haar ist nun ebenfalls halb durchnässt und hat sich um ihn herum ausgebreitet.

Ich beobachte seine kräftigen, kontrollierten Schwimmzüge. Er sieht so elegant und gleichzeitig verwegen aus. Und egal wie sehr ich es versuche, ich kann einfach nicht wegsehen. Er fasziniert mich mit seiner gesamten Präsenz.

Auf einmal dreht sich Sakima im Wasser zu mir um. Ein glück-liches Lächeln umspielt seine Mundwinkel.

»Komm doch auch rein«, schlägt er vor. »Das Wasser ist so herrlich! Zwar noch nicht so warm wie im Sommer, aber es ist wunderschön erfrischend.«

Vehement schüttle ich den Kopf. »Nein! Niemals, das ist nichts für mich.«

Ein Teil von mir flüstert mir zu, wie verlockend es wäre, zu Sakima ins Nass zu steigen. Ich wäre ihm auf eine neue Art und Weise näher. Allerdings sträubt sich die andere Hälfte von mir. Denn es wäre zu nah. Zu intim. Ich war nie eine große Wasser-ratte. Klar kann ich schwimmen, aber das genügt mir auch schon. Ich muss an heißen Tagen nicht im Wasser planschen und mich abkühlen. Erst recht nicht, weil ich dadurch meinen Körper zeigen müsste. Ein nackter Körper gibt mir das Gefühl von Verletzlichkeit. Als könnte die gesamte Welt so meine Wunden sehen, die niemals wirklich geheilt sind. Das möchte ich nicht. Erst recht nicht vor Sakima.

»Vertrau mir, es ist wundervoll«, ruft er mir zu. Seine Augen funkeln abenteuerlustig.

»Ich habe keine Badesachen dabei«, kontere ich.

»Das ist keine Ausrede. Wir *Citali* schwimmen immer ohne solche Kleidung. Normalerweise hätte ich noch weniger am Leib, doch um dich nicht in Verlegenheit zu bringen, habe ich die Hose angelassen.«

Dieses Geständnis lässt sofort Feuer in mir auflodern. Meine Haut fühlt sich glühend heiß an. So sehr, dass mir plötzlich wirklich nach einer Abkühlung zumute ist, um diese dämlichen Emotionen in den Griff zu bekommen.

»Ich bin nicht besonders sportlich«, gebe ich schließlich zu.

Sakima runzelt die Stirn. »Was bedeutet ›sportlich‹?«

»Nicht so wichtig«, erwidere ich hastig, schlucke und überlege. Schließlich gebe ich mich geschlagen. Schaffe es nicht, dem Drang zu widerstehen. »Ich komm zu dir, aber bitte dreh dich um.«

Sakima tut wie geheißen, und sobald er mir den Rücken zugekehrt hat, ziehe ich mir mein Kleid über den Kopf. Obwohl ich noch BH und Höschen trage, komme ich mir nackt und ausgeliefert vor. Wie von selbst schlinge ich meine Arme schützend um meinen Oberkörper, während ich einen Schritt auf den See zumache. Und das, obwohl Sakima nach wie vor Wort hält.

Das Wasser ist erschreckend kalt und ich zucke zurück, als ich bis zu den Knien darin stehe. Nun kann ich keinen Rückzieher mehr machen. Vorsichtig wate ich Schritt für Schritt weiter und gewöhne mich so langsam an die kalten Temperaturen.

Schließlich geht mir das Wasser bis zum Bauchnabel und ich lasse mich vollständig hineingleiten, bis auch mein Oberkörper bedeckt ist.

Langsam schwimme ich auf Sakima zu und tippe ihm auf die Schultern. Er dreht sich zu mir und in seinem Gesicht sehe ich nichts als Freude.

»Lass uns zum anderen Ufer schwimmen«, schlägt er vor.

Ich nicke mit geschlossenen Lippen, um nicht auch noch Wasser zu schlucken.

Einträchtig paddeln wir nebeneinander her. Sakima ist ein guter Schwimmer. Ich komme mir dagegen wie ein ungelenkes Walross vor. Doch zu meiner Überraschung passt er sich meinem langsamen Tempo an, überholt mich nicht ein einziges Mal. Er nimmt vollkommen Rücksicht auf mich.

Schließlich landen wir am gegenüberliegenden Ufer. Ich traue mich nicht, bis zum Rand zu schwimmen, aus Angst, ihm Teile meiner nackten Haut zu entblößen. Also pausieren wir dort, wo das Wasser mir bis über die Brust reicht, ich aber bereits stehen kann.

»War es so schlimm, zu mir zu kommen?«, will Sakima in diesem Augenblick wissen.

Ich schüttle den Kopf und Wassertropfen fliegen durch die Luft.

»Nein. Aber … es ist mir immer noch etwas unangenehm. Ich bin beinahe nackt.«

Röte kriecht mir spürbar in den Nacken bis in meine Wangen.

»Ist das denn so schlimm? Bei mir muss dir nichts unangenehm sein, Nitika«, erwidert Sakima mit sanfter, einfühlsamer Stimme.

Ohne dass ich es bemerkt habe, ist er näher zu mir gerückt. Doch anstatt dass er versucht, im klaren Wasser meinen nackten Körper zu betrachten, bleiben seine Augen stets auf meinem Gesicht haften.

»Ich versuche es.« Meine Stimme ist nicht mehr als ein leises

Flüstern.

»Weißt du was, Sakima? Es sollte mehr solcher Orte geben. Orte, die unberührt von allen übrigen Menschen sind, die nur wir zwei miteinander teilen. Wo die Natur noch Natur sein darf und es keine Eingriffe von außen gibt«, hauche ich.

»Deswegen ist es uns *Citali* so wichtig, unseren Stamm zu schützen«, erklärt Sakima. »Nur so können wir verhindern, dass die Außenwelt uns alles nimmt.«

Ich nicke. »Das verstehe ich. Du hast wirklich Glück, dass du nicht alles, was dort draußen in der Welt geschieht, mitbekommst. In vielen Ländern leiden Menschen Hunger, es gibt Kriege und Seuchen. Außerdem zerstören die Menschen nach und nach ihren eigenen Lebensraum. Die Bäume des Regenwaldes fallen, ohne dass jemand an die Konsequenzen für den Planeten denkt. Tierarten drohen auszusterben, weil die Menschen es nicht lassen können, sie zu jagen.« Seufzend breche ich ab. All das Leid. Hier ist es nicht zu spüren. Nur Friede und Sicherheit fühle ich in Sakimas Gegenwart.

»Glaub mir, Nitika, wir lassen uns niemals von den *Îs Môhálô* zerstören.«

Sanft streicht mir Sakima mit seiner nassen Hand eine Haarsträhne aus dem Gesicht.

Ich sehe auf. Sehe nur noch ihn.

Sein Gesicht schwebt direkt vor meinem. Uns trennen nur wenige Zentimeter voneinander. Es wäre ein Leichtes, ihn hier und jetzt einfach zu küssen. Doch das tue ich nicht. Weil uns mehr verbindet. Unsere Seelen sind schon längst verschmolzen. Weil Sakima mich versteht wie niemand sonst. Mit ihm kann ich die tiefgründigsten Gespräche führen und es fühlt sich trotzdem nicht erzwungen an. Ich brauche ihn nicht zu berühren. Denn das tun wir schon längst, auch wenn es für niemand anderen außer für uns sichtbar ist.

»Wir werden immer um *Mutter Erde* kämpfen, richtig?«, frage ich Sakima schließlich leise und fühle mich dabei, als wäre ich keine *Navajo*, sondern würde zu den *Citali* gehören.

Sakima nickt. »*Tá*. Natürlich. Es gehört zu meiner Pflicht, all das hier zu beschützen.« Er weist auf die Umgebung um uns herum.

»Mein Zuhause ist so anders als deines«, dringt es über meine Lippen.

»Und ich werde es bestimmt mögen. Da bin ich mir sicher. Weil es *dein* Zuhause ist und du bei mir sein wirst.« Sein Lächeln ist absolut ehrlich und bohrt sich bis in mein Herz. Noch immer schweben seine Lippen einladend vor mir. Perfekt geschwungen, voll und zart.

»Was macht ihr denn hier?«, dringt plötzlich eine schneidende Stimme zu uns hinüber.

Sofort schaffe ich Abstand zwischen mir und Sakima, auch er rudert etwas von mir weg.

Ich entdecke Sakimas Schwester Sunwai zusammen mit ihrem Freund Johnny am Ufer des Sees. Die Magie ist fort, ebenso die Verbindung zwischen Sakima und mir. Mit einem Mal werden wir zurück in die Realität geschleudert.

Zu meinem Entsetzen zieht sich Sunwai schamlos ihr Kleid über den Kopf. Nur mit einem Hemd bekleidet, watet sie in den See und Johnny tut es ihr nach – er behält dabei seine Hosen an.

O nein! Auf Gesellschaft habe ich keine Lust. Es reicht schon, dass Sakima mich so leicht bekleidet sieht.

Auf der anderen Seite sind die beiden meine Rettung. Wer weiß, was ich getan hätte, wenn sie nicht aufgetaucht wären. Vielleicht hätte ich nicht widerstehen können. Vielleicht wäre ich Sakima noch nähergekommen, als es gut für mich wäre.

Langsam, aber sicher steuern Sunwai und Johnny uns an. Als sie bei uns angelangt sind, grinst Sunwai bis über beide Ohren.

»Was macht ihr beide denn hier?«, wiederholt sie frech.

»Wir genießen nur die Sonne, bevor wir dann morgen ins *Navajo*-Reservat aufbrechen«, erklärt Sakima kurz und bündig.

Sunwai wackelt mit ihren Augenbrauen. »So, so, ihr genießt also nur das schöne Wetter.«

Es ist ziemlich eindeutig, auf was sie anspielt. Ihre Augen wandern zwischen mir und Sakima hin und her. Sie möchte wissen, was zwischen uns ist.

Während Sakima seine Schwester finster anstarrt, versuche ich, ihrem Blick auszuweichen. Ich fühle mich beobachtet, es ist mir unangenehm. Und doch entweicht kein einziges Wort meinen Lippen, das mich verteidigen könnte.

In diesem Moment spritzt Sakima Wasser in hohem Bogen zu Sunwai. Es trifft sie im Gesicht und sie kreischt empört und gleichzeitig erschrocken auf.

»Das bekommst du zurück!«, faucht sie und stürzt sich auf ihren Bruder.

Erleichtert atme ich auf. Sakima hat es geschafft, die Situation zu retten.

Ich beobachte, wie Sunwai nun Sakima angreift und mit aller Kraft versucht, seinen Kopf unter Wasser zu tauchen. Natürlich ist Sakima stärker und schon bald befindet sich seine Schwester für einen kurzen Augenblick unter Wasser. Prustend taucht sie wieder auf und schüttelt ihr Haar, das ihr gesamtes Gesicht bedeckt. Johnny lacht lauthals auf.

»Du bist mein Freund und solltest eigentlich zu mir halten«, meint Sunwai und funkelt Johnny herausfordernd an. Dieser kann sich das Lachen noch immer nicht verkneifen und wird nun von Sunwai ebenfalls im See getauft.

Amüsiert beobachte ich das Treiben zwischen den beiden, die neckende Rangelei – bis mich plötzlich selbst das kühle Nass trifft.

Meine Augen finden sofort die von Sakima. Er ist der Übeltäter gewesen. Auf einmal pocht mein Herz voller Adrenalin und Aufregung.

»Na warte!«, rufe ich aus und paddle näher zu ihm. Sakima grinst breit und schwimmt ein Stück weg. Es endet in einer Verfolgungsjagd durch das Wasser. So schnell wie möglich rudere ich Sakima hinterher. Mit aller Kraft schaffe ich es, ihn schließlich einzuholen und ihm eine Ladung Wasser zu verpassen. Triumphierend recke ich eine Hand in den Himmel.

»Ich hab's geschafft!«, juble ich.

Sakima ist inzwischen wieder bei mir, wischt sich sein Haar aus dem Gesicht. Wassertropfen rinnen über seine Stirn, finden ihren Weg über seine Wange bis zum Kinn und tropfen schließlich zurück in den See.

»Es gefällt mir, wenn du aus dir herauskommst. In diesen Momenten zeigst du so viel mehr von dir als sonst.« Seine Worte jagen einen Schauer durch meinen Körper und zum ersten Mal macht mich sein Kompliment in keiner Weise verlegen.

»Vielleicht, weil ich mich noch nie so frei und schwerelos gefühlt habe«, hauche ich.

»Aber ein Mensch sollte sich doch zu jeder Zeit seines Lebens frei fühlen. Anders wäre das Leben doch ohne jeden Sinn«, wirft Sakima ein.

»Weißt du, wenn ich meinem liebsten Hobby nachgehe und Bilder aus Acryl oder Gefäße aus Ton erschaffe – dann habe ich ähnliche Empfindungen. Dennoch kommt nichts an den heutigen Tag ran«, gebe ich zu.

»Ist ein Hobby eine Art Arbeit?«, will Sakima wissen.

Ich lache auf. »Nein, ganz im Gegenteil. Es ist einfach eine Tätigkeit, die man gern macht.«

»Dann sind es bei mir mein Pfeil und Bogen und das Schnitzen von Gegenständen aus Holz«, erklärt Sakima feierlich.

»So ungefähr.« Ich lache laut auf. Eine Sekunde später trifft mich eine Welle von hinten.

»Erwischt!«, ruft Sunwai aus.

Laut quietsche ich. Sie hat mich im wahrsten Sinne eiskalt erwischt. Doch diesmal traue ich mich, zurückzufeuern. Nach einer Weile endet die Wasserschlacht damit, dass Sunwai und ich die beiden jungen Männer jagen. So lange, bis Sunwai mir zuruft, dass meine Lippen schon ganz blau werden. Dann schwimmen wir zurück zum Ufer.

Ich bin so gelöst, dass ich sogar mein Schamgefühl vergesse und mich zwischen Sunwai und Sakima zum Trocknen ins warme Gras lege, ungeachtet der Tatsache, dass ich nur Unterwäsche trage.

So liegen wir zu viert da, betrachten die Wolken am Himmel und genießen den Augenblick. Ich ganz besonders, weil mir bewusst ist, dass schon morgen wieder alles vorbei ist. Morgen geht es zurück nach Hause – zurück in die Realität.

Part II

Alles passiert im richtigen Augenblick.
Du musst nur aufmerksam bleiben.

– citalische Weisheit

KAPITEL 14

Zakima

Mit einem Kribbeln, das von meinen Zehenspitzen bis hinauf zu meiner Stirn reicht, wache ich am nächsten Morgen auf.

Voller Energie schwinge ich mich von meiner Pritsche. Ich fühle mich mutig und stark. Heute wird sich mein Leben kurzzeitig verändern. Ich werde die Grenzen unseres Reservats überschreiten und aus irgendeinem Grund habe ich keine Angst. Stattdessen fließt pure Freude durch meine Venen.

Meine Familie ist nicht da, also ziehe ich mir frische Kleidung an und richte kurz mein Haar. Eine Kette aus Federn darf auch nicht fehlen, um den Stamm gut zu repräsentieren. Ein paar wenige Habseligkeiten habe ich in eine lederne Tasche gepackt, die ich mir nun um den Hals hänge.

Schon bin ich fertig und schlüpfe aus dem Tipi.

Die warme Luft des Frühlings meint es nach wie vor gut mit uns *Citali*. Sie spiegelt außerdem genau meine Laune wider. Ich lehne den Kopf in den Nacken und atme genüsslich ein.

»Guten Morgen, Bruderherz«, begrüßt mich in diesem Augenblick Sunwai.

Ich wende mich meiner Schwester zu, die gerade mit einem Korb Feuerholz vor dem Tipi zum Stehen kommt. Hinter ihr folgt meine Mutter Donoma.

»Wo ist *Itê*?«, frage ich meine Mutter.

»Er trommelt bereits die Männer zusammen, die die *Navajo* und dich zur Grenze des Reservates begleiten werden«, erklärt sie mit einem Lächeln auf den Lippen. »Es wird ernst, Sakima. Der Abschied ist gekommen.« Sie legt ihren Kopf schief und völlige Rührung liegt in ihrem Blick.

»Es ist doch nur vorrübergehend«, erwidere ich. »Eine Reise, mehr nicht.«

»Und dennoch warst du noch nie so weit von mir entfernt. Es ist merkwürdig für eine Mutter, ihr Kind gehen zu lassen. Es ist, als würden dir plötzlich Flügel wachsen und von einem Tag auf den anderen kannst du selbst fliegen.« Ein Seufzen dringt über ihre Lippen.

»Aber wie können mir Flügel gewachsen sein, wenn ich euch doch schon jetzt vermisse? Euch alle – selbst dich, Sunwai. Ihr seid mein Zuhause und ich freue mich schon jetzt darauf, euch wiederzusehen.«

Die Worte laut auszusprechen, fühlt sich richtig an.

»Dennoch freue ich mich auf den bevorstehenden Aufenthalt bei den *Navajo*. Klingt das verständlich?«

Meine Mutter nickt. »Natürlich, Sakima. Das sind die Emotionen des Erwachsenwerdens. Komm her, lass mich dich noch einmal festhalten.«

Sie breitet ihre Arme aus und ich lasse mich in ihre mütterliche Umarmung ziehen. Kurz fühle ich mich wieder wie der kleine Junge, der ich einst war. Beschützt und behütet im Schoße der Mutter.

»Bis bald«, verabschiede ich mich von ihr, ehe sie mich langsam loslässt.

Donoma erwidert meinen Abschied, ehe ich mich meiner

Schwester zuwende.

»*Túlá Enás,* nun bist du an der Reihe.«

Sunwai schnaubt, lässt sich aber dennoch von mir umarmen. »Ich glaube, ich werde mich niemals daran gewöhnen, dass du mich als kleine Schwester bezeichnest«, murmelt sie an meine Schulter. »Pass auf dich auf, Sakima. Und grüß die Außenwelt von mir! Hätte ich meinen Johnny nicht, ich wäre eifersüchtig, dass du einen Teil von ihr sehen darfst.«

»Es ist immer noch das Reservat eines unserer Stammes-völker. Das ist nicht die echte *Îs Môhá.*«

»Dennoch ist es ein Teil von ihr«, rechtfertigt sich Sunwai. »Also gib gut auf dich acht. Und sieh zu, dass du Nitika nicht zu lange zappeln lässt. Deine Gefühle ihr gegenüber sind unübersehbar.« Sunwai entweicht ein leises, freches Kichern.

Sofort löse ich meine Arme von ihr und funkle sie böse an. »Wage es ja nicht, schon wieder derartige Dinge zu behaupten! Sie ist jemand, mit dem ich eine Freundschaft aufgebaut habe.«

»Ja, ja … Rede dir das nur weiter ein.«

Sie grinst schelmisch, diesmal ignoriere ich ihren Blick.

»Also dann … *Appasaché*«, verabschiede ich mich.

Donoma schenkt mir ein mütterliches Lächeln, während Sunwai mit ihren Händen ein Herz formt, was ich mit zusammengezogenen Brauen quittiere.

Nun ist er also gekommen, der Abschied.

Ich hebe meine Hand ein letztes Mal, ehe ich kehrtmache und dann meine Familie hinter mir lasse. Vor mir liegt ein Abenteuer, das ich vor wenigen Wochen noch nicht habe kommen sehen.

Bei den Pferden finde ich meinen Vater, der mit ein paar anderen Männern zusammensteht. Daneben entdecke ich Shilah und Milton – und natürlich Nitika.

Kurz überschlägt sich mein Herz vor Glück.

»*Haulá!*«, rufe ich zur Begrüßung.

»Endlich bist du da, Sakima! Dann können wir direkt aufbrechen«, meint mein Vater.

Oh!

Es ist mir unangenehm, dass alle offenkundig nur auf mich gewartet haben. Woher hätte ich das denn auch wissen sollen?

»Bist du bereit?«, fragt mich Nitika, die neben mich getreten ist. Ich nicke. »Natürlich.«

»Sakima, wenn du so weit bist, dann rufe Devaki, damit wir loskönnen«, höre ich in diesem Moment die Stimme meines Vaters.

»Devaki!«

Meine Stimme schneidet über die Weide und lockt sofort meine schwarze Stute an. Ihre weiße Blesse leuchtet von Weitem. Sie trabt auf mich zu, Erwartung blitzt in ihren Augen auf. In meinem Hals bildet sich ein Kloß. Auch von ihr werde ich mich nun bald verabschieden müssen. Mit Sicherheit wird sie mich vermissen – vor allem unsere gemeinsamen Jagdausflüge und Ausritte.

Eilig schwinge ich mich auf ihren Rücken.

Die *Navajo* und auch die Männer der *Citali* haben ebenfalls ihre Pferde bestiegen. Sie alle sind in Aufbruchstimmung. Als der *Athánchan* das Signal gibt, setzen wir uns zeitgleich in Bewegung.

Bald ist das Dorf nur noch ein kleiner Fleck in der Ferne. Immer wieder erwische ich mich dabei, wie ich zurückblicke. Aber nicht, weil ich aufgeregt wäre – nein! Ich will nur alles in mich aufsaugen, um mein Zuhause in Erinnerung zu behalten.

Wir durchqueren den Wald, reiten am Virgin River entlang.

Als wir Angels' Landing erreichen, werden die Pferde gezügelt.

»Hier trennen sich unsere Wege nun«, verkündet mein Vater.

Ich rutsche von Devakis Rücken.

»Mach's gut, meine Kleine«, flüstere ich ihr zärtlich zu und vergrabe meine Nase in ihrem duftenden Fell. Devaki schnaubt nur,
doch ich bin sicher, dass sie mich versteht. »Bald sehen wir uns
wieder, keine Sorge.«

Ich drücke einen Kuss auf ihren Hals, ehe ich ihr einen Strick
umlege, dessen Ende ich Paco reiche.

»Ich bringe sie sicher zurück ins Dorf«, verspricht mir der
junge *Citali*.

»Danke, Paco.«

Danach wende ich mich an meinen Vater.

»*Appasaché, Ité*«, verabschiede ich mich.

Mein Vater nickt mir ehrfürchtig zu.

»Ich bin stolz auf dich, mein Sohn. Aber vergiss nicht, die
Traditionen der *Citali* auch außerhalb des Stammes zu repräsentieren.«

»Niemals«, erkläre ich feierlich.

»Das ist gut. Du wirst durch diese Reise wachsen. Doch pass
auf unser Geheimnis auf. Auch wenn du dich im Reservat der
Navajo befindest, ist es nahe der Außenwelt.«

»*Tá*. Ich werde gut aufpassen«, verspreche ich ihm und bin
unsicher, ob ich auch ihn wie meine Mutter und meine Schwester
umarmen soll. Allerdings fühlt es sich vor den anderen anwesenden Männern falsch an, weswegen ich meinem Vater nur noch ein
Lächeln schenke, ehe ich mich zu den *Navajo* begebe.

Der Präsident tritt vor und bedankt sich für den Aufenthalt
und die Gastfreundschaft in unserem Dorf.

»Unsere Stämme werden von nun an immer verbunden bleiben«, verkündet Milton. »In unserem Herzen haben wir bereits einen Bund geschlossen.«

Ahusaka nickt. »*Tá*. Die indigenen Völker müssen in dieser zerstörten Welt mehr denn je zusammenhalten. Auf ein baldiges Wiedersehen!«

Die beiden Männer reichen sich die Hände, danach ist der Abschied endgültig vollzogen und unsere Wege trennen sich. Während meine Stammesmitglieder und mein Vater mit den Pferden den Heimweg antreten, geht die Reise für mich weiter.

Nun, da die *Citali* außer Reichweite sind, klopft mein Herz wie wild. Ein Funke Aufregung macht sich in mir breit, doch ich versuche, diesen zu ignorieren, und konzentriere mich ganz auf den Fußmarsch zum Rand des Reservats.

Dort treffen mich die Eindrücke mit der Wucht eines Sturms.

Es fühlt sich merkwürdig an, meine bekannte Welt zu verlassen. Bereits am Eingang des Nationalparks wimmelt es von Außenweltlern. Zum Glück scheinen sie von uns keinerlei Notiz zu nehmen. Mir fällt direkt auf, dass ich mit meiner Kleidung hervorsteche. Die *Navajo* tragen die der Außenwelt, nur ich unterscheide mich durch mein selbstgefertigtes Leinenhemd mit der passenden Hose von ihnen.

Daher bin ich erleichtert, dass wir ohne Zwischenfälle auf einem Platz angelangen, auf dem die sogenannten Autos stehen. Der *Graue Wolf* – Mingan – hat mir oft genug davon erzählt und auch von Johnny kenne ich sie.

»Hier, das ist unseres«, erklärt Nitika und weist auf ein großes Ungetüm.

Ich schlucke. »Das ist sicher anders, als auf einem Pferderücken zu sitzen.«

Laut lacht Nitika auf. »Allerdings. Einer der Unterschiede ist, dass wir viel schneller von einem Ort zum anderen kommen.

Komm, Sakima. Du brauchst keine Angst zu haben.«

»Habe ich nicht«, widerspreche ich sofort. »Es ist alles nur so ungewohnt.«

»Bald schon wirst du noch viel mehr von der Außenwelt sehen«, meint Shilah lachend.

Ich habe gar nicht bemerkt, dass Nitikas Vater unser Gespräch mitgehört hat.

»Das kann ich mir vorstellen«, antworte ich.

»Aber jetzt rein mit euch in den Wagen. Wir wollen wirklich aufbrechen. Bis ins Reservat sind es noch ein paar Stunden.«

Nitika öffnet die hintere Tür des Autos und überlässt mir den Vortritt. Etwas unbeholfen klettere ich auf die Sitzbank aus Stoff. Alles riecht hier so merkwürdig und schon jetzt fehlt mir der Duft von Gras und Erde.

»Hier, dieser Gurt ist dazu da, um sich anzuschnallen. So hast du die höchste Sicherheit während der Fahrt.« Nitika sitzt inzwischen neben mir und weist auf ein schwarzes Stück glatten Stoffs.

Ungelenk ziehe ich es aus der Halterung. Nitika lacht, als ich damit in der Luft herumfuchtle.

»Nein! Es muss hier in die Vorrichtung. Wenn es Klick macht, dann sitzt es richtig. Warte, ich helfe dir.«

Sie beugt sich über mich und der süße Duft ihres Haares vernebelt mir sofort den Verstand. Behutsam nimmt sie mir den Gurt aus der Hand und zieht ihn über meine Schulter. Auf der anderen Seite steckt sie ihn fest. Es klickt.

»So, schon fertig«, erklärt sie feierlich und schenkt mir ein sanftes Lächeln. »Ich freu mich sehr darauf, dir alles zu zeigen, Sakima.«

Ich nicke, bin mir aber nicht sicher, ob ich das gut oder schlecht finde. Zu Hause habe ich sie an der Hand führen können. Nun kenne ich mich nicht aus und fühle mich wie eine

Forelle auf dem Trockenen. Unwissend und unbeholfen. Diese Situation ist mir bereits unangenehm. Wie soll es dann erst aussehen, wenn sie mir ihre gesamte Welt zeigt?

Doch ich möchte nicht länger darüber nachgrübeln. Denn Nitika ist es auch, die mich stärker macht, und das seit ihrer Ankunft. Ich fühle mich wieder mehr wie ich selbst und hoffe, dass ich nach dieser Reise vollständig für meine zukünftige Aufgabe als Häuptling gewappnet sein werde.

Stark bin ich allerdings nur so lange, bis Shilah das Ungetüm von Auto auf eine breite Straße gelenkt hat. Hier wird das Tempo mit einem Mal schneller. Es ist nicht mehr ansatzweise mit einem galoppierenden Pferd zu vergleichen.

Ich spüre, wie mein Mageninhalt aufsteigt. Schnell halte ich mir die Hand vor den Mund und schaffe es, alles noch einmal hinunterzuwürgen.

»Ist dir schlecht?«, fragt Nitika.

Sprechen kann ich nicht mehr und so nicke ich nur.

Eilig kramt Nitika einen Beutel hervor, der sich ganz anders als anfühlt unsere ledernen. Kalt und glatt.

»Hier. Nimm die Tüte, wenn du dich übergeben musst«, erklärt sie mir.

Genau in diesem Augenblick drückt sich der Inhalt meines Magens erneut nach oben und diesmal vermag ich es nicht aufzuhalten. Ich würge und erbreche in die sogenannte Tüte.

»Na, na! Leidet da etwa jemand an Reiseübelkeit?«, fragt Milton, der direkt vor mir sitzt.

»Anscheinend«, gebe ich zu und schließe meinen Mund schnell wieder, weil das mulmige Gefühl zurückkehrt.

»Warte, ich mache das Fenster auf. Frische Luft wird dir guttun.« Milton dreht an einer Kurbel und die Scheibe an seiner Tür fährt herunter. Eine frische Brise weht in das Auto und ich fühle mich mit einem Mal besser.

»Danke.« Erleichtert atme ich aus. »Die Dinge der Außenwelt scheinen bisher nichts für mich zu sein.«

Nitika lacht auf. »Offensichtlich.« Leise fügt sie hinzu, sodass weder der *Navajo*-Präsident noch ihr Vater mithören können: »Aber ich verstehe dich. Es ist eine völlig andere Welt. Ich wäre lieber noch im Dorf der *Citali* geblieben.«

Die Reise ins Reservat der *Navajo* dauert länger, als ich vermutet hatte. Dabei ist das Auto wirklich deutlich schneller als ein Pferd. Ich kann mir also nur ausmalen, welche Entfernungen wir zurücklegen. Der Morgen wird von der Mittagssonne abgelöst und schließlich bricht der Nachmittag herein.

Sobald ich meine Übelkeit einigermaßen im Griff habe, konzentriere ich mich auf die Landschaft, die an uns geradezu vorbeifliegt. Grün ist selten. Neben der Straße erstreckt sich karges, braunes Land.

Es sind viele Stunden vergangen, als wir endlich die Grenze des *Navajo*-Reservates passieren.

»Willkommen bei den *Navajo*!«, erklärt Milton mit feierlicher Stimme.

Neugierig starre ich aus dem Fenster. Doch die Umgebung hat sich noch nicht verändert. Was das Land der *Navajo* ausmacht, kann ich nicht erkennen.

Schließlich kommen Tipis in Sicht – Tipis, die denen der Außenweltler ähneln. Auch darüber haben Mingan und Johnny mich bereits aufgeklärt und ich bin froh darüber. So komme ich mir nicht gänzlich unwissend vor.

»Das ist Tuba City«, erklärt Nitika. »Meine Heimatstadt.«

Keine Ahnung, wie ich mir ihr Zuhause vorgestellt habe – so jedenfalls nicht. Hier ist alles grau und trist. Mir fehlt schon jetzt das Grün aus dem Zion-Nationalpark. Doch ich möchte nicht voreingenommen sein, sondern mich voll und ganz auf diese Reise einlassen.

»Die meisten *Navajo* leben von der Schafzucht oder dem Tourismus«, erklärt Nitika. »Mein Vater hat ein Hotel – das *Navajo Rest*. Hier beherbergen wir Touristen – also Außenweltler. Jedenfalls wenn welche kommen.«

»Wie meinst du das?« Es hört sich interessant an, fremde Menschen zu bewirten und ihnen die Kultur der *Navajo* näherzubringen, dennoch schwingt eine gewisse Traurigkeit in Nitikas Worten mit.

Sie senkt ihre Stimme. »Nun ja ... die meisten *Navajo* leben in Armut.« Sie klingt fast entschuldigend, und mit einem Mal wird mir klar, dass sie nicht stolz auf das Leben ist, das sie führt.

»Aber warum seid ihr arm? Habt ihr nicht eure eigene Viehzucht? Ackerbau?«

Nitika schüttelt den Kopf. »Das habe ich, glaub ich, schon einmal erwähnt – wir leben hier wie die Außenweltler. Deswegen bezahlen wir auch mit Geld. Bei uns gibt es keine Tauschgeschäfte.«

»Oh«, murmle ich und weiß gar nicht, was ich darauf erwidern soll. Es ist Nitika anzumerken, dass es ihr unangenehm ist, über den Stand ihres Volkes zu sprechen.

»Aber wenn ihr von den Besuchen der Außenweltler lebt, dann seid ihr davon sicher nicht betroffen, oder?«, will ich wissen.

»Doch. Sind wir. Die Touristen werden immer weniger. Und das *Navajo Rest* ist nicht mehr das, was es einst gewesen ist.« Sie schluckt sichtbar und wendet ihren Blick zum Fenster. »Sieh, wir sind da!«

Ich folge ihrem Blick und sehe draußen ein einstöckiges Gebäude, das wie ein ›L‹ geformt ist.

»Willkommen im *Navajo Rest*«, verkündet in diesem Augenblick Shilah mit lauter Stimme.

Das Auto hält an und zum ersten Mal sehe ich Nitikas Zuhause. Sie steigt zuerst aus und ich klettere ihr hinterher. Der Boden ist staubig und die Luft ist warm. Neugierig sehe ich mich um.

»Also, ich finde es schön hier.« Das meine ich ernst. Zwar fehlt mir sofort das Grün der Natur, doch das Außenweltler-Tipi sieht gemütlich aus.

»Findest du?«, fragt Nitika leise.

Ich nicke. »*Tá*.«

»Nitika, du wirst Sakima alles zeigen, oder? Und mach ihm eines der Hotelzimmer fertig, damit er heute Nacht dort schlafen kann.« Shilah wendet sich mit diesen Worten an seine Tochter.

Diese nickt. »Natürlich.«

»Ich werde noch kurz mit Milton sprechen, ehe er aufbricht.«

»Ist gut«, erwidert Nitika.

Shilah und der *Navajo*-Präsident gehen zu einem der Tipi-Eingänge. Mir ist bereits aufgefallen, dass es zwei davon gibt.

»Bist du bereit, dir mein Heim anzusehen?«, will Nitika wissen.

»Natürlich!«, antworte ich sofort und lasse mich von Nitika vollständig in ihre Welt ziehen.

Nitika

Er lügt. Mit Sicherheit lügt er.

Ich kann nicht glauben, dass Sakima mein Zuhause schön findet. Zumindest, was den äußerlichen Eindruck angeht. An der Fassade des *Navajo Rest* bröckelt bereits die Farbe von der Wand, während auf dem Dach ein paar Ziegel fehlen und nur eine notdürftige Plane vor dem Eindringen von Wasser schützt.

Unbehagen macht sich in mir breit. Hier ist es so anders als im fröhlichen Dorf der *Citali*. Bei mir herrscht Stille. Schließlich ist das *Navajo Rest* während unserer Abwesenheit geschlossen gewesen. Und selbst wenn es geöffnet ist, kommen kaum Touristen her. Das Stimmengewirr, das ich als Kind stets geliebt habe, ist schon lange Vergangenheit.

Gleichzeitig genieße ich Sakimas Gesellschaft auch. Sein neugieriger Blick, mit dem er jeden Zentimeter seiner neuen Umgebung betrachtet, ist absolut echt. So ähnlich muss ich auch ausgesehen haben, als ich das Reservat der *Citali* zum ersten Mal gesehen habe.

»Komm mit, wir richten dir ein Zimmer her«, erkläre ich Sakima. »Dort kannst du dann die nächsten Tage schlafen.«

Sakima nickt und folgt mir zum Eingang des Hotels. »Wo wohnst du mit deinem Vater?«, will er wissen, als wir das Gebäude betreten.

»Drüben im Wohnhaus – unser Bungalow schließt direkt an, ist aber durch eine separate Eingangstür getrennt.«

»Gut.«

Seine Antwort fällt kurz aus, ich bin mir sicher, dass Sakima nicht all meine Worte verstanden hat. Ich rufe mir ins Gedächtnis, dass die moderne Welt neu für ihn ist und ich ihm alles besser erklären muss.

»Hier empfangen wir unsere Hotelgäste.« Ich weise auf den Empfangstresen. »Ich helfe meinem Dad, indem ich ihn unterstütze und hier arbeite. Direkt nach der Schule habe ich mit meinem Job hier im Hotel angefangen. Zusätzlich zum Empfang der Gäste erledige ich auch alle anderen Aufgaben – wie das Putzen der Zimmer und die Frühstücksvorbereitungen, wenn nötig jedenfalls. Es ist quasi ein richtiges Familienunternehmen. Dad und ich halten zusammen. Nur so kann es ein Erfolg werden.« *Was es aber nicht ist. Seit Jahren schon nicht mehr.*

Den negativen Gedanken schlucke ich jedoch sofort hinunter und schnappe ich mir einen Zimmerschlüssel.

»Hier wären wir!«, verkünde ich.

»Es ist schön«, stößt Sakima aus und tritt weiter in seinen zukünftigen Schlafraum.

Die Zimmer des *Navajo Rest* sind ähnlich ausgestattet. Es gibt ein großes Doppelbett, gegenüber davon hängt ein Fernseher an der Wand, von dem ich allerdings sicher bin, dass er bei Sakimas Aufenthalt keine Verwendung finden wird.

Eine kleine Tür direkt neben dem Eingang führt ins Bad, das mit Dusche, WC und Waschbecken ausgestattet ist. Alles in allem ist der Raum wenig spektakulär. Es gibt noch einen kleinen Schrank und eine Kommode sowie ein Fenster, das Aussicht auf den Bungalow bietet.

»Es ist sicher kein Luxus«, gebe ich zu. »Aber ich hoffe, dass es für dich genug ist.«

»Mehr als das! Ich finde es wundervoll. Eure Betten sind so anders als die bei uns.«

Vorsichtig setzt sich Sakima auf die Bettkante und ich beobachte schmunzelnd, wie er die weiche Matratze testet.

»Sehr bequem«, stößt er aus.

»Einer der Vorteile in der Außenwelt«, gebe ich schmunzelnd zu. »Allerdings muss ich dein Bett noch kurz beziehen. Wartest du eben?«

Sakima nickt und ich husche schnell hinaus, um aus der Putzkammer frische Laken zu holen.

Damit bewaffnet kehre ich zurück. Sakima steht vor dem Fernseher. Es passt nicht mal mehr ein Zentimeter zwischen ihn und das Gerät. Seine Augen hat er auf den dunklen Bildschirm geheftet.

»Hier kann ich mich sehen«, meint er. »Ist das wie ein Spiegelbild im Wasser?«

Ich schaffe es nicht, ein lautes Lachen zu unterdrücken.

»Das ist ein Fernseher«, erkläre ich. »Ein Gerät, das der Unterhaltung dient. Warte …«

Hastig lege ich das Bettzeug ab und schnappe mir die Fernbedienung. Sakima zuckt zurück, nachdem ich das Gerät eingeschaltet habe und Menschen auf dem Bildschirm erschienen sind. Gerade läuft ein alter Western.

Sakima bringt einige Schritte Abstand zwischen sich und die Mattscheibe. Seine Stirn liegt in Falten, während er argwöhnisch den Bildschirm betrachtet.

»Wie kommen denn die Menschen in diesen Kasten?«, fragt er.

Seine Unwissenheit amüsiert mich.

»Hat dir Johnny nie davon erzählt?«

Sakima schüttelt den Kopf.

»Nun, in der Außenwelt ist es möglich, Bilder mit einer Kamera aufzunehmen. Diese laufen dann in Bewegung auf dem Fernseher ab. Dadurch werden Geschichten erzählt oder Nachrichten darüber verbreitet, was gerade in der Welt so vor sich geht.«

»Merkwürdig«, murmelt Sakima. »Das kommt mir vor wie Zauberei.«

Er macht einen weiteren Schritt zurück und stößt an die Bettkante. Um ihn nicht noch mehr zu überfordern, schalte ich den Fernseher wieder aus.

»So ist es besser!« Erleichtert atmet Sakima aus. »Ich muss wohl noch viel über die *Îs Môhá* lernen. Tut mir leid.«

»Kein Problem. Ich hoffe, dass ich dir alles erklären kann, ohne dich mit all den neuen Eindrücken zu verwirren. Sag einfach Bescheid, wenn es dir mal zu viel wird.«

Sakima nickt und beobachtet, wie ich sein Bett beziehe.

»So, jetzt ist es fertig. Du kannst deine Tasche ruhig hier ablegen, dann gehen wir rüber ins Haupthaus. Ich zeige dir alles und dann koche ich etwas Leckeres zu essen. Wie klingt das?«

»In Ordnung.«

Sakima folgt mir wie ein treuer Welpe. Drüben im Wohnhaus zeige ich ihm die Küche und erkläre ihm die unterschiedlichen Gerätschaften, während ich das Essen zubereite.

Er beobachtet mich dabei ganz genau, lässt mich nicht aus seinem Blickfeld verschwinden. Erst ist es für mich etwas unangenehm, dass mir jemand die ganze Zeit über die Schulter schaut. Doch ich gewöhne mich schnell daran und erzähle Sakima, während ich koche, von der modernen Welt.

Aufmerksam hört er zu, stellt viele Fragen und zeigt sich höchstinteressiert. Nur kann er manchen technischen Geräten nichts abgewinnen. Auch die Lampen an der Decke jagen ihm Angst ein. Er spricht immer wieder von Zauberei und kurz necke ich ihn damit, indem ich den Lichtschalter mehrmals ein- und ausschalte.

Schließlich ist das Essen fertig und ich deute Sakima an, dass er sich schon einmal setzen kann.

»Ich hole noch kurz meinen Vater«, erkläre ich und eile hinüber zu seinem Arbeitszimmer.

Dort treffe ich ihn allein an, sein Kopf ist über ein Bild gebeugt. Sehe ich da etwa Tränen in seinen Augen? Es ist eindeutig, um welches gerahmte Foto es sich handelt. Ein Kloß bildet sich in meinem Hals.

»Essen ist fertig«, rufe ich ihm zu und Shilah schreckt auf.

»Ich komme sofort«, verspricht er und reibt sich über seine Augen.

»Gut. Sakima wartet bereits.«

»Alles in Ordnung, Nitika. Ich will mich nur noch kurz sammeln. Ich weiß, ich hätte das Foto nicht ansehen dürfen. Aber ich vermisse sie.«

Der Kloß in meinem Hals wird immer größer, schnürt mir die Kehle zu. Ich ringe nach Luft, versuche sie irgendwie in meine Lungen strömen zu lassen.

»Ich doch auch«, stoße ich schließlich hervor. »Aber wir müssen zusammenhalten, Dad. Im *Citali*-Dorf warst du so glücklich. Ich dachte, der Aufenthalt würde deine Wunden heilen.«

»Es hat mir auch unfassbar gutgetan«, gibt Shilah zu. »Die Freiheit dort hätte deiner Mutter gefallen. Aber sie musste uns ja verlassen.«

»Ich weiß«, flüstere ich. »Ich weiß.«

Ständig wiederhole ich die Worte, während ich auf meinen Vater zugehe und ihn auf seinem Schreibtischstuhl von hinten kurz in die Arme schließe.

»Aber wir haben uns.«

»Das stimmt.« Shilah seufzt tief, dann befreit er sich aus meiner Umarmung und steht auf. »In Ordnung. Gehen wir Abend essen, nicht dass es noch kalt wird. So wie ich dich kenne, hast du dir heute sicher besonders Mühe gegeben.«

Er zwinkert mir zu und meine Wangen werden heiß.

»Dad!«, rufe ich empört aus. »Es gehört sich eben, einem Gast etwas Gutes zu servieren. Das hätte ich bei jedem anderen auch gemacht.«

»So, so!«

Ein amüsiertes Grinsen umspielt seine Mundwinkel. Doch das ist mir hundertmal lieber als Traurigkeit.

»Es gibt mein Lieblingsessen«, erkläre ich feierlich, nachdem wir alle am Tisch Platz genommen haben.

Dass wir heute zu dritt sind, fühlt sich merkwürdig an. Es kommt selten vor. Zwar isst Milton manchmal bei uns, aber das ist eher eine Ausnahme.

»Was ist das genau?« Sakima mustert die Schüsseln in der Mitte des Tisches. »Sieht aus wie Kartoffeln.«

»Genauer gesagt Kartoffel-Wedges. Die Kartoffeln werden dabei in Stücke geschnitten, gewürzt und im Ofen gebacken. Dazu gibt es Chicken Wings. Das sind kleine Flügel vom Hühnerfleisch, die mit einer kräftigen Marinade überzogen sind.«

Wieder wandert ein Hauch von Skepsis über Sakimas Gesicht.

»Meine Tochter wird dich schon nicht vergiften«, meint mein Vater. »Komm, gib mir deinen Teller.« Er nimmt ihn Sakima aus den Händen und tut ihm kräftig auf.

Zunächst schnuppert Sakima daran, ehe er probiert – mit den Fingern.

»Ähm … Eigentlich essen wir mit Besteck«, mische ich mich ein.

»Aber hier lassen sich doch gut die Finger nehmen. Wenn es eine Suppe oder Eintopf wäre, dann natürlich, aber so …« Sakima runzelt verwirrt die Stirn.

Ich lache und stehe auf, stelle mich hinter ihn und drücke ihm Messer und Gabel in die Hand. Dabei bin ich ihm so nahe, dass der Geruch von frischem Gras und Erde in meine Nase dringt. Sakimas Duft bringt mich um den Verstand, allerdings darf ich mir nichts anmerken lassen. Ganz vermeiden kann ich jedoch nicht, dass meine Hände zittern, als ich seine in meine nehme, um ihn zu führen. Vorsichtig bewege ich seine Linke zu einer Kartoffel, lasse ihn hineinstechen und nehme dann seine andere Hand mit dem Messer hinzu, um ihm das Durchschneiden zu zeigen.

»Und dann steckst du dir das Stück in den Mund«, erkläre ich. »Mit der Gabel.«

Hastig löse ich meine Hände von seinen und setze mich zurück an meinen Platz. Dabei beobachte ich, wie Sakima genüsslich kaut.

»Es schmeckt wirklich sehr lecker«, gibt er zu, nachdem er seinen ersten Bissen Wedges hinuntergeschluckt hat.

Bauchkribbeln macht sich in mir breit.

»Das freut mich!«

»Meine Tochter kann eben sehr gut kochen«, lobt mich mein Vater, sodass mir noch heißer wird als ohnehin schon.

»Na ja, ich gebe mein Bestes«, murmle ich leise.

Auch die Chicken Wings schmecken Sakima und er möchte jedes kleinste Detail über die Gewürze wissen, die ich verwendet habe. Von BBQ hat er natürlich noch nie etwas gehört.

Die Stimmung ist gelöst und mein Vater lacht mehr als nur einmal. Ihn so zu sehen, macht mich glücklich. Auch ich fühle mich rundum wohl. Heute sind wir definitiv wieder eine Familie.

Bis zu dem Zeitpunkt, an dem mein Vater mir einen Kuss auf die Stirn drückt. Das passiert, nachdem wir gemeinsam die Küche aufgeräumt haben.

»Wir sehen uns morgen, Nitika.«

Worte, die alles zerstören, was ich vorhin beim Essen noch gefühlt habe. Da ist ein Riss in unserer Beziehung. Eine Kluft, die ich beinahe übersehen hätte, wie so häufig.

Ich sehe in seine Augen, doch mein Vater weicht meinem Blick aus. Natürlich. Mir ist klar, wohin er fährt.

Enttäuschung macht sich in mir breit. Ich hatte gehofft, dass die Reise meinen Vater wirklich verändert hat. Während des Aufenthalts im Reservat hat er sein Casino mit keiner Silbe erwähnt. Nun zieht es ihn direkt am ersten Tag zu Hause dort hin. Er lässt mich allein.

»Aber wäre es nicht schön, den Abend zusammen mit Sakima zu verbringen?«, frage ich ihn. »Er ist doch unser Gast!«

»Und du die Gastgeberin, Nitika. Und das machst du großartig. Ihr habt ohne mich sicher viel mehr Spaß.« Er schenkt mir ein zaghaftes Lächeln, was ich jedoch ignoriere.

»Das ist nicht wahr!«, widerspreche ich.

Doch meine Worte zeigen keinerlei Wirkung. Stattdessen drückt mir mein Vater erneut einen Kuss auf die Stirn.

»Bis morgen«, verabschiedet er sich und verlässt die Küche.

Machtlos lasse ich mich auf einem Stuhl am Esstisch nieder und vergrabe den Kopf zwischen meinen Händen.

»Alles in Ordnung?«, fragt Sakima.

Ich nicke und schaffe es, kurz zu ihm aufzublicken.

»Ja«, lüge ich. »Ich bin nur etwas müde. Wenn es dir nichts ausmacht, werde ich früh schlafen gehen. Die Reise war anstrengend.«

»Das verstehe ich«, gibt Sakima zurück. »Dann lege ich mich auch direkt hin.«

»Gut. Soll ich dich rüberbringen oder findest du den Weg?«

»Ich denke schon. Du hast mir vorhin ja gezeigt, wie ich diesen Schlüssel zum Öffnen der Tür benutzen kann.«

»Genau. Alles klar! Gute Nacht, Sakima.«

»Gute Nacht, Nitika. Schlaf schön.«

Erleichterung macht sich in mir breit, als ich das Klackern der Haustür höre. Ich werfe einen kurzen Blick aus dem Fenster und beobachte Sakima, wie er über den Hof hinüber zum Hotel läuft.

Zum Glück hat er keine Fragen gestellt. Ich wüsste nicht, ob ich die Kraft gehabt hätte, sie ihm zu beantworten.

KAPITEL 15

Sakima

Ein Klopfen ertönt an der Tür.

Langsam, aber sicher finde ich aus dem Schlaf, brauche aber ein paar Augenblicke, um mich an meine Umgebung zu gewöhnen.

Ich bin bei den *Navajo*. Nicht zu Hause.

Ein Kribbeln fährt durch meinen Körper und sorgt dafür, dass Energie in mich eindringt. Nun bin ich bereit. Bereit für einen neuen Tag in meinem aktuellen Abenteuer.

Schnell schwinge ich mich aus dem weichen Bett.

Zunächst ist es ungewohnt gewesen, unter dieser Art von Decke zu liegen. Sie hat nichts mit den Fellen oder selbstgewebten Stoffen bei mir zu Hause gemein. Doch die Außenweltler-Decke hat mich ebenfalls schön warmgehalten, weswegen ich nichts daran auszusetzen habe.

Erneut klopft es an der Tür.

»Herein«, rufe ich.

Einen Spalt breit wird die Tür geöffnet und Nitika lugt vorsichtig ins Zimmer.

»Guten Morgen, Sakima«, begrüßt sie mich und lächelt.

Der traurige Schatten von gestern ist fort. Offenbar ist sie nun wieder besser gelaunt.

Nach dem gemeinsamen Essen ist ihre Stimmung umgeschlagen. Ihr hat es nicht gefallen, dass ihr Vater fortgegangen ist. Irgendetwas steckt dahinter. Das, was ich zu Sunwai sagte, hat sich bestätigt – ich bin sicher, dass sich Nitika mir noch nicht vollständig geöffnet hat.

»Ich habe Frühstück gemacht. Wie hast du geschlafen?«

»Sehr gut«, antworte ich ihr. »Es ist zwar anders als in einem Tipi, wo immer die frische Nachtluft ins Zelt dringt, aber ich habe dennoch gut geschlafen.«

»Das ist schön. Möchtest du mit rüber zum Frühstück kommen?«, will sie wissen. »Oder hast du noch keinen Hunger?«

»Doch, doch, ich komme sofort mit«, erwidere ich und blicke an mir herunter. »Allerdings sollte ich meine Kleidung noch wechseln. Es sind immer noch die Sachen von der Reise. Wo ist denn bei euch der nächste Fluss, damit ich sie auswaschen kann?«

»Das wird bei uns anders gemacht – wir haben Waschmaschinen dafür. Bring deine schmutzige Kleidung einfach mit ins Haupthaus, dann wasche ich sie für dich.«

Ich runzle die Stirn, beschließe aber, mich nicht darüber zu wundern. Bereits gestern habe ich gelernt, dass ich mit der Technik der Außenwelt niemals mitkommen werde.

»In Ordnung.«

»Gut, dann bis gleich.«

Nitika huscht aus meinem Zimmer.

Als ich in den Raum trete, wo Nitika gestern schon das Mahl angerichtet hat, schlägt mir ein wundervoller Duft entgegen. Wieder habe ich keinen Schimmer, was für ein Gericht es sein könnte. Die Vielfalt an Nahrungsmitteln ist in der Außenwelt unsagbar groß. Zum ersten Mal kann ich Adsila verstehen, auch wenn ich ihre Entscheidung nicht billige. Sie liebt Speisen jeglicher Art und kann hier wahrscheinlich umso besser ihre Erfüllung finden.

»Das riecht sehr gut«, lobe ich Nitika, die noch am Herd steht.

Sie fährt herum und lächelt.

»Danke. Setz dich!«

Ich nehme am Tisch Platz. Diesmal werde ich hoffentlich schon besser mit Messer und Gabel umgehen können. Wir *Citali* nutzen meist kein Besteck, es sei denn, das Gericht erfordert es.

Nitika kommt zu mir und stellt einen gut gefüllten Teller vor mir ab. Dann setzt sie sich ebenfalls.

Ich runzle die Stirn und frage mich, ob wir nicht auf ihren Vater warten. Er ist schließlich das Familienoberhaupt. Bei uns kommt es nicht oft vor, dass Ahusaka einer Mahlzeit fernbleibt. Mein Vater ist es, der das Gebet vor dem Essen spricht. Hier herrscht Stille.

Ich räuspere mich.

»Hast du etwas dagegen, wenn ich zum *Großen Geist* bete? Es hat sich komisch angefühlt, das nicht zu tun. Gestern bereits.«

Sofort schüttelt Nitika den Kopf und senkt ihren Blick. Ihre Hände faltet sie andächtig. Anscheinend erwartet sie von mir, dass ich das Gebet laut spreche. Zum einen fühlt es sich wie eine unglaublich große Ehre an, dass Nitika den *Großen Geist* nun ebenfalls anbeten möchte. Zum anderen keimt Aufregung in mir auf, weil ich etwas falsch machen könnte. Das Gebet bei der Jagd kommt mir in den Sinn – ich bin ins Stolpern geraden und diese Schmach möchte ich nicht noch einmal erleben. Trotzdem muss ich nun versuchen, laut zu beten. Ich räuspere mich.

»Die Morgensonne ist jeden Tag aufs Neue ein Geschenk von

dir, o *Großer Geist.* Genauso wie die Speisen, die du uns immer wieder schenkst. Wir möchten dir dafür versprechen, nur so viel von Mutter Erde zu nehmen, wie wir benötigen. Ich danke dir, dass ich im Kreise von Nitikas Familie sein darf. Es ist ein Privileg, die Traditionen unseres Volkes an andere weiterzureichen. Deswegen behüte auch Nitika und ihren Vater bei allem, was sie jeden Tag tun.«

So beende ich das Gebet. Als ich aufblicke, hat sich Nitikas Gesichtsausdruck ein stückweit verändert. Das Lächeln liegt nun nicht mehr auf ihren Lippen. Etwa, weil ich ihren Vater ins Gebet mit einbezogen habe? Es ist offensichtlich, dass sie seine Abwesenheit sehr beschäftigt.

Bereits gestern Abend lagen Fragen auf meinen Lippen, nachdem sich Shilah verabschiedet hatte. Ich verstehe nicht, wohin er gegangen ist. Jagen müssen die Außenweltler schließlich nicht. Weshalb also bleibt er so lange von seiner Tochter weg? Des Weiteren ist mir bewusst geworden, dass Nitika kein einziges Mal von ihrer Mutter gesprochen hat. Es ist, als würde es diesen Teil ihrer Familie einfach nicht geben. Auch hier kenne ich den Grund nicht, allerdings habe ich Respekt vor ihren Gefühlen. Um nichts in der Welt möchte ich Nitika so traurig erleben wie am gestrigen Tag, weswegen ich sie nicht darauf anspreche. Stattdessen lenke ich das Thema auf das Essen vor mir.

»Was ist das nun genau? Es ist sicher merkwürdig für dich, dass ich jedes Mal fragen muss, aber alles hier ist so neu für mich.«

Das entlockt Nitika tatsächlich ein kleines Schmunzeln.

»Rührei mit Bacon. Du wirst es sicher mögen. Bacon ist Speck vom Schwein und Rührei wird aus Eiern von Hühnern gemacht.«

Diesmal probiere ich sofort. Das Rührei ist sehr weich und zergeht auf meiner Zunge, während der Bacon kross ist, als hätte sie ihn über dem offenen Feuer gebraten.

»Sehr gut«, lobe ich sie.

»Danke.«

Während wir essen, herrscht Schweigen zwischen uns. Doch es ist keines dieser wortlosen Gespräche, die unangenehm sind. Im Gegenteil – zwischen mir und Nitika fühlt es sich normal an. Schwerelos.

Nach dem Frühstück möchte Nitika mir ihre Heimatstadt zeigen – Tuba City. Um ehrlich zu sein, bin ich darauf schon mehr als gespannt. Ich lechze nach weiteren Eindrücken aus ihrer Welt, außerdem möchte ich ergründen, weshalb Nitika ihr Zuhause nicht so gern hat wie ich meines.

Zu Fuß ziehen wir los.

»Im Gegensatz zu anderen Städten in der Außenwelt ist Tuba City recht klein«, erklärt Nitika, nachdem wir ihr Haus verlassen haben und neben der Straße durch die Stadt schlendern.

Überall ist es staubig und bisher haben wir keinen anderen *Navajo* gesehen. Alles deutet darauf hin, dass die Stadt noch schläft.

»Es leben nur etwas über achttausend Einwohner hier«, fährt sie mit ihrer Erklärung fort. »Die meisten sind *Navajo*, aber eine Minderheit der *Hopi*-Indianer lebt auch hier.«

»Indianer ist für uns ein Schimpfwort«, flüstere ich leise. »Gilt das für euch nicht?«

Sie zuckt mit den Schultern. »Keine Ahnung. Darüber habe ich noch nicht wirklich nachgedacht. Alle Touristen, die sich hierher verirren, nennen uns Indianer. Es ist wohl normal geworden. Leider.«

Etwas, das uns *Citali* definitiv von den *Navajo* unterscheidet.

In diesem Augenblick fährt ein Auto auf der Straße an uns vorbei und wirbelt Staub auf.

»Wir können uns ein paar Läden ansehen, wenn du möchtest.

Dort werden Waren verkauft.«

»Ähnlich wie bei uns die Tauschgeschäfte, nur dass ihr mit Geld zahlt, richtig?«

Nitika nickt und wir laufen weiter.

Die Stille, die in der Stadt herrscht, ist mir unangenehm. Bei uns im Dorf gibt es nicht so viele Tipis wie hier Gebäude, und trotzdem ist es hier ruhiger. Mir fehlt das Stimmengewirr, selbst das Kreischen der Kleinkinder oder das schrille Weinen der Säuglinge, die an die Brust möchten.

Schließlich betreten wir einen kleinen Laden, in dem handgefertigter Schmuck angeboten wird. Hier fühle ich mich schon mehr an die *Citali* erinnert. Die Liebe zum Detail ist in jedem Schmuckstück zu erkennen.

»Die Touristen mögen es.« Nitika weist auf die Auslage und dreht sich kurz im Kreis. »Denn hier finden sie noch die ursprüngliche Kultur der *Navajo*.«

»Das sieht man. Es ist toll hier!«, lobe ich und sehe mich ebenfalls andächtig um.

Eine ältere Frau kommt gebückt auf uns zu. »Sucht ihr etwas Bestimmtes, meine Lieben?«, fragt sie mit rauchig klingender Stimme.

»Ich bin nur zu Gast hier«, erkläre ich. »Der Laden ist sehr schön. Er erinnert mich an die Kunst bei uns zu Hause.«

»Ach, ist das so?« Die Frau lächelt und entblößt ihr mit Zahnlücken gefülltes Gebiss.

»*Tá*. Eure Kultur ist mir nicht fremd, im Gegenteil.«

»Das höre ich, mein Junge. Du stammst auch von den indigenen Völkern ab.«

Ich nicke stolz, während das Lächeln auf dem Gesicht der Frau langsam schwindet.

»Ihr solltet das Reservat verlassen und woanders leben. Studieren, euch eine bessere Zukunft aufbauen. Hier gibt es nichts für die jungen Leute und auch nichts für uns.« Ihre Schultern sacken noch weiter nach unten, sodass ihre gebückte Haltung deutlicher hervorsticht.

»Aber uns geht es gut, keine Sorge«, füge ich hinzu.

Wieder schüttelt die alte Frau den Kopf. »Das sagen sie alle, ehe sie hier langsam vor sich hinvegetieren. Na dann, macht's gut.« Langsam schlurft sie zurück in den hinteren Bereich ihres Geschäfts.

»Lass uns gehen«, meint Nitika. Sanft packt sie mich am Handgelenk und zieht mich wieder nach draußen auf die Straße.

Dort ist inzwischen mehr los. Endlich!

Doch mir fällt direkt auf, dass die wenigsten Menschen ein Lächeln im Gesicht tragen. Die Blicke sind ernst.

Auf dem Boden vor dem Geschäft mit dem Schmuck sitzt ein Mann, dem ein Bein fehlt. Er hält eine Schale in der Hand, die er so weit wie möglich in die Luft reckt.

»Wenn ihr etwas übrig habt, dann gebt es mir!«, ruft er laut.

Ich runzle die Stirn.

»Was möchte er?«

»Geld«, antwortet Nitika. »Er bettelt um Geld, damit er überleben kann. Wie so viele hier.« Ihr entweicht ein trauriges Seufzen. »Lass uns gehen.«

Wir setzen unseren Weg fort.

»Deswegen lebst du nicht gern hier, oder?«, entweicht schließlich die Frage meine Lippen, die mir seit der Begegnung mit der alten Frau auf dem Herzen liegt.

Zaghaft nickt Nitika und bleibt kurz an einer Ecke stehen, wo sich zwei Straßen miteinander kreuzen.

»Die Armut betrifft fast jeden *Navajo*. Es ist schlimm. Und ein Blick in die Zukunft lässt die meisten von uns keine Sonne sehen.

Außerdem sind in meinem Zuhause schon viel zu viele schreckliche Dinge geschehen. Erinnerungen, die ich vergessen möchte.«

In ihren haselnussbraunen Augen schwebt ein trauriger Glanz.

Ich öffne meinen Mund, um etwas zu erwidern, schließe ihn aber wieder. Nitika wird mir nicht antworten. Das spüre ich. Sie ist nicht bereit, mir alles aus ihrem Leben anzuvertrauen. Natürlich ist das in Ordnung und ich respektiere das. Allerdings mag ich es nicht, sie traurig zu sehen.

»Komm, gehen wir weiter«, fordert mich Nitika auf.

Während wir durch die Stadt laufen, erklärt mir Nitika, dass die *Navajo* neben ihrer eigenen Regierung auch eine eigene Polizei haben. Die Begriffe sind für mich neu, doch Nitika klärt mich geduldig über deren Bedeutung auf. So bekomme ich ein immer deutlicheres Bild von der *Navajo Nation*. Die Menschen leben zwar nicht mehr nach allen alten Traditionen, aber versuchen sie dennoch zu bewahren. Viele von ihnen sind noch stark mit der Natur verbunden und verwenden unterschiedlichste Heilpraktiken bei Krankheiten. Nitika erwähnt allerdings auch, dass ihr Vater von den früheren *Navajo* wenig erzählt. Er habe eines Tages einfach damit aufgehört und seitdem habe sie die Bindung zu ihren Vorfahren Stück für Stück verloren. Eine Tatsache, die mich sehr traurig stimmt.

Als die Mittagssonne ihren höchsten Stand erreicht, essen wir in einem sogenannten Diner, ehe wir zum *Navajo Rest* zurückkehren.

Als wir auf den Hof treten, fällt mir sofort das große Auto auf. Shilah scheint wieder da zu sein.

Nitika will mich gerade zum Eingang des Hotels begleiten, als er aus dem Haupthaus kommt und auf uns zustürmt.

»Wo wart ihr denn?«, möchte er wissen.

»Nitika hat mir Tuba City gezeigt«, erkläre ich. »*Haulá*. Schön, dass du wieder da bist.«

»Klingt, als hättet ihr einen schönen Tag gehabt«, stellt Shilah fest.

Eifrig nickt Nitika. »Natürlich! Dir hat es auch gefallen, oder, Sakima?«

»*Tá*. Es ist wirklich sehr aufregend gewesen, eure Heimatstadt kennenzulernen.«

Shilah schenkt mir ein Lächeln, ehe er sich seiner Tochter zuwendet. »Allerdings hast du dadurch deine Pflichten im Hotel vernachlässigt. Die Rezeption ist nicht besetzt gewesen, so hätte ein Tourist nicht einmal die Chance gehabt, hier eine Übernachtung zu buchen.« Eindringlich bohren sich seine Augen in die seiner Tochter.

Nitikas Hände ballen sich zu Fäusten, ihre Brauen ziehen sich eng zusammen. Wut steht ihr ins Gesicht geschrieben, ich frage mich nur, weswegen.

Auch bei den *Citali* stehen Tag für Tag Pflichten an, jeder hat diese zu erledigen. Offen gestanden verstehe ich Shilahs Einwand, aber auch Nitika hat sicher einen guten Grund für ihre Wut, oder?

Wie kann er nur!

Ich habe geglaubt, es würde besser werden. Dass die Reise in den Zion-Nationalpark Dad geheilt hätte. Oder dass er sich vor unserem *citalischen* Gast wenigstens höflich benehmen würde. Doch nun wirft er mir an den Kopf, dass ich mich um das Hotel hätte kümmern sollen, während er in seinem Casino sicher wieder Geld verloren hat.

In mir breitet sich unermessliche Wut aus. Mich stört, dass er mir diese Vorwürfe *vor* Sakima macht. Doch dass er sie mir überhaupt macht, anstatt sich einmal für seine lange Abwesenheit zu entschuldigen oder dafür, dass er die Familie durch seine ständigen Glücksspiele existenziell in Gefahr bringt – das ist noch schlimmer.

»Es wären sowieso keine Gäste gekommen«, werfe ich Shilah wütend an den Kopf und stemme meine Hände in die Hüften. Normalerweise bringt mich nichts und niemand so schnell aus der Fassung. Doch die Worte meines Vaters, seine Uneinsichtigkeit und Rücksichtslosigkeit haben mich schwer getroffen. »Das Hotel ist wie ausgestorben! Und das seit Monaten. Ein Tag, an dem es noch geschlossen bleibt, macht da keinen Unterschied.« Tief hole ich Luft, um mich wenigstens etwas zu beruhigen. »Außerdem haben wir einen Gast. Sakima wäre allein gewesen, hätte nur hier im Hotel bei mir bleiben können, anstatt etwas von der Umgebung zu sehen. So geht man nicht mit Gästen um. Du bist ja auch nicht da gewesen, hast dich weder um Sakima noch um das Hotel gekümmert.«

Angriffslustig starre ich meinen Vater an, der sich immer mehr versteift. Seine Miene lässt keinen Spielraum für das, was gerade in seinem Kopf vorgeht. Er ist erkaltet. Ganz und gar. Wieder einmal. Doch diesmal sind vielleicht nicht einmal der Besuch im Casino und die dortigen Verluste daran schuld, sondern ich bin es selbst. Vielleicht hätte ich ihm die Wahrheit nicht an den Kopf knallen dürfen. Aber ich wollte seine Anschuldigungen nicht auf mir sitzen lassen. Shilah ist der Vater in der Familie. Seine Aufgabe ist es, für uns zu sorgen. Er kann nicht einfach verschwinden und dann mir die Schuld für die nicht existenten Einnahmen geben. Niemals.

»Du bist meine Tochter, du solltest mir nicht einfach widersprechen«, knurrt mein Vater.

Ich zucke zusammen.

Dad macht einen Schritt auf mich zu, in seinen Augen schwimmt nicht nur die grenzenlose Wut, sondern auch Enttäuschung.

In diesem Augenblick tritt Sakima zwischen uns. »Wir sollten nicht streiten«, erklärt er ruhig.

Doch mein Vater schüttelt den Kopf. »Misch dich nicht ein! Nitika hat wieder einmal versagt.«

Diese verletzenden Worte geben mir schließlich den Rest. Ein Kloß bildet sich in meiner Kehle, doch hier und jetzt will ich nicht in Tränen ausbrechen.

Eilig nehme ich meine Beine in die Hand, flüchte über den Hof, verschwinde im Bungalow und stürze mich in meinem Zimmer aufs Bett. Dort lasse ich meinen Tränen freien Lauf, vergrabe mich tief in meinen Kissen, um mein Schluchzen zu ersticken.

»Ist es zwischen dir und deinem Vater oft so?«

Automatisch zucke ich zusammen. Sakima ist mir offenbar gefolgt. Doch ich blicke nicht auf, weil ich nicht will, dass er mich so sieht.

Trotzdem nicke ich wortlos.

Die Matratze meines Bettes sinkt etwas ein. Sanft streicht Sakima mir die Haare zurück, fährt mit den Fingern meine Stirn entlang bis hinunter zu meiner Wange, wo er eine Träne auffängt.

»Wir *Citali* haben auch unsere täglichen Pflichten«, meint Sakima.

Mir entweicht ein Seufzen. Ich schaffe es, mich aufzusetzen, ohne weiterzuweinen. »In unserer Welt ist es normalerweise so, dass die Eltern sich um die Kinder kümmern. Doch ich habe oft das Gefühl, dass es bei mir umgekehrt ist. Mein Vater ist unterwegs und ich soll hier alles am Laufen halten. Das ist nicht besonders einfach.«

»Das verstehe ich, Nitika. Habt ihr schon einmal versucht, in Ruhe darüber zu sprechen?«

Ich schüttle den Kopf. Außerdem möchte ich Sakima nicht mit meinen Problemen belasten. Die Beziehung zwischen meinem Vater und mir ist zerrüttet, und das aus vielen Gründen. Sakima hat selbst einen Berg an Lasten zu tragen, daher möchte ich ihm meine nicht auch noch aufbürden.

Also lenke ich ihn geschickt ab.

»Möchtest du meine Kunstwerke sehen? Meine Bilder und Gegenstände aus Ton. Sie alle habe ich selbst gemacht.«

Ich raffe mich vom Bett auf. Sofort fehlen mir Sakimas tröstende Berührungen, als ich aufstehe und ihm ein Bild hole, das eine weite Wüstenlandschaft mit einigen Bergen im Hintergrund zeigt.

»Das ist wirklich schön«, sagt Sakima und folgt mir zu dem kleinen Regal, auf dem einige Tongefäße stehen. Ich habe einmal sogar versucht, das Hotel aus Ton zu fertigen. Es ist nicht perfekt, aber dennoch mag ich es sehr.

»Du hast wirklich großes Talent! Viele Frauen bei den *Citali* stellen auch Gegenstände aus Ton her, die dann mit den Außenweltlern getauscht werden.«

»Wirklich?«, frage ich überrascht. »Das wusste ich gar nicht.«

»Ich hätte nie gedacht, dass du das auch kannst. Und das so, so gut! Die Sachen sind wirklich hübsch.« Er streckt seine Hände aus und berührt eine Vase aus Ton, die ich mit türkisfarbenen Linien bemalt habe.

»Du bist sehr talentiert«, lobt er mich.

»Danke. Es ist einfach meine größte Leidenschaft. Wenn ich Freizeit habe, dann bin ich meist in meinem Zimmer und male oder töpfere.«

Diesmal schaffe ich es, sein Kompliment anzunehmen, ohne in Verlegenheit zu geraten. Ob es daran liegt, dass er mich inzwischen von einer sehr verletzlichen Seite gesehen hat?

»Du hast erwähnt, dass deine größte Leidenschaft das Schnitzen von Pfeilen für deinen Bogen ist«, sage ich zu Sakima.

Dieser nickt. »*Tá*. Aber nicht nur das – ich glaube, dass die Bearbeitung von Holz mir insgesamt sehr liegt. Ich schnitze auch Schalen, aus denen wir unsere Eintöpfe essen. Es gefällt mir, mit diesem von *Mutter Erde* gegebenen Material zu arbeiten.«

Sein Schwärmen bringt mich zum Lächeln.

»Ich glaube, es ist gut, wenn jeder Mensch eine Leidenschaft oder ein Talent hat. Es macht einen immer glücklich, egal wie düster oder grau die Welt um einen herum ist.«

»Da hast du recht«, bestätigt Sakima. »Das Schnitzen ist für mich oft eine Flucht aus der Wirklichkeit. Damit kann ich mich ablenken. Doch nach Takodas Tod hast erst du mich richtig zurück ins Leben geholt.«

Nun flammt doch Hitze in meinen Wangen auf und ich streiche verlegen eine Haarsträhne aus meiner Stirn.

»Sag so etwas nicht. Ich habe dir nur zugehört.«

»*Tá*. Aber du hast mich verstanden, was vorher niemand sonst getan hat. Als würde uns etwas verbinden. Ich kann noch nicht sagen, was es ist – noch ist es unsichtbar. Aber eines Tages werde ich die Brücke zwischen uns verstehen.«

Ein verlegenes Kribbeln macht sich in mir breit.

Ich gehe zurück zum Bett und lasse mich auf dessen Kante nieder, während Sakima seine Augen nach wie vor über meine Tongefäße gleiten lässt.

»Ich habe das Töpfern nie selbst ausprobiert«, raunt er. »Das ist immer die Aufgabe der Frauen gewesen. Magst du mir vielleicht zeigen, wie es geht?«

»Natürlich!«, rufe ich sofort aus.

Nichts lieber als das. Außerdem lenkt es das Gespräch in eine einfachere Richtung. Zu große Angst habe ich, dass Sakima tiefer zu graben versucht und wieder auf die Stimmung zwischen mir und Dad zu sprechen kommt.

Ich hole meine Drehscheibe hervor, befülle eine Schüssel mit Wasser und suche dann ungeformten Ton.

Das alles platziere ich auf dem Boden, den ich vorher mit Zeitungspapier ausgelegt habe, damit nichts schmutzig wird.

»Du wirst schnell merken, dass Töpfern nicht nur Kunst, sondern auch eine Art Meditation ist«, erkläre ich Sakima, der sich neben mich auf den Boden kniet und neugierig die unterschiedlichen Arbeitsmaterialien betrachtet. »Sobald du den Ton zwischen deinen Händen hältst, entspannst du. Der Körper tut das ganz automatisch. Setz dich vor mich, anders kann ich es dir nicht richtig zeigen.«

Sehr zaghaft rutscht Sakima vor mir in den Schneidersitz, während ich hinter ihm kniee.

Ich lasse meine Arme nach vorn gleiten, um die Töpferscheibe zu betätigen. Dabei streifen sie Sakimas und umschließen ihn wie in einer Umarmung, als ich den Klumpen Ton auf die Scheibe lege.

»Wasser ist nun ganz wichtig, hier!«

Ich nehme seine beiden Hände und führe sie zur Wasserschüssel. Dort tunke ich sie gemeinsam mit meinen ein, bewege sie dann zurück zur Scheibe, wo sich der Ton bereits dreht.

Eine solche Berührung habe ich noch nie mit jemandem erlebt. Während ich Sakimas Hände so bewege, dass er nun mit mir gemeinsam den Ton umschließt und langsam, aber sicher formt, bin ich ihm näher als je zuvor. Unsere Körper berühren sich an allen möglichen Stellen. Es ist fast so, als wären wir miteinander zu einem Menschen verschmolzen. Der Ton zerfließt zwischen unseren Fingern und langsam, aber sicher formt sich eine Kugel daraus. Ich habe mir keine Gedanken gemacht, was genau ich mit Sakima töpfern möchte, doch das spielt auch keine Rolle. Es hat sich eine elektrisierende Spannung zwischen uns aufgebaut, nur noch unser beider Atem und Herzschlag ertönen im Raum. Ansonsten ist es still.

Innerhalb von wenigen Augenblicken ist alles vergessen. Die Welt bewegt sich nicht mehr, die Zeit bleibt stehen. Sakima schafft es allein durch seine Gegenwart, all meine Dämonen zu vertreiben. Der kurze Streit mit meinem Dad, seine verletzenden Worte – all das verschwimmt und treibt schließlich bis an den Horizont. Stattdessen spüre ich Sakimas Wärme, seine rauen, starken Hände und den Ton zwischen unseren Fingern. Schwerelosigkeit benebelt mein Herz und lässt es in meiner Brust tanzen, ähnlich wie die drehende Scheibe den Ton.

»Wir müssten noch eine Öffnung formen, wenn wir eine Art Gefäß machen möchten«, flüstere ich Sakima ins Ohr.

Dieser nickt.

Am liebsten hätte ich meinen Oberkörper nach vorn gegen seinen Rücken gelegt. Mich an ihn geschmiegt und ihn dann mit meinen tonverschmierten Händen einfach nur festgehalten. Doch ich weiß nicht, ob er möchte, dass ich diese Grenze überschreite. Also lasse ich dieses Gefühl nur in meinen Gedanken zu, während ich seine Hände weiter über den Ton führe.

Dieser Augenblick ist so kostbar, dass ich mir wünsche, er würde niemals enden. Ich könnte immer weiter und weiter mit Sakima hier auf dem Boden sitzen und töpfern. Egal, welche Sturmwellen über uns kommen.

KAPITEL 16

Sakima

Immer mehr Tage ziehen ins Land.

Mit Nitika spreche ich kein Wort mehr über ihre Tränen und was genau sie zu bedeuten haben. Stattdessen verbringen wir intensiv Zeit miteinander, ohne dass jemand von uns negativen Gedanken nachhängt.

Inzwischen bindet mich Nitika immer mehr in ihre täglichen Aufgaben mit ein. Gemeinsam halten wir im Hotel Wache und hoffen, dass neue Gäste eintreffen. Doch bis auf ein Ehepaar auf der Durchreise, das hier für eine Nacht unterkommen möchte, verirrt sich niemand in das *Navajo Rest*.

»Ich kann doch nicht kochen«, widerspreche ich, als Nitika und ich an einem Abend gemeinsam in der Küche stehen.

»Du hilfst mir doch nur. Die Hauptaufgaben übernehme immer noch ich«, lacht Nitika. »Kartoffeln wirst du doch sicher schälen können. Schließlich baut ihr sie in eurem Reservat sogar selbst an.«

»Kochen ist aber Frauensache«, widerspreche ich.

Jetzt stemmt Nitika die Hände in die Hüften und blickt mich tadelnd an. »Du musst dich daran gewöhnen, dass in der Außenwelt Mann und Frau gleichberechtigt sind.«

Ihre Aussage quittiere ich mit einem Augenrollen.

»Dann hast du die Kultur der *Citali* noch nicht richtig verstanden«, erwidere ich. »In unseren Augen sind Männer und Frauen ebenfalls gleich. Nur übernimmt jeder die Aufgaben, die er am besten beherrscht.«

»Hast du überhaupt schon einmal versucht, eine Aufgabe beim Kochen zu übernehmen?« Nitika lächelt schief. Ihre Augen durchdringen mich, während ich ertappt den Kopf schüttle und mich geschlagen gebe.

Außerdem, so sage ich mir, bin ich hier Gast und nehme am Leben der *Navajo* teil. Daher ist es nur gut, wenn ich ebenfalls ihre Aufgaben erledige, oder?

Vorsichtig nehme ich das Messer – oder was auch immer es sein soll – in die Hand und fange an, die Kartoffeln damit zu bearbeiten. Doch kein bisschen Schale löst sich.

»*Ôjătá!*«, fluche ich.

»Du musst den Schäler so halten und dann über die Haut der Kartoffel ziehen«, erklärt Nitika geduldig. Ich befolge ihre Anweisungen und diesmal klappt es zu meinem Glück.

Während sich Nitika um das Hähnchenfleisch kümmert, arbeite ich konzentriert an meinen Kartoffeln. Inzwischen sind wir ein eingespieltes Team. Sonnenaufgang für Sonnenaufgang lerne ich sie besser kennen und auch die Lebensweise der *Navajo*.

»Wie unterscheiden sich eigentlich die *Navajo* von den *Hopi*?«, frage ich, weil mir einfällt, dass in Tuba City ja auch eine Minderheit eines anderen indigenen Stammes lebt.

»Um ehrlich zu sein, sind wir äußerlich nicht voneinander zu unterscheiden«, erklärt Nitika. »Allerdings hat den *Hopi* wohl früher alles Land gehört, da die *Navajo* als Nomaden umhergezogen sind. Doch wir mussten uns niederlassen, nachdem die Weißen uns vertrieben hatten. Und nun gehört uns offiziell das

Reservat. Es steht unter der Regierung der *Navajo*.«

»Dann haben die *Hopi* deinen Vorfahren eine Art Schutz geboten«, überlege ich laut.

»So könnte man das ausdrücken«, bestätigt Nitika und legt das Hähnchenfleisch in einen zischenden Kessel, den sie ›Bratpfanne‹ genannt hat.

»Ich finde es schön, dass ihr so friedlich zusammenlebt. Es gab Zeiten, da haben sich die verschiedenen Stämme untereinander bekämpft. Natürlich bevor die Weißen in unser Land eingedrungen sind. Meiner Meinung müssen Native Americans jetzt stärker zusammenhalten denn je. Schließlich gehören wir inzwischen zur Minderheit – den Weißen gehört unser Land, den *da Skâjò a*us der Außenwelt.«

Ein Lächeln umspielt Nitikas Mundwinkel. »Ich bin ganz deiner Meinung«, eröffnet sie feierlich. »Allerdings ist es wirklich schade, dass so viele Traditionen der *Navajo* längst verloren gegangen sind. Nicht einmal mehr die ursprüngliche Sprache meines Volkes kennen wir.« Ein wehmütiges Seufzen dringt aus ihrem Mund. Beinahe hätte ich gefragt, ob das auch für ihre Mutter gelte, doch ich besinne mich in letzter Sekunde und erzähle lieber selbst.

»Das kann ich nachvollziehen. Für uns *Citali* ist die Verbindung zu unseren Vorvätern so wichtig! Sie zeigen uns den Weg, gemeinsam mit dem *Großen Geist*. Sie sind die Sterne am Nachthimmel. Auch Takoda ist einer von ihnen und wacht nun in den ewigen Jagdgründen über uns.« Plötzlich ist da wieder der feste Kloß in meiner Kehle und meine Brust schnürt sich zusammen, als ich an meinen besten Freund denke.

»Es ist aber ein wunderschöner Gedanke, dass er über dich wacht.« Ihre wärmenden Worte muntern mich sofort auf und wir wechseln das Thema, um uns auf das Essen zu konzentrieren.

Beim gemeinsamen Abendessen mit Shilah beschränken sich die Gespräche auf das *Navajo Rest*. Nitikas Vater hat die Schicht am Nachmittag übernommen, doch wieder ist kein neuer Gast aufgetaucht.

Ich verstehe nicht alles, was Shilah und Nitika miteinander sprechen, schließlich bin ich noch nicht so erfahren mit den Begriffen aus der Außenwelt. Dennoch schnappe ich Bruchstücke auf – dass das Geld knapp ist. Dass schon wieder eine Toilette in einem der Zimmer kaputt ist, aber eine Reparatur zu teuer wäre. Diese Themen belasten Nitika und ihren Vater gleichermaßen. Es ist beiden anzusehen, denn ihre Blicke sind von Ernsthaftigkeit überschattet.

Nach dem Essen verabschiedet sich Shilah von uns. Es zieht ihn fort, er wird erst morgen zurück sein.

Inzwischen habe ich schon zweimal beobachtet, dass er gegangen ist. Zweimal habe ich Nitikas Worte gehört, die sie auch heute wieder zu ihm sagt: »Warum bleibst du nicht bei uns? Wir könnten draußen ein Lagerfeuer machen. Auch Milton könnten wir einladen und gemeinsam die Nacht genießen.«

Doch ihr Vater lehnt ab, drückt ihr einen Kuss auf die Stirn und beteuert, wie lieb er sie habe. »Ich bin morgen zurück. Mach du dir mit Sakima einen schönen Abend.« Mit diesen Worten verschwindet er der Küche und lässt die Dunkelheit zurück. Denn das ist es, was seine Abwesenheit bewirkt: Nitikas Augen werden schwarz und schwer vor Traurigkeit.

Noch immer ist mir nicht ganz klar, wohin Shilah genau geht, wenn er die Nächte fortbleibt. Doch allein die Tatsache, dass er geht, scheint Nitika sehr zu belasten.

Wie beim letzten Mal überlege ich, sie darauf anzusprechen, doch ich unterlasse es und beobachte stattdessen, wie Nitika mit gesenktem Kopf und hängenden Schultern den Tisch vom dreckigen Geschirr befreit und alles in ein Becken räumt, wo sie es dann mit Wasser säubert.

Während ich mich ihr bereits bei unserer ersten Begegnung geöffnet habe, hält sich Nitika bedeckt. Es ist, als würde sie jedes Mal, wenn sie etwas bedrückt oder Schatten auf sie zukriechen, eine Mauer zwischen uns errichten. Ich habe dann keine Möglichkeit mehr, nahe an sie heranzukommen. Und das, obwohl ich immer gedacht hatte, zwischen uns habe sich etwas verändert. Wir verbringen jeden Tag gemeinsam und zwischen uns ist eine Art Brücke gebaut worden. Sie ist deutlich zu spüren, doch in Momenten wie diesen fällt sie in sich zusammen und ist plötzlich fort. Diese Tatsache lässt dann auch einen Funken Traurigkeit in mir aufkeimen.

»Soll ich dir noch helfen?«, frage ich Nitika vorsichtig.

Diese schüttelt den Kopf.

»Nein. Ich … ich gehe heute wieder früh schlafen. Warte nicht auf mich.«

Noch mehr Ablehnung. Sie stößt mich mit einem Mal von sich. Doch inzwischen weiß ich, dass es keinen Zweck hat. Nitika möchte allein sein, wenn ihr Vater eine seiner nächtlichen Reisen unternimmt.

»Dann bis morgen früh. Schlaf gut, Nitika.«

Langsam schleiche ich mich aus der Küche, drehe mich in der Tür allerdings noch einmal nach ihr um. Mit hängenden Schultern steht sie da, während sie Wasser in das Becken laufen lässt. Ihr Kopf ist gesenkt und sie blickt sich nicht nach mir um. Es ist ihr anzusehen, dass eine schwere Last sie niederdrückt.

Eines Tages werde ich Häuptling der *Citali* sein. Ist es nicht meine Aufgabe, mich jetzt auch um Nitika zu sorgen? Ich möchte würdig sein, *Athánchan* zu werden, doch wenn ich nur zusehe, dann werde ich meine Bürde niemals richtig tragen können. Bei

Takoda habe ich bloß zugesehen. Hinter seine Fassade aus Schmerz und Traurigkeit habe ich nicht blicken können. Und nun verschließt sich Nitika vor mir in einer ähnlichen Art und Weise. Das jagt mir Angst ein und mit einem Mal sehne ich mich nach der Sicherheit, die mir mein Zuhause gibt. Hier bei den *Navajo* wird das Leben immerzu von Geldsorgen überschattet. Das ist eine schwere Last, die Nitika und auch Shilah tragen müssen. Da ist es nur verständlich, dass die beiden viel zu oft von Dämonen heimgesucht werden. Am liebsten würde ich Nitika einfach packen und mit ihr zurück in den Zion-Nationalpark reisen. Dort könnte sie mit mir gemeinsam frei von Sorgen sein. Bei uns geht es nicht um Zahlen, sondern einzig und allein um den Zusammenhalt und den Einklang mit der Natur. Diese Art von Leben hätte Nitika mehr als verdient. Dennoch ist hier ihr Zuhause. Sie kann nicht fort. Oder?

»Gute Nacht, Nitika«, flüstere ich leise, ehe ich sie in der Küche allein zurücklasse.

Als ich über den Hof hinüber zum Hotel laufe, werfe ich einen Blick nach oben in den Himmel. Er ist klar und ein Stern leuchtet besonders hell.

»Bist du das, Takoda?«, frage ich laut. »Du wachst auch über Nitika, richtig? Beschützt sie vor all der Schwere, die auf ihrem Leben lastet und die sie mir nicht anvertrauen kann.« Mir entweicht ein Seufzen. »Ich wünschte, dass du hier wärst. Du könntest mir sagen, was das Richtige ist. Mein Herz will Nitika helfen, doch wie, wenn sie immer wieder eine Mauer zwischen uns errichtet?«

Kurz bleibe ich stehen.

»Du fehlst mir so«, flüstere ich. »Warum nur musstest du von uns gehen? Du hättest dich auch für das Leben entscheiden können. Ich wäre immer an deiner Seite gewesen und hätte dir geholfen, ebenso wie deine Familie – der gesamte Stamm.«

Ich blinzle ein paarmal, denn Tränen bahnen sich ihren Weg in meine Augen.

»Ich vermisse dich«, hauche ich erneut und sehe den Stern an, den ich für meinen besten Freund halte. Natürlich antwortet er mir nicht. Stattdessen umnebelt mich die Stille.

»Aber ich habe dich dennoch immer lieb«, füge ich hinzu, ehe ich meinen Weg fortsetze und mich in mein Zimmer zurückziehe. In dieser Nacht dauert es allerdings lange, bis ich in den Schlaf finde. Und immer wieder frage ich mich, ob es Nitika ebenso geht.

Nitika

Lange liege ich wach und starre an die dunkle Decke in meinem Zimmer.

Ich fühle mich miserabler denn je. Shilah bricht jede zweite Nacht ins Casino auf, seitdem Sakima da ist. Es ist, als hätten wir keinen Abend für uns. Sakima muss denken, dass wir gar keine richtige Familie sind. So sehe ich uns zumindest. Dad macht sein Ding und ich bleibe hier allein zurück. Es ist ihm egal, wenn wir keinen guten Eindruck auf unseren Gast machen. Die Reise ins *Citali*-Reservat hat ihn kein bisschen verändert. Vielleicht hätte ich mir nicht so große Hoffnungen machen sollen. Meine Erwartungen waren hoch gewesen, dadurch ist die Enttäuschung umso größer.

Außerdem sehe ich Sakima jedes Mal an, dass er wissen möchte, was vor sich geht. Er hat keine Ahnung, wohin mein Vater verschwindet, doch die Neugierde brennt ihm förmlich in den Augen. Das kann ich ihm nicht verdenken, aber darüber sprechen will ich nicht. Wie würde er reagieren, wenn er merkt, dass mein Vater spielsüchtig ist? Dann wäre der gute Eindruck, den Shilah und der Präsident der *Navajo* bei den *Citali* hinterlassen haben, mit einem Mal dahin.

Außerdem habe ich das Gefühl, dass es ihm bei mir im Reservat langweilig werden könnte. Die Tage laufen nach denselben Mustern ab. Er hilft mir im Hotel und lernt so zwar viel über die ganze Technik, die die Außenwelt bereithält, aber dennoch passiert nichts Spannendes. Tuba City ist zu klein, um jeden Tag etwas Neues in der Stadt entdecken zu können. Sakima ist demnach in einer Endlosschleife gefangen, die mir allzu bekannt ist.

Ich bekomme langsam Angst, dass er eines Tages sagen könnte, er würde in den Zion-Nationalpark zurückreisen wollen. Denn dann würde ich ihn schmerzvoll vermissen.

Mir ist etwas mulmig zumute, als ich das kleine Büro meines Vaters betrete. Die Mittagssonne steht tief am Himmel und der Nachmittag bricht gerade an. Mein Gefühl sagt mir, dass heute wieder einer dieser Tage ist, an dem mein Dad später ins Casino fahren wird. Vielleicht spüre ich genau deswegen diese unendliche Schwere in meinem Bauch.

»Hallo, Nitika!«

Mein Vater sieht von seinem Schreibtisch auf. Sorgenfalten zieren seine Stirn und er wirkt etwas blass um die Nase.

»Hi, Dad. Ist alles in Ordnung?«

»Rechnungen, nichts weiter.« Ein tiefes Seufzen dringt aus seiner Kehle und mir ist direkt bewusst, dass auch dieser Monat finanziell ziemlich mies aussieht. Allerdings fehlt mir die Kraft, darüber zu sprechen. Stattdessen falle ich direkt mit der Tür ins Haus.

»Könntest du morgen den gesamten Tag im *Navajo Rest* übernehmen?«, frage ich zaghaft. »Sakima hat nun schon so viel von Tuba City gesehen, aber noch nichts von der Umgebung. Zu gern würde ich mit ihm einen Ausflug machen. Er vermisst die Natur sicher schon, das wäre eine gute Gelegenheit.«

»Hmmm ...« Shilah runzelt die Stirn.

»Dafür würde ich auch nichts mehr sagen, wenn du ins Casino fährst«, rutscht es mir heraus.

Sofort verändert sich die Miene meines Vaters und die Falten verschwinden für einen Augenblick.

»In Ordnung«, meint er. »Dann bleibe ich heute Nacht aber zu Hause, damit ich morgen fit für die Schicht im Hotel bin.«

Automatisch lächle ich, beuge mich vor und drücke meinem

Vater einen dicken Schmatzer auf die Wange.

»Ich danke dir!«, juble ich. Meine Gedanken jagen mir allerdings schon wieder Angst ein: Ich habe meinem Vater hiermit einen Freifahrtschein gegeben – zumindest auf gewisse Art und Weise. Die Haushaltskasse leidet jetzt schon und wird sicherlich noch mehr in Mitleidenschaft gezogen werden. Dessen bin ich mir sicher. Es sorgt für ein ungutes Gefühl in meinem Bauch.

»Wohin planst du mit Sakima zu fahren?«, will mein Vater wissen.

»Ähm … ich dachte an den Grand Canyon. Einfach, weil es ein gigantischer Ausblick ist. Es ist zwar über eine Stunde Fahrt bis dahin, aber mein alter Ford muss auch dringend mal wieder bewegt werden, bevor er noch verrostet.«

»Das ist wirklich eine tolle Idee! Sakima wird es mit Sicherheit dort gefallen. Darf ich fragen, ob er und du … Seid ihr euch schon ein stückweit nähergekommen?«

Erschrocken schnappe ich nach Luft.

»Dad!«, rufe ich alarmiert aus. »Du sollst aufhören, so etwas zu fragen! Sakima ist nicht hier, damit aus uns ein Paar wird. Er ist hier, um unsere Kultur kennenzulernen.«

Abwehrend hebt Shilah beide Hände in die Luft. Seine Lippen umspielt ein Grinsen.

»Ich meine ja nur! Ihr verbringt sehr viel Zeit zusammen. Da hätte es doch sein können, dass sich inzwischen etwas entwickelt hat.«

»Pah!«, schnaube ich. »Und wenn, dann ginge es dich zunächst auch gar nichts an. Meine Gefühle sind ganz allein meine Sache. Ich bin eine erwachsene Frau!«

»Manchmal vergesse ich wohl, wie groß du schon bist«, seufzt mein Vater. »Tut mir leid, ich habe dir auch nicht zu nahetreten wollen. Allerdings kann ich nichts gegen meine Neugierde tun.«

Er zuckt mit den Schultern, was ich mit einem Augenrollen quittiere.

»Behalte deine Gedanken einfach für dich«, rate ich ihm.

Shilah nickt. »Ich werde es versuchen. Aber jetzt ab mit dir ins *Navajo Rest*. Oder kann Sakima inzwischen allein neue Buchungen für Zimmer annehmen?«

Heftig schüttle ich den Kopf. »Natürlich nicht! Also, danke noch mal, Dad!«

Ich winke, ehe ich das Zimmer verlasse, und gehe eilig zu Sakima ins Hotel, um ihm von den morgigen Ausflugsplänen zu berichten.

KAPITEL 17

Sakima

»Dieses Auto sieht aber nicht so ... gut aus wie das deines Vaters.« Etwas skeptisch betrachte ich Nitikas altes Gefährt.

Diese lacht. »Es wird uns zuverlässig von einem Ort zum anderen bringen, du wirst schon sehen.«

Nitika ist heute dabei, der strahlenden Sonne Konkurrenz zu machen. Seit sie mir von ihrer Idee mit dem Ausflug erzählt hat, ist sie Feuer und Flamme und kaum mehr aufzuhalten. Sie sprüht vor Energie und ihre Freude ist definitiv ansteckend. Auch ich bin aufgeregt – zum ersten Mal, seit ich hier bin, werde ich Tuba City verlassen und etwas von der Umgebung mitbekommen.

»Wie lange werden wir unterwegs sein?«, will ich wissen.

In Gedanken bin ich bei meiner Übelkeit, mit der ich auf der Fahrt ins *Navajo*-Reservat schon zu kämpfen hatte.

»Etwa ein eineinhalb Stunden«, erklärt Nitika. »Vom Zion-Nationalpark bis hierher war es weiter. Daher wirst du die Strecke sicher gut meistern.«

Ich hebe eine Braue, während Nitika abwartend die Tür des Autos aufhält. Die Ungeduld ist ihr deutlich anzusehen.

Heute trägt sie kein Kleid, sondern hat sich für eine Jeans – eine Hose aus einem festen Stoff, den ich bereits von Johnny kenne – und ein leichtes Hemd entschieden, das mit bunten Blütenblättern bestickt ist. Ihre Jeans ist dabei so kurz, dass ihre Beine mehr entblößt als bedeckt werden. Ich muss mich anstrengen, sie nicht immer wieder zu mustern. Ihr Haar hat sie heute zu einem hohen Zopf gebunden, der nicht geflochten ist. Eine Frisur, die ich von keiner *Citali*-Frau kenne. Sie ist definitiv Bestandteil der Außenwelt.

Ich selbst habe mich auch für Kleidung entschieden, die in die Außenwelt passt. So werde ich bei unserem Ausflug nicht als Native American erkannt. Ich bin dankbar, dass mir Nitika diese Art von Kleidung geliehen hat.

»Sakima, die Fahrt ist es wert, glaube mir. Du wirst vom Grand Canyon begeistert sein.« Ihre Augen leuchten und ich reiße mich endlich von ihrem Anblick los und steige in das Auto.

Diesmal sitze ich vorn und Nitika setzt sich neben mich auf den Platz, der für den Fahrer vorgesehen ist.

Als sie den Motor startet, kehrt das mulmige, ungemütliche Gefühl sofort in meinen Bauch zurück.

Nun verlassen wir also Tuba City.

Nitika drückt gerade auf verschiedenen Knöpfen herum, die sich vorn im Auto befinden. Erschrocken zucke ich zusammen, als Musik aus dem Nichts ertönt.

»Das ist nur das Radio«, lacht Nitika.

»Aber … wer spielt denn hier?«, will ich wissen.

»Die Musik wird aufgenommen, sodass sie jederzeit und überall abrufbar ist.«

Ihre Worte klingen in meinen Ohren ziemlich unwirklich. So etwas funktioniert doch nicht, oder? Musik ist nur dann zu hören, wenn jemand gerade ein Instrument spielt und dazu singt. Noch dazu klingen die Instrumente in meinen Ohren fremd. Die Melodie ist wild und energisch und hat nichts mit den Trommeln der

Citali gemein. Als der Gesang einsetzt, ist die Stimme des Sängers so klar und rein, ganz anders als die rituellen Kriegsrufe der *Citali*. Ich verstehe jedes einzelne Wort, das gesungen wird. Der Text fräst sich direkt in meinem Kopf.

»Was ist das genau?«, will ich wissen.

»Das Lied heißt *Send Me An Angel* und ist von den *Scorpions*. Das ist eine Rockband, die ihren Ursprung in Deutschland hat.«

»Was ist Rockband? Und Deutschland?«

Nitika amüsiert es sicherlich, dass ich nicht viel über die *Îs Môhá* weiß. In ihren Augen passe ich sicher nicht in ihre Welt, und das, obwohl wir beide von Urvölkern dieses Kontinents abstammen. Von Mingan habe ich einige Dinge über diese Welt gelernt, aber längst nicht alles.

»Rock ist eine Art von Musik. Und Deutschland ist ein Land in Europa – also auf einem anderen Kontinent«, erklärt Nitika ruhig.

»Danke. Du musst mich für ziemlich komisch halten, weil ich ständig Fragen stelle, deren Antwort hier sicher schon jedes Kind kennt.«

Entschieden schüttelt sie den Kopf. »Nein. Ich würde dich niemals für komisch halten. Im Gegenteil: Ich mag es, wenn du Fragen stellst. In deiner Welt bin ich die Fremde gewesen und wusste nichts, nun bist du derjenige, der alles wissen möchte. So ist das Gleichgewicht wieder hergestellt.«

Ihre verständnisvollen Worte sorgen für ein Kribbeln in meinem Bauch. Nitika ist wirklich eine außergewöhnliche junge Frau und ich kann es nicht erwarten, den gesamten Tag mit ihr zu verbringen.

Die Autofahrt geht dadurch dann doch schnell vorüber. Zum Glück, ohne dass ich mich übergeben muss. Sie parkt ihren Wagen an einer Stelle, wo sich viele Touristen tummeln. Ich sehe sie vom Autofenster aus und bin mit einem Mal wie erstarrt. Das

Geheimnis der *Citali* ist das Kostbarste, das es zu bewahren gilt.

Nitika bemerkt mein Zögern, als ich nicht aus dem Wagen steige. »Dich wird niemand erkennen«, ermutigt sie mich. »Du trägst schließlich keinen Federschmuck.«

Ich nicke, dennoch habe ich ein mulmiges Gefühl, als ich aussteige. Staub wird auf dem erdigen Boden aufgewirbelt und ich atme tief durch, während ich mich hektisch zu allen Seiten umsehe. Sind nicht alle Blicke auf mich gerichtet? *Ná*, das bilde ich mir nur ein. Die Außenweltler sehen mich gar nicht, sondern haben nur Augen für die Natur, die sich vor ihnen auftut.

»Sakima, du kannst dich ruhig entspannen. Okay, deine Haut- und Haarfarbe verraten vielleicht deine Herkunft, allerdings ist es für keinen hier ersichtlich, dass du aus einem geheimen Stamm kommst, der verborgen vor der Welt im Zion-Nationalpark lebt.«

»Du hast recht. Ich bin nur so viele Außenweltler nicht gewohnt. Es ist merkwürdig, hier mitten unter ihnen zu sein«, erkläre ich.

»Das kann ich mir vorstellen. Komm mit, wir wollen jetzt die Wanderung beginnen. Dann zeige ich dir den schönsten Aussichtspunkt am Grand Canyon.«

Sobald wir uns von den Touristen wegbewegen, kann ich freier atmen und auch die Natur voll und ganz genießen. Zum ersten Mal seit Langem habe ich das Gefühl, zu Hause zu sein. Die Landschaft ist atemberaubend. Das rötliche Gestein leuchtet im hellen Licht der Sonne und bringt die Macht des *Großen Geistes* zum Ausdruck, der all das hier geschaffen hat.

Ich bin hin und weg, während wir den Weg entlanglaufen, den Nitika für uns ausgesucht hat. Mir ist nun bewusst, wie sehr ich die Freiheit inmitten der *Náwagã* vermisst habe. Hier spüre ich die Frische der Luft, die jede Faser meiner Lunge durchströmt. Die Sonne brennt auf meiner Haut, doch es ist ein Willkommensgruß: So, als hätte ich meinen Weg zurück nach Hause gefunden.

Nitikas Zuhause gefällt mir. Jedoch auf eine gänzlich andere Art und Weise als die Natur. Hier bekommt alles wieder einen Sinn. Wenn ich den *Citali* von diesem schönen Fleck auf *Mutter Erde* erzähle, wird meine Familie sicher begeistert sein. An diesem Ort spüre ich unsere Vorfahren. Ob sie auch einmal hier gewesen sind, als sie noch als Nomaden durch ein freies Land gezogen sind? Mit Sicherheit. Zumindest kann ich mir das mehr als gut vorstellen.

»Es ist wunderschön hier«, stoße ich schließlich aus.

Nitika lächelt. »Das freut mich! Ich habe gehofft, dass dich der Grand Canyon begeistern würde.«

Heftig nicke ich. »Ich bin dem *Großen Geist* plötzlich so nahe! Spürst du ihn auch?«

Zaghaft schüttelt Nitika den Kopf und ich bleibe abrupt stehen.

»Schließe die Augen«, befehle ich ihr in einem sanften Ton. Als ich sehe, dass Nitika meinen Anweisungen folgt, mache ich ebenfalls meine Augen zu.

»Und jetzt lass alle Luft durch deine Lungen strömen und spüre den Wind, der uns umgibt. Merkst du ihn? Den *Großen Geist*?«

»Ich glaube, ja«, antwortet Nitika. »Es ... fühlt sich gut an.«

»Genauso sollte jeder Augenblick eines Lebens sein. So von Freiheit erfüllt, dass der Friede gleichzeitig damit einhergeht«, seufze ich und öffne meine Augen.

Nitika blinzelt in das strahlende Licht der Sonne.

»Du hast recht. Es sollte mehr solcher Tage geben. Ich werde jeden Augenblick heute genießen, dessen kannst du dir sicher sein.« Ihre Augen funkeln aufgeregt. »Aber jetzt lass uns weitergehen. Ich habe in meinen Rucksack ein paar Kleinigkeiten eingepackt, damit wir später an einem wundervollen Aussichtspunkt rasten können.«

Wir laufen weiter den Weg entlang. An einer Stelle wird der Pfad plötzlich schmaler, und obwohl Seile gespannt sind, um die Menschen zu sichern, habe ich mit einem Mal Angst, dass Nitika hinunter in die Tiefe neben uns stürzen könnte. Automatisch strecke ich meine Hand nach ihr aus und wie von selbst verflechten sich unsere Finger miteinander. Sofort fließt pulsierende Energie durch meine Adern. Ihre zarte Haut zu spüren, fühlt sich so vertraut an, gleichzeitig ist es mit wilder Aufregung meines pochenden Herzens verbunden. Und ich bin mir sicher, dass Nitika genauso empfindet. Sie hat heute noch keinen Wimpernschlag lang aufgehört zu lächeln. Es ist durch und durch ein guter Tag.

Am liebsten würde ich die dämlichen Schuhe der Außenweltler von meinen Füßen streifen, um die Steine und die Erde zwischen meinen Zehen zu spüren. Doch Nitika hat mir die Hose und die Schuhe ihres Vaters nicht ohne Grund geliehen. So falle ich weniger auf, und auch wenn gerade keine Touristen weit und breit zu sehen sind, wage ich das Risiko nicht. Außerdem müsste ich sonst Nitikas Hand für eine kurze Zeit loslassen. Alles in mir sträubt sich, das zu tun, denn ihre Berührung ist unsagbar kostbar. Nun ist die unsichtbare Verbindung zwischen uns plötzlich sichtbar – für jeden Außenstehenden. Doch zum Glück sind wir hier und jetzt allein. Sunwai würde wahrscheinlich selbstsicher grinsen und mir sagen, dass sie es gleich geahnt hätte, während mein Vater und Shilah direkt von einem Bündnis zwischen *Navajo* und *Citali* sprechen würden.

»Wir sind da«, verkündet Nitika plötzlich.

Sie macht noch einen Schritt nach vorne, ehe ich erkenne, was sie meint: Vor uns erstreckt sich eine atemberaubende Aussicht. Das Tal des Grand Canyons liegt tief unter uns und in der Ferne leuchtet die Felsformation in einem wundervoll glitzernden Licht. Von irgendwoher ertönt der Schrei eines Adlers und meine Nackenhaare stellen sich sofort auf. Gänsehaut macht sich auf meinen Armen breit, während ich tief und fest einatme und die Luft der Freiheit gierig in meine Lungen sauge.

»Das ist der Pima Point«, erklärt Nitika. »Ich habe mit Absicht eine Stelle ausgewählt, an der uns die Touristen nicht begegnen. Sie müssten sich etwas abseits von uns tummeln.«

»Danke. Hier ist es *scotábjá*.«

»Was bedeutet das?«, will sie sofort wissen.

»Dass es hier wunderschön ist«, hauche ich. »Genauso wie du.«

Im hellen Licht der Sonne erröten Nitikas Wangen und mit einem Mal entzieht sie sich meiner Hand. Liegt es etwa an meinem Kompliment? Ist es ihr unangenehm? Dabei spreche ich doch nur die Wahrheit aus.

»Was hältst du von einem Picknick?«, fragt mich Nitika.

Ich öffne den Mund, um nachzuhaken, was genau das bedeutet, da holt Nitika auch schon eine Decke aus ihrem Rucksack und breitet sie unweit des Abhangs auf einem ebenen Fleck Erde aus, ehe sie sich setzt. Einladend klopft sie neben sich und ich knie mich gegenüber von ihr auf die Decke.

Nitika hat einige Speisen eingepackt. Helles Brot, das mit Gemüse und einer hauchdünnen Scheibe Fleisch belegt ist. Sie stellt mir die Konstruktion als ›Sandwich‹ vor. Natürlich schmeckt es herrlich, so wie jede Speise der Außenweltler, die ich bisher gekostet habe.

Schweigend essen wir und erholen uns von der Wanderung. Sanft weht der Wind durch mein Haar und ich lege den Kopf in den Nacken. Hier fühle ich mich rundum wohl.

»Ich habe mich schon lange nicht mehr so gut gefühlt«, gesteht Nitika plötzlich.

Sofort wende ich ihr meinen Blick zu.

»So schwerelos. Frei und leicht. Es ist, als wäre ich noch im Zion-Nationalpark. Dort war auch alles so viel einfacher.«

Ihrer Kehle entweicht ein Seufzen, während ihre Augen den Horizont absuchen und die Schönheit der Landschaft in sich aufsaugen.

»Ich sehe, dass du heute glücklich bist«, gebe ich zu. »Bei dir zu Hause bist du oft traurig. Es liegt an deinem Vater, ich sehe es jedes Mal, wenn er über Nacht fortbleibt. Das Verhältnis zwischen euch ist gut, aber dann auch wieder nicht mehr.«

Das *Navajo*-Mädchen schluckt merklich.

»Weißt du, mir ist aufgefallen, dass Shilah unter starken Stimmungsschwankungen leidet. Mal ist er liebevoll, herzlich und offen, in anderen Momenten wechselt seine Laune von jetzt auf gleich und ihm ist die Wut und Verbitterung deutlich anzumerken.«

Ein merkwürdiges Unwohlsein breitet sich in mir aus, während ich beobachte, wie sich Nitika weiter verkrampft. Sie ballt ihre Hände zu Fäusten und sieht mich schon lange nicht mehr an, sondern weit in die Ferne.

Schnell schiebe ich hinterher: »Du brauchst nicht zu antworten, wenn du nicht möchtest. Allerdings wünsche ich mir so sehr, dich endlich voll und ganz zu verstehen. Und egal, wann du dich mir öffnest, ich werde in diesem Augenblick vollkommen für dich da sein und dir zuhören. Das sollst du wissen. Ich bin da, um dir zu helfen und an deiner Seite zu sein. Ganz, ganz sicher.«

Nitikas Fingernägel graben sich in die Decke, auf der wir sitzen, während ich hoffe, dass meine Frage sie nicht allzu sehr belastet. Sie soll nur wissen, dass sie jederzeit mit mir reden kann. Egal, wann das ist. Auch wenn es noch Jahre dauern sollte.

KAPITEL 18

Nitika

Meine Hände zittern, ebenso wie mein Herz.

Warum nur spricht mich Sakima ausgerechnet heute darauf an? Der Tage hätte so leicht werden können. Ich habe den Moment genießen wollen, ganz allein nur mit Sakima. Nun fühlt es sich an, als hätte sich eine Barriere zwischen uns aufgebaut. Wobei ich die Urheberin des Ganzen bin.

Nur gefallen meinem Herzen seine liebevollen Worte, die pures Verständnis zeigen. Sakima beweist mir, dass er sich ernsthaft für mich interessiert. Ihm ist mein Wohlbefinden wichtig, er sorgt sich um mich. Und in einer Sache muss ich ihm recht geben: Er hat sich mir schon so sehr geöffnet, dass es mir falsch vorkommt, selbst so wenig von mir preiszugeben.

Innerhalb weniger Wochen hat er es geschafft, mir das Gefühl von Geborgenheit zu vermitteln. Bei niemandem fühle ich mich sonst so sicher. Dieses Gefühl erinnert mich an die Zeit, als meine Mutter noch da war. Bei ihr habe ich mich ebenso gefühlt. Selbst Shilah schafft es nicht, dass ich so bei ihm empfinde. Ja, er ist mein Dad und ich liebe ihn – dennoch gibt er mir keine Sicherheit. Nicht, solange er immer abends verschwindet und mich zurücklässt.

Ein Kloß bildet sich in meiner Kehle. Ist nun der richtige Zeitpunkt, um Sakima davon zu erzählen? Was, wenn er mich oder die *Navajo* verurteilt?

»Nitika, ich habe keine Wunden aufreißen wollen«, höre ich Sakimas besorgte Stimme. »Jetzt habe ich dafür gesorgt, dass du wieder traurig bist. Das sollte nicht so sein, es tut mir leid.«

Ich schüttle den Kopf. »Das ist nicht deine Schuld. Die Traurigkeit kommt immer und immer wieder. Und ja, es hängt mit meinem Vater zusammen.«

Mich wundert es, dass meine Stimme nicht zittert. Ich klinge selbstbewusster, als ich es tief in meinem Inneren bin. Mein schnell schlagendes Herz verrät es mir.

»Nitika, du kannst mir vertrauen«, flüstert Sakima.

Ich schlucke und Hitze schießt in meine Wangen, als ich zu sprechen beginne. Weil ich mich für das schäme, was meinen Vater belastet. So, so sehr.

»Mein Vater ist spielsüchtig«, beginne ich und atme dann nochmals tief durch. Mir ist bewusst, dass Sakima noch nie von diesem Begriff gehört hat, weswegen ich es ihm, so gut es geht, zu erklären versuche.

»Wenn Dad abends wegfährt und erst am folgenden Tag zurückkommt, dann fährt er ins *Twin Arrows Navajo Casino*. Das ist eine Halle voller Spiele, bei denen man durch Glück Geld gewinnen oder eben verlieren kann. Es wird von *Navajos* betrieben – und ist eine sehr beliebte Einnahmequelle, da die Touristen oft ihren Weg dorthin finden und ihr Geld dann in unserem Reservat lassen. Die Casinos sind deswegen so beliebt, weil wir als Indianer sie ohne Kontrolle von der Regierung der USA betreiben können. Doch meist verliert man mehr Geld, als man gewinnt. Diese Spiele können nämlich nicht mit Wissen gewonnen werden, sondern nur mit Glück. Bisher war Shilah nicht sehr erfolgreich darin. Wenn er unser Haushaltsgeld verliert, ist er immer sehr wütend und reizbar.«

»Das ist mir auch aufgefallen«, unterbricht mich Sakima kurz. Ich sehe in seinen Augen pures Mitgefühl für mich und meine Situation. Es ist kein Mitleid, das aufgesetzt wirkt, sondern absolut echt und aufrichtig.

»Doch warum tut er das immer wieder?«

»Ich glaube, dass er sein Leben einfach nicht verkraftet«, gebe ich als Antwort, ohne alles zu offenbaren, was dahintersteckt. Denn das wäre heute zu viel.

»Er ist im *Navajo*-Reservat nicht glücklich und leidet daher auch unter Depressionen und eben diesen starken Stimmungsschwankungen. Allerdings hat er sich bisher keine Hilfe gesucht, sondern vergräbt sich lieber im Casino. Er hält sich an einer trügerischen Hoffnung fest. Für mich wünscht er sich eine andere Zukunft, die fern von diesem Reservat spielt. Deswegen hat er auch so sehr darauf gepocht, dass ich mit zu euch in den Zion-Nationalpark reise. Er erhofft sich für mich ein besseres Leben, ohne Sorgen und Elend.«

Ich senke traurig meinen Blick.

»Schon so oft habe ich versucht, meinem Vater zu helfen. Es … es nimmt mich mit, ihn so zu sehen. An manchen Tagen ist er so glücklich und wir verbringen eine wunderschöne Zeit zusammen. Doch dann gibt es wieder Regenwolken, die unser Leben trüben, und er verfällt in seine Depression, wird wütend und grummelig.«

»Ist das der Grund, weswegen du dein Zuhause nicht magst?«, will Sakima wissen.

Zaghaft nicke ich. »Ja. So ist es. Als ich im Zion-Nationalpark gewesen bin, hatte Dad nicht die Chance, ein Casino zu besuchen. Dort habe ich all den Kummer kurzzeitig vergessen können. Es gab keine Geldsorgen und auch mein Vater war um einiges glücklicher und gelöster.«

Der Gedanke an die Zeit bei den *Citali* sorgt dafür, dass mein Körper erbebt. Mit einem Mal rinnen mir Tränen über die Wange. Etwas, das ich niemals wollte.

Schnell vergrabe ich mein Gesicht in meinen Händen, damit Sakima mein Weinen nicht sieht. Doch natürlich hört er mein Schluchzen, denn das schaffe ich nicht zu unterdrücken.

Plötzlich spüre ich seine Wärme neben mir und werde in seine Arme gezogen. Ich lasse es geschehen. Gleite mit meinem Kopf an seine Brust, wo ich mich sicher fühle. Er hält mich fest mit dem Versprechen, mich niemals wieder loszulassen. Sein Körper duftet noch immer nach der rauen Natur und verrät seine Herkunft, die Freiheit, in der er lebt. Er lässt mich dorthin zurückkehren. Ich fliehe von hier und bin mit Sakima wieder dort, wo ich losgelöst und glücklich sein konnte.

Sein Herzschlag ist ebenmäßig und beruhigt mich. Ungehemmt schluchze ich gegen seine Brust, kralle mich mit einer Hand an seinem Hemd fest, damit er mir noch mehr Halt gibt. Meine Tränen durchnässen seine Kleidung, doch er sagt nichts, sondern hält mich einfach. Seine starken Arme umschließen mich wie eine sichere Höhle. Sakima lässt mich vergessen. Wenn ich bei ihm bin, spielt nichts eine Rolle. Ich fühle mich gelöst. Obwohl ich traurig bin über den Gesundheitszustand meines Vaters, ist es richtig gewesen, mich Sakima endlich ein Stück weit zu öffnen. Es ist, als hätte ich einen Teil meiner Seele mit ihm geteilt. Etwas, das uns noch mehr, noch tiefer miteinander verbindet. Hier bei ihm lebe ich nur noch im Hier und Jetzt. Nichts spielt eine Rolle. Er verurteilt mich nicht für meine Vergangenheit und ich blicke auch nicht in die Zukunft. Stattdessen bin ich gefangen im Strudel der Gegenwart und möchte, dass der Augenblick nie wieder endet. Zu sehr mag ich es, Sakima auf diese Art und Weise nahe zu sein. Bisher hat kein anderer Mann mich so fühlen lassen. Mein Ex-Freund ging ganz anders mit mir um. Bei ihm haben nur die Körperlichkeiten gezählt, während die Beziehung zwischen Sakima und mir bisher nur auf seelischer Ebene basiert. Und es ist so unendlich tief. Worte bedarf es ebenfalls nicht. Ich bin mir absolut sicher, dass Sakima genau weiß, wie ich für ihn empfinde. Trotzdem sehne ich mich plötzlich nach mehr.

Vorsichtig hebe ich meinen Kopf.

Sakima lächelt sanft und streckt seine Hand nach mir aus. Behutsam wischt er mir die Tränen aus den Augen, die inzwischen versiegt sind. Seufzend schließe ich meine Lider, um seine Berührung noch intensiver wahrzunehmen.

Er gibt mir alles. Und doch ist es noch lange nicht genug.

»Sakima«, flüstere ich leise.

Ich greife nach seiner Hand und führe sie an meine Brust, lege sie direkt auf die Stelle, unter der mein Herz schlägt. Als ich meine Augen wieder öffne, sehe ich in Sakimas Strudel aus dunklem Braun. Sein Blick nimmt mich gefangen und ich wage es für einen Augenblick nicht, zu atmen.

»Spürst du das?«, frage ich ihn.

Er nickt. »Das Herz, das für das Leben schlägt.«

»Ja«, erwidere ich. »Doch es schlägt für so viel mehr – vor allem nun für dich. Es ist längst nicht mehr nur Freundschaft. Dir gehört alles von mir – allen voran mein Herz.«

Mit meinem Geständnis überrasche ich mich selbst. Heute trage ich so viel Selbstbewusstsein in mir, dass ich alles vor Sakima offenlege. Es ängstigt mich, gleichzeitig fühlt es sich vollkommen richtig an.

Vielleicht hat der *Große Geist* den heutigen Tag für derartige Dinge auserwählt.

»Sag etwas«, bitte ich Sakima leise.

Er blickt mich unverwandt an, seine Brust hebt und senkt sich und ich wünsche mir dringend, in seinen Kopf blicken zu können, weil ich wissen möchte, was er denkt und was in ihm vor sich geht.

Mit einem Mal nimmt er die Hand von meiner Brust und umfasst damit meine rechte Gesichtshälfte.

»Es sind mehr als nur romantische Gefühle, die in mir wohnen. Uns bindet eine Seelenverwandtschaft aneinander. Eigentlich habe ich das direkt bei unserer ersten Begegnung gewusst. Du bist meine *Tadóewá*. Meine Seelenverwandte. Der *Große Geist* hat uns zueinander geführt – zwei gebrochene Seelen, die sich nur gegenseitig heilen können.«

»Ja«, stimme ich zu. »Das glaube ich auch.«

Nur, dass ich noch stärker gebrochen bin, als du ahnst.

Den Gedanken behalte ich jedoch für mich, wage es nicht, ihn laut auszusprechen. Es ist heute der Tag für ungesagte Dinge, aber ich fühle mich noch nicht bereit, mit ihm über den größten Schatten in meinem Leben zu sprechen.

Liebevoll streicheln seine Finger meine Wange und ich schmiege meinen Kopf in seine Hände.

»Du bist auch mein *Tadóewá*, Sakima. Und du wirst es immer sein.«

»So lange die Sterne am Himmel stehen und der Frühling den kalten Winter Jahr für Jahr ablöst«, haucht Sakima und legt seine Lippen an meine Stirn. Sanft verstärkt er den Druck, so auch den Kuss und damit sein Versprechen.

Seufzend gebe ich mich ihm hin, rücke näher zu ihm, bis sich unsere Beine berühren und ich meine Hände um seinen Nacken legen kann. Meine rechte findet ihren Weg in Sakimas langes Haar. Dort packe ich ihn und ziehe ihn noch näher an mich. Nun, nachdem er seine Lippen von meiner Stirn gelöst hat, liegen nur wenige Millimeter zwischen unseren Mündern. Sein Atem vermischt sich mit meinem und wir werden eins. Tanzen einen unsichtbaren Tanz, der nur durch unsere Gefühle nach außen getragen wird.

In dem Moment, in dem ich die Augen schließe, berühren sich unsere Lippen. Erst ist es nur ein Hauch, wie Wind, der über meinen Mund fährt, doch schnell verstärken wir auch hier den Druck. Sakima küsst mich voller Sehnsucht und doch sehr zaghaft, als könnte er mich wie ein Tongefäß einfach zerbrechen. Ich gebe mich ihm vollkommen hin, lasse seinen Geruch von Freiheit durch meinen gesamten Körper fließen, der inzwischen von den Zehen bis in die Haarspitzen in Flammen steht. Die Wärme seiner Lippen überrascht mich und doch passt sie zu ihm, weil sie all seine Stärke ausdrückt. Sakima sorgt dafür, dass ich mich ganz in ihm verliere. Unsere Seelen verbinden sich nun, zusammen mit unseren Körpern. Mit jeder Sekunde, die seine Lippen auf meinen liegen, wird er mutiger und intensiviert den Kuss. Er teilt meine Lippen und wir atmen dieselbe Luft ein.

Meine Nackenhaare stellen sich auf und ich frage mich unwillkürlich, ob es ihm genauso geht. Ungeduldig zerre ich an seinem Haar, während ich meine Zunge in seinen Mund vordringen lasse. Eine magnetische Anziehung möchte, dass ich Sakima immer und immer näher komme. Unsere Zungen berühren sich sachte, verfallen in einen rhythmischen Tanz, während ich meine Hand aus seinem Haar löse und langsam über seinen Arm wandern lasse, der noch an meinem Gesicht liegt. Seine muskulösen Arme sind kaum behaart und fühlen sich glatt, weich und stark unter meiner Berührung an. Ihn so zu berühren, sorgt dafür, dass ich ein flammendes Ziehen zwischen meinen Beinen verspüre.

Ich stöhne gegen Sakimas Lippen. Meine Hand wandert unterdessen mühelos weiter, bis ich den unteren Saum seines Hemdes erreiche. Der lockere Stoff ist keinerlei Hindernis für mich. Ich schiebe meine Hand hinunter und spüre gleich darauf seine glatte Bauchmuskulatur, die mein Blut noch stärker zum Pulsieren bringt.

Ob er dieselbe Erregung verspürt wie ich?

Will er es genauso sehr?

Unser Seelenband sorgt mit Sicherheit dafür, dass wir beide ein und dasselbe vom anderen wollen.

Ich genieße es unsagbar, seine nackte Haut zu spüren und ihn an Stellen zu berühren, von denen ich mich bisher ferngehalten habe. Selbst in Gedanken.

Er ist so wunderschön!

»Nitika ...« Sakimas Stimme holt mich ins Hier und Jetzt und ich realisiere, dass sein Mund nicht mehr auf meinem liegt.

Sanft nimmt Sakima mein Handgelenk und zieht es unter seinem Oberteil hervor. Zeitgleich schüttelt er mit dem Kopf.

»So sehr ich dich auch begehre und mich anstrengen muss, all die lodernde Leidenschaft in mir zurückzuhalten, aber ... Es geht nicht.«

Ein kurzer Stich fährt in mein Herz. Die Zurückweisung tut weh, vor allem, weil ich mich nach so viel mehr sehne und darauf gehofft habe, eins mit Sakima zu werden.

»Warum geht es nicht?«, frage ich enttäuscht.

»Ich bin ein *Citali* und glaube fest an all unsere Regeln und Traditionen. Dazu gehört auch, die Vereinigung mit einer Frau erst nach dem Schließen des Ehebundes zu vollziehen.«

Er spricht die Worte mit einer Ernsthaftigkeit aus, die mir ebenso in seinem Blick begegnet. Automatisch nicke ich. Alles in mir verzehrt sich nach dem Mann, der mir gegenübersitzt, und dennoch imponiert es mir gleichzeitig, dass er solchen Prinzipien folgt und sich nicht von seinen männlichen Trieben leiten lässt. Die Tatsache, dass Sakima vor der Ehe keinen Sex möchte, zeigt mir wieder einmal, wie sehr er sich von allen anderen Männern unterscheidet.

»Mir ist bewusst, dass das in der Außenwelt anders gehandhabt wird«, fährt Sakima fort. »Auch meine Schwester Sunwai tut mit Johnny derlei Dinge … Nun ja, er ist eben auch kein gebürtiger *Citali*. Dennoch möchte ich die Regeln nicht brechen. Dazu hängt mein Herz zu sehr an ihnen. Verstehst du mich, Nitika? Meine Gefühle für dich sind stark. So stark, dass es schwer sein wird, den Drang nach körperlicher Verbundenheit zu ignorieren. Du bist meine *Tadóewá* und irgendwann werden wir vereint sein. Durch den Bund der Ehe und danach auch durch unsere Körper.«

Seine Augen ruhen erwartungsvoll auf mir und ich forme meine Lippen zu einem Lächeln. »Ich verstehe dich, Sakima. Glaub mir, du bist mir so wichtig, dass ich alles an dir akzeptieren kann und werde. Aber küssen ist in Ordnung, oder? Und … Ich würde dich gern berühren dürfen. Dein Gesicht, deine nackten Arme … Auch wenn wir nicht weitergehen werden.«

Nun lächelt auch Sakima schief. »Das ist in Ordnung. Mehr als das. Ich wünsche mir das sogar.«

Ich kichere. »Dann lass uns da weitermachen, wo wir aufgehört haben.«

Und schon liegen meine Lippen wieder auf seinen. Diesmal mit dem Bewusstsein, dass ich die Einzige bin, die Sakima je so berührt hat. Nachdem er mir die Traditionen der *Citali* offengelegt hat, bin ich mir sicher, dass er noch mit keinem Mädchen aus dem Stamm Küsse getauscht hat. Wahrscheinlich ist er deshalb auch anfangs erst so zögerlich und sanft gewesen.

Ich genieße jeden Moment mit Sakima.

Wir wandern nicht mehr weiter am Grand Canyon entlang, sondern bleiben auf unserer Picknickdecke sitzen und genießen die Aussicht und unsere beginnende Beziehung.

Doch kurz vor Sonnenuntergang müssen wir uns losreißen und zurück zum Auto laufen.

Als wir am *Navajo Rest* ankommen, ist schon längst die Dunkelheit hereingebrochen. Sterne erleuchten das Firmament und ich erinnere mich an Sakimas Worte: dass jeder Stern einer unserer Vorfahren ist. Ein schöner Gedanke.

»Mein Vater schläft sicher schon«, sage ich zu ihm, da die Fenster des Wohnhauses nicht mehr beleuchtet sind. »Ich werde auch direkt ins Bett gehen, wenn du nichts dagegen hast«, füge ich hinzu und hüpfe aus meinem alten Ford.

Zu meiner Überraschung folgt mir Sakima zum Haupthaus.

»Es mag sich in deinen Ohren seltsam anhören, aber ich möchte heute Nacht nicht allein schlafen. Dich so weit entfernt zu wissen, schmerzt.«

»Aber … uns trennen doch nur wenige Meter«, widerspreche ich.

Er schüttelt entschlossen den Kopf. »Deine Nähe ist alles, was ich will und brauche, Nitika. Und dir nahe zu sein, bedeutet nicht, dass wir uns vereinigen. Wir können uns ein Bett teilen, ohne die Regeln der *Citali* zu brechen.«

Sternschnuppen jagen kribbelnd durch mein Herz. »Gut. Dann würde es mich sehr freuen, wenn du mit zu mir kommst.«

Ich schließe die Haustür auf und Sakima folgt mir auf leisen Sohlen in mein Schlafzimmer.

»Lass mich nur noch kurz Zähne putzen und mich umzuziehen«, sage ich zu Sakima.

Dieser nickt und nimmt auf der Kante meines Bettes Platz.

Im Bad schlüpfe ich schnell in ein geblümtes, weites Nachthemd und putze mir in Windeseile die Zähne. Als ich zurück in mein Zimmer komme, hat sich Sakima bereits unter die Decke gekuschelt. Ich verkneife mir, ihm zu sagen, dass es in Jeans sicher sehr unbequem ist, zu schlafen, denn er hat bereits die Augen geschlossen und seine Brust hebt und senkt sich gleichmäßig. Wecken möchte ich ihn dann doch nicht. Also betrachte ich ihn nur lächelnd, ehe ich zu ihm unter die Decke schlüpfe und meinen Kopf an seiner Schulter bette.

»Schlaf gut, Sakima«, hauche ich und lösche dann das Licht der Nachttischlampe.

KAPITEL 19

Zakima

Ich schlage meine Augen auf. Stelle fest, dass ich nicht in dem mir bekannten Zimmer bin. Vorsichtig blinzle ich in das Sonnenlicht, das durch das Fenster hineinfällt.

Die Außenwelt ist oftmals noch seltsam. Fremd ist sie und doch fühle ich eine Vertrautheit in den Ort, an dem ich gerade wach geworden bin. Ich drehe meinen Kopf zur Seite, doch das Bett neben mir ist leer. Ein Teil der Decke wurde zurückgeschlagen.

Nitika!

Eine unerklärliche Leere, gepaart mit Freude, breitet sich in mir aus.

Wir haben die Nacht gemeinsam verbracht, nicht nur den gestrigen Tag. Noch genau kann ich mich daran erinnern, wie ich mich in ihr Bett gelegt habe. Und auch ihrer Nähe bin ich mir während des Schlafens stets bewusst gewesen.

Ihre Lippen kommen mir in den Sinn, mit denen sie mich geküsst hat. Sie hat ein Feuer in mir zu entfacht. Und sie wollte mehr, doch sie hat verstanden, dass mir die Regeln der *Citali* sehr am Herzen liegen.

»Sie ist deine Seelenverwandte. Deine *Tadóewá*«, sage ich laut zu mir selbst und sorge dafür, dass mein Körper wieder aufgeregt kribbelt.

Noch nie bin ich einem Mädchen oder besser gesagt einer jungen Frau so nahe gewesen. Nitika ist die Einzige, die bisher mein Herz berührt hat. Und obwohl wir nur gegenseitig den Stamm des anderen kennenlernen wollten, haben wir doch einander kennengelernt. Ich habe mich in sie verliebt. Unwiderruflich. Und ihre Berührungen haben mir gezeigt, dass sie genauso empfindet.

Unwillkürlich lächle ich, während in mir das blühende Leben tanzt. So unbeschwert und leicht habe ich mich seit dem Tod von Takoda niemals mehr gefühlt. Nitika hat es geschafft, mich ins Leben zurückzuholen. Doch nun muss ich alles dafür tun, um sie zu heilen. Denn ihr Herz ist schon seit Langem gebrochen und gestern hat sie sich mir endlich geöffnet. Ihr Vater leidet unter Depressionen. Etwas, das ich mir auch bei Takoda vorstellen kann – seine Traurigkeit ist mit den Stimmungen von Shilah zu vergleichen. Nur, dass dieser auch unter extremer Wut leidet, so aber seine Gefühle vielleicht einfach in ein anderes Gewand kleidet.

Und was würde mit Nitika geschehen, wenn ihr Vater sich eines Tages auch dafür entscheiden würde, sie zu verlassen? Genauso wie es Takoda gemacht hat. Freiwillig und ohne zurückzublicken – nur mit Hoffnung auf Erlösung.

Ein Kloß bildet sich in meinem Hals, den ich sofort herunterschlucke.

Ná! Entschlossen balle ich meine Hände zu Fäusten. Eines Tages werde ich *Athánchan* sein. Ich kann es mir kein weiteres Mal leisten, zu versagen. Das würde mein Herz nicht mitmachen und mein Verstand ebenso wenig. Jetzt, da ich Nitika offen mein Herz geschenkt habe, ist es meine Aufgabe, mich um ihr Wohlbefinden zu kümmern. Dazu gehört in erster Linie, sie glücklich zu machen, und das wird nur passieren, wenn ihr Vater sich ändert und seine Traurigkeit verliert. Sodass nicht einmal ein winziges Staubkorn an Möglichkeit besteht, dass er sich eines Tages das Leben nehmen könnte.

Ich beschließe, mit Shilah von Mann zu Mann zu reden. Eifrig schwinge ich mich aus dem Bett, nur um festzustellen, dass ich noch die Jeans trage, die mir Nitika gestern geliehen hat. Sie hat früher ihrem Vater gehört, er muss damals einen ganz anderen Körper gehabt haben. Keinen so fülligen wie heute. Etwas muss ihn dazu bewogen haben, seine Lebensweise vollkommen zu ändern.

Schnell gehe ich nach draußen in den Hof, wo ich sowohl nach Nitika als auch nach Shilah Ausschau halten will. Zu meiner Überraschung fährt er gerade mit seinem Wagen auf den Hof. Nanu? Er war doch heute Nacht nicht wieder fort, oder?

Ich runzle die Stirn, setze mich jedoch sofort in Bewegung und eile auf ihn zu.

»Guten Morgen, Sakima«, begrüßt mich Shilah und schenkt mir ein Lächeln. Es scheint ein guter Sonnenaufgang für ihn gewesen zu sein.

»Wie war dein gestriger Ausflug mit meiner Tochter? Wo steckt sie überhaupt? Ich war in der Stadt und habe ein paar Besorgungen gemacht, damit die Küche wieder aufgefüllt wird.« Er zwinkert mir zu.

»Um ehrlich zu sein, weiß ich nicht, wo Nitika gerade ist«, antworte ich. »Allerdings wollte ich kurz mit dir reden.«

Shilah lehnt sich mit dem Rücken an sein Auto und nickt.

»Warum bist du spielsüchtig?«

Es ist, als hätte ich magische Fähigkeiten, die jedoch nicht mit den heilenden Händen von Mingan übereinstimmen. Dunkle Schatten ziehen über Shilahs Züge. Sein Lächeln ist fortgewischt, stattdessen funkelt er mich aus dunklen Augen heraus an.

»Das geht dich nichts an«, zischt er.

»Nitika macht deine Sucht aber sehr traurig. Ihr gefällt es nicht, wenn du über Nacht fortbleibst und die Zeit fern von ihr in diesem Casino verbringst«, erkläre ich ruhig und gefasst.

Doch meine eigene Stimmung schwappt nicht auf Shilah über. Stattdessen verfinstert sich sein Blick noch mehr und die Wut, die in ihm aufkeimt, ist deutlich zu spüren.

»Das geht dich nichts an! Du bist nicht hier, um dich in mein Leben einzumischen«, zischt er.

»Und doch bin ich hier, um eure Lebensweise kennenzulernen«, erwidere ich. »Ist es da etwa eine Schande, dass ich mich um Nitikas Wohlbefinden sorge? Sie ist gestern während der Wanderung am Grand Canyon traurig geworden, hat sich mir dann aber endlich geöffnet. Deine Tochter leidet unter deinem Fortbleiben. In diesen Nächten fehlst du ihr!«

Voller Verachtung schnaubt Shilah und verschränkt seine Arme vor seiner Brust. »Du als *Citali* kannst es nicht verstehen, was es bedeutet, hier im *Navajo*-Reservat zu leben. Hier gelten zwar eigene Gesetze, aber unser Leben ist dennoch von Geld abhängig. Geld ist es, was Menschen in der Außenwelt glücklich macht. Ich versuche durch das Spiel im Casino alles, um meine Familie damit zu versorgen. Nur so kann ich ihr eines Tages ein gutes Leben ermöglichen. Und ist das nicht etwas, das ein Vater für sein Kind möchte?«

Seine Augen bohren sich in meine, doch ich lasse mich nicht verunsichern, sondern bleibe wie festgewachsen vor ihm stehen.

»Aber Nitika hat mir gesagt, dass deine Besuche im Casino inzwischen zu einer Sucht – einer Krankheit – geworden sind. Auch von deinen plötzlichen Stimmungsschwankungen, deinen depressiven Momenten, hat sie mir berichtet.«

»Warum nur glaubt sie, jemandem wie dir so tiefe Einblicke in unser Leben geben zu dürfen?«, ruft Shilah laut und herrisch.

Diesmal zucke ich kurz zusammen, doch ich weiche nicht zurück.

»Ich bin weder süchtig noch depressiv – ich bin *nicht* krank!«, betont Nitikas Vater. »Allerdings macht es mich wütend, dass sich jemand wie du in unsere Lebensweise einmischt. Du, der du ein leichtes und schwereloses Leben führst. Ihr *Citali* habt alles! Freiheit und Friede. Mit Geld und anderen Sorgen müsst ihr euch nicht herumschlagen. Ihr wisst ja noch nicht einmal, was Elend ist! Jeden Tag habt ihr genug zu essen, während ich hart dafür schuften muss, damit die Küche gefüllt werden kann. Du hast einfach keine Ahnung vom wahren Leben! Ihr alle nicht … Das hat mein Aufenthalt in eurem Dorf gezeigt.«

Die Verachtung, die aus seiner Stimme trieft, gibt mir den Rest. Meine Hände formen sich zu Fäusten, während in mir die Wut langsam, aber stetig wächst.

»Mein Volk, *meine* Vorfahren – sie haben früher auch hart für das Leben gekämpft, das wir heute führen! Sie haben nicht klein beigegeben, als die Weißen die Länder besiedelt und alle indigenen Völker vertrieben oder unterdrückt haben. Stattdessen haben wir unser Land mit allen Mitteln vor ihnen verteidigt. Es ist Blut geflossen, sehr viel Blut. Und jeder einzelne Tropfen ist es wert gewesen. Viele sind gestorben, aber am Ende haben wir gewonnen. Die *Citali* haben es geschafft, ein Bündnis mit den Weißen zu schließen. So konnten wir den Zion-Nationalpark als unser Reservat für uns beanspruchen. Allerdings haben wir uns niemals ihrer Lebensweise gebeugt, sondern sind unseren Wurzeln stets treu geblieben. Und es hat sich gelohnt – alle kommenden Generationen der Außenweltler haben nichts von unserer Existenz gewusst. Es ranken sich nur Legenden um unser Leben im Zion-Nationalpark, aber das sind nicht mehr als Märchen in den Augen der *Îs Môhálô*. Niemand von ihnen kennt unser Dorf. Niemand von ihnen glaubt, dass wir wirklich existieren. Nur so ist es uns möglich, noch in dieser Art von Freiheit zu leben. Deswegen verteidigen wir unser Geheimnis, den Standort unseres Dorfes, mit allen Mitteln, die wir zur Verfügung haben. Es ist unser größter Schatz. Mehr wert als alle Reichtümer dieser Erde.«

Ich schnappe erleichtert nach Luft. Es fühlt sich gut an, meinen Stamm zu verteidigen. Shilahs Beleidigung habe ich nicht auf mir sitzen lassen können. Er hat sich nicht nur gegen mich gerichtet, sondern gegen alle *Citali*. Die Worte sind nur so aus mir herausgeflossen. Und jedes davon hat den Stolz in mir wachsen lassen, ein *Citali* zu sein.

Nun sieht Shilah nicht mehr wütend aus. Stattdessen hat sich sein Gesicht zu einer traurigen Grimasse verzogen. Enttäuschung, so weit das Auge reicht.

»Es ist einfach nur ungerecht«, murmelt er leise. »Warum nur muss ich dieses Pech haben und ein elendiges Leben führen? Das habe ich doch niemals gewollt!«

»Das ist genau der Grund, weswegen du für Nitika da sein solltest«, fahre ich mit ruhiger Stimme fort. »Sie braucht dich. Sie braucht ihren Vater. Oder möchtest du, dass sie auch das Gefühl bekommt, ein unschönes Leben zu führen?«

Shilah schüttelt ertappt den Kopf.

»Ich glaube, dass sie es sehr genossen hat, als du mit ihr in den Zion-Nationalpark gereist bist. Nicht nur aus dem Grund, weil sie so die *Citali* kennenlernen konnte, sondern auch, weil du dort den gesamten Tag bei ihr gewesen bist. Dort gab es kein Auto, um in ein Casino zu fahren.«

»Du hast recht«, murmelt Shilah und senkt beschämt seinen Blick. »Ich werde mehr Zeit mit ihr hier verbringen und das

Casino meiden.«

Eine Welle der Erleichterung und des Stolzes erfasst mich. Hört es sich nur so an oder bin ich tatsächlich zu ihm durchgedrungen? Schaffe ich es, eine Änderung in seinem Inneren zu bewirken? Das ist es, was einen Häuptling ausmacht. Und Nitikas Vater zeigt mir mit seinen Worten, dass ich der Bürde würdig bin.

»Danke«, rufe ich erfreut aus.

»Allerdings«, unterbricht mich Shilah scharf, »wünsche ich mir, dass du dich nicht mehr in mein Leben einmischst. Das ziemt sich einfach nicht. Wenn du dir noch einmal mehr herausnimmst, als dir zusteht, werde ich Konsequenzen ziehen müssen.«

»Natürlich werde ich das nicht mehr tun«, antworte ich schnell. Es gibt schließlich keinen Grund mehr dafür, wenn Shilah nicht mehr ins Casino fährt. Dann kann Nitika endlich vollkommen glücklich sein. Und es macht mich stolz, dass ich derjenige bin, der ihr Herz geheilt hat. Denn das ist es, was eine Seelenverbindung ausmacht.

»Das ist gut«, meint Shilah. »Dann werde ich nun die Einkäufe ins Haus bringen. Wo ist denn nun Nitika?«

»Ich werde sie schon finden«, erkläre ich leichthin. »Vielleicht ist sie inzwischen im Hotel. Schließlich hast du dich gestern während unseres Ausfluges darum gekümmert. Ich kann mir vorstellen, dass Nitika deswegen ihre Aufgaben dort heute besonders ernst nimmt.«

»Das kann sein.« Shilah stößt sich von seinem Wagen ab und schiebt sich dann an mir vorbei.

Da ich ihn nicht mehr weiter stören möchte und mir auch vorstellen kann, dass er jetzt Zeit für sich benötigt, gehe ich beschwingten Schrittes hinüber zum Hotel. Ich kann es gar nicht erwarten, Nitika die freudige Nachricht zu überbringen – die Nächte im Casino gehören ab sofort der Vergangenheit an!

Nitika

Schweiß rinnt mir von der Stirn und ich wische ihn hastig mit dem Ärmel meiner lockeren Bluse fort.

Ob es eine gute Idee gewesen ist, direkt morgens im Hotel anzufangen, sämtliche Zimmer zu putzen?

Ich weiß es nicht. Allerdings lenkt es mich von dem Gefühlschaos ab, das in meinem Inneren herrscht. Dennoch hat es sich falsch angefühlt, mich heute direkt nach Sonnenaufgang aus dem Bett zu schleichen und Sakima schlafend zurückzulassen. Hoffentlich fasst er das nicht als Abweisung auf, denn das ist es ganz und gar nicht. Nur muss ich mich in seiner Gegenwart zügeln, ihn nicht sofort mit meinem Körper zu überfallen.

Die Arbeit im Hotel tut mir gut. So sehr ich es hasse, die Toiletten der Zimmer zu putzen, so sehr lenkt es mich heute ab. Meine Gefühle kann ich so besser ordnen. Der Tag am Grand Canyon gestern ist wie eine Art positiver Rausch gewesen. So viele Eindrücke in so wenigen Stunden. Ich habe mich Sakima geöffnet und bisher hat er nicht die Flucht ergriffen. Und das, obwohl er nun von der Sucht meines Vaters weiß. Das ist hoffentlich ein gutes Zeichen. Wobei er ja auch nicht fliehen könnte. Er kann kein Auto fahren und bis zum Zion-Nationalpark zu laufen wäre unmöglich.

Mir entfährt ein Seufzen, während ich mit einem Lappen die Klobrille schrubbe. Der einzige Vorteil der geringen Gästezahl besteht darin, dass die Toiletten weniger schmutzig sind. Mein Dad und ich haben schon die unschönsten, ekligsten Überraschungen in den Badezimmern erlebt. Oder auf den Bettlaken. Mich schaudert es bei dem Gedanken daran.

Plötzlich wird es dunkel vor meinen Augen und ich zucke zusammen.

»Hey!«, protestiere ich.

Hinter mir steht jemand und hält mir die Augen zu.

»Wer, denkst du, bin ich?«, fragt eine Stimme, die ich überall zuordnen könnte.

»Sakima!«, rufe ich aus. »Du hast mich erschreckt.«

»Ich habe dich überraschen wollen«, antwortet dieser und nimmt die Hände von meinen Augen. Ich blinzle und drehe mich um und streife dabei meine Handschuhe ab. Auch den Lappen lege ich beiseite. Sakima kniet hinter mir auf den Fliesen. Er trägt ein breites Lächeln auf den Lippen. Fest zieht er mich an sich und drückt sie auf meine. Überrascht keuche ich auf. Er küsst mich mit dem Strudel eines wilden Sturms. Doch sobald ich die erste Überraschung überwunden habe, lasse ich mich nur zu gern darauf ein. Sein Mund verschmilzt mit meinem und für einen Moment werden wir eins. Nichts kann uns mehr trennen, das spüre ich. Und Sakimas offenkundige Freude ist ansteckend. Sofort kribbelt mein Bauch wie wild und die Schmetterlinge bahnen sich ihren Weg durch meinen gesamten Körper.

Ich strecke meine Hand aus, vergrabe sie in seinem Haar, während ich spüre, dass er seine an meine Wange legt. In diesem Moment steht mein Körper in Flammen und leuchtet lichterloh. Es muss schon aus weiter Entfernung zu erkennen sein. Unser beider Atem vermischt sich, während wir die Luft des jeweils anderen einatmen. Doch schließlich löse ich mich vorsichtig von Sakima. Die Neugierde siegt.

»Weswegen bist du so gut gelaunt?«, frage ich, während ich immer noch schwer atme.

»Weil ich die besten Nachrichten für dich habe«, verkündet Sakima. Das Grinsen in seinem Gesicht wird noch eine Spur breiter.

»Dann sag es mir endlich! Ich bin neugierig«, gebe ich zu, während Sakima seine Augen langsam über meinen Körper wandern lässt, als würde er mich zum ersten Mal betrachten. Dass er mich zappeln lässt, macht mich schier wahnsinnig.

»Du musst dir nun keine Gedanken mehr über die Casino-Reisen deines Vaters machen.« Stolz schwingt in Sakimas Stimme mit, während ich nur die Stirn runzle.

»Wie meinst du das?«

»Ich habe mit Shilah gesprochen. Er wird fortan mehr Zeit mit dir verbringen.« Erwartungsvoll sieht er mich an, während ich für einen Augenblick perplex bin und nicht weiß, was ich darauf erwidern kann.

»Ähm … Wie kam es dazu? Ehrlich gesagt kann ich es gar nicht glauben.«

Sakima räuspert sich. »Offen und ehrlich habe ich Shilah angesprochen und ihn mit dem Casino konfrontiert. Er hat erkannt, dass er dich nicht immer allein lassen sollte. Da bin ich mir sicher.«

Mein Herz wird erst leicht, dann schwer wie ein Felsblock. Ich schlucke und schüttle langsam den Kopf. »Nein. Ich … ich kann das einfach nicht glauben! Schon viel zu oft habe ich mit Dad darüber geredet und es ist immer nur auf leere Versprechen hinausgelaufen. Niemals hat er sich darangehalten. Es sind nur Worte gewesen, mehr nicht. Und Worte ohne Taten zählen nicht. Niemals. Das habe ich schmerzhaft lernen müssen.«

Vielleicht ist es nicht fair, Sakima mit meinen Zweifeln zu überhäufen. Doch ich kann sie auch nicht zurückhalten.

Seine Mundwinkel rutschen ein Stück weit nach unten. »Bei den *Citali* ist ein Wort ein Wort. Wir stehen zu dem, was wir einander versprechen. Ehrlichkeit ist bei uns eine Tugend, die jeder auslebt – wir lügen einander nicht an.«

»Das glaube ich dir, Sakima. Deswegen weiß ich besonders zu schätzen, dass du dich um mein Wohlergehen sorgst.« Ich bringe ein Lächeln zustande und schaffe es damit auch, dass sich Sakimas Miene wieder aufhellt. Niemals habe ich ihn vor den Kopf stoßen wollen.

»Es ist schließlich möglich, dass Dad deine Worte ernster genommen hat als meine. Immerhin bist du ein Außenstehender. Das von jemandem zu hören, der nicht der Familie angehört, ist sicher etwas anderes, als ständig von der eigenen Tochter bedrängt zu werden.«

Sakima nickt. »Das hatte ich eben gehofft. Du wirst schon sehen, alles wird gut werden.« Seine Worte klingen wie ein Versprechen. Zu Sakima verspüre ich ein inniges Vertrauen. Genau aus diesem Grund wird mein Herz leichter und Zuversicht wächst in mir.

Sakima hat sicher recht. Vielleicht hat er es wirklich geschafft und meinen Vater zur Vernunft gebracht.

»Danke, Sakima. Es bedeutet mir sehr viel, dass du dich um mich sorgst. Du hättest dich auch einfach zurückziehen können, jetzt, da du von meinen Problemen weißt.«

»Das würde ich niemals tun, *Tadóewá*«, antwortet Sakima und legt mir zärtlich seine Hand an die Wange. Seine Augen versprühen nichts als pure Zuneigung und Ehrlichkeit.

Ich überwinde die letzten Zentimeter zwischen uns und küsse ihn, um seine Gefühle zu erwidern. Schließlich vertiefen wir den Kuss, doch das ist nicht genug. Nicht, um ihm meine Dankbarkeit zu zeigen.

Ich stehe vom Boden des Badezimmers auf und ziehe Sakima zu mir auf die Füße. An meiner Hand führe ich ihn in den Nebenraum, wo das Bett steht. Ich habe es frisch bezogen, die Laken sind rein weiß. In genau dieses Weiß lassen wir uns nun gleiten. Ich zuerst, Sakima ziehe ich mit mir.

Mein Haar breitet sich um mir herum aus, während er nun rittlings auf mir sitzt. Etwas unbeholfen sieht er aus, doch diese Sorge werde ich ihm sofort nehmen. Entschlossen ziehe ich seinen Körper mit meinen Händen zu mir hinunter und verbinde unsere Lippen wieder miteinander. Sein Gewicht lastet nun auf mir und unsere Oberkörper berühren einander, ebenso wie unsere Becken. Das sind keine unschuldigen Berührungen mehr und doch unschuldig genug, dass Sakima sie nicht unterbricht. Seine Lippen liebkosen die meinen und schließlich wandern sie mutig über meinen Hals. Er küsst mein Ohrläppchen und die Stelle direkt darunter, während seine Hände allerdings am Ansatz meiner Bluse verweilen. Am liebsten hätte ich seine nackte Haut auf meiner gespürt. Alles in mir sehnt sich danach. Doch ich respektiere seine Grenzen. Es ist schließlich so viel mehr, das uns miteinander verbindet. Und wir haben die Zukunft, um miteinander irgendwann alles zu teilen, wenn der Augenblick dafür gekommen ist.

KAPITEL 20

Nitika

Heute hilft mir Sakima mit den Hotelzimmern. Das stellt sich allerdings nur teilweise als eine gute Idee heraus, da wir immer wieder in zärtlichen Küssen verschwinden.

Inzwischen hat es Sakima geschafft, dass seine positive Energie auf mich übergeschwappt ist. Der Glaube, dass mein Vater sich vielleicht wirklich ändern könnte, ist wieder da. Nur hoffe ich so, so sehr, dass ich nicht erneut enttäuscht werde. Ich klammere mich an das Gefühl, dass alles besser werden könnte. In meinem Kopf schwirrt ein Datum herum, das alles ändern könnte – weil es meinen Vater und mich Jahr für Jahr in die Tiefe stürzt. Mit Sakima teile ich diesen Gedanken nicht. Er ist stolz, dass er mir geholfen hat, und ich möchte seine Freude darüber nicht trüben. Zu schön ist es, zu sehen, wie er aufblüht. Denn das Gespräch mit meinem Vater hat auch ihm Hoffnung gegeben.

»Eines Tages werde ich ein guter Häuptling werden. Das spüre ich nun«, hat er mir anvertraut, nachdem wir mit dem ersten Hotelzimmer fertig geworden sind.

Sakima wandelt die Trauer um seinen besten Freund Takoda allmählich in Glück um. Natürlich huschen immer wieder dunkle Schatten über seine Züge – doch geht es nicht jedem so, der einen geliebten Menschen verloren hat?

»Endlich fertig«, seufze ich erleichtert, während ich Staubsauger und Feudel in die kleine Abstellkammer sperre. »Jetzt haben wir uns ein Abendessen aber mehr als verdient.«

Sakima nickt und zusammen schlendern wir über den Hof hinüber zum Haupthaus.

Ich nahm an, die Küche des Bungalows verlassen vorzufinden – allerdings muss ich mich heute eines Besseren belehren lassen.

Fast stolpere ich über meine eigenen Füße, denn niemand anderes als mein Vater steht am Herd und rührt gerade mit dem Kochlöffel in dem größten Topf herum.

»Du kochst?!«, stoße ich überrascht aus.

Shilah dreht kurz seinen Kopf zu uns um. »Du hast heute so fleißig gearbeitet. Also dachte ich, ich gestalte dir den Feierabend etwas einfacher.«

Freudig reiße ich meine Augen auf. »Meinst du das ernst? Danke, Dad!« Am liebsten hätte ich mich auf ihn gestürzt und ihn fest umarmt, doch ich möchte ihn nicht am Herd behindern, also zügle ich meine Freude.

Sakima wirft mir ein schiefes Lächeln zu, was so viel sagt wie: ›Ich hab es dir doch versprochen.‹

Ja, und wie er es hat! Mein Vater wirkt verwandelt. Normalerweise kommt er nicht aus seinem Büro heraus, ehe das Essen auf dem Tisch steht. So wie heute habe ich ihn schon lange nicht mehr erlebt. *Seit Jahren.*

Sein verändertes Auftreten sorgt dafür, dass in mir der Drang wächst, alle meine Gefühle in die Welt hinauszuposaunen. Mich durchfährt ein wildes Kribbeln. Ich fasse den Entschluss aus dem Bauch heraus und rücke nahe an Sakima heran, lege dann meine Hand auf seine.

Offenbar überrumple ich Sakima damit ein wenig, denn er versteift sich kurz, doch entzieht sich meiner Berührung nicht.

Tief atme ich durch. »Dad, du solltest da noch etwas wissen ...«

Shilahs Augen wandern zwischen mir und Sakima hin und her und bleiben schließlich an unseren verschlungenen Händen hängen. Da wird das Lächeln in seinem Gesicht noch eine Spur breiter.

»Das ist wunderbar!«, jubelt er. »Es freut mich sehr für dich – für euch, wenn ihr glücklich miteinander seid.«

»Und wie wir das sind«, sprudelt es aus mir heraus. »Es ... es ist einfach passiert, dass wir uns ineinander verliebt haben.«

»Ich habe mir ja schon gedacht, dass zwischen euch mehr sein muss als bloße Freundschaft«, meint mein Vater und bringt mich damit sogar leicht in Verlegenheit.

Nervös beiße ich mir auf die Unterlippe.

»Mir ist bewusst, auf was du hinauswillst. Fang aber bitte nicht wieder mit dem Bündnis an!«

Abwehrend hebt mein Vater die Hände, doch das Lächeln weicht dabei kein Stück von seinen Lippen.

»Ich freue mich einfach für euch beide! Du weißt, Nitika, dass ich mir für dich immer nur das Allerbeste gewünscht habe. Du hast alles Glück und ein besseres Leben verdient.«

»Danke, Dad«, antworte ich ihm ehrlich. »Und glaube mir, ich habe alles Glück dieser Welt.«

»Das sehe ich«, schmunzelt Shilah und weist dann auf den gedeckten Tisch.

»Ihr könnt euch setzen. Das Essen ist fertig.« Er wischt sich seine Hände an einem Handtuch ab, ehe er den Topf in der Mitte des Tisches platziert.

Sakimas Hand loszulassen, fällt mir sehr schwer. Am liebsten hätte ich mein Glück mit jedem geteilt, den ich kenne – nur sind das nicht besonders viele. Milton wird ohnehin davon erfahren, dafür sorgt dann schon mein Dad. Und Freunde habe ich schon seit Jahren keine mehr. Sakima ist tatsächlich die erste außenstehende Person, die ich seit damals an mich heranlasse – doch das ist absolut richtig so.

Mein Vater hat sich heute an Chili con Carne versucht und es tatsächlich sehr gut hinbekommen. Auch Sakima schmeckt das Gericht und während wir essen, füllt sich die Luft in der Küche mit familiären Glücksgefühlen. So sollte es immer sein. Ich genieße die Atmosphäre und auch, dass mein Vater nach dem Essen nicht einfach aufsteht und die Fliege macht, sondern sitzen bleibt. Nichts scheint ihn heute aus der Ruhe zu bringen und nach einer Weile merke ich, dass er wirklich hierbleiben wird. Heute wird er nicht mehr in das *Twin Arrows Navajo Casino* fahren. Sakima hatte recht. Er ist tatsächlich zu ihm durchgedrungen.

»Ich habe mir überlegt, wie wir dem Hotel einen neuen Aufwind verschaffen könnten«, erklärt Shilah plötzlich, nachdem wir die Teller in die Spüle geräumt und auch das Chaos vom Kochen in der Küche beseitigt haben.

»Wie denn das?«, frage ich geradeaus.

Shilah setzt sich zurück an den Tisch und faltet seine Hände vor sich.

»Wir benötigen eine komplette Renovierung! Das *Navajo Rest* sollte wieder so strahlen wie früher. Außerdem könnten wir Werbung im Internet schalten – was hältst du davon, Nitika? Eine eigene Website oder eine Seite in diesem Social Media, das würde sicherlich mehr Touristen auf uns aufmerksam machen. Mit viel Eigenleistung könnten wir so etwas auch finanziell schaffen.«

Anerkennend nicke ich. Die Ideen meines Vaters klingen sehr vernünftig und durchdacht. »Mehr Touristen werden aber auch mehr Arbeit bedeuten«, werfe ich ein.

Shilah zuckt nur mit den Schultern. »Wir sind zu zweit. Aktuell haben wir oft Langeweile und ich denke, wir als Vater-Tochter-Team bekommen das sehr gut hin.«

Sofort schlägt mein Herz freudig einen Takt schneller. *Vater-Tochter-Team*. Es ist lange her, dass mein Dad so gesprochen hat.

»Du meinst, wir arbeiten dann beide den gesamten Tag?«, frage ich.

Er nickt. »Natürlich. Gemeinsam werden wir dem *Navajo Rest* zu neuem Glanz verhelfen. Das ist mehr als nur überfällig. Auch wenn ich all die Erinnerungen, die an dem Gebäude hängen, vermissen werde – es soll ein Neuanfang sein.«

In den Augen meines Vaters sehe ich feste Entschlossenheit. Auf mich wirkt er so, als habe er wirklich vor, das durchzuziehen. Und es macht mich stolz. Stolz und glücklich zugleich. Auch wenn ein Neuanfang bedeutet, alte Dinge loszulassen. Erinnerungen. Doch es ist ein Schritt in Richtung Heilung. Dessen bin ich mir sicher.

»Das hört sich toll an, Dad. Gemeinsam werden wir das richtig gut hinbekommen«, lobe ich meinen Vater.

Shilah legt den Kopf schief. »All die Ideen wären mir sicher nicht gekommen, wenn Sakima nicht hier wäre.« Er wirft ihm einen dankbaren Blick zu, während dieser nun verlegen zur Seite sieht.

»Ich tue mein Bestes. Schließlich ist es mein Wunsch, Nitika glücklich zu sehen.«

»Genauso wie meiner«, ergänzt Shilah Sakimas Worte.

Die beiden Männer sehen mich direkt an, während ich tief Luft hole und die Wahrheit aus meinem Herzen sprudelt: »Ich bin überglücklich!«

235

Liebend gern hätte ich Sakima darum gebeten, diese Nacht wieder mit mir in einem gemeinsamen Bett zu verbringen. Doch das ist heute nicht möglich.

Gemeinsam mit meinem Vater machen wir einen nächtlichen Spaziergang durch Tuba City, auf der Jagd nach den Sternen. Er lässt mich und Sakima dabei nicht aus den Augen, weswegen sich keine Gelegenheit ergibt, dass er sich zu mir in mein Schlafzimmer schleicht.

Die Quittung dafür bekomme ich am nächsten Morgen.

Als ich aufwache, werfe ich direkt einen Blick auf meinen Kalender, der neben meinem Bett hängt. Das heutige Datum sticht mir tief ins Auge und sorgt dafür, dass sich meine Kehle zuschnürt. Es ist ein schwarzer Tag. Am liebsten hätte ich ihn für immer aus dem Kalender gestrichen und ebenso in der gesamten Welt verbannt. Dieser Tag sollte nicht existieren. Niemals! Und doch starrt er mich hämisch an. *Er lacht mich aus. Weil für so viele Menschen dieser Tag ein ganz normaler ist oder sogar ein besonderes Ereignis zu bieten hat, während er für mich nur Schmerz bedeutet.*

Der Gedanke lässt Gänsehaut über meine Arme wandern. Ich ziehe mir meine Bettdecke bis unter die Nase, verkrieche mich immer tiefer, bis die Dunkelheit mich wieder einhüllt.

Sie hätte niemals gehen dürfen.

Meine Mutter hätte bei uns sein müssen, so wären wir für immer eine Familie geblieben.

Doch sie ist fort.

Und genau am heutigen Tag ist sie gegangen.

Fünf Jahre ist es nun her, nur fühlt es mich für mich an, als würde es heute wieder geschehen.

Die Traurigkeit kriecht mir in den Nacken wie ein Dämon, der mich nicht mehr loslassen möchte. Ich schniefe und kann nicht verhindern, dass mich die Tränen heimsuchen und meine Wangen benetzen. Mit meiner Bettdecke wische ich sie immer und immer wieder weg, doch es kommen sofort neue nach. Vielleicht ist es falsch, nach fünf Jahren noch an diesem Tag zu weinen. Vielleicht sollte ich stark sein und einfach mein Leben weiterführen. Nur reicht meine Kraft auch heute dafür nicht aus. Und so lasse ich meinen Tränen freien Lauf.

Wie lange ich weine, kann ich nicht sagen. Ein Blick auf die Uhr wäre Zeitverschwendung. Doch irgendwann schaffe ich es, mich aus meinem Bett zu hieven.

Im Badezimmerspiegel starrt mich eine gebrochene Nitika an. *Ich umklammere mit bebenden Händen das Waschbecken.*

Nur nicht wieder weinen. Nur nicht wieder weinen.

In meinem Kopf wiederhole ich die Worte, sie sind mein heutiges Mantra. Denn vor Sakima will ich stark sein. Er soll nicht wissen, was heute für ein Tag ist. Schließlich ist das die Vergangenheit, während vor uns beiden allein die Zukunft liegt.

Eilig spritze ich mir kaltes Wasser ins Gesicht, um meine Emotionen wieder unter Kontrolle zu bekommen.

Nachdem ich mich kurz frischgemacht habe, gehe ich hinüber in die Küche, wo mein Vater am Frühstückstisch sitzt und gerade genüsslich in seinen Bagel beißt.

Als ich hineinkomme, sieht er kurz auf.

»Guten Morgen, Nitika«, begrüßt er mich. »Du hast heute aber lange geschlafen.«

Mein Herz rumpelt. Normalerweise ist der heutige Tag für meinen Vater genauso schwer wie für mich. Meist ist seine Stimmung von Wut gekennzeichnet, die seine Traurigkeit überspielt. Und er fährt ins Casino. Jedes Jahr wieder. An diesem Tag gab es bisher keinen Kompromiss.

Doch heute verhält er sich erstaunlich ruhig.

»Geht es dir gut, Dad?«, frage ich ihn mit schiefgelegtem Kopf.

Shilah nickt. »Ja. Ich möchte nach dem Frühstück direkt mit den Renovierungsarbeiten beginnen. In der Abstellkammer ist nicht einmal eine Wandfarbe! Deswegen hat dein alter Herr alles abgesucht und tatsächlich habe ich noch einen Kanister mit Weiß gefunden.«

Ein zufriedenes Lächeln stiehlt sich auf sein Gesicht. Es kommt mir falsch, aber gleichzeitig unglaublich beruhigend vor. Wenn es meinem Vater heute gut geht, dann darf es mir auch gut gehen.

»Hört sich toll an«, lobe ich ihn. »Brauchst du Hilfe?«

»Ich habe alles unter Kontrolle. Kümmere du dich erst einmal um unseren Gast.« Er zwinkert mir zu und Röte schießt mir in die Wangen.

»Dad!«

»Im Ernst, es ist schön, dass ihr nun ein Paar seid. Es macht auch mich glücklich.«

»Hast du für mich auch einen Bagel?«, lenke ich ihn schnell ab.

Dad nickt und steht auf, um mir einen mit Gemüse und Wurst zu belegen.

Da klopft es an der Tür und Sakima steckt seinen Kopf in den kleinen Raum.

»*Haulá*«, begrüßt er uns, lächelt breit und scheint bestens gelaunt zu sein.

Kurz versteife ich mich. Ich muss mich sammeln, ehe ich ein Wort über die Lippen bekomme.

»Guten Morgen«, sage ich schließlich und ziehe meine Mundwinkel nach oben. Dabei ist mir bewusst, dass mein Lächeln nur eine Lüge ist. Es ist erzwungen und passt nicht zum heutigen Tag.

Sie ist fort. Während wir hier gemeinsam frühstücken, fehlt sie und wird nicht wiederkommen. Egal, wie sehr ich es mir auch wünsche.

In meinem Hals bildet sich ein Kloß, den ich jedoch sofort hinunterschlucke.

»Mein Dad hat noch ein paar Bagel übrig. Möchtest du auch einen?«, frage ich Sakima und lenke mich damit etwas ab.

»Gern. Was ist ein Bagel?«

»Während du und Sakima esst, würde ich direkt rüber ins Hotel gehen«, unterbricht uns mein Vater.

Ich nicke und bekomme nur am Rande mit, wie Shilah die Küche verlässt. Zu sehr bin ich damit beschäftigt, Sakima über den sagenumwobenen amerikanischen Bagel aufzuklären.

»Warum fühlst du dich schlecht?«, will Sakima wissen, als wir zwei Stunden später hinüber ins Hotel hasten.

»Weil ich meinen Vater so lange im *Navajo Rest* allein gelassen habe.«

»Aber du hast gesagt, er will allein diesen Abstellraum bemalen.«

»Streichen«, erwidere ich. »Das schon. Er meinte auch, dass ich mich um dich kümmern soll. Allerdings will ich ihn nicht so lange allein lassen.«

Mehr Hintergrundinformationen kann ich Sakima leider nicht geben. Er soll nicht wissen, dass ich mich am heutigen Tag noch stärker um Dads Wohlbefinden sorge als ohnehin schon.

Schnell schlüpfe ich durch die Eingangstür des Hotels, Sakima ist direkt hinter mir.

In der kleinen Abstellkammer brennt bereits Licht. Ich werfe einen kurzen Blick hinein, doch mein Vater ist nicht dort. Lediglich ein geöffneter Eimer weißer Farbe steht auf dem Boden.

Ich schlucke und gehe wieder hinaus in den Empfangsbereich.

»Dad?«, rufe ich durch den Flur des Hotels.

Keine Antwort. Sorge macht sich in mir breit und ich gehe in das erste Hotelzimmer, direkt rechts im Flur neben dem Empfang. Doch auch dort finde ich meinen Vater nicht.

»Soll ich dir beim Suchen helfen?«, will Sakima wissen, der mir immer noch folgt, doch ich schüttle den Kopf.

»Alles gut, bleib du vorn an der Rezeption.«

Das ist besser so, denn ich habe ein ungutes Gefühl in meiner Magengegend.

Mein Gefühl täuscht mich auch nicht. Ich finde meinen Vater in dem kleinen Speiseraum vor, in dem das Frühstücksbuffet angerichtet wird – wenn die Gästeanzahl es zulässt.

Er sitzt auf einem der Stühle und sein Blick ist gedankenverloren aus dem Fenster gerichtet. Er sieht sehr ernst aus, vollkommen anders aus als heute Morgen. Ich schlucke. Zwar kann ich nachvollziehen, dass es ihm schlecht geht, dennoch habe ich gehofft, dass es dieses Mal besser würde.

»Hallo, Dad, ich habe dich gesucht«, sage ich leise.

Shilah blickt nicht einmal auf, sondern hält seinen Blick starr auf die Fensterscheibe gerichtet, als befände er sich gar nicht mehr hier, sondern ganz woanders. *Bei ihr.*

»Ich habe gesehen, dass du noch gar nicht mit dem Streichen begonnen hast. Ist alles in Ordnung?«

»Leider konnte ich nicht.« Die Stimme meines Vaters ist leise, nicht mehr als ein Flüstern. Er klingt zerbrochen und bricht damit auch mein Herz.

»Was ist denn los?«, frage ich und setze mich auf den Stuhl neben ihm.

»Damals habe ich alles zusammen mit deiner Mutter aufgebaut. Es wäre falsch, daran etwas zu verändern«, sagt er.

»Gestern hast du noch anders gesprochen«, murmle ich, doch in mir zerreißt etwas. Weil ich Dad verstehe und dennoch will, dass er endlich seine Depressionen überwindet und einen Neuanfang wagt. Es ist ein innerliches Chaos. Nicht umsonst habe ich heute Morgen im Bett geweint. Dad hat ebenso das Recht, so zu fühlen, wie ich es habe.

»Sie hätte gewollt, dass wir glücklich sind.«

»Aber hätte sie uns dann einfach so verlassen?«, fragt mein Vater.

Ich schlucke und senke meinen Kopf. »Ich weiß nicht, warum sie uns verlassen hat. Doch unser beider Glück hat sie immer gewollt, daran glaube ich ganz fest. Komm, Dad, Sakima und ich helfen dir beim Streichen der Kammer. Das wird toll werden und uns ablenken. Nur so können wir beide den heutigen Tag gut überstehen.«

Mein Vater steht tatsächlich von seinem Stuhl auf.

»Du hast recht«, sagt er und bringt mich damit zum Lächeln. Es macht mich stolz, dass er wieder aufsteht. So hätte es schon vor Jahren sein sollen.

»Danke, Dad.«

»Ich habe zu danken. Denn es stimmt, Ablenkung wird uns heute guttun. Dann werde ich mal losfahren.«

Ein Satz, der eine meterhohe Welle über mir zusammenbrechen lässt.

»Wa-was?« Ich kann nicht fassen, was er da sagt. Es zerreißt mein Herz noch mehr, unwiderruflich. Diese kleinen Teile sind unmöglich wieder zusammenzusetzen.

»Ins Casino. Ich … ich muss Geld für unsere Renovierung gewinnen«, stammelt mein Vater. Seine Wangen haben einen roten Ton angenommen. Wenigstens schämt er sich dafür, weiß, dass es falsch ist.

»Aber du hast Sakima gesagt, dass du nicht mehr fortgehen wirst«, widerspreche ich. »Du kannst doch nicht einfach lügen! Außerdem will ich heute nicht allein sein … Ausgerechnet heute! Dieses Jahr kannst du wenigstens bei mir bleiben, bitte.« Meine Stimme zittert, doch das Gesicht meines Vaters verändert sich nicht. Seine Miene bleibt weiterhin traurig, gebrochen.

»Es tut mir leid, meine Kleine«, entschuldigt er sich. »Ich ertrage es heute nicht, hier zu sein. Zu Hause. Du hast gesehen, wie es mir geht. Dieses Haus bringt mich immer wieder aufs Neue um. An diesem Tag ist es am schlimmsten. Außerdem ist doch Sakima bei dir, du bist nicht allein.«

Natürlich verstehe ich meinen Vater. Zu Hause zu sein, bringt Erinnerungen mit sich. Gefühle, die man eigentlich nicht mehr spüren möchte, weil sie allen Regen von damals zurückbringen. Auch für mich ist dieser Jahrestag hart.

»Wir sind eine Familie, Dad«, sage ich leise und beiße mir kurz auf die Unterlippe. »Wir sollten zusammenhalten und uns gegenseitig trösten. Du könntest mich in den Arm nehmen, einfach bei mir bleiben. Weil ich immer bei dir bin. Damit ich dieses eine Mal von dir das Gefühl bekomme, dass du da bist.«

Er sieht mir nicht in die Augen. Mein Vater wendet seinen Blick von mir ab. »Ich kann nicht«, antwortet er leise. »Ich werde mich noch kurz frischmachen, dann werde ich fahren.«

Mit diesen Worten dreht er sich um und verlässt den Speiseraum. Lässt mich zurück, seine Tochter, die heute dasselbe durchmacht wie er.

Die Kraft, aufzustehen und zurück zu Sakima zu gehen, habe ich nicht. Nicht nach dieser erneuten Enttäuschung. Es ist falsch gewesen, zu glauben, dass alles besser wird. Am Ende ist der Schaden nur umso größer, weil das Herz gerade dabei war, zu heilen.

Mutlos vergrabe ich mein Gesicht in meinen Händen und wünsche mich fort. Fort von hier und meinem zerstörten Leben.

Sakima

Etwas stimmt nicht.

In dem Moment, als Shilah an mir vorbeirauscht und das *Navajo Rest* verlässt, wird es mir klar.

Er grüßt mich nicht und seine Miene ist verschlossen. Schnell springe ich hinter dem Tresen des Empfangs hervor und eile den Flur entlang. Es dauert nicht lange, da finde ich Nitika zusammengekauert auf einem Stuhl im Speisezimmer.

Sie schluchzt laut, hat ihr Gesicht allerdings vor mir verborgen und in ihren Händen vergraben.

»Was ist los, Nitika?«, frage ich und knie mich neben den Stuhl.

Tröstend streiche ich über ihr Haar. Es gefällt mir nicht, sie traurig zu sehen. Nitika sollte viel lieber lachen, anstatt hier in ihren Tränen zu ertrinken. Traurigkeit ist etwas, das ich hasse. Takoda ist auch traurig gewesen. Dabei hätte er auch viel mehr lachen sollen. Die Traurigkeit hat ihn zerstört und dazu getrieben, über den Rand in den Abgrund zu springen.

Schnell schiebe ich den Gedanken beiseite. Nitika ist nicht Takoda. Sie hat gerade einen schlechten Moment, doch sicher wird sich ihre Stimmung bald heben.

»Du kannst mit mir reden, ich bin für dich da«, verspreche ich ihr.

Stück für Stück nimmt Nitika die Hände vom Gesicht. Ihre Augen sind rot und geschwollen. Ihren Schmerz zu sehen, tut mir weh, dennoch bin ich dankbar, dass sie ihre Gefühle mit mir teilt.

»Dad ... Er fährt ins Casino, schon wieder! Er lässt mich allein, obwohl er zu dir etwas anderes gesagt hat. Wieder enttäuscht er mich ... wieder ...« Sie bricht ab, schluchzt und wischt sich mit dem Ärmel ihres Hemdes die Tränen von den Augen.

Wütend knirsche ich mit den Zähnen. »Er hält sein Wort nicht ein.«

Enttäuschung. Das ist das zweite Gefühl nach der Wut, das mich heimsucht. Ich fühle mich hintergangen – ein *Citali* würde niemals sein Wort brechen. Ein *Navajo* etwa schon? Wir sind ein und dasselbe Volk! Niemals hätte ich gedacht, dass er sein Wort gegenüber dem zukünftigen *Citali*-Häuptling brechen würde.

»*Tárádá*. Es tut mir so leid, Nitika.«

Sie schüttelt abwehrend den Kopf. »Dir braucht nichts leid zu tun. Du hast dein Möglichstes getan. Nur hatte ich wirklich Hoffnung, dass es besser wird. Er ist gestern so anders gewesen. All die Pläne für das Hotel, sein Abendessen – er hat sich zum ersten Mal seit Langem wieder wie ein echter Vater verhalten. Dass er jetzt gleich wieder fortfahren wird, tut weh.«

In genau diesem Augenblick durchzuckt mich ein Geistesblitz.

»Nitika, ich habe eine Idee. Warte hier, ja? Es tut mir leid, aber das ist die Lösung.«

Ich reiße mich von ihr los, springe auf und eile aus dem Hotel. Auch wenn ich sie nicht gern allein lasse, muss ich es tun. Um ihr zu helfen und sie zu unterstützen, mit aller Kraft, die ich habe.

Zu meinem Glück steht Shilahs Auto auf dem Hof. Er ist also noch nicht losgefahren.

Mit ihm ein weiteres Mal zu reden, würde nichts bringen. Also öffne ich die hintere Klappe des Autos – Kofferraum hat Nitika das genannt, erinnere ich mich.

Dort hinein lege ich mich, ziehe die Klappe von innen herunter und warte. Warte, bis sich der Wagen in Bewegung setzt. Jetzt werde ich mit eigenen Augen sehen, wie Shilah seine Zeit im Casino verbringt und so sicher seine Beweggründe besser begreifen. Vielleicht kann ich Nitika dann helfen. Ich hoffe es sehr.

KAPITEL 21

Nitika

Ich warte. Und warte.

Inzwischen ergießen sich zumindest keine Tränen mehr aus meinen Augen. Stattdessen beschleicht mich aber ein merkwürdiges Gefühl: Sakima kommt nicht wieder zurück. Wollte er nicht wiederkommen? Sollte ich nicht deswegen hier warten?

Vielleicht hat er mich ja nun auch verlassen.

Der Gedanke ist finster. Und mit Sicherheit entspricht er nicht der Wahrheit. Dennoch lässt mein Kopf gerade keine anderen Worte zu. Sie verankern sich in meinem Inneren. Die Einsamkeit, die mich umringt, wächst. Mit jeder Sekunde, die vergeht, werde ich von ihr stärker heimgesucht.

Sie sind alle fort. Shilah. Sakima. Mom.

Nur ich bin übrig geblieben in diesem Leben, das nur aus grauen Wolken besteht.

Meine Füße schaffen es, sich wieder zu bewegen. Ich stehe auf und verlasse den Speisesaal des Hotels. Vorn am Empfang ist niemand. Als ich draußen in das Sonnenlicht blinzle, fällt mir sofort auf, dass der Wagen meines Vaters fehlt. Natürlich ist er inzwischen auf dem Weg ins *Twin Arrows*. Ich verfluche, dass es der indigenen Bevölkerung in ihren Reservaten erlaubt ist, unabhängig von irgendwelchen Gesetzen der USA Glücksspiele stattfinden zu lassen. Denn nur deswegen ist mein Dad ihnen verfallen. Vielleicht sind ja alle Personen meines Volkes schuld, die eines dieser Casinos führen. Inwieweit wir damit unsere Kultur bewahren, ist mir jedenfalls nicht klar.

Da ist er wieder – der salzige Geschmack von Tränen. Wieder einmal weine ich. Habe ich in meinem Leben nicht genügend Tränen vergossen? Warum nur versiegen sie niemals?

Weil es immer wieder einen Grund gibt, ihnen freien Lauf zu lassen. Weil ich immer wieder allein bin.

Tief sitzt die Trauer in meinem Herzen.

Vielleicht ist Sakima im Haupthaus. Schnell sehe ich nach, doch ich finde ihn nicht. Auch meine Rufe bleiben unbeantwortet.

Der letzte Schimmer Hoffnung zerspringt wie ein Tonkrug, der auf kalte Fliesen fällt.

Das Töpfern oder Malen könnte mir sicher helfen, auf andere Gedanken zu kommen. Allerdings nicht heute.

Nun hält mich nichts mehr auf.

Ich wandere über den Hof, hinaus in die karge, rötliche Landschaft. Nicht weit von unserem Haus entfernt steht ein alter Baum, der schon bessere Tage gesehen hat, aber dennoch dem Klima mutig trotzt.

Darunter liegt ein Stein, der so schwer ist, dass niemand ihn bewegen kann. In ihn ist der Name ›Bena‹ eingeritzt.

Geliebte Ehefrau und Mutter.

Ich falle hinunter auf die Erde, direkt in den staubigen Boden. Meine Tränen tropfen auf den Stein, nichts kann sie mehr zurückhalten.

»Ich vermisse dich«, schniefe ich. »Warum musstest du uns nur verlassen? Das ist nicht fair! Du hättest mich und Dad niemals allein lassen dürfen.«

Wie immer bekomme ich keine Antwort. Der Stein schweigt und nirgends ist das Gesicht meiner Mutter zu sehen. Sie ist fort. Gefangen in ihrem Grab unter der Erde.

Mein Körper erbebt unter neuen Schluchzern und ich sinke in mich zusammen.

Shilah bestand darauf, Mom hier hinter dem Haus zu begraben. Inmitten der Natur, das habe sie sicher so gewollt. Doch sicher bestätigen konnte das niemand. Schließlich kann meine Mutter nicht mehr antworten. Sie hat für immer die Augen geschlossen.

»Ich verstehe nicht, warum das immer wieder passiert«, weine ich. »Warum Dad ins Casino fährt, um zu vergessen. Wir sollten uns doch an dich erinnern, anstatt uns in Wut und Trauer zu vergraben. Er lässt mich einfach allein. Er leidet noch, selbst nach fünf Jahren der Traurigkeit. Und der einzige Mensch, der mir geholfen hat, endlich wieder das Licht zu sehen, ist Sakima. Er versteht mich, hört mir zu und seine Gefühle sind rein und bedingungslos. Mom, ich wünschte, dass du ihn kennenlernen könntest.« Mir entweicht ein tiefes Seufzen, während ich mir die Tränen aus den Augen wische. Das Salz brennt auf meiner Haut.

»Du hättest ihn gemocht, da bin ich mir sicher. Er lebt in einem Teil des Zion-Nationalparks, der vor allen Menschen versteckt ist. Sein Stamm ehrt die alten Traditionen und lebt im Einklang mit der Natur – völlig frei. Dir hätte es dort gefallen.«

Unwillkürlich muss ich lächeln, während ich mir vorstelle, mit Bena zu den *Citali* zu reisen.

»Du würdest nicht mehr abreisen wollen«, sage ich. »Stattdessen würdest du Dad bitten, dass wir für immer dort bleiben. Und ich bin mir sicher, diesen Wunsch würde er dir erfüllen.«

Ich schlucke und fahre dann den Namen meiner Mutter auf dem Stein mit meinen Fingern nach.

»Heute hätte ich dir Blumen mitbringen sollen«, fällt mir ein. »Doch ich habe nichts bei mir. Ist das falsch? Hoffentlich weißt du noch – wo auch immer du bist – dass du mich lieb hast. Denn ich liebe dich, Mom. Jeden einzelnen Tag, auch wenn ich wütend darauf bin, dass du uns verlassen hast. Das ist nicht fair gewesen. Und Zeit heilt keine Wunden – das ist eine Lüge. Heute an deinem Todestag fühlt es sich wieder an, als hätten wir erst vor ein paar Stunden deine Leiche gefunden.«

In meinem Hals bildet sich ein Kloß. Eine Träne rinnt über meine Wange, als Bilder in meinem Kopf aufblitzen. Niemals werde ich den Augenblick vergessen. Die verzweifelten Rufe meines Vaters.

›Bena, mach deine Augen auf, bitte!‹

Nur sind sie umsonst gewesen – Mom konnte uns nie wieder ansehen. Ihre Augen sind nun für auf ewig geschlossen.

»Ich hoffe, du freust dich, dass ich mich verliebt habe. Sakima ist ein toller junger Mann. Er hat auch schwere Dinge durchlebt – genau wie ich. Sein bester Freund hat sich dieses Frühjahr von einem Berg hinabgestürzt. Somit fühlt er denselben Schmerz wie ich. Jedoch habe ich ihm bisher nichts von dir erzählt. Er denkt sicher, dass du die Familie verlassen hast, indem du fortgegangen bist. Bist du ja irgendwie auch, das ist zu keinem Zeitpunkt eine Lüge gewesen. Jedoch weiß Sakima nicht, dass du to-tot bist.«

Meine Stimme zittert bei dem Wort, das ich am liebsten für immer von der Erde verbannen würde.

Tot. Ich hasse es, davon zu sprechen. Es erfüllt mein Herz jedes Mal mit Schwere und Dunkelheit, so auch heute.

»Denkst du, ich sollte ihm endlich alles erzählen?«, frage ich meine Mom. »Hat er ein Recht darauf, meine Vergangenheit zu kennen, auch wenn es wehtut, von dir zu sprechen?«

Ich lege meinen Kopf schief, betrachte den Stein und schließe dann die Augen, um der Antwort meiner Mutter zu lauschen. Ein kleiner Windstoß wirbelt durch mein Haar. Etwa ein Zeichen?

Als ich die Augen öffne, sehe ich die wehenden Blätter des Baumes. Es raschelt, als würde sie mit mir sprechen.

Auf einmal macht mein Herz einen Satz.

»Mom!«

Die Tränen, die diesmal meine Augen verlassen, sind Tränen der Freude. Mom spricht zu mir. Sie ermutigt mich, mich dem Mann voll zu öffnen, dem ich mein Herz geschenkt habe.

»Du hast recht«, antworte ich ihr. »Und es stimmt: Sakima passt wirklich gut auf mich auf. Er hilft mir und möchte, dass das Verhältnis zwischen Dad und mir auch wieder besser wird. Dass wir eine Familie werden. Wenn ich ganz fest daran glaube, dann wird es eines Tages wahr werden, richtig?«

Ja!

Die Antwort meiner Mutter ist eindeutig und mein Herz nun um einiges leichter. Es fühlt sich richtig an.

Jetzt muss ich nur noch Sakima finden. Oder ich vertraue ihm und warte, bis er wiederkommt.

Schlussendlich entscheide ich mich für Letzteres und bleibe noch eine Weile am Grab meiner Mutter, um ihr von den *Citali*, dem Reservat und vor allem von Sakima zu erzählen.

Sakima

Das *Twin Arrows Navajo Casino* ist eine laute, bunte Welt.

Noch nie bin ich tiefer in der Außenwelt gewesen als heute. Mein Instinkt empfiehlt mir schon auf dem Parkplatz, nachdem ich unbemerkt wieder aus dem Kofferraum geklettert bin, zu flüchten. Irgendeine Straße würde mich sicher auch zu Fuß zurück zu Nitika führen. Doch dann entsinne ich mich, dass ich das alles nur für sie tue. Ich muss herausfinden, was ihr Vater an diesem Casino findet. Nur so kann ich Nitikas Gefühle und auch Shilahs noch besser begreifen.

Also bin ich Shilah hinein in das Casino gefolgt. Zum Glück hat er mich bisher nicht bemerkt.

Im ersten Moment bin ich erschlagen. Es spielt laute Musik und die Decken sind mit vielen Lichtern beleuchtet, dennoch ist es nicht hell, als würden wir uns mitten im Sonnenuntergang befinden. Überall stehen Tische und blinken Geräte, die wilde Melodien von sich geben. Aus diesen vielen Dingen werde ich nicht schlau, es müssen alles Sachen der *Îs Môhá* sein, die mir vollkommen fremd sind. Jedoch bin ich nicht hier, um mich mit den Gegenständen der Außenwelt zu beschäftigen, sondern um Shilah zu beobachten, der gerade einen hohen Tresen ansteuert, mit der Dame dahinter spricht und schließlich vor sich ein Glas mit einer dunkelbraunen Flüssigkeit hingestellt bekommt.

Erst nippt er nur daran, doch dann trinkt er es in einem Zug aus und winkt die Frau direkt wieder zu sich, die ihm nachschenkt.

Was er hier wohl trinkt? Ich weiß, dass die *Îs Môhá* ihre Sinne oftmals mit einem Gebräu betäuben, das Alkohol genannt wird.

Logan hat uns dessen Wirkung überdeutlich gezeigt. Vielleicht befindet sich so etwas in Shilahs Gläsern, denn als er das nächste auch noch geleert hat, sieht er deutlich zufriedener und weniger traurig aus.

Er steht auf.

Sofort folge ich ihm auf leisen Sohlen, was für einen *Citali* keine große Anstrengung darstellt. Das lautlose Gehen haben wir im Blut.

Shilah positioniert sich an einer Art Tisch. Auf ihm ist ein Feld mit unterschiedlichen Zahlen, ganz am Tischende eine Art runde Scheibe, auf der Zahlen abgebildet sind.

Ich runzle die Stirn, während ich Shilah beobachte. Natürlich verstehe ich nichts von dieser Art Spiel. Allerdings ist Shilah nicht der Einzige am Tisch. Neben ihm sitzen mehrere Personen, nur ein Mann steht. Ihn mache ich als Leiter des Spieles aus, bin mir aber dennoch nicht ganz sicher. Um mitzukommen, tippe ich einem der anderen Zuschauer, die vor und hinter mir stehen, auf die Schulter.

»Entschuldigung«, fange ich höflich an und blicke meinem Gegenüber, einem hochgewachsenen Mann, neben dem eine junge Frau steht, tief in die Augen. »Was wird hier gespielt und wie funktioniert das?«

»Das ist Roulette«, erklärt der Fremde. »Hier setzen die Spieler auf Zahlen mit ihren Chips, den Jetons. Sobald alle ihren Einsatz platziert haben, wird die Kugel hier oben in Bewegung gebracht. Der runde Kessel, durch den die Kugel läuft, wird als die Roulette bezeichnet, während das Spiel an sich ›das Roulette‹ heißt. Durch die Zahl, auf der die Kugel schließlich stehen bleibt, wird der Gewinner des Spiels bestimmt. Ist das dein erster Casinobesuch?«

Ich nicke. »Ist es. Danke für die ausführliche Erklärung. Nun verstehe ich es schon um einiges besser.«

Der Mann schenkt mir ein Lächeln, dann wendet er sich dem Spiel zu, auch ich hefte meinen Blick auf den Spieltisch. Gerade rollt die Kugel und bleibt schließlich auf der Zahl elf stehen.

Shilahs Miene verkrampft sich, seine Hände ballt er zu Fäusten. Offenbar hat er nicht gewonnen. Er zückt ein paar Scheine, die er dem mutmaßlichen Spielleiter gibt. Dieser überreicht sie einem anderen Mann, der aus dem Strahlen gar nicht mehr herauskommt, offenbar der Gewinner dieser Runde. Shilah wirft ihm einen missmutigen Blick zu.

Schließlich nimmt Nitikas Vater auch an der nächsten Runde teil. Von hinten nähert sich ihm ein bekanntes Gesicht: Milton, der Präsident der *Navajo*-Nation, ist ebenfalls hier. Er flüstert Shilah etwas ins Ohr, dieser nickt und legt dann runde Plättchen – sicher die Jetons – auf die Zahlen auf dem Tisch. Milton nickt ihm aufmunternd zu. Bestimmt hat er ihm einen Tipp gegeben, wobei ich nicht weiß, wie das bei diesem Spiel gehen soll.

Auch in dieser Runde geht Shilah leer aus. Sein Gesicht rötet sich.

»So ein verdammter Mist!«

Sein Fluch dringt bis zu mir hinüber und ich zucke unwillkürlich zusammen. Wieder muss Shilah Geld abgeben.

»Du verlierst immer wieder«, murmle ich. »Ist es da nicht besser, das Spiel zu beenden?«

Allerdings macht Shilah weiter. Eine neue Runde wird gespielt und auch hierbei hat er kein Glück, sondern verliert erneut.

Nun wird mir bewusst, weshalb Nitika es nicht mag, wenn Shilah hierherfährt. All das Geld, das die beiden sicher durch die Gäste im Hotel verdienen, geht hier wieder verloren. Immer wieder hat Nitikas Vater erwähnt, dass er sich für seine Tochter eine bessere Zukunft wünscht. Nur wie soll sie die haben, wenn er das in der Außenwelt so wichtige Geld grundlos verliert?

Plötzlich steht Shilah vom Spieltisch auf.

Erleichterung durchflutet mich. Endlich hat er genug!

Er schiebt sich an Milton vorbei, flüstert ihm jedoch noch etwas ins Ohr. Danach geht er weiter.

Natürlich folge ich ihm. Zu meiner Überraschung verlässt Shilah den großen Raum des Casinos Richtung Eingang, biegt dort jedoch ab und klopft an eine Tür.

›Privat‹ kann ich darauf entziffern.

Kurz blickt sich Shilah nach allen Seiten um. Spürt er, dass ihn jemand verfolgt?

Ich drücke mich an eine der Säulen, die sich überall im Eingangsbereich des Casinos befinden. Ich habe Glück, denn er entdeckt mich nicht.

Stattdessen betritt er den Raum hinter der Tür. Ich bemerke, dass er diese nicht komplett zuzieht, also haste ich lautlos neben den Eingang, drücke mich an die Wand und versuche ruhig und möglichst leise zu atmen, damit ich hören kann, was Shilah dort drin bespricht.

»Hallo, Shilah! Schön, dass du heute auch wieder hier bist. Das Casino ist nicht dasselbe ohne seinen treusten Spieler.« Diese Männerstimme ist mir gänzlich fremd.

»Leider habe ich heute wieder eine Pechsträhne zu verzeichnen«, knurrt Shilah und stößt dann ein Seufzen aus. »Du bist der Besitzer des Casinos hier – ein *Navajo* wie ich. Gönnst du einem deiner Leute nicht einmal einen Sieg? Jedes Mal gehe ich frustriert hier heraus. Kaum Geld habe ich bisher gewinnen können.«

»Das bringt das Glücksspiel leider mit sich«, sagt der Mann, den Shilah als Besitzer bezeichnet hat und der offenbar auch ein Native American ist. »Entweder man hat Glück und gewinnt, oder man verliert. Etwas dazwischen gibt es nicht.«

»Aber du sagtest, dass ich zu deinen treusten Kunden zähle.

Wir kennen uns jetzt schon jahrelang und auch Milton spricht nur gut von dir. Könntest du für mich nicht einmal am Mechanismus des Roulettekessels drehen, sodass die Kugel auf einer meiner Zahlen landet?«

Mein Herz stolpert – natürlich verstehe ich nicht alle Dinge, die hier vor sich gehen. Allerdings hört sich das in meinen Ohren nach Betrug an. Shilah möchte das nächste Spiel gewinnen und das mithilfe des Casino-Besitzers.

»Einer der Croupiers könnte die Scheibe unauffällig so stoppen, sodass meine Zahl gewinnt«, fährt Shilah fort.

Ich weiß nicht, was ein Croupier ist, vielleicht einer der Spielleiter am Tisch. Jedoch ist mir nun mehr als bewusst, dass Shilah den Casino-Besitzer dazu zu bewegen versucht, ihm einen Vorteil zu verschaffen.

»Ich würde dir selbstverständlich entgegenkommen. Gern durch einen Geldbetrag meinerseits …«

»Hmm … Wir möchten natürlich nicht, dass im Casino unfair gewonnen wird. Allerdings bist du auch ein langjähriger Freund, Shilah. Heute möchte ich dir helfen. Zweihundert Dollar und eine Runde wirst du gewinnen! Ich werde mit dem Croupier sprechen.«

Ich halte die Luft an. Hier wird wirklich betrogen! Obwohl jedes Spiel seine festen Regeln hat, wird nun alles dafür getan, dass Shilah die nächste Runde gewinnt. Diese Spielsucht habe ich als eine Art Krankheit verstanden. Aber nicht aufhören zu können, nur weil man verliert, und nun auch noch mit falschen Mitteln gewinnen zu wollen, das passt nicht zu den Eigenschaften, die ich schätze und auch bei Nitikas Vater vermutet hätte. Ehrlichkeit fehlt hier völlig. Noch dazu gibt er jetzt schon wieder Geld ab, das er und seine Tochter dringend brauchen. Nur um den Casino-Besitzer zu bestechen.

Enttäuschung flammt in mir auf, gepaart mit Wut. Nitika tut mir so leid. Sie arbeitet hart für ihre Familie, doch Shilah tritt ihr Vertrauen mit Füßen und verspielt all das Geld. So sollte kein Vater handeln. Niemals. Ich bin hier, um Nitika zu helfen. Und das werde ich auch.

In diesem Augenblick kommt Shilah aus dem Zimmer. Schnell husche ich um die nächste Ecke, während Shilah die Tür schließt. Auf seinen Lippen liegt ein zufriedenes Lächeln. Zum Glück sieht er mich weiterhin nicht.

Beschwingt geht er zurück zur Spielhalle. Ich folge ihm bis an die Bar, wo er mit Milton anstößt.

»Ich habe das Gefühl, dass der Abend noch sehr erfolgreich werden wird«, höre ich Shilah sagen.

»Nicht zu hastig, mein Freund. Es ist immer noch ein Glücksspiel und bisher hattest du vom Glück ziemlich wenig«, meint der *Navajo*-Präsident.

»Nun, es wird sich zum Guten wenden, da bin ich ganz sicher.«

Meine Hände formen sich zu Fäusten. Nicht einmal der *Navajo*-Präsident weiß von Shilahs Betrug. Wütend presse ich meine Kiefer so fest aufeinander, dass meine Zähne knirschen. Dann nehme ich all meinen Mut zusammen und schlüpfe hinter den anderen Gästen hervor.

Im ersten Moment bemerkt mich Shilah nicht. Milton stupst ihn an und zeigt dann in meine Richtung.

Nitikas Vater reißt die Augen auf.

»Wa-was machst du denn hier?«, stammelt er.

»Ich habe mich in deinem Auto versteckt. Weil ich wissen wollte, was dich regelmäßig ins Casino treibt und weshalb du Nitika schon wieder so sehr enttäuschst.«

Rote Flecken bilden sich auf seinen Wangen. »Ich enttäusche sie nicht, sondern werde dafür sorgen, dass sie stolz auf mich ist, sobald ich einen hohen Gewinn hier einfahre«, erklärt Shilah. »Du verstehst von alldem nichts, immerhin kommst du nicht von hier. All das ist dir fremd!«

»Allerdings habe ich mir die Regeln dieses Roulettes erklären lassen«, fahre ich dazwischen. »Ein Gast war so nett und hat mich aufgeklärt, was sehr hilfreich gewesen ist. Du hast sehr viel Geld verloren. Das wird Nitika enttäuschen. Ihr hättet das Geld für wichtigere Dinge benötigt.«

»Das geht dich nichts an. Außerdem kann ich immer noch Geld gewinnen.«

»*Tá.* Indem du den Besitzer des Casinos bestichst«, sage ich ruhig.

Shilah versteift sich auf der Stelle, während Milton nach Luft schnappt. »Ist das wahr? Würdest du so etwas tun, Shilah? Du weißt doch, auch wenn die *Navajo* Casinos betreiben, spielen wir stets offen und ehrlich.«

»Sakima hat keine Ahnung, wovon er da spricht«, nuschelt Shilah undeutlich. »Er ist ein *Citali* und lebt dementsprechend. Nichts von unserer Welt ergibt für ihn einen Sinn.«

»Ich weiß, was ich gehört habe«, widerspreche ich. »Was würde Nitika dazu sagen? Sie leidet so schon darunter, wenn du immer über Nacht fortfährst. Warum tust du das deiner Tochter nur an?«

Milton seufzt. »Wahrscheinlich ist es besser, wenn ich euch beide allein lasse. Ich halte mich aus diesem Streit heraus. Aber wenn sich wirklich herausstellt, dass du betrügst, dann wird das ernste Folgen haben, Shilah.« Eindringlich blickt der *Navajo*-Präsident Shilah an, der wortlos nickt. Dann verschwindet Milton.

»Wie kannst du nur?«, presst Nikitas Vater hervor. »Milton hätte nie davon erfahren dürfen, dass ich mit dem Besitzer gesprochen habe. Wenn ich heute noch spiele und gewinne, dann wüsste er es! Du hast mir meinen Gewinn genommen.«

»Nein, du hast vorher dein gesamtes Geld verspielt – das von dir und deiner Tochter«, antworte ich mutig und funkle Shilah ebenso wütend an wie er mich.

»Na warte!«, knurrt Shilah. »Du solltest lieber so schnell wie möglich in dein Reservat zurückkehren, Sakima. Die ganze Zeit über glaubte ich, dass du der Richtige für meine Tochter wärst. Doch niemand, der sich in die Privatangelegenheiten anderer einmischt, sie täuscht und belauscht, sollte meiner Tochter auch nur nahekommen dürfen.«

Ich zucke zusammen. Seine Worte fühlen sich an wie ein Schlag ins Gesicht. »Nitika und mich verbindet ein besonderes Band. Uns kann niemand trennen«, erkläre ich mit fester Stimme.

Shilah prustet. »Ein Band, dass ich nicht lache! Ihr habt euch ineinander verliebt, doch Nitika wird dich vergessen, sobald du fort bist. Und glaub mir, du solltest zurück nach Hause. Denn bald wird es im Zion-Nationalpark nicht mehr so sein, wie du es kennst.«

»Wie meinst du das?«, frage ich und ein hämisches Lächeln breitet sich auf Shilahs Lippen auf. Ich ahne, dass seine nächsten Worte nichts Gutes bedeuten werden.

»Du führst ein sorgenfreies Leben, doch schon bald wirst du am eigenen Leib erfahren, was es bedeutet, zu leiden. Dann kannst du mich und meine Art zu leben vielleicht endlich verstehen. Ich werde zur Presse gehen und ihnen von eurem Dorf erzählen. Dann werden die Touristen in Scharen zu euch stürmen. Die gesamte Welt wird von eurer Existenz wissen und ihr werdet nicht mehr sein als ein Objekt für Schaulustige, die euch begaffen. Ihr würdet im öffentlichen Licht der Außenwelt stehen und bald schon müsst ihr euch den Gesetzen der USA beugen, so wie wir das tun. Ihr werdet nicht mehr frei sein, niemand von euch.«

Wie ein Pfeil bohren sich seine Worte tief in mein Herz. Nur hat mich noch nie meine eigene Waffe verletzt. Jetzt schon. Ich kann nicht fassen, was Shilah für eine Drohung ausspricht. Mein Vater hat ihn und Milton im Dorf herzlich begrüßt. Dass er diese Gastfreundschaft nun mit Füßen tritt, bricht mir das Herz und jagt mir gleichzeitig Angst ein. Die Wut ist Shilah deutlich anzusehen, weswegen ich mir vorstellen kann, dass er seine Drohung wirklich umsetzt.

»Falls du das tust, werden nicht nur alle *Citali* sich gegen dich und die *Navajo* wenden«, fange ich an. »Deine eigene Tochter wird dich hassen.« All meine Kraft lege ich in diese Worte, denn Schwäche zu zeigen, wäre nun fatal. Er soll nicht sehen, dass mich seine Aussage zutiefst verletzt hat.

Doch meine Verteidigung hat nicht die gewünschte Wirkung. Shilah zieht seine Brauen eng zusammen und erhebt plötzlich seinen Arm, bereit, ihn gegen mich einzusetzen.

»Du redest nie wieder so über meine Tochter! Sie liebt ihren Vater und weiß, was ich alles für sie und die Familie tue. Misch dich da nicht ein!« Der letzte Satz dringt zischend über seine Lippen. »Und jetzt wirst du sofort deine Sachen packen und verschwinden! Ich will dich nicht mehr in diesem Casino sehen, geschweige denn auf meinem Hof oder in der Nähe meiner Tochter.« Wütend funkelt er mich an.

Ich schlucke. »Wie soll ich hier wegkommen? Etwa zu Fuß?«

Nun lacht Shilah auf. »Na ja, etwas Mitleid habe ich mit dir, daher werde ich Nitika anrufen und sie bitten, dich mit ihrem Auto abzuholen. Ich selbst bleibe hier. So lange ich will. Und ich werde auch spielen, so lange ich will. Weil dich das nichts angeht!«

Dann spuckt er mir vor die Füße. Ich bin schockiert. Diesen Mann habe ich nicht als Nitikas Vater kennengelernt. Er wirkt gänzlich verändert. Am liebsten hätte ich weiterhin versucht, vernünftig mit ihm zu sprechen. Doch ich ahne, dass es keinen Erfolg bringen wird.

Also gebe ich auf und verlasse das Casino.

Draußen geht bereits die Sonne unter. Der Abend bricht an, doch über die Schönheit des orangegefärbten Himmels kann ich mich nicht freuen. Stattdessen sinke ich auf den festen Boden des Parkplatzes. Jegliche Kraft und jeglicher Mut entweichen meinem Körper. Wieder habe ich es nicht geschafft, jemandem zu helfen. Auf ganzer Linie habe ich versagt.

»Aus dir wird niemals ein guter Häuptling«, sage ich zu mir selbst und seufze tief. Denn das ist die Wahrheit. Vielleicht muss ich ihr endlich ins Gesicht blicken, anstatt immer wieder zu versuchen, Menschen zu helfen. Niemand nimmt meine Autorität als zukünftiger *Athánchan* ernst. Takoda konnte ich nicht retten und jetzt kann ich Nitika nicht aus ihrer Traurigkeit befreien, weil ihr Vater nicht bereit ist, sich für sie zu ändern.

»*Ôjãtá!*«, fluche ich laut und starre hinauf in den Sonnenuntergang. Von den Sternen, den Gesichtern meiner Vorfahren fehlt jede Spur. Ich habe nicht die Möglichkeit, mich an meinen besten Freund zu wenden. Er ist so weit entfernt, so weit fort von mir.

»Wärst du nicht gegangen, dann würde ich mich jetzt nicht wie ein Versager fühlen«, flüstere ich leise, obwohl mir im gleichen Zug klar wird, dass es nicht gerecht ist, Takoda die Schuld zu geben. Es ist schließlich ganz allein mein Versagen.

Nun kann ich nur hoffen, dass Shilah seine Drohung nicht wahr machen wird. Könnte er wirklich in der Lage sein, die *Citali* an die Außenwelt zu verraten? Würden wir dann von jedem einzelnen Außenweltler verfolgt werden?

Tief horche ich in mich hinein.

»*Großer Geist,* was sagst du zu alldem? Schweben die *Citali* nun in Gefahr?«

Doch mein Gefühl sagt mir, dass dem nicht so ist. Schließlich muss ich nun das *Navajo*-Reservat verlassen. Sobald ich fort bin, würde mich Shilah vergessen und auch den Ärger, den ich ihm gebracht habe. Mit Sicherheit würde er dann nicht mehr zu den Menschen rennen, die die Nachricht über die *Citali* überall verbreiten würden. Stattdessen wird er seiner Wut im Casino Luft machen.

Tá, so muss es sein.

Der *Große Geist* flüstert mir dieselben Worte ins Ohr.

Allerdings auch, dass es schwer sein wird, Nitika zu verlassen. Ich schlucke, während es mein Herz in Stücke reißt. Zu gehen, bedeutet, die *Citali* vor der Außenwelt zu bewahren, aber gleichzeitig, meine Seelenverwandte für immer zu verlassen.

Ob ich bereit bin, diesen Schmerz zu ertragen?

KAPITEL 22

Nitika

Die Sonne färbt den Horizont bereits in ein orange-gelbes Licht.

Ich starre aus dem Fenster. Bald ist der heutige Tag vorbei und ein weiterer wird folgen. Die jährlichen Schatten ziehen vorüber und machen Platz für ein weiteres Jahr, das ich ohne Bena verbringen muss. Diese Leere in meinem Herzen wird niemals gefüllt werden. Wie denn auch, wenn einem Mädchen die Mutter fehlt?

Mir entweicht ein Seufzen, während ich auf den Hof blicke. Von Sakima und auch meinem Vater fehlt jede Spur. So langsam beschleicht mich ein merkwürdiges Gefühl. Während ich mir sicher bin, dass Dad diese Nacht im Casino verbringen wird, habe ich keine Idee, wo Sakima sein könnte. Zu Fuß kann er nicht weit gekommen sein.

Nicht einmal die Arbeit an meinen Tongefäßen hat mich heute ablenken können, und das, obwohl ich mich voller Inbrunst in die Kunst gestürzt habe. Die Liebe zu den Farben habe ich von Mom geerbt. Es ist das Einzige, was mir von ihr geblieben ist.

Vielleicht sollte ich Abendessen zubereiten. So tun, als wäre ich nicht allein. Als wäre wenigstens Sakima geblieben.

In dem Moment, in dem ich aufstehe und mein Zimmer verlassen will, klingelt mein uraltes Handy.

Ich schnappe es mir und drücke es an mein Ohr. »Hallo?«

»Nitika!« Die Stimme meines Vaters klingt aufgebracht.

»Dad? Ist etwas passiert?«, will ich wissen, mache mir sofort Sorgen.

»Frag das deinen Freund, diesen … diesen Hinterwäldler, Sakima.«

Mein Herz gerät ins Stocken. Shilah ist nicht gut auf Sakima zu sprechen. Sonst hätte er ihn nicht einfach beleidigt.

»Wa-was ist mit ihm?«, hake ich aufgeregt nach.

»Er hat sich im Kofferraum meines Autos versteckt und sitzt nun vor dem Eingang des *Twin Arrows Navajo Casinos*.«

Scharf ziehe ich die Luft ein. Mit vielem hätte ich gerechnet, allerdings nicht damit, dass Sakima meinem Vater heimlich folgt.

»Du musst ihn sofort abholen. Er hat sich unmöglich benommen und mich vor Milton bloßgestellt! Wilde Behauptungen von sich gegeben, von wegen, dass ich betrügen würde.« Mein Dad lacht am anderen Ende der Leitung auf. »Als ob ich das tun würde! Sakima kennt nicht einmal die Regeln der verschiedenen Spiele. Er hat mich beleidigt, wollte mir wieder einmal sagen, was ich zu tun und zu lassen habe. Hol ihn besser sofort ab, bevor er noch mehr Dummheiten anstellen kann. Er hätte nie unbeaufsichtigt sein dürfen.«

Ich zucke zusammen. Mit dem letzten Satz greift Dad auch mich an, zugleich spricht er über Sakima, als wäre er ein ungezogenes Kind. Das schockiert mich. Ich kann mir nicht vorstellen, dass er im Casino einen derartigen Wirbel veranstaltet haben könnte.

»Gut. Ich fahre sofort los«, verspreche ich.

»Danke, Nitika. Ich hab dich lieb.«

Sofort legt mein Vater auf. Auf keinen Fall möchte ich Sakima länger als nötig vor dem Casino warten lassen. Außerdem will ich unbedingt seine Sichtweise hören. Für ihn ist das eine gänzlich fremde Welt und es ärgert mich, dass mein Dad ihn einfach vor die Tür gesetzt hat – wortwörtlich.

Schnell eile ich nach draußen, springe in meinen Wagen und starte den Motor.

Knapp neunzig Meilen liegen vor mir. Dazu eine Strecke, die ich hasse. Nichts Gutes verbinde ich damit, obwohl ich sie erst ein einziges Mal gefahren bin. Ähnlich wie Sakima war ich Dad ins Casino gefolgt, nur dass ich mein eigenes Auto benutzt habe und mich nicht im Kofferraum verstecken musste.

Danach war mir klar, dass ich das nie wieder möchte, und ich bin jedes Mal zu Hause geblieben, während mein Vater all sein Geld verprasst hat. Damals hat es Shilah auch nicht gefallen, dass ich hinter ihm hergefahren bin. Er hat mich auf dem Parkplatz zur Rede gestellt und heimgeschickt, ehe ich nur die Spielhalle betreten konnte. Mit eigenen Augen habe ich somit nie gesehen, wie er unser Geld verspielt hat. Ich weiß nicht, wie er sich dort verhält und was in ihm vorgeht, wenn er verliert.

Als ich nach eineinhalb Stunden endlich auf dem Parkplatz komme, sehe ich Sakima schon von Weitem. Er sitzt im Schneidersitz mitten auf dem harten Boden, sein Gesicht zeigt keinerlei Regung. Jedoch sind seine Schultern nach unten gesunken. Zeigen Schwäche. Zeigen, dass etwas nicht stimmt.

Schnell halte ich an und steige aus meinem alten Ford.

»Sakima, hier bin ich!«, rufe ich ihm zu.

Er sieht auf und sofort schweben die Strahlen der Sonne über sein Gesicht, obwohl diese inzwischen vollständig untergegangen ist. »Nitika! Du bist gekommen!«

Schnell steht er auf und eilt zu mir, zieht mich in seine Arme und drückt mich an sich. Es ist nur zu deutlich sichtbar, wie sehr er sich freut, mich zu sehen. Fest hält er mich umklammert, atmet gegen mein Haar. Obwohl ich um wenige Zentimeter größer bin als er, fühle ich mich neben ihm mit einem Mal winzig.

»Natürlich. Dad hat mich angerufen«, erkläre ich ihm. »Ich würde dich niemals hier allein lassen. Aber … du musst mir sagen, was du dir dabei gedacht hast. Du hast mich zu Hause komplett allein gelassen. In dieser Hinsicht bist du nicht anders als er.«

Sakima löst sich zerknirscht von mir. »*Táráda*«, entschuldigt er sich bei mir. »Ich kann dir alles genau erklären.«

Auf seiner Stirn haben sich Sorgenfalten gebildet.

»Gut, dann steig ins Auto. Ich will hier weg. An diesem Ort kann ich nicht bleiben, solange ich mir im Klaren darüber bin, dass Dad hier gerade weiterspielt.«

Sobald wir das Casino hinter uns gelassen haben, frage ich Sakima, warum er heimlich hierhergekommen ist. Seine Beweggründe imponieren mir. Er habe verstehen wollen, was genau mein Vater hier tut. Weshalb ich stets so traurig bin, wenn er ins Casino aufbricht. Er hatte einzig den Wunsch, mir zu helfen.

»Ich habe mir von einem anderen Gast im Casino das Spiel erklären lassen«, fährt Sakima fort. »Deswegen habe ich alles verstanden, was dein Vater getan hat. Er hat Geld verloren und doch das Spiel nicht aufgegeben. Stattdessen hat er mit dem Besitzer des Casinos gesprochen, um besser abzuschneiden. Er hat ihm dafür Geld gegeben. Daraufhin konnte ich nicht anders und habe Shilah angesprochen. Vielleicht hätte ich das nicht tun sollen, denn daraufhin ist er ausgerastet. Allerdings konnte ich es nicht mehr länger mit ansehen. Ich konnte nur daran denken, wie sehr er dich mit alldem verletzt. Deswegen habe ich mich nicht beherrschen können.« Er stößt ein tiefes Seufzen aus und senkt den Kopf.

Mein Vater hat am Telefon nur negativ von Sakima gesprochen. Nun höre ich dessen Seite und finde sie tausendmal glaubhafter als die Geschichte meines Vaters. Jedoch ist Shilah immer noch mein Dad. Es ist traurig, dass ich ihm nicht so tief vertraue wie dem jungen *Citali*.

»Shilah hat gedroht, dass er das Dorf der *Citali* an die Außenwelt verrät, wenn ich nicht gehe«, murmelt Sakima.

»Was?!«, stoße ich geschockt aus.

»*Tá*.« Er nickt, als ich einen kurzen Blick zu ihm hinüberwerfe, ehe ich meine Augen wieder auf die Straße richte.

»Warum tut er nur so etwas?«, murmle ich. »Vorhin, als er mich angerufen hat, hat er nicht gut über dich gesprochen. Du hättest ihn vor Milton bloßgestellt.«

»Das ist auch richtig. Allerdings konnte ich nicht mehr, ich musste ihn zur Rede stellen. Für die *Citali* sind Lügen eine Schande. Und dein Vater wollte betrügen, um einmal ein Spiel zu gewinnen. Das ist in meinen Augen nicht richtig gewesen.«

»Da hast du recht«, stimme ich zu. »Wahrscheinlich hätte ich ebenfalls so gehandelt, wenn ich in deiner Lage gewesen wäre. Es … es ist furchtbar, dass mein Vater Unwahrheiten ausspricht. Er hat am Telefon erwähnt, dass er niemals betrügen würde. Allerdings glaube ich *dir*, Sakima.«

»Das kannst du auch, Nitika. Ich sage nicht, dass du es musst. Aber wir *Citali* lügen nicht.«

»Das weiß ich inzwischen.«

Wir düsen weiter durch die Dunkelheit.

»Weißt du, Nitika, ich verstehe nicht, warum dein Vater gleichzeitig wütend und traurig sein kann. Diese beiden Emotionen passen in meinen Augen nicht zusammen. Ich habe ihm helfen wollen, weil ich mit dir zusammen bin und du mir wichtig bist. Niemals hätte ich gedacht, dass ich dir damit schade. Es ist offensichtlich, dass ich niemals ein guter Häuptling sein werde.« Traurigkeit schwingt in seiner Stimme mit.

Am liebsten hätte ich am Straßenrand angehalten, um Sakima zu erklären, wie falsch er damit liegt. Er ist gut genug, mehr als das. Nur ist mein Leben eben viel zu kompliziert.

»Du siehst traurig aus«, stellt Sakima plötzlich fest. »Als hättest du geweint. War es wegen mir? Weil dein Vater schlecht von mir geredet hat?«

Tief atme ich durch.

»Heute ist einfach kein guter Tag gewesen«, sage ich, auch wenn das noch lange nicht alles erklärt. »Es hat einen bestimmten Grund, weshalb Shilah heute so früh ins Casino gefahren ist. Warum seine Stimmung heute noch mehr schwankt als sonst. Wut, Trauer – Trauer, Wut. All das hat eine Bedeutung. Für ihn und für mich. Der heutige Tag hat viel in unserem Leben verändert. Es ist schon Jahre her, trotzdem trifft uns dieses Datum immer wieder. Die Schatten verschwinden niemals.«

In meiner Kehle bildet sich ein Kloß und ich muss mich anstrengen, um nicht direkt loszuweinen.

»Was ist denn heute passiert, Nitika? Ist es der Tag, an dem bei deinem Vater diese Spielsucht angefangen hat?«

»So ähnlich. Es ist der Tag, der den Beginn seiner Depressionen markiert. Jedoch ... Ich kann es nicht hier erzählen. Das ... es tut zu sehr weh. Lass uns erst nach Hause fahren, okay?«

»In Ordnung«, haucht Sakima.

Ich spüre seine Hand auf meinem Oberschenkel. Beruhigend streicht er über den Stoff meiner dünnen Hose. Dadurch kann ich direkt befreiter atmen.

»Danke. Ich werde es dir erzählen. Damit du endlich verstehen kannst, was meine Familie so sehr zerstört hat.«

Den Rest der Fahrt über schweigen wir. Ich lasse leise das Radio laufen, höre allerdings nur mit halbem Ohr hin, da meine Gedanken Achterbahn fahren.

Die Entrüstung über das Verhalten meines Vaters.

Der Schmerz über den Verlust meiner Mutter.

Und die Angst davor, Sakima alles zu erzählen.

Der Kies knirscht unter den Reifen des Autos, als ich es auf den Hof lenke. Sobald der Motor erstirbt, steigen wir aus. Wortlos gehen wir zum Wohnhaus. Ich schließe die Tür auf und wir begeben uns in mein Zimmer, wo ich mich auf das Bett setze. Sakima nimmt neben mir Platz.

In seinem Blick liegt pure Besorgnis, offensichtlich schaffe ich es nicht, meine Emotionen zu verbergen. Ich kann einfach nicht mehr verstecken, was in mir vorgeht. Die gesamte Autofahrt über musste ich mich zurückhalten, nun lösen sich die Tränen aus meinen Augenwinkeln.

Sakima sagt kein Wort, sondern legt mir den Arm um die Schulter und zieht mich an seinen starken Körper. So hält er mich, während ich all den Gefühlen freien Lauf lasse, die ich heute bisher unterdrückt habe.

Bilder formen sich in meinem Kopf. Von glücklicheren, unbeschwerten Tagen. Meine Kindheit, in der noch alles einfach und leicht erschien. Dad und Mom haben viele Ausflüge mit mir unternommen, von ihr habe ich alles über die *Navajo* erfahren, was ich wissen wollte. Wir haben versucht, möglichst oft gemeinsam hinaus in die Natur zu fahren. Weg von der staubigen Stadt des Elends.

Nun sitze ich hier fest. Gefangen an dem Ort, den meine Mutter nicht geliebt hat.

Mit zitternder Stimme beginne ich zu erzählen: »Heute vor fünf Jahren ist etwas passiert, was das Leben meines Vaters und auch mein eigenes vollkommen verändert hat. Unsere Familie ...Sie ... sie ist zerbrochen. Zuvor ging es uns gut, dachte ich. Doch ich hätte auf die Zeichen achten sollen, die bereits Unheil ankündigten. Wahrscheinlich habe ich einfach nicht hinsehen wollen.« Mir entweicht ein tiefes Seufzen und ich wische mir die Tränen aus den Augen, jedoch schaffe ich, es nicht zu verhindern, dass neue nachkommen.

»Damals war ich fünfzehn Jahre und führte das unbeschwerte Leben eines Teenagers. Niemals hätte ich mir ausgemalt, was schlussendlich passiert ist. Mein Vater gibt sich die Schuld an allem und ist deswegen auch in seine depressiven Stimmungen verfallen. Oft kanalisiert er es mit Wut. Ich schätze, da er so alles besser verarbeiten kann.«

»Nitika, was ist damals geschehen?«, will Sakima wissen. »Du sprichst noch immer in Rätseln, ich verstehe nicht ganz ...«

Ich unterbreche ihn. »Tut mir leid. Es fällt mir schwer, offen darüber zu reden. Bisher habe ich mich nie jemandem anvertraut. Es ... es ist merkwürdig und wühlt viele alte Erinnerungen auf. Erst recht, weil heute dieser eine Tag ist.«

Der Kloß in meiner Kehle wird größer und größer. Ich stoße ein ersticktes Schluchzen aus und kralle meine Hände hilfesuchend in Sakimas Hemd.

»Am heutigen Tag, vor fünf Jahren, bin ich morgens aufgestanden. Die Sonne hat geschienen, es war warm und ich war gut gelaunt. Noch dazu war Wochenende, ich hatte demnach keine Schule – keine Verpflichtungen. Ein Tag, den ich mit meinen Eltern verbringen wollte. Vielleicht einen Ausflug machen, wenn die Arbeit im Hotel es zulässt – das ist mein Plan gewesen. Also bin ich in die Küche gelaufen, um meiner Mutter beim Frühstück zu helfen. Doch sie war nicht da, was mich verwundert hat. Normalerweise ist sie immer früh wach gewesen. Ein absoluter Morgenmensch war sie.«

Der Gedanke daran entlockt mir ein kleines Lächeln, ehe ich fortfahre: »Schließlich bin ich nach draußen gegangen. Bis heute weiß ich nicht, warum ich das getan habe. Irgendetwas hat mich dort hingezogen. Unser Hof ... Er ... er hatte früher noch einen großen Torbogen, der den Eingang markiert hat. Man konnte sogar mit zwei Autos nebeneinander hindurchfahren, so breit war dieses Tor. Vater hat es nach dem, was passiert ist, abgerissen. Zu viele Erinnerungen. Es war weiß gestrichen und im Frühjahr hat Mom immer links und rechts Blumen gepflanzt, die dann geblüht haben. Nur an jenem Tag ... war alles anders.« Meine Stimme zittert, dann versagt sie mir. Mein Herz fühlt sich schwer an wie ein Stein, der mich auf den Grund des Meeres zieht. Doch ich sammle all meine Kraft, um Sakima endlich alles zu sagen.

»Dort hing sie. An einem strammen Seil. Sie hatte es an das Tor gebunden. Eine umgestoßene Leiter lag auf dem Boden, während ihr lebloser Körper an diesem Seil baumelte. Sie ... sie war tot, Sakima. Meine Mutter hat sich an jenem Morgen das Leben genommen. Sie hat sich erhängt.«

Sakima öffnet seinen Mund, um etwas zu sagen, doch ich lasse ihn noch nicht zu Wort kommen.

»Dad gibt sich die Schuld. Er sagt oft, dass ihm hätte auffallen müssen, dass Mom hier auf dem Hof niemals glücklich war. Wir hatten damals zwar mehr Gäste im Hotel, aber wir schwammen nie im Geld. Mom fühlte sich gefangen im Reservat der *Navajo*. Es gab ihr keine Freiheit. Zumindest versuche ich es mir so zu erklären. Mir selbst hat sie meist nur ihr glückliches Lächeln gezeigt. Doch im Nachhinein frage ich mich manchmal, ob man ihren Tod nicht hätte verhindern können. Ich glaube, Shilah stellt sich dieselbe Frage. Aber anstatt mich zu trösten, hat er sich ziemlich schnell in das *Twin Arrows Navajo Casino* verkrochen. Natürlich war er weiterhin als Vater für mich da und hat versucht, trotz gebrochenen Herzens, das Hotel zu leiten. Jedoch war er so oft abwesend, dass ich mich immer allein gefühlt habe. Das ... das ist meine Geschichte, Sakima.«

Laut schluchze ich auf, dann fließen die Tränen wieder schneller, strömen über mein Gesicht. Tröstend streicht Sakima über mein Haar, drückt meinen Kopf an seine Brust.

»Das tut mir so unendlich leid, Nitika. Niemals hätte ich ahnen können, dass du dasselbe durchgemacht hast wie ich. Haben wir uns deswegen einander direkt verbunden gefühlt? Vielleicht war es der *Großen Geist*, der uns zueinander geführt hat. Um gemeinsam zu kämpfen.«

»Eigentlich möchte ich nicht immer weinen, Sakima. Ich fühle mich dann so unendlich schwach. Tut mir leid«, flüstere ich unter Tränen.

Im dumpfen Schleier vor meinen Augen erkenne ich, dass Sakima den Kopf schüttelt.

»Nein. Tränen der Hoffnung sind es, die uns wieder aufstehen lassen. Aber wir können das nur schaffen, wenn wir uns gegenseitig Kraft geben.«

Erstickt keuche ich auf, weiterhin fließen meine Tränen. Doch jetzt sind Freudentränen dabei. Weil Sakima es schafft, mir wieder Kraft zu geben. Weil ich mich in diesem Moment vollkommen frei und gelöst fühle und mich frage, weshalb ich ihm meine Dämonen nicht eher anvertraut habe. Und einfach, weil er mich versteht wie kein anderer Mensch auf dieser Erde.

»Sakima ... ich ...«

»Du musst jetzt nichts sagen, Nitika. Es reicht, wenn wir uns gegenseitig neue Kraft geben. Das allein ist es, was uns am Leben erhält«, antwortet Sakima und drückt mir einen Kuss aufs Haar.

»Ich hätte früher mit dir über alles reden sollen. Es fiel mir sicher nur schwer, weil ich nie jemanden hatte, mit dem ich offen über meine Gefühle sprechen konnte. Zu stark war mein Vater mit seiner eigenen Trauer beschäftigt.«

»Das ist in Ordnung, Nitika. Ich bin froh, dass du mir nun alles gesagt hast. Es hört sich vielleicht merkwürdig an, aber ich fühle mich dir jetzt noch ein Stück näher.«

»Genauso geht es mir ebenfalls. Als du mir von Takoda erzählt hast, habe ich mit dir gelitten. Weil ich genau weiß, wie sich der Tod einer geliebten Person anfühlt. Erst recht, wenn er mit Absicht geschah. Und ich bin froh, dass du stark bist. So unendlich stark ... Du bist nicht der Dunkelheit verfallen wie mein Dad.«

»Allerdings nur dank dir«, erwidert Sakima sofort. »Hätte ich dich nicht getroffen ... Ich weiß nicht, wie mein Leben dann aussähe. Sicher um einiges dunkler. Nur durch dich schaffe ich es, weiterzuleben. Du bist meine *Tadóewá. Ivè máwé du.*«

Plötzlich kribbelt mein gesamter Körper.

»Was heißt das?«, frage ich. Diese Worte müssen eine tiefere Bedeutung haben, denn Sakimas Augen sind voller Zärtlichkeit, während er mich mustert.

»Ich liebe dich«, haucht er und formt seine Lippen zu einem zarten Lächeln, während mein Herz anfängt zu tanzen.

Ich löse meinen Kopf von seiner Brust, nur um kurz darauf

meine Lippen mit seinen zu verbinden. All meine Gefühle lege ich in diesen Kuss. Teile seine Lippen sanft mit meinen und vergrabe mich in seinem ruhigen Atem. Meine Hand lege ich an seine Brust, direkt auf sein Herz, um ihm noch näher zu sein.

»Und ich liebe dich auch«, antworte ich fest und entschlossen, als ich mich von ihm löse. »Es muss wirklich der *Große Geist* gewesen sein, der uns zusammengeführt hat. Gemeinsam können wir uns gegenseitig retten.«

Sakima lächelt und nickt. Doch dann huscht ein Schatten über seine Augen, während sein Lächeln schwindet. »Morgen muss ich abreisen. Die Drohung deines Vaters. Zwar glaube ich nicht daran, dass er sie wahrmachen könnte, dennoch muss ich meinen Stamm schützen. Ich kann nicht riskieren, dass er die *Citali* verrät. Das ist meine Aufgabe als zukünftiger Häuptling.«

»Richtig«, murmle ich und mit einem Mal schaffe auch ich es nicht mehr, zu lächeln. Sakima hat mir bereits auf der Autofahrt davon erzählt.

»Er … er würde nie so etwas Schlimmes tun und euch verraten. Sicher nicht«, stammle ich in der Hoffnung, Sakima zum Hierbleiben zu bewegen. »Immer hat er gesagt, dass er mein Glück möchte und außerdem ein Bündnis zwischen *Navajo* und *Citali.*«

»Nur ist dieses Bündnis nun hinfällig«, nuschelt Sakima. »Ich habe ihn im Casino offenkundig beleidigt. Zumindest sieht er das so. Daher muss ich gehen. Ein Risiko kann ich nicht eingehen. Nicht bei etwas, das so wichtig ist. Das Geheimnis meines Stammes zu bewahren, steht immer an erster Stelle.«

»Aber … ich will dich in all dem Chaos nicht auch noch verlieren!«

Geh nicht!

Am liebsten würde ich ihn anflehen, zu bleiben, jedoch weiß

ich, dass mir das nicht zusteht. Sakima muss gehen. Er wird eines Tages Häuptling sein, und wenn ich ihn jetzt davon abhalten würde, seinen Stamm zu beschützen, dann würde ich ihm sehr wehtun.

»Bleibst du diese Nacht noch bei mir?«, frage ich vorsichtig.

Sakima nickt und fährt mir über das Haar. »Natürlich.«

Sein nächster Kuss ist mit Traurigkeit durchsetzt. Doch wir müssen uns nun an das klammern, was wir noch miteinander haben. Und das ist diese eine Nacht.

Wir sinken in die Kissen auf meinem Bett und Sakima zieht die Bettdecke über unsere bekleideten Körper. Wir schmiegen uns aneinander, die Gesichter einander zugewandt. Fest blicken wir uns in die Augen. Ich versuche, aus seinem dunklen Braun herauszulesen, was in ihm vorgeht. Traurigkeit. Verlustangst. Er möchte genauso gern bei mir bleiben wie ich bei ihm. Mit aller Kraft versuche ich meine Augen so lange wie möglich offenzuhalten, doch schließlich muss ich meinem Körper nachgeben und sinke in den Schlaf.

KAPITEL 23

Zakima

Normalerweise wache ich selten vor Anbruch des Tages auf.

Heute ist einer dieser Tage, an dem mich die Dunkelheit anstatt des Sonnenaufgangs weckt, und das, obwohl wir erst sehr spät schlafen gegangen sind.

Meine Brust fühlt sich schwer an, während ich atme. Die gestrigen Erlebnisse zehren an mir. Dass Nitika ihre Mutter auf dieselbe Weise verloren hat wie ich meinen besten Freund, hätte ich niemals vermutet. Ja, sie hat nicht über sie gesprochen. Aber ich habe auch nie gefragt. In der Außenwelt ist es oft so, dass ein Elternteil die Familie verlässt. Johnnys Vater hat beispielsweise seine Mutter verlassen und ist nie mehr zurückgekehrt. Vielleicht ging ich unbewusst von solch einem Fall aus. Nur habe ich es nie laut gedacht oder ausgesprochen.

Shilah kann ich nun besser verstehen. Doch auch der Tod eines geliebten Menschen kann nicht rechtfertigen, dass er seine Tochter ständig allein lässt und die Existenz der Familie aufs Spiel setzt. Meiner Meinung nach hätte er für sie kämpfen, für sie da sein sollen.

Nitika hatte nie jemanden zum Reden, was furchtbar gewesen sein muss. Jetzt schläft sie friedlich neben mir, ihr Atem geht gleichmäßig. Sie sieht zufrieden aus.

Bald nicht mehr.

Es tut mir in der Seele weh, dass ich sie verlassen muss. In der aktuellen Situation fühlt es sich mehr als nur falsch an. Sie braucht jemanden, der bei ihr ist und sie unterstützt. Nur kann ich dieser jemand nicht mehr sein. Es sei denn, ihr Vater kommt wieder zur Vernunft.

Eine Weile bleibe ich noch liegen und lausche den Geräuschen, die von draußen in Nitikas Zimmer dringen. Doch natürlich fährt kein Auto auf den Hof. Es wird noch etwas dauern, bis Shilah nach Hause kommt. So lange möchte ich Nitika nicht stören, sondern sie friedlich weiterschlafen lassen. Tatsächlich schließe ich auch noch einmal die Augen und falle in einen unruhigen Schlaf.

Als ich wieder aufwache, scheint bereits die Sonne durch das Fenster, doch Nitika schläft noch. Vorsichtig berühre ich ihre Schulter, lasse dann meine Finger über ihren Arm wandern.

Sie streckt sich, ehe sie die Augen aufschlägt. Die dunklen Ringe darunter zeigen mir, wie schlimm der gestrige Tag für sie gewesen sein muss.

»Guten Morgen«, nuschelt sie und gähnt. »Bist du schon lange wach?«

»Guten Morgen«, erwidere ich. »*Ná*, ich bin eben erst aufgewacht. Wobei ich vorhin wach lag …«

»Hast du Hunger?«, fragt mich Nitika und windet sich aus ihrer Decke. Sie trägt ebenso wie ich noch die Kleidung von gestern.

Ich übergehe ihre Frage. »Weißt du, ich habe nachgedacht. Vielleicht wäre es sinnvoll, noch einmal mit deinem Vater zu reden. Er könnte seine Meinung ändern, vielleicht darf ich doch länger bei dir bleiben. Ich möchte dich nämlich unter gar keinen Umständen verlassen.«

Nitika legt ihren Kopf schief und nickt. »Du hast recht. Es …

es war gestern einfach ein sehr schwerer Tag für ihn, die Wut hat wieder überhandgenommen. Sicher hat er dir deswegen mit dem Verrat der *Citali* gedroht. Vielleicht ist er inzwischen zur Vernunft gekommen und wird alles zurücknehmen, sobald er zu Hause ist.«

»Genau das hoffe ich auch«, erwidere ich.

Ein Lächeln bildet sich auf Nitikas Lippen. »Es wäre schön, wenn du noch bleibst, Sakima. Ohne dich … es fühlt sich jetzt schon unendlich falsch an.«

»Ja«, wispere ich, setze mich ebenso wie sie im Bett auf und lege meine Stirn an ihre.

Sie schließt sofort ihre Augen und seufzt tief. »Vor Moms Todestag hatte ich wirklich Hoffnung, dass er sich ändert«, murmelt sie. »Doch die Gefühle der Trauer werden wohl immer wiederkommen – Jahr für Jahr.«

»Gib nicht auf«, versuche ich ihr Mut zu machen. »Gemeinsam schaffen wir es, zusammenzubleiben und deinem Vater zu helfen. Da bin ich mir sicher.«

Nitika öffnet ihre Augen. »Danke, Sakima. Ich wüsste nicht, wie ich den gestrigen Tag ohne dich überstanden hätte. Du … du hast mir gezeigt, dass es selbst in der finstersten Dunkelheit immer einen Funken Licht gibt.«

Wie von selbst verbinde ich meine Lippen mit ihren. Küsse sie leicht und sanft. Die Berührung lässt mich erschaudern, gleichzeitig meinen Körper in Flammen aufgehen.

»Du bist eine Kämpferin, weißt du das?«, sage ich leise zu ihr.

Nitika schüttelt den Kopf. »Bin ich nicht.«

»Doch. Sonst hättest du deinen Vater schon lange aufgegeben. Allerdings liebst du ihn trotz all seiner Fehler. Und du kämpfst Jahr für Jahr aufs Neue für ihn.«

»Dann sind wir aber beide Kämpfer«, antwortet sie. »Schließlich folgst auch du noch immer deiner Bestimmung, auch wenn dein Herz durch Takodas Verlust gebrochen ist: Du tust alles dafür, eines Tages ein guter *Athánchan* zu werden.«

Es gefällt mir, mit welcher Selbstverständlichkeit sie einen *citalischen* Begriff verwendet. Wir sind tiefer miteinander verbunden, als jeder Außenstehende sehen könnte.

In diesem Moment gibt mein Bauch einen rumorenden Ton von sich.

Nitika lacht laut auf. »Ich glaube, wir sollten nun etwas essen.«

Es stellt sich heraus, dass wir die komplette Morgensonne verschlafen haben. Das Mahl, das Nitika zubereitet, gleicht nicht mehr dem üblichen Frühstück, da diese Tageszeit bereits verstrichen ist.

Während wir am Tisch sitzen und essen, rollt ein Auto auf den Hof. Wir sind beide sofort in Alarmbereitschaft und spitzen unsere Ohren. Eine Tür wird heftig zugeschlagen. Ich höre dank des leicht geöffneten Fensters im Essbereich, wie Schritte auf dem Kies knirschen.

»Dad«, murmelt Nitika und steht von ihrem Stuhl auf.

Ich tue es ihr gleich und gemeinsam laufen wir in den Flur, wo wir Shilah abpassen, bevor er in seinem Zimmer zum Schlafen verschwinden kann.

»Dad!«, ruft Nitika. »Gut, dass du wieder da bist.«

Shilah verengt seine Augen zu Schlitzen, während er mich anstatt seiner Tochter mustert. Als wäre ich ein widerliches Insekt, das hier in seinem Haus nichts zu suchen hat. Dabei ist nach den Gesetzen des *Großen Geistes* selbst das Leben des kleinsten Tieres zu schätzen.

»*Haulá*. Wir würden gern kurz mit dir sprechen«, begrüße ich Nitikas Vater.

»Du bist der Grund, weshalb ich gestern kein Roulette mehr spielen konnte«, knurrt dieser. »Stattdessen musste ich auf Spielautomaten zurückgreifen. Nur dank dir habe ich wieder nicht gewonnen.«

Nitika zuckt merklich zusammen und ich ergreife ihre Hand.

»Sakima hat mir alles erzählt«, verkündet sie. »Und ich glaube ihm mehr als dir. Er hat nur helfen wollen und etwas gesehen, das kein Mensch duldet: Betrug! Du hast den Besitzer des Casinos bestochen. Niemals dachte ich, dass du so etwas tun würdest.« Ihre Stimme ist aufgebracht und zittert leicht. Schnell drücke ich ihre Hand ein wenig fester, gebe ihr so hoffentlich den Mut, den sie benötigt.

»Sakima wird von hier verschwinden. Ich dulde niemanden wie ihn mehr auf meinem Hof.«

»Und genau darüber wollten wir mit dir reden. Ich möchte, dass Sakima bleibt. Er ist schließlich mein Gast«, erklärt Nitika feierlich und klammert sich noch stärker an mich.

»Shilah, deine Tochter braucht jemanden, der bei ihr ist. Sie hat gestern den Todestag ihrer Mutter allein durchleben müssen, nur weil du ins Casino gefahren bist. So stellt sie sich kein Familienleben vor«, werfe ich ein und ernte sofort einen wütenden Blick von Shilah.

»Da ist es wieder … das Problem, weshalb du gehen musst. Es ziemt sich nicht, dass du dich in unsere Angelegenheiten einmischst. Das ist nicht deine Familie«, zetert Shilah.

»Aber … wir lieben uns!«, ruft Nitika aus. »Wenn Sakima nicht bleiben darf, dann werde ich ihn zurück in den Zion-Nationalpark begleiten. Unsere Herzen sind nicht bereit, voneinander getrennt zu sein.« Eng drückt sie ihren Körper an meinen.

Shilas Blick fällt auf unsere ineinander verschlungenen Hände. Seine Augen werden noch eine Spur dunkler.

Nitikas Stärke imponiert mir. Sie tut alles dafür, dass wir nicht voneinander getrennt werden. Jedoch ahne ich, dass Shilah sich davon nicht beeindrucken lässt. Wie spitze Pfeile bohren sich seine Augen in die meinen. Als wäre ich an allem schuld.

»Er muss gehen. Allein«, meint Shilah und fixiert nun seine Tochter. »Wenn du mich verlässt, nimmst du mir alles, was ich noch habe. Das *Navajo Rest* kann ich nicht allein führen. Ohne dich werde ich zugrunde gehen. Daran willst du doch nicht schuld sein, oder?«

Erschrocken reißt Nitika ihre großen braunen Augen auf. »Aber Dad ... Du wolltest doch immer, dass ich glücklich bin. Sollte es zu einem Bündnis – also der Heirat – zwischen *Navajo* und *Citali* kommen, würde ich dich sowieso eines Tages verlassen müssen.«

»Jetzt, da ich Sakima kenne, habe ich es mir anders überlegt. Er ist deiner nicht würdig, Nitika.«

Seine Worte treffen mich tief ins Herz. Nun ist es Nitika, die den Druck ihrer Hand verstärkt, mir so zeigt, dass ich keinen Wert auf Shilahs Meinung legen, mich von seiner Beleidigung nicht treffen lassen soll. Dennoch tasten sich seine Worte vor, schneiden sich als Brandmal in mein Herz.

»Bitte, Dad! Das kannst du nicht tun. Ich liebe ihn! Willst du mir wirklich das Herz brechen?«, fleht Nitika.

Doch Shilahs Blick bleibt ernst und starr. »Um es kurz und schmerzlos zu machen, werde ich Sakima sofort in seinen Nationalpark zurückfahren«, erklärt er. »Du wirst hierbleiben.«

Nitika schnappt nach Luft, ihre Hand bebt. »Bitte nicht! Nicht so ...«

»Es muss sein, Nitika. Du wirst verstehen, dass ich dich nur beschützen wollte.«

Nein!

Alles in mir schreit auf.

›Haben sich Seelenpartner einmal gefunden, dürfen sie niemals wieder mit Gewalt getrennt werden.‹ Die weisen Worte des Medizinmannes Mingan, die er mir vor Jahren einmal bei einer Meditation gesagt hat, klingen in meinem Ohr nach.

Neben mir schluchzt Nitika laut auf. Sie schon wieder weinen zu sehen, erschwert mir das Atmen. Doch wir haben verloren. Der Kampf ist vorbei.

»Ich … ich muss noch packen«, sage ich zu ihrem Vater.

Dieser nickt. »Ihr habt zwanzig Minuten. Danach treffen wir uns bei meinem Wagen.«

Mit diesen Worten lässt er uns stehen und zieht seine Zimmertür laut hinter sich zu, sodass Nitika zusammenzuckt.

»Das darf einfach nicht sein«, schluchzt sie. »Will er mir denn alles im Leben nehmen, was mich glücklich macht?«

»Nitika …« Eng ziehe ich sie zu mir an meine Brust. Sie vergräbt ihren Kopf an meiner Schulter, ihre Tränen benetzen mein Hemd.

»Das ist einfach nicht fair! Du hast nichts Falsches getan«, protestiert sie unter Tränen.

»Wir können nichts daran ändern«, spreche ich die Wahrheit aus. »Wenn ich mich widersetze, dann wird er seine Drohung vielleicht doch wahr machen.«

»Du musst die *Citali* beschützen. Das ist mir bewusst«, seufzt Nitika und zieht ihren Kopf von meiner Schulter zurück.

Ich nicke. »Das ist meine Pflicht.«

Tief atmet Nitika durch. Ihr ist anzusehen, dass sie sich anstrengt, ihre Tränen zurückzuhalten. »Dann lass uns hinüber ins Hotel gehen und deine Sachen zusammensuchen.«

Hand in Hand laufen wir über den Hof zum *Navajo Rest*. Es kommt mir unwirklich vor, dass ich in wenigen Stunden zu Hause im Dorf der *Citali* sein werde.

Sicher wird sich meine Familie freuen und auch ich habe sie vermisst. Dennoch muss ich mein Herz hier in Tuba City zurücklassen.

Schweigend suche ich meine Sachen zusammen und schlüpfe in die Kleidung, die ich aus dem Reservat mitgebracht habe. Nun sehe ich wieder wie ein *Citali* aus.

Die Zeit rast, arbeitet gegen uns.

Wir treten hinaus auf dem Hof. Dabei lässt Nitika meine Hand keine Sekunde lang los.

»Vielleicht hat er sich inzwischen beruhigt«, hofft sie laut. »Seine Stimmungsschwankungen können kommen und gehen. Ich ... ich will es einfach nicht wahrhaben.«

»Ich auch nicht«, gebe ich zu. »Es fühlt sich mehr als falsch an, dich gerade jetzt zurückzulassen. Ich habe für dich da sein wollen. Jetzt, nachdem du mir von deiner Mutter erzählt hast, hätten wir gemeinsam heilen können. Nun habe ich wieder auf ganzer Linie versagt.« Mein Blick wandert zum staubigen Boden unter meinen Füßen.

Nitika hebt mein Gesicht sanft wieder an, legt beide Hände an meine Wangen. »Du könntest niemals versagen, Sakima. Noch nie hat sich jemand so sehr um mich gesorgt, wie du es getan hast. Du hast mir gezeigt, dass es sich lohnt, zu leben. Und dass ich wieder lieben, mich verlieren darf.«

»Du hast mir dasselbe gezeigt«, erwidere ich, ein Kloß bildet sich in meinem Hals.

In diesem Moment kommt Shilah auf den Hof gestapft.

Sofort lässt mich Nitika los und blickt ihren Vater hoffnungsvoll an. »Dad ...«

»Versuch es gar nicht erst, Nitika. Ich fahre ihn nach Hause zurück. Eure Beziehung ist hiermit offiziell beendet.«

Mutlos lässt Nitika die Schultern hängen.

Shilah steigt in seinen Wagen.

»Du bist meine *Tadóewá*. Wir werden einen Weg finden, um wieder zusammen sein zu können«, verspreche ich Nitika.

Sie nickt. »Dieser Abschied wird nicht für immer sein. Dad beruhigt sich in ein paar Tagen und dann werden wir uns wiedersehen. Schließlich hat er auf das Bündnis zwischen den beiden Stämmen bestanden. Das können nicht nur leere Worte gewesen sein.«

Hoffnung keimt in mir auf.

»*Tá*. Du hast recht. Außerdem wird der *Große Geist* nicht zulassen, dass Seelenpartner für immer voneinander getrennt werden. Er wird dafür sorgen, dass uns das Schicksal nicht auseinandertreibt. Wir werden wieder vereint sein. Ganz bestimmt.«

In diesem Augenblick heult der Motor von Shilahs Auto auf.

Es bleibt keine Zeit mehr. Nun muss ich gehen. Schnell küsse ich Nitika. Ein letztes Mal. Für eine unbestimmte Zeit. Aber nicht für immer.

Ihre Lippen sind süß und weich, schmecken jedoch auch nach dem Salz ihrer Tränen.

»Bis wir uns wiedersehen«, flüstere ich ihr zu und küsse ihre Stirn. Es ist ein Versprechen.

Unter Tränen nickt Nitika. »Geh jetzt. Sonst lasse ich dich nicht mehr los«, haucht sie kraftlos.

Das Auto von Shilah gibt einen schrillen Ton von sich, der mich zusammenzucken lässt.

»*Appasaché*«, flüstere ich leise. »*Ivè máwé du.*«

»Ich liebe dich auch«, erwidert Nitika.

Dann drehe ich mich um, löse währenddessen unsere Hände

voneinander.

Obwohl die Sonne warm vom Himmel scheint, ist mir mit einem Mal kalt, als ich zu Shilah ins Auto steige.

Er sagt keinen Ton, sondern fährt direkt los.

Ich drehe meinen Kopf so, dass ich Nitika noch so lange wie möglich sehen kann. Sie hat ihre Hand gehoben, winkt mir zu. Ihre Augen sind ein Meer aus Traurigkeit. Das ist das Letzte, was ich von ihr sehe, ehe uns das Schicksal wie ein Sturm auseinanderreißt.

Part III

Ein Mann hat Verantwortung, keine
Macht.
Es ist seine Aufgabe, die Menschen,
die er liebt, zu beschützen.
Wenn nötig mit seinem Leben.

– citalische Weisheit

KAPITEL 24

Zakima

Jede Faser meines Herzens sehnt sich nur nach ihr.

Ich sollte mich freuen, wieder zu Hause zu sein, jedoch vermisse ich Nitika bereits jetzt.

Allein wandere ich durch den Zion-Nationalpark.

Shilah hat mich mit dem Auto nur abgesetzt und ist dann direkt weitergefahren. Während der Fahrt hat er so laut Musik aus diesem komischen Radio gehört, dass eine Unterhaltung unmöglich war. Vielleicht war das besser so. Er hat alles gesagt, was es zu sagen gibt, und bewiesen, dass er nicht umgestimmt werden kann. Jedenfalls nicht jetzt.

Kann der Tod eines geliebten Menschen jemanden wirklich so stark verändern? Mit aller Macht versuche ich mir die erste Zeit nach Takodas Tod zu vergegenwärtigen. Jedoch stelle ich fest, dass die Erinnerungen beinahe verblasst sind. Sie kommen mir so unendlich weit entfernt vor. Dabei sind die Bilder von jenem Tag, als Takoda gesprungen ist, fest in meinem Kopf verankert.

Der Unterschied zwischen mir und Shilah ist wohl, dass ich nach Takodas Tod jemanden gefunden habe, der mir wieder das Licht zeigt, während Shilah sein Licht in der Spielsucht gefunden hat. Dass er dadurch Nitika immer mehr verliert, scheint ihm nicht klar zu sein. Es tut in meiner Brust so weh, wenn ich an ihre traurigen Augen und die Tränen denke. Sie wünscht sich nichts mehr als ihren Vater zurück. Und ich wünschte, ich hätte ihr helfen können. Meiner *Tadóewá*.

Ich stoße ein Seufzen aus und wechsle den Pfad, laufe nun durch ein kleines Waldstück, bis ich schließlich das Rauschen des Virgin Rivers vernehme.

Trotz der Gemeinsamkeit, die ich mit Shilah habe, verstehe ich ihn nicht. Er hat sich ein Bündnis zwischen *Navajo* und *Citali* gewünscht, mich jedoch nun fortgejagt. Und das nur, weil ich helfen wollte. Vielleicht ist das eine Art Selbstschutz gewesen. Schließlich ist er es nicht gewohnt, dass jemand ihn mit seinem Verhalten konfrontiert. Dennoch hätte er sich anders verhalten sollen. Seine Drohung wandert durch meinen Kopf. Nun, da ich das *Navajo*-Reservat verlassen habe, gehe ich davon aus, dass er es nicht wagen wird, die *Citali* zu verraten.

Mein Weg führt mich direkt am Ufer des Flusses entlang. Wieder in meiner vertrauten Umgebung zu sein, fühlt sich gut an. Hier kann ich frei atmen, ohne mich vor Shilah in Acht nehmen zu dürfen.

Dabei dachte ich immer, Shilah wäre ein liebenswürdiger Mensch. Bei uns im Dorf war er so anders.

Plötzlich dringt ein lautes Wiehern zu mir durch. Sofort lausche ich und vernehme das Geräusch von Hufen. Ein Pferd kommt näher. Es kann also nur ein *Citali* sein.

Niemand anderes als Sunwai reitet auf Anoki aus dem Gebüsch.

»Sakima!«, ruft sie überrascht. Auf ihren Lippen liegt ein Lächeln. Sie trabt auf ihrem Hengst schnell zu mir heran und zügelt ihn dann, bis er stehen bleibt. Dann rutscht sie elegant von seinem Rücken und überrennt mich beinahe.

»Du bist wieder da!«, stößt sie aus, während sie mich fest in ihre Arme drückt.

»Langsam, langsam! Sonst kriege ich keine Luft«, sage ich und meine Schwester löst sich von mir.

Ihre Augen funkeln aufgeregt.

»Leider muss ich gestehen, dass ich dich tatsächlich vermisst habe«, gibt sie zu. »Mit deiner Rückkehr hätte ich heute auf keinen Fall gerechnet! Unsere Eltern werden sich freuen.«

»Hmm.«

Mehr schaffe ich nicht, darauf zu erwidern. Natürlich werden Ahusaka und Donoma froh über meine Rückkehr sein, jedoch hätte sie ganz anders verlaufen sollen.

Sunwai wäre nicht Sunwai, wenn sie nicht sofort merkt, dass etwas nicht stimmt. Sie runzelt die Stirn, stemmt dann ihre Arme in die Hüften und mustert mich kritisch.

»Es ist etwas im Reservat der *Navajo* passiert, richtig?«

Zaghaft nicke ich. »*Tá.* Ich habe gehen müssen. Nicht, weil Nitika das gewollt hätte, sondern wegen ihres Vaters.« Kurz erzähle ich ihr alles, was sie wissen muss. Die Spielsucht, der Besuch im Casino – ich versuche, es Sunwai so schnell wie möglich zu erklären. »Noch nie hat sich etwas so falsch angefühlt. Ich habe Nitika zurücklassen müssen mit dem Wissen, dass sie unglücklich ist. Ihr Vater lässt sie zu oft allein und ihr bricht es das Herz. Nur sieht er es nicht.«

Meine Schwester legt ihren Kopf schief. »So wie du von Nitika sprichst, scheint sich zwischen euch mehr entwickelt zu haben. Sehe ich das richtig?«

»Sie ist meine *Tadóewá*«, gebe ich zu. »Sie hat mich gerettet, als es mir nach Takodas Tod so schlecht ging.«

»Das habe ich bereits bemerkt, als sie und ihr Vater bei uns zu Besuch waren«, unterbricht mich Sunwai und lächelt.

»Du hast recht. Bereits damals hat sich mein Herz für sie entschieden. Nur habe ich niemals gedacht, dass ich so empfinden
könnte. Es … es muss das Schicksal sein! Der *Große Geist* hat
mir Nitika geschickt. Anders kann ich mir diese Gefühle ihr
gegenüber nicht erklären.«

Das Grinsen im Gesicht meiner Schwester wird breiter und
breiter. »Nun weißt du, wie es mir ging, als ich mich in Johnny
verliebt habe«, neckt sie mich und boxt mir spielerisch in meine
rechte Seite. »Dass ich mich in einen *Îs Môhálo* verliebt habe,
stand auch nie auf meinem Plan für das Leben. Doch es ist
geschehen – Schicksal eben.«

Sofort nicke ich – weil meine Schwester die Wahrheit sagt,
nichts als die Wahrheit. Ich fühle mich ihr wieder näher und um
einiges tiefer verbunden. Kann nun verstehen, warum sie die Tage
so gern mit Johnny verbringt, anstatt sich um das Sammeln von
Feuerholz zu kümmern. Allerdings werde ich ihr das jetzt nicht
sagen. Ihr Grinsen ist Beweis genug dafür, dass sie sich mir gerade
etwas überlegen fühlt.

»Sunwai, du bist eine Expertin, was romantische Beziehungen
angeht – was würdest du mir raten? Wie kann ich Nitika wiedersehen, wenn ihr Vater sich so dagegen wehrt und sogar mit dem
Verrat der *Citali* droht?«

Die Mundwinkel meiner Schwester wandern Stück für Stück
nach unten, ehe sie traurig mit dem Kopf schüttelt.

»Leider weiß ich keinen Rat. Nicht in diesem Fall. Es geht
immerhin auch um das Wohl des gesamten Stammes. Als ich
damals glaubte, Johnny würde die *Citali* mit seinem Drehbuch
verraten wollen, habe ich versucht ihn zu hassen. Was natürlich
niemals geklappt hat. Aber ich hielt ihn für einen Verräter und
wusste, dass ich ihn niemals wiedersehen darf. Egal wie weh es
tut. Nur hat Nitika keinen Verrat begangen. Sie liebt dich, so wie

du es mir erzählt hast. Das Problem bei euch ist ihr Vater.«

»So ist es.«

»Rede mit unserem *Ité*. Ahusaka wird wissen, wie es in dieser Situation zu handeln gilt. Oder auch Mingan kann dir sicher einen guten Rat geben.«

»Dann will ich mit Vater sprechen«, antworte ich. »Er ist der Häuptling und hat damit das letzte Wort.«

»Weise Entscheidung«, lobt mich meine Schwester. »Dann lass uns nach Hause gehen. Anoki kann uns beide ein Stück weit gemeinsam tragen, dann sind wir schneller. Zu Fuß ist es doch recht mühsam.«

Ihr Blick fällt auf meine Füße.

»Tatsächlich tun sie mir schon etwas weh«, gebe ich zu. »Allerdings hatte ich keine Zeit, euch zu informieren. Mir blieb nichts anderes übrig, als zu laufen.«

»Stimmt. Los, komm, setz dich hinter mich.« Meine Schwester schwingt sich auf Anoki und ich steige hinter ihr auf. Im Schritt reiten wir nun weiter am Virgin River entlang. Die Mittagssonne ist längst weitergezogen, bald schon wird sie sich in den Abend verabschieden.

Meine Augen gleiten über die rötlichen Felsen, die das Tal markieren, durch das der Fluss fließt. Der Schrei eines Adlers ertönt. Das Tier raunt mir zu, dass ich hier frei bin. Dass hier mein Zuhause ist. Jedoch kann ich mich nicht frei fühlen, wenn ich weiß, dass Nitika nach wie vor in ihrer Traurigkeit gefangen ist. Das fühlt sich falsch an. Wir erreichen das Dorf, als der Himmel sich langsam, aber sicher in orange-rötlichen Tönen färbt. Als die Tipis in Sichtweite kommen, schlägt mein Herz eine Spur schneller.

Heimat.

Ein vertrautes Wort und ein vertrauter Anblick. Erst jetzt, wo ich das Dorf wiedersehe, mit all seinem Leben darin, wird mir bewusst, dass ich es vermisst habe. Es ist das Gegenteil von Tuba City. Hier herrscht absolute Fröhlichkeit, die mir direkt entgegengebracht wird. Sobald wir den Rand des Dorfes erreichen und ich von Anokis Rücken steige, kommen direkt die ersten *Citali* auf uns zugestürmt.

Drei kleine Jungen rufen aufgeregt: »Sakima! *Haulá*!«

Sie umringen mich und strecken ihre Ärmchen nach mir aus. Ich knie mich zu ihnen auf den Boden und werde beinahe von ihnen umgeschmissen, so stark drücken sie sich an mich.

»Ist schon gut!«, lache ich. »Ich freue mich auch, euch wiederzusehen. Ihr seid ein ganzes Stück gewachsen.«

Eifrig nicken die drei und ich stehe auf. Auch erwachsene *Citali* haben sich zu uns gesellt. Sie alle begrüßen mich mit lauten Rufen, jeder Einzelne von ihnen lächelt. Sie freuen sich, dass ihr zukünftiger *Athánchan* wieder hier ist.

Zwischen all den freudigen Gesichtern fällt es mir leicht, meine Probleme abzuschütteln und kurz durchzuatmen. Die Unbeschwertheit schwappt auch auf mich über.

Jedoch nur, bis ich meinen Vater entdecke.

Er sieht mich überrascht an. Hinter ihm löst sich Donoma und eilt auf mich zu.

»Sakima! Du bist wieder da!«

Sie umarmt mich kurz mit all ihrer mütterlichen Liebe.

»Wir haben dich sehr vermisst.« Glücklich lächelt sie mich an, während sie ihre Augen über mich wandern lässt, als suche sie nach körperlichen Veränderungen.

»Es ist schön, dass du zu Hause bist, mein Sohn«, meint auch Ahusaka.

Seine Mundwinkel hat er leicht nach oben gezogen. Das Lächeln eines waschechten *Athánchan*: dezent, aber dennoch herzlich.

»*È Radó.* Ich freue mich auch sehr«, antworte ich, obwohl ich nicht sicher bin, ob es der Wahrheit entspricht.

Eingehend mustert mich mein Vater. Ob er merkt, dass mich etwas bedrückt? Ganz sicher. Hoffentlich würde sich später eine Gelegenheit ergeben, allein mit ihm zu sprechen.

»Es trifft sich gut, dass du heute nach Hause gekommen bist«, sagt mein Vater unterdessen.

»Weshalb?«

»Wir haben heute zwei Hirschböcke erlegen können. Heute Abend wird es demnach nicht nur der erfolgreichen Jagd wegen ein Festmahl geben, sondern deinetwegen.«

Er legt seine Hand auf meine Schulter und sieht sehr zufrieden aus, während in mir nichts bereit ist für eine Feier. Jedoch widerspreche ich nicht. Meine Familie freut sich eben, dass ich wieder da bin. Und diese Freude möchte ich ihnen nicht nehmen.

Die Nacht ist sternenklar und das Feuer lodert hoch hinauf in den Himmel.

Ein paar *Citali* spielen auf Trommeln, andere stoßen laute Rufe aus, während wieder andere wild tanzen.

Das Festmahl ist köstlich gewesen. Es ist wirklich schön, wieder hier zu sein. Um mich herum sehe ich nur bekannte Gesichter und ich muss auch nicht mehr Sorge haben, dass ich etwas sage, für das ich krumm angeschaut werde, weil ich keine Ahnung von der modernen Welt habe. Hier gehöre ich hin, nirgends sonst.

Ich sitze im Schneidersitz auf dem staubigen Boden, trage meine bunten Ketten um den Hals und bin froh, mich so zeigen zu können, wie ich bin. Nur mein Herz ist nicht bei mir, was jedoch den wenigsten auffällt. Sunwais Blick allerdings ist mir nicht unbemerkt geblieben. Sie macht sich Sorgen um mich, auch Johnny scheint sie erzählt zu haben, was in Tuba City vorgefallen ist. Von ihm ernte ich kurze, mitfühlende Blicke. Ich bin froh, dass die beiden mich nicht direkt darauf ansprechen.

»Wie war es im *Navajo*-Reservat?«, schreckt mich plötzlich die tiefe Stimme meines Vaters aus meinen Gedanken. Er lässt sich neben mir nieder und runzelt die Stirn, während er mich mustert. »Und wie ist es mit dem Mädchen der *Navajo* gelaufen? Irgendetwas stimmt mit dir nicht. Du hast etwas auf dem Herzen.«

»Ich habe mit dir reden wollen, nur hat sich bisher noch nicht der richtige Zeitpunkt dafür ergeben«, gebe ich zu.

»Dann ist es ja gut, dass ich nun hier bin.«

Ich nicke und stoße dann ein Seufzen aus. »Hat sich hier viel geändert, während ich fortgewesen bin?«

Mein Vater schüttelt den Kopf. »*Ná*. Allerdings war Takodas Mutter bei mir. Sie hat mit mir über den Tod ihres Sohns gesprochen und mich gebeten, dir ihre Entschuldigung auszurichten. Sie hat nun eingesehen, dass sie nicht dir die Schuld hätte geben dürfen. Sicher wird sie dich bald persönlich um Verzeihung bitten.«

Mein Herz macht unwillkürlich einen Satz nach vorn. »Sie … sie hat mir also verziehen?«

Der Häuptling nickt bedächtig. »*Tá*. Zeit heilt alle Wunden, Sakima. Egal, wie tief sie auch sein mögen. Takodas Mutter lebt nun weiter – auch wenn sie die Erinnerungen an ihren Sohn immer in sich tragen wird und somit auch die Trauer. Schon während des Aufenthalts der *Navajo* konnte ich beobachten, dass auch du angefangen hast, dein Leben weiterzuführen. Du warst fröhlicher. Doch heute bist du ruhiger als sonst, auch wenn du es den anderen Dorfbewohnern nicht zeigen möchtest.«

»Das stimmt. Weil ... weil ich den wichtigsten Teil von mir bei den *Navajo* zurückgelassen habe: mein Herz.«

Nun bildet sich ein ehrliches Lächeln im Gesicht meines Vaters. Seine Augen glitzern voll Stolz. »Ich habe es geahnt! Du und Nitika, ihr wart von Anfang an füreinander bestimmt.«

»Ja«, stimme ich bedrückt zu. »Sie ist meine *Tadóewá*, daran besteht kein Zweifel.«

»Das freut mich für dich, mein Sohn. Du hast dieses besondere Glück ebenso verdient wie deine Schwester oder deine Mutter und ich. Die Gefühle der Liebe vergehen niemals. Im Gegenteil – du wirst merken, dass sie jeden Mondzyklus wachsen werden. Dem Bündnis zwischen *Navajo* und *Citali* steht demnach nichts mehr im Wege.«

»Doch!«, unterbreche ich ihn laut. »Shilah möchte mir seine Tochter nicht mehr anvertrauen. Aus diesem Grund bin ich wieder hier – er hat mich fortgeschickt. Er hat gedroht, unseren Stamm an die Außenwelt zu verraten, wenn ich nicht gehe. Mir blieb keine andere Wahl.«

Ahusaka legt seine Stirn in Falten. »Jedem Vater fällt es schwer, seine Tochter in andere Hände zu geben. Bei Sunwai ging es mir ebenfalls so. Du kannst ihn nicht dazu zwingen. Shilah ist eben noch nicht so weit. Doch auch hier wird der *Große Geist* sicher eingreifen, damit ihr bald zusammen sein könnt.«

Die Zuversicht, mit der mein Vater mit mir spricht, stimmt nicht mit meinen Gefühlen überein. Er weiß nicht, was wirklich zu Hause bei Nitika geschehen ist.

»Was aber, wenn es Nitika dort schlecht geht? Sie hat ebenso mit Problemen zu kämpfen wie ich und muss damit vollkommen allein fertig werden. Das sollte nicht sein, ich möchte ihr helfen, nur kann ich es nicht mehr, nachdem Shilah mich fortgeschickt hat.«

Wortlos schüttelt Ahusaka den Kopf und ich lasse meine Schultern sinken.

»Nitika zu helfen, liegt nicht in deiner Macht«, erklärt er. »Das ist Sache des *Navajo*-Stammes. Wir dürfen uns da nicht einmischen.«

Es tut weh, diese Worte aus dem Mund meines Vaters zu hören. Hilfe hatte ich mir erhofft, doch nun sagt er mir das, was Nitikas Vater mir schon die ganze Zeit über weismachen möchte: Dass mich seine und Nitikas Probleme nichts angehen und ich ihnen nicht helfen darf.

»Aber *Ité*, du weißt gar nicht, was noch alles dahintersteckt!«

»Das sollte ich auch nicht. Die *Navajo* mischen sich nicht in Angelegenheiten der *Citali* ein, so auch umgekehrt.«

Die Worte meines Vaters treffen mich tief. Ich hatte gehofft, dass er mir besser zuhören würde und er mir seinen weisen Rat anvertraut. So bleibe ich ohne Hoffnung zurück. Darunter leidet allen voran mein Herz.

»Lass uns zusammen zum *Großen Geist* beten«, schlägt mein Vater in diesem Augenblick vor. »Er ist der Schicksalsgeber. Auf ihn solltest du nun am meisten vertrauen.«

»Das stimmt.«

Konzentriert richte ich meinen Blick nach unten, schließe die Augen, während Ahusaka anfängt, leise ein Gebet zu sprechen: »*Großer Geist,* du leitest und führst uns jeden Tag. Der Weg des Lebens ist lang und oft steinig und schmerzvoll. Du zeigst uns das Schicksal, Sakima hast du Nitika von den *Navajo* gezeigt. Im Augenblick ist es ihnen nicht möglich, zusammen zu sein, obwohl ihre Herzen es möchten. Schenke Nitikas Vater Shilah die Eingebung, dass seine Tochter bei Sakima gut aufgehoben ist. Lass ihn erkennen, dass Sakima ein herzensguter und weiser, zukünftiger *Athánchan* ist. Das gesamte Dorf freut sich, dass er nun wieder bei uns ist. Danke, dass du ihm sicher seinen Weg zurück nach Hause gezeigt hast. Schütze ihn vor traurigen Gedanken und zeige ihm und Nitika den richtigen Weg, der sie zueinander führt.«

Mit diesen Worten beendet er das Gebet und sieht mich mit schiefgelegtem Kopf an.

»Sakima, ich bin stolz auf dich. Das sollst du wissen. Du hast deine Reise zu den *Navajo* gut gemeistert, auch wenn sie ein nicht so schönes Ende hatte. Doch ich bin mir sicher, das wird noch kommen. Für dich und deine Nitika. Empfindet sie denn genauso für dich?«

Heftig nicke ich. »Ja. Das tut sie. Bestimmt vermisst sie mich so schmerzlich wie ich sie.«

»Das ist gut so.« Ahusaka nickt anerkennend. »Dann wird sie mit ihrem Vater reden, so wie Sunwai mit mir geredet hat. Alles wird sich zum Guten wenden.«

Leider fühlt es sich für mich immer noch nicht so an. Die dunklen Wolken schweben über mir und ein Sturm droht mich jederzeit zu überraschen. Ich habe versagt. Wie kann mein Vater auf mich stolz sein, wenn ich verloren habe? Das passt nicht zusammen.

Sunwai meinte, der *Athánchan* könnte mir helfen. Mir sagen, wie es nun weitergeht. Nur hat er das nicht getan. Eine einzige Person gab es, der ich alles habe anvertrauen können. Er hätte mir zugehört. Lange. Ohne abzubrechen, wie mein Vater. Er hätte mich getröstet, mit allem, was ihm möglich gewesen wäre. Doch Takoda ist nicht mehr da. Er ist fort und kann mir niemals mehr zuhören. Er ist tot. Für immer verloren.

Ein Kloß bildet sich in meiner Kehle.

»Ich glaube, ich gehe zurück ins Tipi«, murmle ich. »Die Reise war anstrengend.«

Es ist zugleich Ausrede und Wahrheit. Die Lust am Feiern ist mir vergangen, ich spüre, dass ich Zeit für mich allein brauche.

Mein Vater nickt nur und wünscht mir eine gute Nacht.

Ich rapple mich auf, klopfe mir unsichtbaren Staub von meiner Hose.

Als ich am Feuer vorbeikomme, fällt mein Blick auf Takodas Mutter. Halona sieht mich direkt an. Doch diesmal mit keinerlei Wut in ihren Augen. Stattdessen kann ich ihre Entschuldigung darin lesen, ohne dass sie auch nur ein Wort sagen muss. Sie bereut es wirklich. Und ihr ist anzusehen, dass sie zwar nach wie vor um Takoda trauert, aber einen Weg aus der Dunkelheit gefunden hat. Ihre Hände ruhen auf einer Trommel. Sicher lenkt sie sich damit ab. Ich freue mich für sie, dass sie ihren Frieden gefunden hat. Es erleichtert mich.

Ich nicke ihr höflich zu und sie bringt ein Lächeln zustande. Dann ist sie auch schon außerhalb meiner Sichtweite.

Schnell flüchte ich vom Platz. Denn ich möchte weder von Sunwai noch von Johnny aufgehalten werden. Alles, was ich will, ist, meine Augen zu schließen und mich zu Nitika zu träumen. Egal wie groß der Schmerz am darauffolgenden Tag sein wird.

KAPITEL 25

Nitika

Die Scherben auf dem Boden beschreiben den Zustand meines Herzens am allerbesten.

Noch nie ist mir eines meiner Tongefäße einfach so aus der Hand gerutscht. Nie habe ich eines zerbrochen. Seit meine Mutter tot ist, habe ich mir immer größte Mühe gegeben, das zu vermeiden. Bis heute. Heute ist es einfach passiert.

Ich habe die Vase in die Hand genommen, die ich zusammen mit Sakima gemacht habe. Doch die Erinnerungen an die unbeschwerten Tage mit ihm sind zu schmerzhaft. Mein Zimmer kommt mir ohne ihn plötzlich leer vor. Und jetzt ist auch noch die Vase kaputtgegangen.

Auf Zehenspitzen steige ich aus dem Scherbenhaufen, bücke mich, um die großen Teile einzeln aufzusammeln und zu entsorgen. Dabei tropfen Tränen auf den Ton.

Weil ich ihn verloren habe.

Und weil mein Vater mich mit all dem Chaos in meinem Inneren wieder einmal allein lässt.

Ich kann rechnen. Mein Vater hätte bereits wieder hier sein müssen. Er hat gesagt, er fährt Sakima nur zum Zion-National-park. Doch nun ist er schon viel zu lange fort. Er ist mit Sicherheit wieder in sein geliebtes Casino gefahren. Weil er es nicht lassen kann.

Oder?

Ein schmerzhafter Stich fährt in meine Brust, während ich mir vorstelle, was ich tun würde, wenn mein Vater denselben Schritt wagt wie meine Mutter vor fünf Jahren.

Was, wenn Shilah sich eines Tages umbringt, weil er aus dem Kreis der Trauer nicht mehr herauskommt?

Dann hätte ich endgültig niemanden mehr.

Nach Moms Tod war nur noch er für mich da, denn alle Kontakte zu meinen Freunden sind damals langsam, aber sicher abgebrochen. Natürlich hatte ich in der High School Personen, mit denen ich Zeit verbracht habe. Eines der Privilegien, das ich genießen durfte, denn nicht überall im Reservat gibt es Schulen. Diese sind nach wie vor rar unter den *Navajo*. Jedoch ist die Kluft zwischen meinen Freunden und mir nach der letzten Klasse immer mehr gewachsen.

Von einer ehemaligen Freundin weiß ich, dass sie direkt nach dem Abschluss das Reservat verlassen hat, um an einem College zu studieren. Sie hat mit Sicherheit nun ein viel besseres Leben als ich. Meines liegt in Trümmern. Und das, nachdem ich endlich ein paar Sonnenstrahlen erleben durfte. Sakima wäre meine Zukunft gewesen. Doch nun ist er fort, weil mein Vater alles zerstört hat.

Ein Stich fährt in mein Herz.

Ich bücke mich, um eine weitere Scherbe aufzusammeln. Dabei schneide ich mich an einer scharfen Kante des Tons. Mein Finger fängt an zu bluten. Tropfen für Tropfen fließt die rote Flüssigkeit aus meinem Körper. Auch das sind Tränen. Tränen aus Blut.

Das Pflaster, das ich über den Finger klebe, schafft es nicht im Entferntesten, die Wunde zu heilen. Nichts kann das. Noch nie habe ich mich so allein gefühlt wie heute.

Als ich später ins Bett schlüpfe, ist es nicht mein eigenes. Denn dort kann ich nicht schlafen. Zwar habe ich den Boden von den groben Scherben befreit, aber mir fehlte die Kraft, so spät noch zu putzen, um auch jeden kleinen Splitter zu erwischen. Stattdessen liege ich nun in jenem Bett, in dem Sakima geschlafen hat. In seinem Zimmer im *Navajo Rest*. Ich bin froh, dass ich nicht direkt die Bettbezüge entfernt habe. Denn so riecht das Bett noch nach ihm und Sakimas erdiger Duft hüllt mich ein wie ein schützendes Tuch.

Jedoch schaffe ich es nicht, in den Schlaf zu finden. Zu viele Gedanken beherrschen meinen Kopf und sie alle sind negativ. Weil mir die Hoffnung fehlt. Die Hoffnung auf ein besseres Leben.

Irgendwann muss ich dennoch weggenickt sein. Denn als ich aufwache, ist es bereits hell.

Mein Bauch gibt ein Rumoren von sich. Na toll! Jetzt habe ich auch noch Hunger. Etwas, das kaum in meine derzeitige Gefühlslage passt. Am liebsten hätte ich das Frühstück ausgelassen, jedoch ist das nicht der richtige Weg. Mein Körper kann nichts dafür, dass es mir schlecht geht. Ihm sollte ich jetzt nicht auch noch wehtun.

Gerädert stehe ich auf und verlasse das Hotel.

Nanu? So früh ist mein Vater noch nie von einem seiner Casino-Besuche zurück gewesen. Es überrascht mich, dass sein Wagen auf dem Hof steht. Jedoch ist es noch verblüffender, dass Milton direkt neben ihm parkt. Was macht der Präsident der *Navajo* denn so früh am Morgen hier? Das sieht keinem der beiden Männer ähnlich.

Die Neugierde packt mich und ich laufe hinüber zum Bungalow. Stimmen wehen zu mir herüber. Ich verlangsame meine Schritte und stelle fest, dass das Fenster der Küche vollkommen geöffnet ist.

Dad und Milton unterhalten sich. Eigentlich ziemt es sich nicht, zu lauschen. Es ist nicht meine Art. Dennoch bleibe ich wie festgewachsen stehen, als Sakimas Name erwähnt wird.

Sie reden über die *Citali*.

»Meiner Meinung nach sollte der Stamm nicht mehr im Geheimen existieren«, erklärt Shilah gerade. »Die *Citali* mischen sich zu sehr in die Angelegenheiten der *Navajo* ein, sie haben keinen Respekt vor unserer Lebensweise, warum sollten wir dann die ihre achten?«

Hektisch schnappe ich nach Luft. Was mein Vater da zu rechtfertigen versucht, will ich gar nicht hören. Doch er spricht bereits weiter.

»Deswegen habe ich Sakima auch fortgeschickt. Ich werde dafür sorgen, dass er nie mehr auch nur in die Nähe meiner Tochter kommt.«

Das kann mein Vater nicht ernst meinen, oder etwa doch? Ich dachte, es sei genug, wenn Sakima das Reservat wieder verlässt. Dass mein Vater immer noch solch dunkle Gedanken hegt, lässt mein Herz zersplittern. Längst habe ich aufgehört, zu zählen, wie oft das in letzter Zeit passiert ist. Niemals hätte ich gedacht, dass mein Vater zu solch hinterhältigen Dingen fähig ist. Es sieht ihm nicht ähnlich. Selbst wenn er wütend auf Sakima ist.

»Sicher, dass das eine gute Idee ist?«, höre ich Milton sagen.

»Ja«, erwidert mein Vater und mein Herz rutscht noch tiefer in meine Hose. »Ich werde eine Zeitung außerhalb des Reservats aufsuchen und ihnen einen Hinweis geben, dass im Zion-Nationalpark ein wilder Stamm Native Americans lebt. Und da ich den genauen Standort des Dorfes kenne, kann ich ihnen diesen beschreiben. Sicher zahlen sie mir eine Menge Geld dafür, dass ich ihnen das Dorf verrate. Somit könnte ich all meine Geldsorgen lösen. Nitika wäre sicher glücklich, wenn unser Leben wieder leicht und ohne rote Zahlen verläuft. Gleichzeitig bekommen die *Citali* vor Augen geführt, dass es für keinen Native American mehr ein Leben in Freiheit gibt. Das ist nur Wunschdenken.« Shilah klingt zufrieden.

Geld. Es geht also wieder nur ums Geld. Ich balle meine Hände zu Fäusten. Aber es ist der falsche Weg, um endlich sorgenfrei leben zu können. Dafür werden andere Menschen leiden, und das ist vollkommen verkehrt.

»Hmm … Als Präsident der *Navajo* muss ich dir sagen, dass das keine gute Idee ist.«

Genau, Milton, bitte halte Dad davon ab!

Doch dann redet er weiter: »Aber ich bin auch dein Freund. Und als dein Freund kann ich dich mehr als verstehen. Deine Beweggründe sind nur zu deutlich. Er hat sich in dein Leben eingemischt, dich im Casino bloßgestellt und dir versucht, einen Betrug anzuhängen. Das ging entschieden zu weit.«

Enttäuscht sacken meine Schultern nach unten. Anstatt ihn davon abzubringen, bestärkt Milton ihn. Am liebsten möchte ich sofort ins Haus stürmen und Dad zur Rede stellen. Mein ganzer Körper schreit danach.

Ich mache ein paar Schritte auf die Eingangstür zu. Der Gestank von Zigaretten schlägt mir entgegen. Schon seit einer gefühlten Ewigkeit hat Dad nicht mehr geraucht. Warum ausgerechnet heute? Ein winziges Detail, das mich noch trauriger macht. Alles am heutigen Tag ist so falsch.

Im Schatten meines alten Fords lasse ich mich auf den Boden sinken. Ich fühle mich machtlos. So als könnte ich Sakimas

Schicksal nicht mehr umkehren. Habe ich verloren? Muss ich es hinnehmen, dass Dad sein Leben zerstört? Ist er sich darüber im Klaren, dass er dadurch auch mich verliert? Nichts davon wird Mom zu uns zurückbringen. Im Gegenteil – er wird sich noch mehr von ihr entfernen. Nur ist ihm das nicht bewusst.

Ich warte, bis der Präsident kurz darauf das Haus verlässt und in sein Auto steigt. Erst als er vom Hof fährt, stehe ich auf und stürme in die Küche.

Kalter Rauch peinigt meine Nase, auf dem Küchentisch steht ein Aschenbecher.

»Nitika, guten Morgen!«, begrüßt mich mein Vater mit einem Lächeln auf den Lippen.

Ich bleibe stehen und funkle ihn empört an. Woher ich den Mut nehme, so wütend aufzutreten, ist mir schleierhaft. Die Kraft muss vom *Großen Geist* kommen, der will, dass ich Sakima beschütze. Es ist meine Pflicht, schließlich bin ich seine Seelenverwandte. Wenn es Sakima schlecht geht, wird es auch mir schlecht gehen. Das Band, das uns verbindet, ist stärker als jegliche Kraft, die mir bisher im Universum begegnet sind. Zwei Magnete, die für immer zusammengehören. Nur muss ich das jetzt meinem Vater klarmachen.

»Nichts mit ›Guten Morgen‹. Ich habe alles gehört, Dad«, fange ich an. »Wie kannst du Sakima nur noch mehr antun wollen? Das hat nicht zur Vereinbarung gehört. Du hast gesagt, wenn er geht, dann wirst du nicht zur Presse laufen.«

»Nun, Nitika, vielleicht verstehst du mich etwas besser, wenn ich es dir erkläre. Meinungen können sich ändern – ich habe es mir eben anders überlegt. Sakima muss am eigenen Leib erfahren, wie das Leben wirklich ist. Nur wenn er spürt, wie hart und voller Schmerz es ist, kann er meine Handlungsweise verstehen. Dann ist ihm vielleicht klar, weshalb ich so gern das Casino aufsuche.«

»Das wird niemals deine Handlung rechtfertigen«, protestiere ich. »Du bist spielsüchtig, das ist eine Krankheit! Diese Meinung teile ich voll und ganz mit Sakima. Und das weißt du. Du willst nur nicht wahrhaben, dass du Hilfe bräuchtest.«

»Redet man so mit seinem Vater?«, will Shilah wissen und mustert mich prüfend. »Alles, was ich plane, ist nur für dich. Dass ich zur Presse gehe, ist eine Geste der Güte, um dir endlich das Leben zu ermöglichen, dass du verdienst. Sie werden uns gut bezahlen. Gleichzeitig habe ich so die Möglichkeit, meine Ehre wiederherzustellen. Sakima hat mich im Casino beleidigt. Wenn ich jetzt nichts gegen ihn unternehme, wird er sich mir überlegen fühlen.«

Entsetzt schnappe ich nach Luft. »Das ist nicht wahr!«, rufe ich aus. »Sakima ist ein demütiger Mensch. Er würde sich niemals für besser als du halten, er hat mir nur helfen wollen, weil du mich unglücklich machst. Er hat *dir* helfen wollen. Bitte, tu das nicht!«

Shilah unterdrückt ein herablassendes Lachen und dreht den Aschenbecher einmal auf der Tischplatte im Kreis. »Weißt du, es ist der einzige Weg, um endlich aus diesem Elend herauszukommen. Und diese Chance werde ich nicht verstreichen lassen. Dazu ist das Geld zu wichtig für uns.«

»Du meinst wohl für dich.« Ich verschränke meine Arme vor der Brust, um das wütende Zittern meiner Hände zu verbergen. »Ich bin mir sicher, dass du das Geld sofort wieder im Casino verspielen wirst.«

»Niemals!«, fährt mich mein Vater an.

Damit habe ich ihn tief getroffen. Natürlich. Seine Sucht ist sein wunder Punkt.

»Doch«, gebe ich mutig Konter. »Du verleugnest es Stück für Stück! Mom hätte das nicht gutgeheißen. Du hast dich seit ihrem Tod so sehr verändert ... Sie ... sie würde das hassen!«

Mit einem Mal herrscht Stille im Raum. Es ist nicht fair, meine Mutter ins Spiel zu bringen. Doch es zeigt Wirkung.

Nachdenklich runzelt mein Vater die Stirn, senkt den Blick und starrt auf den Aschenbecher vor sich. »Du hast doch keine Ahnung, wie deine Mutter wirklich war«, murmelt er schließlich. »Sie hat sich immer über das Leben hier in Tuba City beschwert. Am liebsten hätte sie anderswo gelebt, da bin ich mir sicher. So wie du. Du wärst auch mit Sakima mitgegangen, hättest ihn als deinen Ausweg benutzt. Deswegen habe ich auch gemerkt, dass das Bündnis zwischen *Navajo* und *Citali* falsch ist. Ich will dich nicht verlieren. Wenn wir diesem Elend entkommen, dann gemeinsam.«

Er sieht zu mir auf, diesmal erkenne ich ehrliche Traurigkeit in seinem Blick. Ich schlucke, während sich etwas tief in meinem Inneren rührt. Dad möchte dieses Leben hier nicht mehr, ebenso wenig wie ich. Vielleicht ist es wirklich die Liebe zu mir, die ihn dazu antreibt, solch furchtbare Dinge wie den Verrat der *Citali* zu planen. Er hat Angst, alleingelassen zu werden und stellt sich deshalb gegen mein Glück.

Dennoch ist all das nicht richtig. Und das Risiko ist hoch, dass er all das Geld der Presse in seine Spielsucht investiert und noch mehr leidet.

»Das Leben ist grausam, Nitika. Ich erfahre es Tag für Tag. Doch jetzt tut sich ein Ausweg auf. Das muss ich nutzen. Koste es, was es wolle.« Mein Vater wirkt entschlossen. Seine Augen verdunkeln sich wieder.

»Aber ich liebe Sakima …«, hauche ich.

Jetzt sprüht Dad Funken. »Du hast diesen Hinterwäldler nicht mehr zu lieben. Er ist nicht gut für deine Familie und somit auch nicht für dich!«

Seine laute Stimme lässt mich zusammenzucken.

»Du hast Hausarrest«, verkündet Shilah plötzlich. »Weil du dich mir entgegenzustellen versuchst.«

»Nein!«, rufe ich aus, doch mein Vater duldet keinerlei Widerspruch.

»Geh in dein Zimmer. *Sofort*!« Shilah wird noch ein Stück lauter und sorgt dafür, dass ich immer kleiner werde. Mein Mut schwindet, ich gebe auf, eile aus der Küche und in mein Zimmer. Dort werfe ich mich auf mein Bett, starre an die Decke.

Noch nie habe ich mich so hilflos gefühlt. Es ist lange her, dass mein Vater dermaßen in Rage war. Noch nie hat seine Wut ein so hohes Level erreicht. Heute würde ich ihm tatsächlich alles zutrauen. Auch, dass er direkt zu einer Zeitung fährt und seinen Plan in die Tat umsetzt.

Ich habe Angst.

Angst um Sakima, seine Familie und den Stamm.

Aber auch Angst um meinen Vater. Er ist dabei, sich selbst zu zerstören. Nur des Geldes wegen. Es wird ihn kaputtmachen, wenn er einsieht, dass es Menschen seinetwegen schlecht geht. Und es wird ihn auseinanderbrechen, wenn er mich dadurch verliert. Was der Fall sein wird. So eine Tat wäre nicht zu verzeihen. Niemals.

Ist er etwa so sehr in seiner Wut und Depression gefangen, dass er wirklich glaubt, aus Liebe zu mir zu handeln? Ahnt er nicht, welche Konsequenzen all das für die *Citali* haben wird? Sie würden ihr Zuhause verlieren. Seinetwegen. Dabei hatte es ihm im Zion-Nationalpark so gut gefallen, er wirkte fast geheilt. Und jetzt geht es ihm schlechter denn je.

Was soll ich nur tun? Ich will nicht untätig herumsitzen und Zeit verstreichen lassen.

Sakima ahnt nichts, weil er wieder auf das Wort meines Vaters vertraut. Wenn die Touristen und die Presse dort auftauchen würden, werden er und der Stamm vollkommen überfordert sein. Dafür wäre ich mitverantwortlich, wenn ich nichts tue. Ich sollte sie wenigstens warnen.

Noch einmal sammle ich all meinen Mut zusammen. In eine kleine Tasche stopfe ich die nötigsten Habseligkeiten, dann verlasse ich leise mein Zimmer, ziehe die Tür lautlos hinter mir zu. Als ich an der Küche vorbeikomme, ist diese leer.

Laute Musik dringt aus dem Arbeitszimmer meines Vaters. Sehr gut! So wird er nicht hören, wie ich vom Hof fahre.

Wie er wohl reagieren wird, wenn er feststellt, dass ich fort bin?

Schmerz durchzuckt mich. Es könnte auch die falsche Entscheidung sein. Mein Vater ist depressiv. Am Ende verletzt es ihn so sehr, dass er noch wütender wird und sich selbst etwas antut. Könnte er das? So wie Mom?

Ein Kloß bildet sich in meinem Hals. Sicher nicht, sonst hätte er es schon kurz nach ihrem Selbstmord getan. Oder?

Ich befehle meinen Füßen, weiterzugehen. Hinaus auf den Hof, zu meinem alten Ford. Wenn ich noch länger derartige Gedanken hege, dann werde ich es nicht durchziehen. Und ich muss. Sonst schwebt meine große Liebe in ernsthafter Gefahr.

Entschlossen steige ich in meinen Wagen, ziehe die Tür hinter mir zu und starte den Motor.

Als ich vom Hof fahre, blicke ich durch den Rückspiegel zum Haus. Ein letztes Mal. Ich werde nicht umkehren. Nun werde ich nur noch nach vorn sehen, denn die *Citali* zu warnen, ist das Mindeste, was ich tun kann.

KAPITEL 26

Zakima

Alles ist vertraut und zeitgleich fehlt etwas im Dorf der *Citali*.

Mein Alltag läuft wieder in den gewohnten Bahnen, wobei ich das Gefühl habe, dass Ahusaka mir noch mehr Freiraum lässt.

Jedoch denke ich jede freie Minute an Nitika. Ich frage mich, ob sie ein weiteres Mal mit ihrem Vater gesprochen hat, was gerade in ihr vorgeht, ob sie sich besser fühlt. Hoffentlich besser als ich.

Jedes Mal, wenn ich in meinen Gedanken versinke, ist mir ein mitleidiger Blick von Sunwai sicher. Sie weiß am besten, unter welchem Kummer ich gerade leide.

»Ich kann nicht nur tatenlos vor dem Tipi sitzen«, verkünde ich am frühen Abend. »Ich werde kurz den Dorfrand ablaufen, um zu sehen, ob alles in Ordnung ist. Die Zäune der Rinder müssen auch mal wieder überprüft werden.«

Wir haben bereits zu Abend gegessen. Meine ganze Familie hält sich im Tipi auf, Johnny ebenfalls.

Donoma legt ihren Kopf schief und mütterliche Fürsorge fließt durch ihre Augen. »Du kannst dich so lange von deiner Reise erholen, wie du möchtest.«

»Aber so schaffe ich es nicht, dass mein Kopf frei von

Gedanken wird«, erkläre ich. »Ich muss raus. Wenigstens für einen kurzen Augenblick.«

Ahusaka nickt. »Wie du möchtest. Du weißt am besten, wie du mit der Trennung von Nitika zurechtkommst. Ein Gebet zum *Großen Geist* unter freiem Himmel kann natürlich auch helfen.«

Meinem Vater schenke ich ein höfliches Nicken. »*È Radó*. Ich werde daran denken.«

Als ich aufstehe, will sich auch Sunwai in Bewegung setzen, doch ich schüttle nur den Kopf.

»Ich will allein sein, Sunwai.«

»Aber wir könnten dich ablenken«, widerspricht sie.

Doch darauf lasse ich mich nicht sein, bewege meinen Kopf erneut verneinend hin und her. Ihre enttäuschte Miene lässt mein Herz kurz schwer werden, doch ich kann jetzt nicht mit ihr reden. Zu stark würden meine Emotionen aufgewirbelt werden.

»Bis später«, verabschiede ich mich und schlüpfe so schnell ich kann aus dem Tipi.

Die klare Luft des Abends zu schmecken, tut gut. Ich schlendere durch das Dorf, inzwischen haben sich die meisten Bewohner zum Mahl in ihre Tipis zurückgezogen. Am Himmel ist bereits der Nordstern sichtbar sowie der Mond, der beinahe seine volle Größe erreicht hat. Ein friedvoller Anblick, der mich mit positiver Energie erfüllt.

Als ich bei den Rindern ankomme, sehe ich mir den Zaun an, doch alles ist in bester Ordnung. Jedoch fühlt es sich gut an, bei den Tieren zu sein. Sie strahlen ihre ganz eigene Ruhe und Geborgenheit aus und ich beobachte ein Kalb, das gerade bei seiner Mutter trinkt.

»Nitika, ich vermisse dich«, hauche ich. Eine Hälfte von mir fehlt, mein Herz ist nicht mehr vollständig. Nur will ich die Hoffnung nicht aufgeben, dass es für uns eine Zukunft gibt. Es muss eine geben. Denn dazu sind Seelenpartner bestimmt.

Langsam beobachte ich, wie die Sonne immer tiefer wandert und den Sternen Platz macht. Die Dunkelheit wird bald schon das letzte bisschen Licht verdrängt haben.

Plötzlich fällt mir eine Gestalt auf, die vom Waldrand her auf das Dorf zusteuert. Ich runzle die Stirn. Merkwürdig. Die Person trägt bunte Kleidung – blau und lila. Farben, die bei der Kleidung der *Citali* nicht vorkommen.

Mein Herz macht einen Satz nach vorn und im gleichen Augenblick löse ich meine Hände vom Gatter und eile in die Richtung, aus der die Gestalt kommt.

Ein Außenweltler. Es ist nur zu deutlich. Hat Shilah etwa doch den Verrat begangen? Weiß nun jeder von unserem Dorf?

Tausend Ängste schießen durch meinen Kopf und sorgen für einen Energieschub. Ich laufe schneller, immer schneller, während die Person deutlicher sichtbar wird, weil auch sie näherkommt.

Halt! Das kann nicht sein!

Mit einem Mal bleibe ich stehen, nur wenige Meter vor ihr. Blinzle erstaunt, weil ich es nicht glauben kann. Wir mussten getrennte Wege gehen und nun steht sie tatsächlich vor mir?

Nitikas Wangen sind gerötet und ihr Haar hängt ihr wirr in die Stirn, während sich ihre Brust hektisch hebt und senkt. Sie ist außer Atem. Ebenso wie ich.

»Nitika«, flüstere ich. »Bist du es wirklich?«

Sie verschwindet nicht, sondern kommt noch näher. »Sakima!«

Ihre Stimme sorgt dafür, dass sich das Blut in meinen Venen wieder in Bewegung setzt. Mein Herz pumpt schneller und ich kann nicht fassen, dass der *Große Geist* sie tatsächlich wieder zu mir geführt hat, und das bereits einen Tag nachdem ich glaubte, sie verloren zu haben.

»Ist das wahr? Du bist hier?«

Sie nickt. »Ich bin hier ... Sakima!«

Mit einem Mal setzen sich meine Beine in Bewegung. Ich überwinde die letzten Meter zwischen uns, ziehe sie fest an mich, um mich zu vergewissern, dass sie wirklich echt ist und kein Spiel meiner Vorstellungskraft.

Doch sie ist es. Ihr süßer Duft hüllt mich ein. Eine Wolke des Glücks. Tausend Fragen brennen auf meinen Lippen, die jedoch jetzt noch nicht von Belang sind. Stattdessen verbinde ich meinen Mund mit ihrem und küsse sie zärtlich und voller Glück. Sie erwidert meinen Kuss ebenso stürmisch, doch als ich mich von ihr löse, merke ich, dass etwas nicht stimmt. Anstatt pure Freude in ihrem Gesicht vorzufinden, leuchtet mir Sorge entgegen.

»Was ist passiert?«, frage ich sofort. »Hat dein Vater dich etwa ebenfalls fortgeschickt?«

»Es tut mir leid«, entschuldigt sich Nitika. »Ich ... ich hätte nie gedacht, dass er zu so etwas fähig ist. Und auch nicht, dass er wieder einmal sein Wort bricht. Mein Vater ... Er ... er wird zur Presse gehen. Zur Öffentlichkeit! Er möchte euch verraten, um dadurch an Geld zu bekommen, weil die Presse ihn für den Standort eures geheimen Dorfes sicher gut bezahlen wird.«

Laut schnieft sie, strengt sich an, die Tränen zurückzuhalten, die jedoch nach und nach über ihre Wange laufen.

Im ersten Moment begreife ich nicht, was Nitika sagt. Dann werden ihre Worte klarer in meinem Kopf. Shilah hat vor, sein Wort zu brechen. Auch wenn ich meines gehalten und zurück in den Zion-Nationalpark gegangen bin, wird er Verrat an den *Citali* verüben.

»Meinst du ... Ist das ernst gemeint?« frage ich, obwohl es anhand ihrer Tränen offensichtlich ist.

Nitika nickt und presst ihre Lippen fest aufeinander. »Ich habe alles versucht, um es ihm auszureden. Doch der Streit ist eskaliert.

Eigentlich dürfte ich nicht hier sein, er hat mir Hausarrest erteilt – also gesagt, dass ich den Hof nicht verlassen darf. Deswegen habe ich mich fortgeschlichen, um euch zu warnen. Ich kann doch nicht tatenlos zusehen, wenn die Menschen euer Zuhause zerstören.« Wieder schluchzt sie laut auf, während es in meiner Brust immer enger wird.

»Vielleicht ist es meine Schuld«, murmle ich leise. »Ich hätte mich nicht in die Probleme zwischen dir und deinem Vater einmischen dürfen. Nur deswegen ist er überhaupt auf diese Idee gekommen.«

Nitika unterbricht mich, indem sie den Kopf schüttelt. »Nein! Gib dir nicht die Schuld daran, Sakima. Mein Vater trägt dafür ganz allein die Verantwortung. Er hasst es, wenn ihn jemand auf seine Sucht anspricht, weil er sie selbst nicht wahrhaben will. Dabei zerstört sie ihn immer mehr, Stück für Stück. Ich bin mir auch sicher, dass er das Geld von der Presse nicht für mein Glück einsetzen würde, sondern für seine Spiele im Casino. Denn dazu ist seine Sucht zu stark. Sie hat die größte Macht über ihn.« Sie nimmt meine Hand, als müsste sie Kraft schöpfen. »Außerdem ist neidisch. Weil meine Mom … Sie … sie hat Tuba City schon immer verlassen wollen. Ihr hätte es gefallen, frei und versteckt hier im Nationalpark zu leben. Und jetzt hat Dad Schuldgefühle, weil Mom todunglücklich war und sich schlussendlich das Leben nahm. Er ist eifersüchtig auf euer Leben. Weil er eines mit zu vielen Problemen führt und nie die Kraft hatte, das zu ändern.« Sie stößt ein Seufzen aus und wendet ihren Blick ab, um sich mit dem Ärmel ihres lilafarbenen Hemdes über die Augen zu wischen.

»Macht er ernst?«, frage ich sie zögerlich.

»Er hat sogar mit dem Präsidenten – Milton – darüber geredet. Er stimmt Shilah als Freund zu, dass es richtig ist, was er vorhat.

Allerdings nur, weil Dad auch die Wahrheit verdreht. Er behauptet immer noch, dass er im Casino niemals betrügen wollte und stellt dich als *Citali* in ein schlechtes Licht«, erwidert Nitika.

Noch nie habe ich dergleichen empfunden. Ich drehe mich um. Die Rinder grasen friedlich in der Ferne und Rauch steigt von den Tipis in den Nachthimmel auf.

Mein Herz rast, während ich das Dorf bereits in Flammen aufgehen sehe. Touristen, die mit ihren Handys Fotos von uns machen. Uns als Objekte betrachten, Ausstellungsstücke. Als Geister aus einer längst vergessenen Welt. Sie werden ihren Müll bei uns lassen, ihre ekligen Außenwelterdinge bei uns vergessen und achtlos ins Gras schmeißen. Die Verunreinigung der Natur ist ihnen dabei egal. Der giftige Rauch, den sie durch ihre Zigaretten mitbringen, wird wie Nebel durch unser Dorf wandern. Die Kinder werden ihn einatmen, ihre Lungen damit verkleben. Das Blitzlicht der Kameras wird jede Nacht bei uns zum Tag machen.

Ein Kloß bildet sich in meiner Kehle, während Angst durch meine Blutbahnen jagt. Noch nie haben sich die *Citali* in einer derartigen Gefahr befunden. Ich bin mit dem Wissen aufgewachsen, dass das Geheimnis des Stammes zu hüten ist wie ein wertvoller Schatz. Mir wurde immer wieder eingebläut, dass es nichts Wichtigeres gibt, als unsere Existenz geheim zu halten. Dass die Außenweltler unser Dorf niemals entdecken dürfen.

Nun steht die Katastrophe kurz bevor.

Ná, das darf nicht sein. Es darf nicht passieren!

»Wir müssen den *Athánchan* informieren«, stoße ich aus. »Es darf nicht passieren, dass die Außenweltler unser Dorf und die *Náwagã* rund um uns herum zerstören.«

Nitika nickt und folgt mir zum Tipi meiner Familie.

»Was für eine schöne Überraschung!«

Die Gesichter meiner Eltern glühen vor Glück, als Nitika und ich das Zelt betreten. Sie empfangen meine Seelenverwandte mit offenen Armen.

Der Blick meines Vaters wandert immer wieder zu unseren ineinander verschlungenen Händen und ich merke, dass er stolz auf seinen Sohn und seine Auserkorene ist.

Dennoch schaffe ich es nicht einmal, kurz zu lächeln.

Sunwai und Johnny durchschauen als Erste, dass etwas nicht stimmt.

»Warum bist du hier?«, richtet sich Sunwai an Nitika.

Diese blickt mich fragend an und ich übernehme das Wort: »Shilah wird die *Citali* verraten.«

Kalte Luft dringt mit einem Mal in jeden Winkel des Tipis. Meine Mutter rückt ein Stück weit näher zu Ahusaka, klammert sich an ihm fest.

»*Was*?«, stößt Sunwai laut und erschrocken aus. »Aber ... das kann doch nicht sein! Du bist hier, du hast dein Wort gehalten, du ...«

Unser Vater unterbricht sie. »Bitte, erzähle mir von Anfang an, wie es dazu gekommen ist, Sakima. Oder auch du, Nitika. Bist du deswegen hierher ins Dorf gekommen?«

Sie nickt. »Jemand musste euch warnen. Außerdem könnte ich niemals mit ansehen, wie das Zuhause meiner ... meiner großen Liebe zerstört wird.« Ihre Finger bohren sich fester in meine Haut, doch das Gefühl gibt mir Kraft.

»Ich werde alles erzählen«, erkläre ich und atme tief durch, während ich von Anfang an berichte, wie es dazu gekommen ist und was Shilah für die *Citali* empfindet: Eifersucht. Auch von seiner Spielsucht erzähle ich noch einmal. Schließlich unterstützt mich Nitika, indem sie die Depressionen ihres Vaters erklärt und wie es dazu gekommen ist. Natürlich fällt mir auf, wie schwer es für sie ist, von ihrer Mutter zu erzählen. Doch ich gebe ihr Kraft, indem ich nicht von ihrer Seite weiche und sie in allem unterstütze, was sie berichtet.

Je länger die Erzählung dauert, desto schockierter sieht mein Vater aus. Als ich schließlich das Wort beende, senkt sich Stille über das Tipi.

Ahusaka schüttelt den Kopf. »Ich will einfach nicht glauben, was ihr da erzählt. Jedoch ist es die Wahrheit – natürlich. Es schockiert mich, dass Shilah zu so etwas fähig ist. Ich dachte, zwischen *Citali* und *Navajo* hätte sich während des Besuchs eine Verbindung entwickelt. Dass jemand unsere Gastfreundschaft derartig ausnutzen würde, hätte ich nicht für möglich gehalten. Es zerreißt mir das Herz.«

Der Häuptling wendet sich direkt an Nitika. »Allerdings ist es schön, dass du zu uns hältst. Es ist nicht selbstverständlich, dass du dich gegen deinen Vater wendest, nur um uns vor seiner Tat zu warnen. Das zeigt, wie aufrichtig deine Liebe zu Sakima und auch zu seiner Familie ist.«

Nitika zwingt sich zu einem Lächeln. »Danke, Ahusaka. Ihr … ihr habt uns damals mit offenen Armen empfangen, und das, was mein Vater vorhat, ist gänzlich falsch. Die Trauer um meine Mutter hat ihn so krank gemacht, dass er nicht mehr erkennt, was richtig und falsch ist. Niemals hätte es so weit kommen dürfen. Ich bin ebenfalls sehr enttäuscht von ihm. Tut mir leid.« Sie senkt traurig ihren Kopf.

»Dich trifft keinerlei Schuld«, antwortet Ahusaka. »Im Gegenteil: Es ist sehr mutig, was du getan hast. Du warnst uns, stehst hier in unserer Mitte. Das ist nicht selbstverständlich. Bei uns steht die Freiheit – die *Yuská Ùnjó* – über allem. Sie ist uns heilig. Wenn die Außenwelt von unserem Aufenthaltsort erfährt, dann ist diese Freiheit nicht mehr gegeben und die Weißen gewinnen am Ende doch noch ihren Kampf gegen die Native Americans. Das kann ich nicht zulassen. Niemals! Schon allein um unserer Vorväter willen, die damals so viele Leben lassen mussten. Die für die *Yuská Ùnjó*, die wir jetzt genießen, gestorben sind. Die *Citali* geben nie kampflos auf. Genau das werden wir den *Navajo*, insbesondere Shilah, beweisen.«

Er streckt eine Faust in die Luft.

»Die *Citali* werden kämpfen!«

Gänsehaut bildet sich auf meinen nackten Armen. So entschlossen habe ich meinen Vater noch nie erlebt.

»Aber wie?«

Mein Vater blickt mich ernst an. »Mit deiner Hilfe trommeln wir erst einmal alle reitfähigen Männer zusammen.«

»Es ist mitten in der Nacht«, werfe ich ein, doch Ahusaka schüttelt nur den Kopf. Erneut mir wird die Dringlichkeit der Situation bewusst.

»Wir helfen auch mit«, verkündet Johnny und Sunwai unterstreicht seine Aussage mit einem Nicken.

»Ich möchte auch helfen!«, ruft Nitika in diesem Moment.

»Dann kommst du mit mir«, sage ich zu ihr.

Mein Vater nickt bestätigend. »Sie sollen sich alle beim Marterpfahl versammeln. Und jetzt dürfen wir keine Zeit verlieren.«

Gesagt, getan.

Wir verlassen das Tipi und zerstreuen uns. Sunwai und Johnny klappern die Seite am Virgin River ab, während Nitika und ich im mittleren Bereich des Dorfes die Männer zusammentrommeln.

Zwar ist mir noch nicht klar, ob wir uns wirklich mit Pfeil und

Bogen bewaffnen oder auf andere Weise kämpfen werden, doch ich hinterfrage es nicht. Ahusaka weiß, was er tut. Er ist ein weiser Häuptling und jetzt geht es darum, das Dorf zu beschützen. Da sind alle anderen Dinge nebensächlich.

Bald schon herrscht buntes Treiben – mitten in der Nacht. Alle reitfähigen Männer treffen am Dorfplatz ein, auch ein paar Kinder und ältere Bewohner sind neugierig und kommen dazu. Mingan ist ebenfalls unter ihnen.

Schließlich erzählt der *Athánchan* von Shilah und dessen drohendem Verrat. Jeder Anwesende wird augenblicklich ernst – sie erkennen die Gefahr.

Als ich meinen Blick über die älteren *Citali* schweifen lasse, erkenne ich Angst in ihren Zügen. Beunruhigung, wohin das Auge auch reicht.

»Nitika ist gekommen, um uns zu warnen. Dafür danken wir ihr«, erklärt mein Vater gerade und nickt meiner Seelengefährtin respektvoll zu. Diese hält meine Hand umschlungen und drückt immer fester zu, während sie sich gleichzeitig eng an mich schmiegt.

»Wie geht es jetzt weiter? Was werden wir tun?«, ruft in diesem Augenblick Paco.

Alle Blicke richten sich von Nitika wieder auf meinen Vater.

»Wir werden ins Reservat der *Navajo* reiten und versuchen, die Angelegenheit friedlich zu regeln. Schließlich kamen uns die *Navajo* besuchen, um ein Bündnis zu schließen. Diese aufblühende Freundschaft darf nicht leichtfertig zerstört werden. Der Frieden ist zu bewahren und mit ihm unser Geheimnis. Deswegen ist Reden der erste Versuch.«

Was mein Vater sagt, ist weise. Doch er kennt die Außenwelt nicht.

Ich löse mich von Nitika und trete in die Mitte, direkt vor den

Marterpfahl, wo auch mein Vater steht.

»Die *Navajo* wohnen sehr weit entfernt. Mit den Pferden wären wir tagelang unterwegs. Bis wir das Reservat erreicht haben, könnte es schon zu spät sein! Mit einem Auto wären wir deutlich schneller – Nitika ist mit ihrem hierhergefahren, das könnten wir sicher nutzen. Außerdem kennt ihr den Weg dorthin nicht.«

»Er hat recht«, höre ich Johnny leise sagen.

Mein Vater schüttelt den Kopf. »*Ná*. Ich sehe keine Möglichkeit, in einem solchen Auto dort hinzufahren. Es wäre zu klein für alle Männer, außerdem sollen die *Navajo* ruhig sehen, dass wir uns an die alten Traditionen halten. Unsere Vorfahren werden so geehrt. Daher werden wir den Weg dorthin zu Pferden wagen – und direkt aufbrechen, um keine Zeit zu verlieren. Nitika kann uns den Weg ins Reservat sicher gut erklären. Milton hat es bei seinem Besuch hier im Dorf auch schon einmal ausführlich beschrieben.«

Ich öffne meinen Mund, um zu widersprechen, jedoch kommt nichts heraus außer Luft. Es würde nichts bringen, mich den Anweisungen des Häuptlings entgegenzustellen. Ahusaka hat entschieden und ich verstehe seine Herangehensweise. Schließlich sollten wir unsere Vorfahren auch nicht verärgern und der *Große Geist* wird uns führen, ganz bestimmt. Doch die Zeit sitzt uns im Nacken, davor fürchte ich mich.

»Ich werde die Männer anführen«, erklärt mir mein Vater. »Du wirst hier im Dorf auf alle achtgeben. Die Sicherheit der *Citali* liegt hier in deinen Händen.«

»In Ordnung«, antworte ich, auch wenn ich am liebsten mitgekommen wäre. Jedoch muss jemand hierbleiben, der die Rolle des Häuptlings übernimmt. Es ist klar, dass Vater dafür mich auswählt.

»Ich bleibe ebenfalls bei dir«, beschließt Nitika und rückt näher zu mir.

Dankbar werfe ich ihr ein Lächeln zu, während mein Vater sich an die Männer wendet: »Macht eure Pferde bereit! Nehmt Waffen und Proviant mit, dann reiten wir los.«

Die Männer zerstreuen sich. Noch nie habe ich eine solche Stimmung im Dorf erlebt. Es fühlt sich tatsächlich an, als würden sie in den Krieg ziehen, um für die Freiheit unseres Volkes zu kämpfen. Wie vor so vielen Jahren, als die Weißen uns beinahe alles weggenommen hätten. Nun werden wir wieder dafür sorgen, dass das nicht passiert.

Während Nitika meinem Vater nochmals den Weg ins *Navajo*-Reservat beschreibt, beobachte ich, wie meine Schwester Johnny folgt.

Schnell eile ich zu ihr. »Du gehst auch mit?«, frage ich sie.

Sunwai nickt. »*Tá*. Natürlich. Das lasse ich mir nicht entgehen!« Sie schmunzelt kurz, dann wird ihr Blick wieder ernst. »Werden wir es schaffen, den Stamm zu beschützen?«

In meiner Kehle bildet sich ein Kloß, weil ich mir plötzlich untätig vorkomme. »Ich glaube ganz fest daran.«

Nun ist das Lächeln auf ihren Lippen echt. »Danke, Bruderherz. Ich weiß, dass du gern mitgekommen wärst. Doch … doch es ist vielleicht besser, wenn du hierbleibst. Ich kann mir vorstellen, dass du ziemlich sauer auf Shilah bist und … und es vielleicht eskalieren würde, wenn ihr euch gegenübersteht.«

Tief atme ich durch, will am liebsten widersprechen, doch schließlich gebe ich nach und nicke einfach nur. »Stimmt. Und jetzt geh los und mach die *Citali* stolz!«

Sunwai nickt und rennt Johnny in Richtung der Pferdeherde nach. Ich bleibe mit Nitika zurück, die mich sanft an der Schulter berührt.

»Es wird sicher alles gut werden«, sagt sie und ich will ihr glauben, immerhin habe ich meiner Schwester dasselbe versichert. Jedoch lässt mich ein ungutes Gefühl nicht los – der Ritt wird zu lange dauern und zu viel Zeit verloren gehen. Denn was passiert, wenn Shilah feststellt, dass Nitika fort ist? Wird er dann nicht wütend sein und seine Drohung erst recht umsetzen?

Doch ich sage nichts, sondern stimme Nitika mit einem Nicken zu.

Gemeinsam mit den zurückbleibenden Dorfbewohnern blicken wir den Männern nach, die mit lautem Kriegsgeschrei und erhobenen Lanzen oder Pfeil und Bogen auf ihren Pferden aus dem Dorf stürmen – hinein in den Kampf um die Freiheit.

KAPITEL 27

Sakima

Sobald die Reiter außer Sichtweite sind, überkommt mich ein merkwürdiges Gefühl.

»Die Waffen sind aber nur da, um Stärke zu demonstrieren, oder?«, flüstert Nitika.

Ich stimme zu, bin jedoch mit den Gedanken woanders.

Aus der Menge der anderen Dorfbewohner löst sich meine Mutter und kommt auf uns zu.

»Wir sollten uns nun alle etwas hinlegen und schlafen, bis die Sonne aufgeht.« Sie lächelt sanft. »Ihr seid sicher müde. Es war eine sehr aufregende Nacht.«

Nitika nickt. »Du hast recht. Kommst du, Sakima?«

Ich folge den dreien zum Tipi.

Wir legen uns hin, Nitika direkt neben mich, doch ich weiß schon jetzt, dass ich nicht einschlafen kann. Dazu kreisen meine Gedanken viel zu sehr.

Schließlich höre ich, wie meine Mutter auf der gegenüberliegenden Seite des Zeltes ruhig und gleichmäßig atmet.

Ich drehe mich zu Nitika.

»Eines Tages werde ich Häuptling werden«, flüstere ich. »Jedoch fühlt es sich nicht danach an. Meine Schwester darf sogar als einzige Frau mit den Männern mitreiten, während ich hier untätig herumsitze. Sie wird dem Stamm Ehre bringen, wird am Schutz unserer Freiheit beteiligt sein, während ich morgen dafür sorge, dass der Alltag der *Citali* gewohnt weitergeht. Dabei sollte ein *Athánchan* dem Stamm helfen.«

Nitika wendet mir ihr Gesicht zu. »Du tust genug für deinen Stamm. Hierzubleiben und aufzupassen, dass den *Citali* nichts passiert, ist ebenfalls eine wichtige Aufgabe.« Ihre ruhige und sanfte Stimme rührt mein Herz.

»Es ist aber nicht das, was ich mir immer vorgestellt habe«, gebe ich zu. »Ein Häuptling beschützt den Stamm – mit aller Kraft. Ich habe bereits einmal versagt, ich ...« Meine Stimme wird leiser und ich breche ab, weil es mir schwerfällt, darüber zu reden. Wieder einmal.

»Takoda ist gestorben, weil ich die Anzeichen nicht früh genug gesehen habe. Ich hätte mich besser um ihn kümmern sollen.«

Nun schüttelt Nitika den Kopf. »Das ist nicht wahr. Menschen, die freiwillig in den Tod gehen, beschließen das ganz allein. Wir sind bei diesen Entscheidungen niemals involviert, denn sonst hätten uns diese Personen doch von ihnen erzählt, oder?«

Mir entweicht ein Seufzen.

»Nur könnte ich eben meine Schuldgefühle beseitigen. Ich hätte die Möglichkeit, mich endlich als Häuptling zu beweisen.«

Noch immer sieht Nitika nicht gerade begeistert aus. Der Zweifel leuchtet in ihren Augen.

»Es ist meine Pflicht, dass ich die Bürde vollständig auf meinen Schultern trage«, fahre ich fort. »Schließlich bin ich schuld daran, dass Shilah die Citali verraten möchte. Ich habe mich in sein – in euer – Leben eingemischt, wollte helfen. Nur so kann ich eines Tages ein guter *Athánchan* sein.« Eindringlich sehe ich Nitika in die Augen, doch diese schüttelt nur mit einer zaghaften Bewegung den Kopf. Ihre Antwort ist mir in diesem Augenblick klar.

Ich bin dagegen, dass Sakima alle Schuld auf seine Schultern lädt. Weil es in meinen Augen gänzlich falsch ist. Dennoch verstehe ich ihn. Er möchte etwas tun und nicht nur in seinem sicheren Dorf sitzen und abwarten, was als Nächstes geschieht.

Er zweifelt an sich selbst, in diesem Augenblick mehr als jemals zuvor. Ich hasse es, wenn er das tut. Er hinterfragt sich und sein Können, seine Eignung für seine Aufgaben. Dabei ist er mehr als genug. Es reicht vollkommen, wenn er er selbst ist.

Eindringlich sehe ich ihn an. »Du bist bereits jetzt ein guter Häuptling!«, flüstere ich, so nachdrücklich ich kann. »Dein Vater hat dich nach dem Tod deines besten Freundes niemals anders behandelt, oder? Und er hat dir die Verantwortung für das gesamte Dorf übertragen. Das beweist in meinen Augen mehr als irgendetwas sonst, dass er dir und deinen Fähigkeiten vertraut. Für ihn bist du gut genug. Und für mich auch.« Sanft lächle ich und streiche ihm eine Haarsträhne aus der Stirn.

Doch sein Blick bleibt weiterhin skeptisch. »Ich finde, dass du ruhig bleiben solltest, Sakima. Überlass die Friedensverhandlungen deinem Vater. Ahusaka weiß genau, was er tut. Er wird mit guten Nachrichten zurückkommen.«

Nicht einmal einen Wimpernschlag später erkenne ich, dass ich einen Fehler gemacht habe. Sakimas Gesichtsausdruck verändert sich – verhärtet sich zu Stein. Meine Worte haben seine Ehre verletzt. Ich schlucke, während mir klar wird, dass Sakima nicht ruhig bleiben kann. Nichts tun zu können, frisst ihn von innen heraus auf, dabei sind erst wenige Stunden seit dem Aufbruch der Männer vergangen. Bei Sonnenaufgang wird er mit Sicherheit noch rastloser sein.

Meine Gefühle haben mich das Offensichtliche übersehen lassen. »Es ist wegen Takoda, oder? Deswegen möchtest du wie dein Vater kämpfen?«

Sakima nickt. »*Tá*. Du … du kannst es doch eigentlich besser nachvollziehen als jeder andere Mensch in meiner Umgebung. Schließlich hast du deine Mutter verloren. Mich zerfressen die Schuldgefühle. Zwar kann ich mich ablenken, etwa, indem ich mit dir zusammen bin, doch wenn es um meine Aufgaben als Häuptling geht, sind die Vorwürfe wieder da. Meine Angst, nicht gut genug zu sein. Und ja, du sagst, dass ich nicht schuld daran bin, dass jeder Mensch seine eigenen Entscheidungen trifft und somit für sein Handeln verantwortlich ist. Jedoch kann ich Takoda so niemals in Frieden gehen lassen.« Seine Stimme zittert, während er spricht.

»Wie meinst du das?«, frage ich, weil ich ahne, dass ich Sakima noch nicht vollständig verstehe.

»Takoda hat sich immer nach Freiheit gesehnt. Seine Angst ist gewesen, dass die *Citali* eines Tages nicht mehr frei sein könnten und er das Leben, das er kannte, verlieren würde. Das hat er mir vor seinem Tod anvertraut. Auch deswegen will ich mehr tun, als die Stellung zu halten. Ich möchte nicht, dass Takoda in den ewigen Jagdgründen unglücklich ist. Und das wird er sein, wenn der Stamm seine Freiheit verliert, die ihm stets so wichtig gewesen ist. Deswegen muss ich handeln. Es ist meine Aufgabe, dass ich Takodas Andenken bewahre und das kann ich nur, indem ich ebenfalls kämpfe.«

In seinen Augen funkelt Entschlossenheit. Jedoch wird sie fast vollständig von seiner tiefen Traurigkeit überschattet. Mir wird langsam klar, weshalb Sakima unbedingt etwas unternehmen möchte. Nicht nur, um sich selbst zu beweisen, dass er ein guter

Häuptling sein kann. Nein, es geht um so viel mehr. Dinge, die tief in seinem Herzen begraben sind und nur er bis dahin sehen konnte.

Ich bewundere seinen Mut, gepaart mit der Entschlossenheit, die er ausstrahlt. Und obwohl ihn die Trauer um seinen besten Freund immer noch verfolgt, möchte er dagegen etwas unternehmen. Er lässt sich niemals von irgendetwas unterkriegen, sondern steht auf, um weitermachen.

Genauso sollte ich mich eigentlich auch fühlen. Ich muss stark sein, für Mom! Nur so kann ich ihr Andenken ehren. Mit einem Mal wird mir klar, dass auch ich nicht nur tatenlos herumstehen kann. Das hätte Bena nicht gewollt. Sie hätte es gehasst, dabei zuzusehen, wie unsere Familie weiter zerbricht und sich Dad in immer tiefere Abgründe stürzt.

Schließlich ist mein Vater nicht nur dabei, das Leben der *Citali* zu zerstören, sondern auch meines und sein eigenes. Er wird versuchen, mich von Sakima fernzuhalten und mich immer wieder verletzen, indem er mich allein lässt, um seiner Sucht nachzugehen. Das wird nie ein Ende haben. Nicht, wenn ich nicht auch versuche, noch ein allerletztes Mal mit ihm zu sprechen. Von Tochter zu Vater.

»Ich … ich stehe vielleicht nicht immer für meine eigenen Interessen ein«, gebe ich leise zu. »Zwar habe ich oft versucht, mutig zu sein und mit meinem Vater zu reden, doch jedes Mal habe ich verloren. Vielleicht hätte ich entschlossener sein müssen. Ich … ich muss ebenfalls mutig sein – so wie du. Nur so können wir uns gegenseitig heilen. Indem wir an unsere verstorbenen Liebsten denken und so handeln, wie sie es von uns erwartet hätten. Und Mom hätte gehofft, dass mein Vater und ich eine Familie bleiben. Nur wird das nicht passieren, wenn ich weiterhin tatenlos zusehe und das Handeln den anderen überlasse.«

Überrascht setzt sich Sakima auf. »Du meinst, dass du mich unterstützt und wir gemeinsam versuchen werden, Shilah zur Vernunft zu bringen?«

»Ja«, erwidere ich leise. »Weil wir es sonst beide bereuen würden. Nur würde ich diese Reue in den hintersten Winkel meines Kopfes schieben und verdrängen. Aber das ist falsch. Er ist mein Vater, es ist also meine Verantwortung, dass er keinen Fehler begeht.«

Nun lächelt Sakima stolz. »Das ist meine Nitika!« Liebe blitzt in seinen Augen auf. »Du musst nur an dich selbst glauben. Wenn wir das beide tun, dann werden wir mit der Stärke eines Bären auftreten und alles wird gut werden, da bin ich mir sicher. Wir retten die *Citali* und deinen Vater. Gemeinsam. Denn das ist es, was Seelenverwandte tun: Sie handeln immer zusammen.«

Seine offenkundige Zuversicht ist ansteckend.

»Und wenn wir mit meinem Wagen nach Hause fahren, sind wir schnell genug da. Wir passen Dad ab, bevor er zur Presse fährt«, erkläre ich und mit einem Mal durchströmt mich echter, heftiger Mut. Die schüchterne Nitika ist mit einem Mal wie fortgewischt. Stattdessen habe ich das Gefühl, gemeinsam mit Sakima wirklich etwas bewirken zu können – diesmal auch richtig!

»Dann lass uns sofort aufbrechen«, schlägt Sakima vor. »Sonst wacht meine Mutter auf und bemerkt, dass wir uns fortschleichen möchten.«

»Und du kannst deinen Stamm einfach so allein lassen?«, will ich wissen.

Sakima nickt, wenn auch zögerlich. »Es muss sein«, verkündet er. »Donoma wird sich um alles kümmern, da bin ich sicher. Meine Mutter weiß auch, dass ich nicht hierbleiben kann. Sie kennt mich.«

»In Ordnung«, antworte ich. »Dann werde wir gehen. Jetzt sofort.«

KAPITEL 28

Nitika

Wir packen nur das Nötigste.

Ich habe sowieso nicht viel dabei und schnappe mir einfach meinen mitgebrachten Rucksack, während Sakima am meisten Wert darauf legt, dass sein Köcher und sein Bogen bei ihm sind.

»Nicht für einen Kampf«, erklärt er mir. »Sondern, um uns stark und sicher zu fühlen.«

Ich glaube ihm.

Wir schleichen uns aus dem Dorf.

Als wir den Waldrand erreichen, färbt sich der Himmel langsam rot.

»Komm, wir haben einen langen Marsch vor uns«, meint Sakima. Er möchte keine Zeit verlieren, was auch verständlich ist, und so folge ich ihm in den Wald hinein, ohne mich noch einmal nach dem Dorf der *Citali* umzusehen. Und ohne an die Konsequenzen zu denken.

Stattdessen konzentriere ich mich auf das, was vor uns liegt: die Zukunft.

Mir kommt es so vor, als wäre ich den Weg durch den Zion-Nationalpark inzwischen unzählige Male gegangen. Ich folge Sakima blind, während er sich durch den Wald schlägt und schließlich den Virgin River ausfindig macht, an dessen Ufer wir entlanglaufen.

Meine Füße schmerzen bereits nach wenigen Meilen, schließlich bin ich gestern ebenso lange zu Fuß unterwegs gewesen. Wenigstens trage ich Schuhe, Sakima läuft barfuß und ich bewundere ihn einmal mehr, dass er mit der Natur so sehr im Einklang ist, dass ihm der oft steinige Boden nichts auszumachen scheint. Darauf konzentriere ich mich und vergesse somit den pochenden Schmerz in meinen Sohlen. Allerdings nicht den Schmerz meines Herzens. Dieser erfüllt mein ganzes Ich und während unserer Wanderung zu meinem Wagen frage ich mich mehr als einmal, ob es die richtige Entscheidung ist, auf eigene Faust mit Shilah zu reden. Wir haben es schließlich bereits versucht und sind dennoch gescheitert. Und doch: Was, wenn Sakima recht hat, dass Seelenverwandte alles gemeinsam machen sollten? Dann wüssten wir wenigstens, wo unser Fehler lag: Sakimas Alleingang im Casino, meine Gespräche mit Shilah. Wir sind dabei nicht zusammen gewesen, haben die Kräfte unserer Verbundenheit also nie als Einheit nutzen können. Ich hoffe, dass wir zu zweit stärker sein werden.

Meine Gedanken und Gefühle vertraue ich Sakima unterwegs nicht an. Er ist zu sehr mit seinen eigenen Emotionen beschäftigt. Immer wieder murmelt er leise Gebete zum *Großen Geist*. Er solle uns stärken und unseren Weg begleiten.

Nach beschwerlichen Stunden erreichen wir endlich den Rand des Nationalparks und damit auch meinen alten Ford.

Sakima schleicht sich so unauffällig wie möglich bis zur Tür auf der Beifahrerseite. Obwohl der Tag noch jung ist, befinden sich einige Touristen auf dem Parkplatz. Zwei Wagen kommen uns entgegen, als wir auf den Highway fahren.

Ein beklemmendes Gefühl erfasst mich. Ich steuere nun

wieder meinem Zuhause entgegen, jedoch fühlt es sich längst nicht mehr nach einem an. Der Abgrund zwischen mir und Dad hat dafür gesorgt. Es ist, als hätte jemand das *Navajo Rest* und auch den Bungalow in Brand gesteckt.

Shilah muss inzwischen bemerkt haben, dass ich nicht mehr da bin und seinen Hausarrest missachtet habe. Er ist sich bestimmt sicher, dass ich zu den *Citali* gefahren bin, schließlich gibt es keinen Ort, wo ich sonst mit meinem Ford hingedüst sein könnte. Ob er aus Wut direkt ins *Twin Arrows Navajo Casino* gefahren ist?

»Wie kann ich Dad nur gegenübertreten?«, stammle ich überfordert und unterbreche damit die Stille zwischen mir und Sakima.

»Wie meinst du das?«

»Na ja, er wird wütend sein, dass ich einfach abgehauen bin. Sicherlich wird er diese Wut offen zeigen. Er wird es als Verrat an ihm und den *Navajo* ansehen, dass ich einfach zu euch geflohen bin.«

»Du darfst dir nicht zu viele Gedanken machen«, antwortet Sakima. »Unsere Liebe kann alles schaffen, da bin ich mir sicher. Du bist nicht allein, wenn du deinen Vater wiedersiehst. Ich bin bei dir und werde kein Stück von deiner Seite weichen.«

Seine Worte erwärmen mein Herz und ich nicke zuversichtlich und konzentriere mich wieder auf den Weg, der noch vor uns liegt.

Wir erreichen Tuba City erst am frühen Nachmittag. Die Stadt wirkt noch trister als sonst.

Als ich schließlich auf den Hof meines Zuhauses einbiege,

steigt die Nervosität. Mein Hals ist trocken und ich wünschte, ich hätte etwas Wasser hier, um ihn zu befeuchten.

Sobald ich den Motor des Autos abstelle, steigt Sakima aus.

Ich folge ihm zögerlich und mit klopfendem Herzen.

»Wir tun das gemeinsam«, erinnert er mich und streckt seine Hand nach mir aus, die ich dankbar ergreife.

Er drückt sanft zu, sicher, um mir Mut zuzusprechen. Bevor wir noch einmal darüber reden können, wie wir als Nächstes vorgehen, kommt mein Vater aus dem Bungalow gestürmt.

»Nitika!«, ruft er laut und ich zucke zusammen. Automatisch rücke ich näher zu Sakima, um bei ihm Halt zu suchen. Ich habe geahnt, dass Dad wütend sein wird. Seine Brauen hat er fest zusammengezogen und anstatt väterlicher Sorge, weil ich über Nacht verschwunden gewesen bin, sehe ich nur seine Wut.

»Wo warst du?« Er bleibt kurz vor uns stehen, fixiert erst mich und lässt seinen Blick dann zu Sakima wandern. »Du warst also bei den *Citali*. Warum tust du so etwas?«

Eindringlich durchleuchtet er mich mit seinen Augen.

Jetzt liegt es an mir – ich muss mutig sein. Schnell räuspere ich mich und sammle all meine Kraft. »Dasselbe könnte ich dich auch fragen. Warum nur hast du vor, die *Citali* zu verraten? Für Geld? Ist dir das etwa so viel wichtiger als das Glück deiner eigenen Tochter?«

»Glück und Geld gehören immer zusammen«, widerspricht mein Vater mit fester Stimme. »Das wirst du früh genug im Leben merken. Und jetzt beantworte meine Frage!«

»Ich bin zu den *Citali* gefahren, weil ich nicht zulassen kann, dass du dem Menschen, den ich liebe, Leid zufügst«, antworte ich und bin froh, dass meine Stimme immer noch fest klingt und nicht zittert.

Nun schüttelt mein Vater den Kopf. Die Enttäuschung über

mein Verhalten ist ihm deutlich anzusehen. »Steht nicht die Familie über allem?«, fragt er. »Du jedoch ziehst eine Person vor, die du nicht einmal lieben solltest. Sakima ist kein Umgang für dich. Er hat meine Ehre verletzt, sich in unser Leben eingemischt, obwohl er dazu kein Recht hatte. Wie konntest du nur nach unserem gestrigen Gespräch in seine Arme laufen?«

Darauf fällt mir keine passende Antwort ein und ich blicke zu Boden. Neben mir holt Sakima tief Luft, jedoch mache ich ihm durch einen Händedruck klar, dass er lieber noch nichts sagen soll.

»Du solltest seine Hand loslassen«, knurrt Dad. »Ihr beide gehört nicht zusammen.«

Seine Worte sind wie tiefe Stiche in mein Herz. Erneut fasse ich all meinen Mut zusammen, in der Hoffnung, mit meinen Worten endlich etwas bewirken zu können.

»Aber ich liebe ihn. Und der Bund zwischen *Navajo* und *Citali* . Ist er dir jetzt etwa nicht mehr wichtig?«

»Nein«, antwortet mein Vater sofort. »Das spielt nun keine Rolle mehr.«

»Dad ... ich ... ich dachte, du wolltest immer, dass ich glücklich bin und eines Tages ein besseres Leben führen kann«, fahre ich fort. »Es stand nicht auf meiner Liste, mich in Sakima zu verlieben. Es ist einfach passiert und ich dachte, du wärst damit glücklich, weil es das ist, was du dir die ganze Zeit erhofft hast. Nur deswegen hast du mich dazu überredet, bei der Reise in den Zion-Nationalpark dabei zu sein. Du hast dir für mich eine schöne Zukunft gewünscht, doch anstatt mich nun dabei zu unterstützen, willst du sie mir wegnehmen? Tut so etwas ein Vater, der sein Kind liebt?«

Vielleicht ist es nicht fair, Shilah so frech und offen mit all diesen Dingen zu konfrontieren. Jedoch sehe ich keine andere

Möglichkeit.

»Shilah, ich liebe deine Tochter ebenso wie sie mich«, mischt Sakima sich ein. »Sie ist meine Seelenverwandte. Das, was uns verbindet, ist so viel tiefer und fester als alle anderen Gefühle. Bitte, lass mich mit ihr zusammen sein und überdenke deine Entscheidung.«

Mein Vater schnaubt und stemmt seine Hände in die Hüften. »Wisst ihr was? Flehen nützt nichts. Ihr benehmt euch lächerlich und nicht im Geringsten erwachsen.«

Langsam, aber sicher werde ich wütender. Ich löse meine Hand von Sakimas und mache einen Schritt auf meinen Vater zu. »Nicht erwachsen? Du bist auch nicht erwachsen, wenn du dich immer in deiner Spielhalle vergräbst. Ich verarbeite Moms Tod doch auch nicht auf diese Art! Sie hätte nie gewollt, dass du ihretwegen einer Krankheit unterliegst, die dich zu einem bitterbösen Menschen macht.«

Nun ist es mein Vater, der tatsächlich kurz zusammenzuckt. Die Überraschung ist ihm deutlich anzusehen. Sicher hat er nicht geglaubt, dass ich mich dermaßen zur Wehr setzen würde.

»Lass deine Mutter aus dem Spiel«, fährt mich Shilah an. Er presst fest seine Lippen aufeinander. »Mit Milton habe ich bereits gesprochen. Er unterstützt mein Vorhaben. Die *Citali* müssen endlich am eigenen Leib erfahren, was es bedeutet, alle Freiheit zu verlieren. Zu lange schon durften sie genau das Leben führen, das sie wollten. Das wird nun ein Ende haben.«

»Er unterstützt dich nur, weil du Sakima in einem falschen Licht dargestellt hast«, gebe ich zurück. »Du bist nur auf das Leben der *Citali* eifersüchtig, weil du dein eigenes nicht so führen kannst, wie du es dir wünschst. Dabei lässt du vollkommen außer Acht, dass auch die *Citali* sicher Probleme haben. Denn nichts ist perfekt.«

»Ihr Leben schon«, knurrt Shilah wütend.

Sakima zieht neben mir scharf die Luft ein. »Wir dachten, das Bündnis zwischen unseren Stämmen würde sich als gut erweisen«, sagt er. »Native Americans sollten zusammenhalten, anstatt gegeneinander zu arbeiten. Die Weißen haben unseren Vorvätern damals so viel geraubt – daher ist es wichtiger denn je, nicht einen Stamm gegen den anderen auszuspielen.«

Damit hat Sakima recht und ich unterstreiche seine Worte mit einem heftigen Kopfnicken. »Wir haben schon so viele Traditionen unserer Vorväter verloren. Den *Citali* soll es nicht auch so gehen. Wir als *Navajo* sollten sie unterstützen und ihr Geheimnis ebenfalls schützen.«

»Du verstehst wirklich nichts vom wahren Leben, Nitika!« Dad schüttelt den Kopf. »Unterstützung ... Man bekommt sie nirgends in der Welt. Was bekämen wir denn als Gegenleistung? Werden die *Citali* uns helfen, wenn wir ihr Geheimnis wahren? Glaube ich kaum.«

Sakima tritt wieder direkt neben mich und greift nach meiner Hand. »Shilah, wir können zwar euch nicht mit Geld helfen, aber wir würden es anderweitig tun. Weil Freunde sich umeinander kümmern und ich dachte, dass wir Freunde wären.«

Jetzt schnaubt mein Vater abfällig und stößt ein kurzes, lautes Lachen aus. »Nur Worte! Dass ich nicht lache! Geh mir aus den Augen, Sakima. Du darfst sowieso nicht mehr hier sein, das habe ich ausdrücklich gesagt. Sogar daran hältst du dich nicht.«

Er will sich schon umdrehen, doch ich packe ihn an der Schulter, anstatt Sakimas Hand anzunehmen. Shilah wirbelt zu uns herum.

»Die *Citali* haben uns immer vertraut«, erkläre ich. »Sonst hätten sie uns niemals in ihr Dorf eingeladen. Doch du bist dabei, jetzt alles kaputtzumachen. Ist es dir das wirklich wert?«

Shilah ballt seine Hände zu Fäusten. Sein Blick gleitet über mich und ich bete und hoffe, dass er endlich zur Vernunft kommt. Lösen meine Worte denn gar nichts in ihm aus? Will er nicht, dass seine Tochter glücklich ist?

Gedanklich bin ich bei meiner Mutter, die oben im Himmel, in den ewigen Jagdgründen über uns wacht. Hoffentlich schafft sie es, meinem Vater eine Eingebung zu schicken, damit er endlich seine Wut fallen lässt. Damit er erkennt, dass es so viele wichtige Dinge im Leben gibt, die sich nicht mit Geld bezahlen lassen – die Familie beispielsweise.

»Ich muss unsere Familie retten«, seufzt Shilah.

»Dann tu das«, hauche ich, während mein Herz einen überraschten und gleichzeitig glücklichen Salto macht. Endlich kann ich Licht am Ende des Tunnels funkeln sehen. Kurz werfe ich Sakima einen Blick zu, der ihm meine Hoffnung weitergeben soll.

»Das werde ich auch«, antwortet Shilah und Entschlossenheit ist in seiner Stimme zu hören.

»Glaub mir, Dad, wenn du das endlich tust, wäre ich unglaublich stolz auf dich. Mom hätte das so gewollt. Sie mag sicher nicht zusehen, wie unsere Familie Stück für Stück auseinanderfällt. Wir sollten wieder zueinanderfinden.«

Mein Vater nickt langsam und die Hoffnung in meinem Inneren wärmt mein Herz und setzt die Bruchstücke zusammen. Schnell ziehe ich Dad in eine Umarmung, kurz, aber kräftig. »Ich danke dir, Dad. Du tust das Richtige.«

»Allerdings«, gibt er zurück. »Deswegen werde ich mein Vorhaben auch sofort in die Tat umsetzen. Phoenix ruft! Die Zeitung wird sich über meine Informationen freuen und ich mich über deren Geld. Damit kann ich dir eine bessere Zukunft bieten und wir können endlich ein sorgenfreies Leben führen.« Das zufriedene Lächeln im Gesicht meines Vaters ist absolut echt. Seine

Worte reißen mein Herz erneut in winzig kleine Fetzen. Ich kann nicht glauben, was er da sagt.

»Aber ich dachte, du wolltest uns retten?«, stammle ich.

»Das tue ich doch genau damit, Nitika. Bald wirst du es verstehen, glaub mir.«

»Nein!«, rufe ich aus und schüttle den Kopf. »Geld macht nicht glücklich, außerdem wirst du es wieder im Casino verspielen. Es ist ein Verrat, den du umsonst begehst. Die *Citali* werden unglaublich wütend werden, sie sind bereits auf dem Weg hierher. Dein Handeln wird Konsequenzen haben. Du wirst mich für immer verlieren.« Meine Drohung ist unendlich hart, unendlich schmerzhaft, doch letzten Endes muss sie sein.

Nur lässt sie meinen Vater vollkommen kalt. Er bedeckt Sakima mit einem missbilligenden Blick. »Ich werde es durchziehen. Koste es, was es wolle. Nichts und niemand kann mich aufhalten!«

»Shilah, es stimmt, was Nitika sagt. Mein Vater ist bereits mit seinen Männern auf dem Weg hierher. Eigentlich wollten sie friedliche Verhandlungen mit dir führen, damit du sie nicht verrätst. Solltest du es aber tun, dann werden sie sich nicht scheuen, ihre Waffen einzusetzen. Weil unser Dorf, unser Geheimnis unsere höchsten Güter und wir werden unsere Freiheit nicht kampflos aufgeben«, erklärt Sakima mit fester Stimme.

Ich bewundere ihn dafür, dass er noch so ruhig bleibt. Eigentlich hätte er schon längst jegliches Recht, einen Pfeil aus seinem Köcher zu ziehen, und damit seinen Bogen zu bestücken. Vielleicht wäre das die einzige Möglichkeit, Shilah zur Vernunft zu bringen.

»Und ich gebe mein Leben auch nicht kampflos auf«, ergänzt Shilah. »Jetzt lasst mich durch! Nitika, du wirst mir verzeihen, da bin ich mir sicher. Bald wirst du erkennen, dass es kein Fehler gewesen ist.« Er schiebt sich an mir vorbei, ohne mich eines weiteren Blickes zu würdigen.

»Bitte nicht«, flehe ich, doch er lässt sich nicht beirren, sondern stapft über den Hof auf sein Auto zu.

Meine Beine bewegen sich wie von selbst, ich stolpere ihm geradezu hinterher. Doch Dad ist schneller, er zieht die Wagentür hinter sich zu und startet den Motor, als ich sein Auto erreiche.

Hilflos trommle ich gegen seine Fensterscheiben, auch das lässt ihn kalt. Er setzt zurück.

Noch immer klopfe ich gegen seinen Wagen, rufe, schreie, dass er nicht fahren soll.

»Bleib hier! Bitte, Dad! Tu es nicht!«

Doch meine Worte erreichen ihn nicht, er kann mich ja nicht einmal hören. Schließlich wendet er sein Auto. Ich habe verloren und lasse kraftlos meine Arme sinken. Tränen rinnen über meine Wangen, während ich Dad dabei zusehe, wie er vom Hof fährt.

Sobald er außer Sichtweite ist, breche ich zusammen.

Sakima ist derjenige, der mich auffängt. Er hält mich fest, bevor ich vollständig mit den Knien auf dem staubigen Boden aufkomme. Liebevoll wiegt er meinen Körper in seinen Armen, der immer wieder von Schluchzern erfüllt wird.

»Alles wird gut«, meint er. »Du wirst schon sehen.«

»Nein!«, schniefe ich. »Es ist zu spät, Sakima. Es hat nichts gebracht, dass wir gemeinsam hierhergekommen sind. Shilah hält das nicht auf. Er ist unterwegs nach Phoenix. Das Todesurteil der *Citali* ist damit besiegelt.« Ich ziehe meine Nase kraus und schniefe laut.

»Noch ist es nicht zu spät«, widerspricht Sakima. »Du hast dein Bestes gegeben und warst mutig — hast alles versucht, was du konntest. Und noch haben wir Zeit, den Verrat zu verhindern. Wir müssen nur ruhig bleiben.«

»Wie denn?«, rufe ich aus. »Er wird es tun. Und wir können danach auch nie wieder zusammen sein. Unsere Liebe, sie … sie spielt keine Rolle mehr.«

Sakimas Mundwinkel rutschen nach unten, als meine Worte ihn hart treffen. Doch wieder bleibt er zuversichtlich und schüttelt seinen Kopf. »*Ná*. Du denkst zu negativ, Nitika. Noch kann alles gut werden. Der *Große Geist* muss uns nur dabei helfen. Starte dein Auto, wir folgen deinem Vater nach Phoenix. Wir können ihn sicher abfangen, bevor er diese Zeitung erreicht.«

»Aber was, wenn es auch da schiefgeht?«, will ich wissen.

Sakima drückt mir einen festen Kuss in mein Haar.

»Wird es nicht«, sagt er. »Auch wenn ich ebenfalls Angst habe. Doch wir dürfen uns davon nicht beirren lassen und keine Schwäche zeigen. Stark sein – das ist es, was wir jetzt sein sollten. Bitte, Nitika. Diesen einen Versuch haben wir noch und ich möchte keine Möglichkeit verstreichen lassen, die *Citali* zu retten. Das ist mir wichtig.«

»Mir auch«, antworte ich leise. »Mehr als alles andere.« Ich wische mir die Tränen aus den Augen. Mit Sakimas Unterstützung schaffe ich es, wieder auf meine Beine zu kommen.

»Dann auf in den Kampf«, verkünde ich. »Ein letztes Mal. Noch können wir gewinnen.«

KAPITEL 29

Nitika

Nun fällt es mir umso schwerer, mich auf die Straße zu konzentrieren. Mit meinen Gedanken bin ich ganz woanders. Eigentlich bin ich nicht fahrtauglich, nicht in diesem nervlich zerrütteten Zustand. Doch meinem Dad zu folgen ist die einzige Möglichkeit, die *Citali* noch zu retten.

Noch immer rauscht das Adrenalin durch meine Blutbahnen. Es fiel mir schwer, mutig zu sein, aber ich habe es geschafft. Auch wenn mir das Ergebnis ganz und gar nicht gefällt.

»Denkst du, Dad wäre nicht aufgebrochen, wenn wir nicht gekommen wären?«, frage ich Sakima.

Aus dem Augenwinkel sehe ich, dass er nur den Kopf schüttelt.

»*Ná*. Er hat deutlich gemacht, wie wichtig ihm Geld ist. Einer meiner Gründe, die Außenwelt zu hassen. Dieses Geld, es macht so viel kaputt. Zerstört Menschen und macht das Leben schwerer, als es eigentlich sein sollte. Nur dass Shilah uns dafür leiden lassen will, begreife ich nicht. Er ist immerhin dein Vater.«

»Die Spielsucht hat ihn in diese Dunkelheit getrieben«, erwidere ich. »Und Moms Tod. Er hat ihn nicht verkraftet und will es einfach nicht zugeben, dass es ungesund ist, so wie er gerade lebt.«

»Wie weit ist es bis zu diesem Phoenix?«, will Sakima plötzlich wissen.

»Über drei Stunden«, gebe ich zurück. »Phoenix liegt außerhalb unseres Reservats. Deswegen möchte Shilah dort eine Zeitung aufsuchen.«

»Weil es die richtige Außenwelt ist«, murmelt Sakima leise und seufzt. Verzweiflung schwingt darin mit. Ich ahne, was in ihm vorgeht. Er hat Angst um seinen Stamm, gleichzeitig fühlt er sich seiner zukünftigen Rolle als Häuptling nicht würdig. Dabei hat er alles getan und versucht.

»Vielleicht wird uns der *Große Geist* helfen«, überlege ich laut. »Und dann wird alles gut werden.«

»*Tá*. Das ist unsere letzte Hoffnung. Es muss einfach gut werden.« Mit düsterer Miene starrt Sakima hinaus aus dem Fenster.

»Ich will nicht mit ansehen müssen, wie mein Stamm zugrunde geht«, sagt er nach einer Weile. »Die Touristen … sie werden in Scharen zu unserem Dorf stürmen, um uns ›Indianer‹ zu sehen. Als wären wir Tiere, die sie anstarren könnten. Darauf haben sie keine Beanspruchung. Jedes Lebewesen ist ein Individuum und hat das Recht auf Freiheit – ein eigenes, selbstständiges Leben.«

Seine Worte lassen eine Gänsehaut auf meinen Armen entstehen, und das, obwohl das Thermometer meines Autos eine Außentemperatur von über dreißig Grad anzeigt.

»Sakima, du musst wissen, dass ich mir niemals dieses Schicksal für dich gewünscht habe«, erkläre ich. »Nicht für die Liebe meines Lebens. Du hast es verdient, glücklich zu sein, genauso wie alle anderen *Citali*. Jeder von ihnen ist mir ans Herz gewachsen, auch wenn ich während meines Besuchs längst nicht jeden nahe genug kennengelernt habe. Mit jedem *Citali* fühle ich mich verbunden - durch dich.«

Ich werfe ihm einen kurzen Blick zu und stelle fest, dass ein sanftes Lächeln auf seinen Lippen liegt.

»Und du bist die Liebe meines Lebens, Nitika. Und deshalb sollst du auch glücklich sein. Es ist nicht selbstverständlich, dass sich die eigene Tochter so gegen den Vater stellt.«

»Den Mut dazu habe ich wohl durch dich bekommen«, antworte ich keck.

»Hast du einen Vorschlag, wie wir in Phoenix vorgehen, wenn wir deinen Vater antreffen?«, fragt mich Sakima. »Es müsste etwas geben, mit dem wir ihn umstimmen können. Denn noch sieht es so aus, als könnte ihn nichts davon abbringen. Dazu ist ihm das Geld zu wichtig. Er denkt gar nicht an die Konsequenzen.«

Ich nicke. »Nur weiß ich nichts. Ich … ich habe während des Gesprächs schon alles versucht. Ihn lässt es sogar kalt, dass er mich dadurch verletzt. Das zeigt nur, wie tief seine Sucht sitzt. Denn das Geld wird er auch im Casino verspielen. Mit Sicherheit.«

»Leider kenne ich mich nur mit den Gesetzen der *Citali* aus, nicht mit denen der *Navajo*. Ist es denn rechtens, dass ein spielsüchtiger Mann ein eigenes Hotel führt? Könnte das nicht verboten sein? Immerhin könnten die Touristen es als nicht gut empfinden.«

Ein guter Ansatz. Sakima macht sich wirklich viele Gedanken. Jedoch muss ich ihn enttäuschen.

»Leider ist es nichts Ungewöhnliches. Ein Großteil der *Navajo* ist krank. Wenn es nicht die Spielsucht ist, dann haben sie mit Drogen oder Alkohol zu kämpfen. Fast jeder möchte so dem Elend hier entkommen.« Ich schlucke. »Außerdem wäre es Erpressung. Das würde Dad nur umso wütender machen. Immerhin denkt er, dass er mir wirklich etwas Gutes tut, wenn er euch verrät und dadurch Geld von der Zeitung bekommt.«

Mein Herz wummert heftig in meiner Brust. Shilah ist immer noch mein Vater. Darf ich als Tochter wirklich so hart zu ihm sein? Zweifel kommen in mir auf, während ich weiter konzentriert auf die Straße starre.

»Aber du sagtest doch, dass er sowieso den Großteil des Geldes verspielen würde und in seiner Sucht gefangen ist. So sehr, dass er nur an seinen eigenen Vorteil denkt. Er hat dir nicht einmal richtig zugehört, Nitika, und will dich außerdem von mir fernhalten. Welcher Vater würde seiner Tochter kein Glück im Leben gönnen und es ihr stattdessen wieder wegnehmen wollen?«

Kurz zucke ich zusammen, weil mich Sakimas Worte wie ein Blitz treffen. Schließlich hat er recht. Ich weiß genau, was Shilah mit dem Geld tun würde. Und dennoch staut sich schlechtes Gewissen in meinem Körper, und das nur, weil er mein Vater ist. Jedoch würde kein Vater seiner Tochter wehtun. Damit hat Sakima vollkommen recht.

Nervös beiße ich mir auf die Unterlippe, als mir ein Gedanke kommt. Vielleicht die Lösung?

Mein Herz wird schwer, sackt bis in meine Kniekehlen. Doch es ist der einzige Weg. Schließlich möchte ich Sakima helfen und gleichzeitig meinen Vater vor einem folgenschweren Fehler bewahren, den er eines Tages bereuen könnte.

Tief hole ich Luft.

»Es gibt eine Sache, mit der wir ihm drohen können«, sage ich mit zitternder Stimme. Meinem Dad drohen zu müssen, fühlt sich gänzlich falsch an.

»Du hast mit eigenen Ohren gehört, dass Shilah im Casino den Besitzer bestochen hat.«

Sakima nickt, während ich fortfahre: »Manchmal hat Dad etwas Geld gewonnen. Das waren die guten, leichten Tage. Ich kann mir vorstellen, dass vielleicht auch dahinter Betrug steckte. Vielleicht hat er diese Art von Bestechung schon des Öfteren durchgeführt. Beweisen kann ich es natürlich nicht, aber du hast das eine Mal vor Ort zugehört. Damit könnten wir ihn konfrontieren. Seine Ehre ist ihm wichtig. Würden wir damit drohen, dass die Presse oder gar die Polizei davon erfährt, dann würde das ein schlechtes Licht auf die *Navajo* werfen. Die Casinos sind beliebt bei den Touristen, die durch das Reservat ziehen. Sicher würden sie sich nicht mehr in Massen in die Casinos trauen, aus Angst, über den Tisch gezogen zu werden. Sie könnten denken, dass die *Navajo* in den Casinos Vorteile hätten. Dadurch wäre die gesamte Tourismusindustrie im *Navajo*-Reservat gefährdet. Und das nur wegen meines Vaters. Selbst sein bester Freund, der Präsident, würde ihn dafür verabscheuen.« Ich schnappe nach Luft und schiele hinüber zu Sakima. »Was meinst du? Könnte das funktionieren?«

Sakima schweigt, überlegt offenbar. Währenddessen überdenke ich meine Worte noch einmal und je mehr ich darüber nachsinne, desto stärker schmerzt mein Magen. Shilah möchte die *Citali* verraten. Würde ich dadurch nicht dasselbe mit den *Navajo* tun? Oder etwas Ähnliches?

»Ich … ich will Dad ja nichts Böses! Ich liebe ihn, aber …«

»Du würdest ihn dadurch doch nur retten!«, meint Sakima und dreht seinen Oberkörper in meine Richtung.

»Weißt du, mein Vater kommt, um den Frieden zu erhalten. Wenn er merkt, dass Shilah uns längst an die Presse verraten hat, wird er es mit Sicherheit nicht auf sich sitzen lassen. Ich weiß zwar nicht, was der nächste Schritt des Häuptlings wäre, jedoch haben sie ihre Waffen dabei. Es könnte für deinen Vater also gefährlich werden. Außerdem sitzt er schon tief in seiner Trauer um deine Mutter. Die Schuldgefühle würden noch stärker werden, wenn er irgendwann seine Augen öffnet und begreift, wie sehr er dich dadurch verletzt hat, dass er dir deinen Seelenpartner weggenommen hat. Glaubst du nicht, all das könnte seine Depressionen noch verschlimmern? Nicht, dass er irgendwann in ein so tiefes Loch stürzt, dass er überlegt, deiner Mutter zu folgen.«

»Nein!«, rufe ich laut. Sakimas Worte setzen sich wie Bilder in meinem Kopf fest. Und er könnte recht haben. Dad könnte immer tiefer in seine Krankheit rutschen und irgendwann … Nein! Ich will mir nicht ausmalen, was wäre, wenn ich ihn ebenfalls eines Tages in den frühen Morgenstunden an einem Seil baumelnd auffinden könnte. Das würde mein Herz nicht mehr ertragen.

»Ich will ihn nicht verlieren«, flüstere ich.

»Dann sei mutig, Nitika. Gehen wir noch einmal zu Shilah und versuchen, ihn von dem Verrat abzuhalten. Retten wir die *Citali* - und ihn selbst.«

Zaghaft nicke ich. »Du hast recht. Das ist die einzige Möglichkeit, die uns bleibt. Bist du sicher, dass mein Vorschlag funktionieren könnte? Wäre es nicht eine zu starke Erpressung?«

Sakima schüttelt den Kopf. »Wäre es nicht. Denn wenn alles so funktioniert, wie wir es uns vorstellen, dann bleibt es eine Drohung, die wir nie wahrmachen müssen. Ich denke, mit dem Betrug im Casino könnten wir deinen Vater zur Vernunft bringen. Schließlich reagierte er darauf schon in der Vergangenheit sehr empfindlich. Er leugnet ihn, behauptet, dass ich ihm den Betrug nur anhängen möchte.«

»Das klingt logisch. Dann … dann werden wir so vorgehen.« Noch immer bin ich unsicher, ob unser Vorhaben die richtige Entscheidung ist. Jedoch vertraue ich Sakima. Er möchte meiner Familie nichts Böses, das hat er mehr als einmal bewiesen.

»Du musst keine Angst haben, Nitika. Du bist mutig und stark. Deine Mutter ist sicher stolz auf dich, wenn sie dich von oben sieht. Weil du alles dafür tust, um die Familie zu retten.«

Die Wärme in seinen Worten schwappt tatsächlich bis zu mir hinüber. In diesem Augenblick hätte ich alles dafür getan, um ihn zu küssen. Unser letzter Kuss ist schon viel zu lange her. Wir haben viel zu viele andere Dinge im Kopf, als dass wir uns über unsere Beziehung Gedanken machen können.

»Danke«, wispere ich, weil es alles ist, was mir gerade einfällt.

Plötzlich berührt Sakima vorsichtig meine rechte Hand, die am Lenkrad liegt. Es ist eine flüchtige Berührung, die jedoch sofort die Wärme in meinem Körper verstärkt. Jegliche Gänsehaut ist fort. Stattdessen sprühen Funken, Blitze jagen durch meinen Körper. In diesem Moment packt mich wieder die Zuversicht und ich bin mir sicher, dass ich die richtige Entscheidung getroffen habe und wir meinen Vater retten können.

Dennoch müssen wir erst bis Phoenix kommen.

Ich drücke auf das Gaspedal und steigere unser Tempo über das Limit hinaus. Doch das ist mir egal. Wichtig ist nur unser Ziel. Wir dürfen nicht zu spät kommen.

Daher gönnen wir uns keine Pause.

Kurze Erleichterung durchströmt mich, als wir endlich die Stadt in der Wüste des Valley Of The Sun erreichen.

Meine Hände kleben fest am Lenkrad und zittern leicht, denn eine so lange Autofahrt bin ich nicht gewohnt – erst recht nicht, wenn ich durchgängig fahre.

»Wir müssen zur *Phoenix New Times*«, mutmaße ich. »Das ist die größte Zeitung hier. Daher wird Dad sie sicher aufsuchen.«

Zu unserem Glück geraten wir in keinen der berühmten Staus in Phoenix und kommen entspannt durch den Verkehr. Wären wir nicht aus einem so ernsten Anlass hier, hätte ich Sakima liebend gern die Stadt gezeigt. Zwar war ich selbst noch nicht sehr häufig hier, aber ich erinnere mich an die Ausflüge, die ich mit Mom hierher unternommen habe. Sie hat die Stadt sehr gemocht, obwohl sie danach immer wieder betonte, dass sie die Natur jeder Stadt vorziehen würde.

Schließlich biege ich in die Jefferson Street ein und endlich taucht das Gebäude der Zeitung vor uns auf. Ich steuere den Parkplatz an und bemerke erleichtert, dass wir rechtzeitig kommen. Mein Vater steigt gerade aus seinem Wagen.

Schnell rausche ich in die nächste Parklücke und ziehe den Schlüssel aus dem Zündschloss.

Doch bevor ich aussteigen kann, hält mich Sakima sanft auf.

»Ich kann das auch allein tun, wenn du möchtest. Shilah ist dein Vater und du sagtest, dass du dich nicht wohl dabei fühlst, ihn zu erpressen.«

Ich schnappe nach Luft. »Aber ... aber du sagtest, dass ich mutig sein muss. Das bin ich nur, wenn ich ebenfalls versuche, meinen Vater aufzuhalten.«

Sakima legt seinen Kopf schief und schüttelt ihn dann nach links und rechts. »Du bist schon so mutig genug gewesen, *Tadóe-wá*.« Seine Stimme streichelt mich sanft. »Bei euch zu Hause hast du mit ihm gesprochen, nun sollte ich es tun. Was wäre ich für ein zukünftiger Häuptling, wenn ich den Stamm nicht retten würde?«

»Aber ich dachte, dass wir alles gemeinsam tun. Weil wir nur so Erfolg haben können.«

»Du bist doch hier in meiner Nähe. Wenn du merkst, dass ich mit deinem Vater nicht weiterkomme, dann kannst du immer noch zu uns stoßen und eingreifen.«

Eindringlich sieht er mich an, und weil uns langsam die Zeit davonläuft, gebe ich nach und nicke. Denn wenn Sakima sich als Häuptling beweisen kann, dann ist das so richtig.

»Danke, Nitika. Ich hoffe, die *Citali* werden weiterhin frei sein können.«

Mit diesen Worten beugt er sich zu mir und drückt seine

Lippen auf meine. Es ist ein süßer, schmerzlich kurzer Kuss. Sobald er sich von mir gelöst hat, vermisse ich ihn.

»Viel Glück«, raune ich ihm zum Abschied zu.

Dann öffnet Sakima auch schon die Autotür und steigt aus.

KAPITEL 30

Sakima

Sobald ich die Autotür hinter mir zugeschlagen habe, zweifle ich.

War es die richtige Entscheidung, Nitika zurückzulassen? Sie hat recht, ich habe immer davon gesprochen, dass wir es nur gemeinsam schaffen, Shilah umzustimmen. Nun bin ich wieder allein, weil ich Nitika eine Last von ihren Schultern nehmen möchte. Sie war mutig genug. Jetzt ist es an mir, zu zeigen, dass ich würdig bin, eines Tages Häuptling genannt zu werden.

Ich straffe meine Schultern und atme tief durch, um meine Aufregung zu überspielen. Denn inzwischen fühle ich mich gar nicht mehr sicher in meinem Vorhaben. Was, wenn es mir nicht gelingt, Shilah von dem Verrat abzuhalten? Was ist dann der nächste Schritt? Nitika müsste mich sofort zurück in den Zion-Nationalpark fahren, damit ich meinen Stamm warnen kann, ehe es zu spät ist. Vielleicht müssten wir alle fliehen und uns einen neuen Platz für unser Dorf einfallen lassen. Einen Neubeginn starten.

Dann wären die Felder, die wir im Frühjahr bestellt haben, dahin. Die Ernte im Herbst wäre nicht gesichert, wenn es wirklich so weit kommen würde. Das darf nicht passieren. Mir bleibt keine Wahl: Ich *muss* Shilah überzeugen und ihm mit seiner Sünde drohen, um ihn mit seinen eigenen Waffen zu schlagen.

Länger zögern darf ich auch nicht, denn Shilah ist schnell und stürmt auf den Eingang des großen Gebäudes zu. Ich renne los.

»Shilah!«, rufe ich laut. »Bitte bleib stehen!«

Er hat bereits die letzte Stufe der steinernen Treppe erreicht, seine Hand liegt auf dem Griff der großen, hölzernen Tür. Doch er hält kurz inne.

Diese Zeit nutze ich und hole auf. Ich bin an der Treppe, erklimme die wenigen Stufen und lehne mich mit dem Rücken an die Tür, sodass Shilah nicht die Möglichkeit hat, das Gebäude der Zeitung zu betreten.

»Wie kannst du es wagen?«, zischt Shilah und schüttelt den Kopf. »Hast du nicht verstanden, dass mich niemand aufhalten kann? Oder lebt ihr *Citali* etwa so zurückgezogen, dass ihr so etwas nicht in eure Köpfe bekommt?«

»Ich kann genauso mit der Presse sprechen wie du. Und ich könnte Dinge erzählen, die dich zerstören würden«, erkläre ich mit fester Stimme. Ich darf mir nicht anmerken lassen, wie sehr mich die Beleidigung meines Volkes getroffen hat.

Herausfordernd funkelt mich Shilah an und tippt sich dann mit einem Finger gegen die Stirn. »Dass ich nicht lache! Du hast gar nichts gegen mich in der Hand.«

»Doch«, widerspreche ich sofort. »Schließlich habe ich mit eigenen Ohren gehört, wie du den Besitzer des Casinos bestochen hast. Stell dir vor, die Außenwelt würde davon erfahren. Wenn die Touristen hören würden, dass in euren Casinos betrogen wird, werden sie nicht mehr kommen. Sie hätten Angst, dass die *Navajo* dort bevorzugt würden und sie selbst nur ihr Geld verlieren. Wenn deinetwegen weniger Besucher kommen, würde das auf dich zurückfallen. Dein Ruf wäre im gesamten Reservat ruiniert.«

Shilah stößt ein Lachen aus, das jedoch erzwungen klingt. Er winkt gespielt lässig ab. Doch in seinen Augen und seiner Körperhaltung erkenne ich die Unsicherheit. Mit einem Mal sieht er nicht mehr so selbstsicher aus.

»Damit wäre auch der Name der *Navajo* ruiniert. Möchtest du das? Könntest du mit dieser Schuld leben?« Meine Worte sind hart, jedoch müssen sie es sein. Er redet schlecht über meinen Stamm, daher ist die Drohung unausweichlich.

»Dann hätten wir die Schulden beglichen – ich würde dich verraten, so wie du die *Citali*. Aber vielleicht bringt dich meine Drohung davon ab, dein Vorhaben durchzuziehen.«

Ich klammere all meine Hoffnungen daran, dass Shilah endlich einsieht, dass er verloren hat. Still bitte ich den *Großen Geist*, Shilah Einsicht zu schenken.

Doch Nitikas Vater lacht nur hämisch. »Du wirst nicht dazu kommen, mit der Presse zu sprechen. Wenn ich will, dann bin ich der Erste, der das Gebäude der *Phoenix New Times* betritt. Dann werden die *Citali* all den Schmerz erfahren, den ich schon jahrelang ertragen muss. Die Reporter werden sich auf dich stürzen – ein Native American eines geheimen Stammes, direkt vor ihrer Tür – das werden sie sich nicht entgehen lassen.« Er grinst schief und sorgt dafür, dass mein Herz sinkt.

»Eigentlich ist es traurig, dass wir gerade an diesem Punkt angelangt sind«, murmle ich leise. »Als du mit dem Präsidenten der *Navajo* in unser Reservat gekommen bist, gab es für dich nichts Wichtigeres, als einen Bund zwischen den beiden Stämmen zu schließen – eine Freundschaft. Damals hat es für mich so ausgesehen, als würdest du die *Citali* nicht hassen. Doch jetzt wird mit jedem deiner Worte deutlich, wie dunkel dein Herz in Wirklichkeit ist. Du verabscheust meinen Stamm.« Traurig schüttle ich den Kopf und stoße ein Seufzen aus.

Wäre es nun an der Zeit, Nitika zu holen? Vielleicht kann sie noch etwas ausrichten in dieser aussichtslosen Situation. Aber wie? Wir haben unseren Plan genauso umgesetzt, wie wir es vorhatten. Und Shilah zeigt sich immer noch so verständig wie ein Felsbrocken.

»Liegt es nicht auf der Hand, warum ich meine Meinung gegenüber den *Citali* geändert habe?«, fragt Shilah in diesem Moment.

»*Ná.*«

»Nun, ihr lebt nach den alten Traditionen und könnt frei sein. Niemand stört euer Leben in der Natur, während wir *Navajo* uns irgendwie über Wasser halten müssen. Ja, es stimmt, wir leben unabhängig von der US-Regierung, jedoch hatten wir früher so viel mehr! Freiheit – kein eingegrenztes Areal, in dem wir leben dürfen, weil die Weißen Mitleid mit uns haben. Wir gehören weder zu der einen, noch zu der anderen Seite. Wir genießen die Vorteile der modernen Welt, jedoch sind wir immer noch Außenseiter. Eingesperrt in einen Käfig. Armut, so weit das Auge reicht und niemanden interessiert unser Elend. Die junge Generation versucht auszubrechen, doch nur die wenigsten schaffen es. Die meisten sind ihr Leben lang in diesem Kreislauf aus Armut und Elend gefangen.«

Ein Kloß bildet sich in meinem Hals, weil Shilahs Eifersucht offensichtlich ist. Sie spiegelt sich in jedem seiner Worte wider. Und ich verstehe ihn, denn ich habe Tuba City mit eigenen Augen gesehen. Die Trostlosigkeit, die dort herrscht.

»Aber warum lässt du deine Wut auf eure Lebenssituation dann an den *Citali* aus? Wir können nichts dafür. Auch ich nicht, denn ich wurde in dieses Leben hineingeboren. Zu keiner Zeit habe ich es mir ausgesucht. Es sind unsere Vorväter gewesen, die vor vielen, vielen Jahren für diese Freiheit gekämpft haben. Wir haben uns immer gegen die Weißen gewehrt.« Ich halte kurz inne und überlege. Shilah glaubt, dass alle *Citali* ein glückliches Leben führen – doch er irrt sich. Vielleicht muss ich ihm das klarmachen.

Eindringlich fixiere ich ihn. »Allerdings mag nicht jeder das Leben im Zion-Nationalpark. So einfach es dir auch erscheinen mag – es birgt seine eigenen Schwierigkeiten. Die Freundin meiner Schwester – Adsila – hat sich im Reservat immer gefangen gefühlt. Sie hat bedauert, dass wir nicht über die Technik der Außenwelt verfügen und in einigen Dingen eingeschränkt sind. Deswegen ist sie nach Los Angeles gezogen, um dort ihre Träume zu verwirklichen und die kulinarischen Genüsse der Außenwelt kennenzulernen. Sie wäre im Dorf nicht glücklich geworden. Und … und mein bester Freund – Takoda … er …«

Es fällt mir schwer, weiterzusprechen, jedoch fange ich mich schnell wieder, bleibe stark – wie ein Häuptling es tun würde.

»Takoda hat sich umgebracht, weil er bei den *Citali* nicht glücklich gewesen ist. Die Schuldgefühle, weil ich seinen Tod nicht verhindern konnte, haben mich lange verfolgt. Doch ich habe nun verstanden, dass Takoda gewollt hätte, dass ich mein Leben weiterführe. Er wollte immer, dass ich glücklich bin. Er war es jedoch nicht, daher ist er den Schritt in den Tod gegangen. Du kannst also sehen, dass Glück nichts mit der Herkunft oder dem Ort zu tun hat, an dem man lebt. Stattdessen ist es die Einstellung, die man zum Leben hat. Nur sie kann einem Glück verschaffen.«

»Aber wie soll ich glücklich sein, wenn sie nicht mehr da ist?«, fragt Shilah. Mit einem Mal ist seine Stimme um einiges leiser geworden. Es spricht von seiner Frau. Von Bena. »Sie hat mir das Glück im Leben gebracht. Mit ihr an meiner Seite war ich zufrieden. Niemals habe ich gedacht, dass sie mich freiwillig verlassen würde. Wahrscheinlich bin ich daran sogar selbst schuld. Bena hat mit dem Leben im Reservat gehadert, weil wir nie viel Geld hatten. Am liebsten wäre sie ausgebrochen, einfach fortgegangen. Doch ich habe ihr das nicht ermöglichen können. Egal, wie hart ich im Hotel geschuftet habe. Es hat nie gereicht. Während sie unsere Wurzeln verlassen wollte, habe ich mich immer dagegen gewehrt. Ich war trotz der Armut stolz, ein *Navajo* zu sein, und habe das Leben hier nicht aufgeben wollen. Ich bin zu egoistisch gewesen und daher trage ich die Schuld für ihren Suizid. Seit sie fort ist, stehe ich nur noch in der finsteren Dunkelheit.« Er blickt zu Boden und mit einem Mal ist die Wut durch Traurigkeit ersetzt worden.

»Du hast den Tod von Nitikas Mutter noch nicht überwunden, nicht wahr?«, frage ich.

»Nein, das habe ich nicht. Wie könnte ich? Sie ist die Liebe meines Lebens.«

»Das verstehe ich«, antworte ich. »Ich liebe deine Tochter und sie liebt mich. Uns verbindet etwas sehr Tiefes. Wenn du mein Leben zerstörst, verletzt du damit auch sie.«

Shilah stößt ein Seufzen aus. »Das ist mir bewusst. Jedoch … Du hast mich bloßgestellt. Dich als Moralapostel aufgespielt, obwohl du keine Ahnung hast, wie schwer wir es haben. Daher wollte ich, dass die *Citali* genauso leiden, wie ich seit dem Tod meiner Frau leide. Ich wollte, dass die ach so perfekten glücklichen *Citali* auch einmal Schmerz verspüren.«

»Wir sind nicht immer glücklich, auch wenn es während deines Besuchs wohl den Anschein gemacht hat«, widerspreche ich sofort. »Das habe ich dir bereits zu erklären versucht. Jeder Mensch hat seine eigenen Probleme, ob groß oder klein. Keiner ist fehlerlos. Takoda, er … er hatte so schlimme Probleme, dass er sich sogar das Leben nahm.«

»Stimmt«, gibt Shilah kleinlaut zu. »Ich ... schäme mich dafür, dass ein so junger Mensch wie du besser mit Trauer zurechtkommt als ich. Selbst meine Tochter kämpft stärker dafür, ein glückliches Leben zu führen, als ich es tue. Stattdessen lebe ich immer noch in der Vergangenheit und verziehe mich ins Casino um zu vergessen. Das ist ... falsch.«

»Noch ist es nicht zu spät«, versuche ich Shilah aufzumuntern. Inzwischen sehe ich, dass ein gebrochener Mann vor mir steht. Es ist nicht die Wut, die ihn zum Verrat der *Citali* getrieben hat, sondern die Trauer, die er niemals vollständig überwunden hat.

»Doch«, meint Shilah. »Ich stehe hier vor der *Phoenix New Times*!«

Ich schüttle den Kopf. »Du hast die Wahl, Shilah. Du kannst entweder einem unschuldigen indigenen Stamm Leid zufügen, oder du kämpfst für dich und dein eigenes Glück, anstatt andere zu verletzen.«

»Sakima, du verstehst nicht! Auch wenn ich nun nicht mehr zur Presse gehe, habe ich das Vertrauen von dir und den *Citali* verspielt. Niemals mehr werde ich es hinaus aus der Dunkelheit schaffen. Dazu hat mich die Spielsucht zu sehr im Griff.«

»Doch«, widerspreche ich. »Menschen sind immer bereit, zu vergeben. Wir *Citali* ganz besonders. Und es wird einen Ausweg aus deiner persönlichen Dunkelheit geben. Ich habe nach Takodas Tod auch lange an mir gezweifelt, doch Nitika, deine Tochter, hat mir Hoffnung geschenkt. Durch sie habe ich endlich wieder lachen gelernt. Und genauso wird es dir auch ergehen, wenn du für ein glückliches Leben kämpfst.«

Sichtbar schluckt Shilah und nickt dann. »Du ... du hast recht. Ich hätte niemals so unüberlegt und hasserfüllt handeln sollen. Der Neid und die Sucht, sie ... sie haben mich dazu getrieben. Doch das ist nur eine billige Entschuldigung. Die Wirklichkeit zeigt, dass ich mich selbst entschieden habe, euch zu verraten, und es tut mir leid. So leid. Ich werde nicht zur Presse gehen. Das Geheimnis der *Citali* ist bei mir sicher.«

Mein Herz macht einen ungläubigen, freudigen Satz. Ich schnappe nach Luft, blinzle verwirrt.

»Ist ... ist das wahr? Du wirst es nicht tun? Du wirst uns nicht verraten?«

Shilah nickt. »Für Bena. Sie hätte das nicht gewollt. Warum habe ich es nicht früher erkannt? Nitika hat versucht, mich davon abzubringen.«

»Sie wird stolz sein, dass wir Erfolg hatten. Und deine Frau auch. Sie ist in den ewigen Jagdgründen und lächelt von dort oben zu dir herunter. Du darfst nur nicht die Augen verschließen – dann kannst du sie sehen.«

Ein kleines Lächeln formt sich auf Shilahs Lippen. »Ich danke dir. Du hast mir die Augen geöffnet. Mein Leben wäre noch dunkler geworden, wenn ich Nitika verloren hätte, indem ich die *Citali* verrate.«

»Dann ist es jetzt an der Zeit, noch einen Schritt in Richtung Licht zu gehen. Nitika und ich werden dir dabei helfen. Ganz sicher.«

Dankbar lächelt Shilah und nickt, während sich in meinem Körper sanfte Wärme ausbreitet.

Ich werfe einen Blick hinauf in den blauen Himmel.

»*È Radó*«, flüstere ich dem *Großen Geist* zu, der Shilah endlich die richtige Einsicht geschickt hat. Alles ist dabei, gut zu werden. Unendlich gut. Und ich habe maßgeblich dazu beigetragen – ich, der zukünftige Häuptling der *Citali*. Ich habe es tatsächlich geschafft, mein Volk zu retten. Etwas, das ich noch nicht vollständig glauben kann, doch es erfüllt mich mit unendlichem Stolz.

»Lass uns zu Nitika gehen«, schlägt Shilah in diesem Augenblick vor. »Ich glaube, ich sollte mich bei meiner Tochter ebenfalls entschuldigen.«

Ich nicke und folge dem Vater meiner Seelenverwandten.

Wir lassen den Eingang der Zeitung hinter uns und ich bin mir sicher, dass keiner von uns jemals hierher zurückkehren wird.

KAPITEL 31

Nitika

Ungeduldig klopfe ich auf das beschädigte Leder des Lenkrades.

Das Warten bringt mich um den Verstand.

Vom Parkplatz aus habe ich keine Sicht auf den Eingang der *Phoenix New Times*. Ich weiß nicht, ob Sakima Erfolg hatte oder nicht. Schon eine ganze Weile ist er fort, ich habe nur vergessen, auf die Uhr zu sehen.

Vielleicht sollte ich langsam nachschauen, wo er bleibt. Ein ungutes Gefühl breitet sich in mir aus und verpestet das Innere meines alten Fords.

Was, wenn Dad bereits bei der Presse ist und ihnen brühwarm von den *Citali* erzählt hat?

Es schaudert mich bei dem Gedanken.

Ich hoffe so sehr, dass alles ein gutes Ende nehmen wird. Denn nur dann können Sakima und ich uns endlich auf unsere Beziehung konzentrieren. Mir fehlt die unbeschwerte Zeit mit ihm, wie an jenem Tag, als wir am Grand Canyon unterwegs waren. Mein Herz sehnt sich danach zurück, wünscht sich mehr von Sakimas Küssen ... Doch das Wohl der *Citali* steht erst einmal an oberster Stelle. Ob die Drohung mit dem Casino-Betrug wirkt? Es ist wirklich besser, dass Sakima allein mit Shilah spricht.

Sicher hätte ich es nicht übers Herz gebracht, ihm derart zu drohen. Er ist mein Vater und er hat eine gute Seele, auch wenn die Dunkelheit ihn viel zu oft im Griff hat. Aber ich liebe ihn, ebenso wie Sakima, weswegen ich hoffe, dass die beiden Männer sich endlich wieder vertragen.

»Wo bleibst du nur?«

Ungeduldig trommle ich weiter die Melodie des alten Rock-Songs *Don't Fear The Repear* auf mein Lenkrad. Wie gern hätte ich jetzt eine leere Leinwand zur Hand gehabt oder meine Töpfer-scheibe. Untätig zu sein, tut mir nicht gut, es lenkt mich nicht ab. Auch nicht die Musik, die aus dem Autoradio schallt.

Immer mehr fühlt sich die Wartezeit für mich wie eine halbe Ewigkeit an – bis ich schließlich meinen Vater neben Sakima in Richtung Auto laufen sehe.

Sofort bin ich hoch konzentriert und stoße die Wagentür auf, springe hinaus.

Ich kneife meine Augen fest zusammen, versuche einzuschät-zen, ob das Gespräch gut oder schlecht verlaufen ist. Doch anhand ihrer Mienen kann ich leider nichts feststellen. Sie sind beide neutral, selbst Sakima verrät mit keinem Zucken seiner Mundwinkel, ob alles ein gutes oder schlechtes Ende genommen hat.

Weil ich es nicht länger aushalte, eile ich ihnen entgegen und bleibe schließlich vor ihnen stehen.

Außer Atem stemme ich meine Arme in die Hüfte.

»Und?«, frage ich und lasse meine Augen zwischen den beiden hin und her wandern.

Shilah und Sakima werfen sich einen nichtssagenden Blick zu, der mein Herz noch schneller und lauter pochen lässt.

»Sagt schon«, bettle ich.

Schließlich heben sich Sakimas Mundwinkel Stück für Stück

und ein Schauer der Erleichterung erfüllt meinen Körper.

»Ehrlich?«, frage ich ihn und er nickt, bestätigt es mir endlich.

»Dein Vater hat sich entschieden, nicht zur Presse zu gehen«, erklärt Sakima.

Mir entweicht ein kurzer, entzückter Laut, dann fasse ich mich und wende mich meinem Vater zu.

»Ich danke dir!«, stoße ich aus. »Du weißt gar nicht, wie viel mir das bedeutet.«

»O doch«, erwidert mein Dad. »Inzwischen habe ich es begriffen. Es wäre ein folgenschwerer Fehler gewesen, den ich mein Leben lang bereut hätte. Du und Sakima habt alles gegeben, um mich davor zu bewahren. Ich war zu blind, es zu sehen. Was ich für meinen Vorteil hielt, hätte uns alle unglücklich gemacht.«

»Ich weiß gar nicht, was ich sagen soll! Danke! Es macht mich unglaublich stolz, dass du dich so entschieden hast.« Vorsichtig nähere ich mich meinem Vater und ziehe ihn in eine Umarmung. Als er seinen Arm um mich legt und die Berührung erwidert, atme ich beruhigt ein. Endlich fühlt sich alles ein Stück richtiger an.

»Natürlich verbiete ich dir nicht mehr, mit Sakima zusammen zu sein«, flüstert mir Shilah zu. »Ich bin zu engstirnig gewesen, und das tut mir aufrichtig leid. Noch bin ich mir nicht sicher, wie oft ich mich bei dir entschuldigen muss und auch bei Sakima. Ich … ich bereue es zutiefst.«

»Das weiß ich, Dad«, murmle ich an seine Brust. »Und noch ist es nicht vorbei.« Langsam löse ich mich wieder von ihm. »Die *Citali* sind auf dem Weg nach Tuba City.«

Zu meiner Verblüffung breitet sich ein Lächeln im Gesicht meines Vaters aus. Nicht die Reaktion, mit der ich gerechnet hätte. Er fährt sich durch sein dunkles Haar, kratzt sich am Hinterkopf.

»Nun ja, ich glaube, ich sollte mit ihnen reden und ihnen alles erklären. Das haben sie ebenso verdient wie du.«

Wieder flutet Wärme meinen Körper.

»Das wäre großartig!«

Shilah nickt. »Ich weiß nicht, ob sie die Freundschaft mit den *Navajo* unter diesen Umständen weiterhin anstreben, jedoch werde ich mein Möglichstes tun, um die Basis wiederaufzubauen. Ganz sicher.«

Ich muss mich anstrengen, damit sich keine Tränen in meinen Augen sammeln. Kann das wirklich sein? Ein wenig fühlt es sich wie in einem Traum an. Doch mein Vater steht hier. Neben Sakima. Und noch ist kein Journalist aus dem Gebäude gestürmt und hat sich Sakima für ein Interview geschnappt. Es scheint demnach alles gut zu sein. Endlich!

»Wir sollten zurück nach Hause fahren«, schlägt mein Vater vor. »Dort können wir ungestört über alles reden.«

»In Ordnung.«

Mein Vater steigt allein in sein Auto, während Sakima gemeinsam mit mir zurückfährt.

Während der Fahrt erzählt mir Sakima, wie er meinen Vater umgestimmt hat.

»Deine Mutter. Sie ist der Schlüssel gewesen«, erklärt er. »Die Trauer um sie hat ihn so im Griff, dass er das Gute in seinem Leben nicht sehen konnte. Nicht mal die Beziehung zu dir. Doch nun bin ich sicher, dass er es begriffen hat.«

»Aber was, wenn er seine Spielsucht niemals loswird?«, frage ich Sakima zögerlich. »Was, wenn er in alte Muster verfällt? Dann wird alles so werden, wie es die letzte Zeit gewesen ist. Er ... er könnte mich wieder enttäuschen.«

»Dann rede mit ihm«, macht mir Sakima Mut. »Der *Große Geist* hat uns bereits einmal geholfen und er wird es wieder tun.«

»Nur erwarte ich, dass Dad endlich Taten sprechen lässt. Mit

Worten lasse ich mich von ihm nicht mehr abspeisen. Dazu wurde ich zu oft enttäuscht.«

»Dann erkläre es ihm genauso und ich bin sicher, dass er dich diesmal verstehen wird.«

Sakimas Worte schenken mir Mut. Ich hoffe nur, dass ich ihm das eines Tages zurückgeben kann. Er hat mir so viel geholfen, dass ich mich ihm gegenüber irgendwie erkenntlich zeigen möchte. Zu viel Zeit ist verstrichen, in der wir für die *Citali* und für meine Familie gekämpft haben. Doch ich hoffe, dass bald eine Zeit kommen wird, die nur für Sakima und mich bestimmt ist – als Paar, als Seelenverwandte.

Sobald wir das *Navajo Rest* erreichen, zieht sich Sakima taktvoll zurück. Er möchte sich in seinem alten Hotelzimmer die Zeit vertreiben. Es ist süß, dass er mir und meinem Vater damit Freiraum gibt, auch wenn ich ihn nur zu gern während des Gesprächs um mich gehabt hätte. Aber er hat recht. Ich muss allein mit Dad reden und mit ihm gemeinsam alles aufarbeiten, was uns seit Moms Tod auf dem Herzen liegt.

Dads Auto ist schon auf dem Hof geparkt. Natürlich, er ist auch kurz vor uns losgefahren.

Langsam trete ich in die Küche unseres Bungalows. Shilah sitzt am Esstisch und hat offenbar auf mich gewartet. Vor ihm steht ein Glas mit frischem Wasser, daneben eine gefüllte Karaffe und ein weiteres Glas, das jedoch mit gelber Limonade befüllt ist. Meinem Lieblingsgetränk.

Zögernd setze ich mich neben ihn.

»Hi, Dad«, flüstere ich.

»Wir können uns auch nach draußen setzen und das schöne

Wetter heute nutzen.«

»Okay.«

Ich helfe ihm, unsere Getränke in den Garten zu tragen, wo ein alter Tisch und ein paar Stühle stehen, die schon bessere Tage gesehen haben.

Kurz wischt Shilah sie mit einem feuchten Lappen sauber.

»Es ist eine Ewigkeit her, dass wir gemeinsam hier draußen saßen«, stellt er fest, als wir nebeneinander auf der weißen Bank Platz genommen haben.

Ich nicke. »Allerdings. War es … war es nicht kurz nach Moms Tod?«

Shilah nickt. »Ja. Wir haben versucht uns gegenseitig zu trösten.«

»Was mir nicht so ganz gelungen ist«, gebe ich seufzend zu. »Ich habe die Trauer niemals aus deinem Gesicht vertreiben können.«

»Ich weiß«, wispert mein Vater. »Vielleicht ist das meine eigene, ganz persönliche Schuld gewesen.«

»Ist es nicht«, widerspreche ich sofort. »Es ist einfach schrecklich gewesen, was vor fünf Jahren passiert ist. Manchmal kann ich immer noch nicht glauben, dass Mom nicht mehr da ist.«

»Mir geht es genauso. Nachts ist es am schlimmsten, wenn ich allein im Bett liege. Sie fehlt mir so unendlich …«

Ich schlucke und falte die Hände in meinem Schoß um mein Glas mit der Limonade.

»Ihr Selbstmord … Manchmal fühle ich mich schuldig. Immerhin bin ich ihre Tochter und sie war trotzdem nicht glücklich mit ihrem Leben.«

»Hör auf, so etwas zu sagen!«, sagt mein Vater erschrocken. »Du trägst nicht die geringste Schuld. Wenn jemand hätte handeln müssen, dann ich. Mir ist bewusst gewesen, dass Bena oft traurig war. Ich hätte mit ihr darüber reden sollen, doch dann war es zu spät. Sie hat das Leben hier in Tuba City verabscheut, während ich an unseren Wurzeln stets festgehalten habe. Dadurch bin ich verantwortlich für ihren Tod. Ist es nicht so?«

Natürlich schüttle ich den Kopf, doch mein Vater lächelt nur sanft.

»Nitika, du musst nicht verbergen, dass du mir insgeheim die Schuld dafür gibst. Als sie gestorben ist, warst du fünfzehn. Alt genug, um zu verstehen, dass dein alter Herr eine große Mitschuld am Suizid deiner Mom trägt ...«

Seine Worte schneiden in mein Herz und meine Seele. »Dad, du ... du denkst, dass ich dir jahrelang die Schuld für ihren Tod gegeben habe?« Meine Stimme ist lauter als beabsichtigt.

Er nickt. »Ich bin außerdem ein schlechter Vater gewesen. Anstatt dass ich mich auf meine Familie konzentriert habe, bin ich ins Casino gefahren.«

»Weil du nachts in eurem gemeinsamen Schlafzimmer immer so allein warst?«

Langsam keimt Verständnis in mir auf und ich sehe meinen Vater mit anderen Augen. Wenn er sich selbst die Schuld für ihren Tod gibt, ist es kein Wunder, dass er sich in die dunklen Abgründe der Depression begeben hat. Nur habe ich ihn nicht retten können, was wehtut.

»Vielleicht war das wirklich unterbewusstes Handeln. Warum ich mit dem Spielen angefangen habe, weiß ich selbst nicht. Aber wenn ich am Pokertisch saß oder an einem Spielautomaten, dann konnte ich für ein paar Stunden vergessen, dass Bena nicht mehr da ist. In diesen Augenblicken habe ich mich wieder wie ich selbst gefühlt. Nur das Verlieren, das hat mich zu einem Monster gemacht, nicht wahr?«

Fragend sieht er mich an und ich weiche seinem Blick aus.

»Du kannst es ruhig zugeben, Nitika. Wir sind hier, um endlich über alles zu reden. Ich will verstehen, was in dir vorging, während ich fort war und wenn ich wütend zurückkam.«

»O-okay«, stammle ich und trinke einen Schluck von meiner Limonade, um meine Gedanken zu sammeln. Durch das dauerhafte Umklammern des Glases hat sie erwärmt, jedoch könnte das nicht unwichtiger sein.

»Immer wenn du dich nach dem Abendessen verabschiedet hast, hat das eine Leere in meiner Brust zurückgelassen«, gebe ich zu. »Mom war schon gegangen und ich … ich hatte in diesen Momenten das Gefühl, dass du mich ebenfalls für immer verlassen würdest. Weißt du, ich liebe die guten Momente mit dir, wo du einfach nur mein Dad bist. Allerdings kann ich nicht damit umgehen, wenn du griesgrämig und wütend zurückkommst. Ein Teil von mir wollte dann immer schreiend davonrennen.«

»Das … das wollte ich nie«, stammelt Shilah. »Ich hatte auch immer die Hoffnung, dass ich eines Tages mit einem großen Gewinn nach Hause kommen würde. Oft habe ich mir ausgemalt, wie stolz du dann auf mich wärst, wenn wir endlich dieses Elend hier hinter uns lassen könnten.«

»Elend? Meinst du etwa, dass ich hier genauso ungern lebe, wie Mom es getan hat?«, unterbreche ich Dad.

»Ja. Ein Teil von mir dachte das wohl. All deine Freunde sind nach der Schule auf ein College außerhalb des Reservats gegangen. Zu gern hätte ich dir das auch ermöglicht. Es … es ist dir sicher nicht leichtgefallen, dein Schicksal zu akzeptieren und hier im Hotel zu arbeiten.«

In meiner Kehle bildet sich ein Kloß.

»O Dad!«, stoße ich aus. »Dachtest du etwa, dass ich eines Tages … wie Mom …?«

Als er nickt, zerreißt mein Herz.

»Dad, ich habe noch nie in meinem Leben in Erwägung gezogen, Suizid zu begehen«, sage ich eindringlich. »Stattdessen hatte ich Schiss, dass du es tun könntest, weil du Mom folgen wollen würdest.«

»Tatsächlich habe ich manchmal daran gedacht«, gibt Dad zu.

Ich halte die Luft an und umklammere mein Glas so fest, dass ich die Sorge habe, es könnte jederzeit zwischen meinen Fingern zerbersten.

»Du hast nie etwas gesagt«, hauche ich. »Ich … ich hätte dir helfen können!«

»Das hast du auch versucht. Dafür bin ich dir unendlich dankbar. Hätte ich dich nicht gehabt, dann wäre ich schon lange vollkommen zerbrochen«, gibt Shilah zerknirscht zu.

»Ich … ich … Wenn du dasselbe getan hättest wie Mom, ich … Du hättest mich für immer allein gelassen!«

Tränen sammeln sich in meinen Augen und ich schaffe es nicht, sie aufzuhalten. Nicht nach dieser Art Geständnis. Es tut weh, zu wissen, dass mein Vater daran gedacht hat, sich das Leben zu nehmen. Er ist noch unglücklicher, als ich es für möglich gehalten hätte.

»Diese Gefühle und Gedanken, ich hatte sie nie unter Kontrolle«, fährt Shilah fort. »Sie übermannen mich in den unmöglichsten Momenten. Ich bin wirklich froh, dass ich niemals den Mut hatte, mir einen Strick zu nehmen und ihn mir um den Hals zu binden.«

Gänsehaut bildet sich auf meinen Armen und ich stelle das Glas auf dem Tisch ab, um mir mit dem Ärmel meiner Bluse über die Augen zu wischen.

»Warum, Dad? Habe ich dich nicht glücklich gemacht?«

»Natürlich! Jedoch ist jeder Tag schwer für mich. Du ähnelst deiner Mutter so sehr. Äußerlich und innerlich. Sie war ein künstlerisch begabter Mensch, wie du es bist. Du hast ihre Augen, ihre Nase, ihre Lippen. Immer wenn ich dich ansehe, dann sehe ich sie und frage mich, warum sie mich verlassen hat.«

Scharf ziehe ich die Luft ein und weitere Tränen rinnen über meine Wangen. »Da-das wusste ich nicht. Dass ich ihr wirklich so ähnlich bin.«

Ein leichtes Lächeln bildet sich auf den Lippen meines Dads. »Ich kann dir gern Bilder von Bena zeigen, als sie so alt war wie du. Ihr beide seid euch wie aus dem Gesicht geschnitten.«

»Dann bin ich schuld, dass du immer noch trauerst. Würde ich nicht hier leben, dann würdest du nicht ständig ihr Gesicht vor Augen haben«, überlege ich leise.

»Nein!«

Mein Vater greift nach meinen Händen, nimmt sie in seine. Als sich unsere Blicke treffen, spiegelt sich väterliche Zuneigung in seinen Augen wider.

»Es ist ganz allein meine Schuld. Ich hätte mir direkt nach Benas Tod Hilfe suchen sollen. Direkt als ich merkte, dass ich nicht über ihren Tod hinwegkomme. Doch irgendwann war es zu spät.«

»Du wurdest depressiv. Und die Spielsucht kam dazu.«

»Richtig«, antwortet mein Vater sanft. »Genauso ist es. Und ich habe es nie wahrhaben wollen. Wahrscheinlich hat es deswegen so weit kommen müssen. Die Eifersucht auf die *Citali*, dass sie ein Leben in Freiheit führen und glücklich sind. Dann der Gedanke, dass ich sie verraten könnte, nur um unser Leben hier zu retten.«

»Hättest du einen Großteil des Geldes von der Zeitung nicht automatisch in einen Spielautomaten gesteckt?«, frage ich ihn.

Betreten blickt Dad auf unsere Hände, die sich immer noch gegenseitig festhalten.

»Wahrscheinlich schon. Außerdem hätte ich dich damit sehr

traurig gemacht. Ich … ich hätte Sakima nie infrage stellen dürfen. Er hat nur das Beste für dich gewollt. So wie ich immer alles dafür getan habe, dass deine Mutter glücklich ist. Nur habe ich versagt, weil ich egoistisch war und das Reservat der *Navajo* nicht verlassen wollte.«

»Du bist aber nicht schuld an ihrem Tod. Mom hat sich aus freien Stücken entschieden, von uns zu gehen. Sie hatte so viel, weswegen sie hätte glücklich sein können. Sie hatte uns beide. Sicher ist sie auch depressiv gewesen und hat sich tiefer und tiefer in dieser Krankheit verstrickt. Genauso wie Takoda. Sakima hat dir doch von ihm erzählt, oder?«

»Das könnte sein. Und ja, Sakima hat von ihm berichtet und mir damit vor Augen geführt, dass auch ein *Citali* nicht automatisch glücklich ist. Wir sind selbst für unser Glück verantwortlich. Und genau das werde ich nun in Angriff nehmen. Für dich und für mich. Damit wir wieder eine Familie werden und ich mich bei dir entschuldigen kann. Für dich habe ich mir immer ein gutes Leben gewünscht. Es tut mir leid, dass ich so ausgerastet bin, als mich Sakima im Casino aufgesucht hat. Im Nachhinein habe ich verstanden, dass er mir nur helfen wollte – aus Liebe zu dir. Er liebt dich, Nitika.«

»Ich weiß.« Wärme erfüllt mich. »Er ist so viel mehr als das – unsere Seelen gehören zusammen, weil wir uns gegenseitig gerettet haben. Er hat es auch nicht leicht gehabt, nachdem sein bester Freund sich in den Tod gestürzt hat.«

»Das habe ich nun auch verstanden«, meint mein Vater. »Und genau deswegen werde ich mich nun ebenfalls retten.«

»Und ich werde an deiner Seite sein und dich dabei unterstützen«, antworte ich feierlich, doch mein Vater schüttelt den Kopf.

»Nein. Du hast genug getan. Ich glaube, dass ich mich selbst retten muss, um vollständig zu genesen und stark zu werden.

Daher werde ich mir ärztliche Hilfe suchen, um meine Depressionen aufzuarbeiten und die Spielsucht zu besiegen. Niemals mehr möchte ich ein Casino betreten.«

Er lacht auf und ich lächle ebenfalls unwillkürlich.

»Das klingt gut«, antworte ich zögerlich. »Jedenfalls wäre ich wahnsinnig stolz auf dich, wenn du es wirklich durchziehst. Weißt du, ich habe Angst, dass es wieder nur leere Versprechungen sind.«

Heftig schüttelt mein Vater mit dem Kopf. »Nein. Diesmal meine ich es absolut ernst. Aber ich verstehe deine Angst, denn allein würde ich es wohl wirklich nicht schaffen. Deswegen hole ich mir Hilfe. Versprochen.«

Tief sieht er mir in die Augen und ich erkenne, dass seine Worte der Wahrheit entsprechen. Einfach, weil wir noch nie so intensiv über alles gesprochen haben. Es fühlt sich gut an. Als hätten sich unsere Herzen einander angenähert – als wären Vater und Tochter nun mit einem Mal wieder fester miteinander verbunden.

»Nitika, ich entschuldige mich noch einmal. Es tut mir leid, was ich dir und auch Sakima angetan habe. Ich hätte niemals so handeln dürfen und ich bin froh, dass ihr mich aufgehalten habt.«

»Das bin ich auch«, antworte ich. »Ich hab dich lieb, Dad.«

Nun werden die Augen meines Vaters glasig und Tränen der Rührung machen sich in ihnen breit.

»Meine Tochter …« Er zieht mich fest in seine Arme und ich habe zum ersten Mal seit fünf Jahren das Gefühl, dass wirklich alles gut werden könnte.

»Mom hätte gewollt, dass du für unsere Familie kämpfst und wir immer aneinander festhalten«, flüstere ich.

»Ja«, antwortet mein Vater seufzend und lässt mich wieder los. »Nur frage ich mich manchmal, wo sie überhaupt ist. Der Tod ist ein so unglaublich dunkler Begriff. Nichts ist mehr von ihr mehr übrig, bis auf ihren Grabstein.«

»Ich weiß, wo Mom ist«, antworte ich. »In den ewigen Jagdgründen.«

»Aber das ist doch der Glaube der *Citali* ...«

»Nicht nur. Wir sind schließlich auch Nachfahren der Native Americans. Wir gehören den *Navajo* an. Es kann also genauso gut unser Glaube sein. Wenn heute Nacht die Sterne leuchten, dann steht einer davon für unsere Mutter«, erkläre ich meinem Vater.

Sein Gesichtsausdruck wird weich und wieder ist es ein Lächeln, das sich auf seinen Lippen bildet. An diesen Anblick könnte ich mich tatsächlich gewöhnen, denn dadurch wird mein Herz auch um einiges leichter. Ich fühle mich sicher und geborgen. So wie es in einer Familie sein sollte.

»Das ist ein wirklich schöner Gedanke. Ich bereue es zutiefst, mich nicht mehr mit dem Glauben unseres Volkes zu beschäftigen. Inzwischen sind die meisten *Navajo* Christen, während ein anderer Teil an nichts mehr glaubt. Das tut nicht gut. Jetzt im Nachhinein fühlt es sich falsch an. Die alten Traditionen sind so wichtig. Es reicht schon, dass die ursprüngliche Sprache der *Navajo* immer mehr verloren geht und ich kein einziges Wort beherrsche, das ich meiner Tochter hätte beibringen können. Mir fehlt der Bezug zu unseren Vorfahren und das tut mir aufrichtig leid. Aber der Gedanke, dass deine Mutter vom Sternenhimmel auf uns herabschaut und damit auf uns aufpasst, gefällt mir«, erklärt mein Vater.

»Ich mag diese Vorstellung auch. Mom hätte sicher gewollt, dass wir beide glücklich sind. Mit weniger hätte sie sich nicht zufriedengegeben.«

»Nur frage ich mich manchmal, warum sie dann so gehandelt

hat. Sie hätte sich denken können, dass wir beide daran zerbrechen.«

»Sicher glaubte sie, dass du stark genug sein würdest. Und daran glaube ich auch«, antworte ich und berühre sanft den linken Arm meines Vaters.

Shilah schluckt und blickt hinunter auf seine Hände. »Was wäre, wenn selbst eine Therapie mich nicht heilen kann? Wenn ich unglücklich bleibe?«

»Das wird nicht passieren!«, protestiere ich. »Nicht, wenn du endlich lernst, loszulassen. Denk an Mom ... Sie wird dir die Kraft geben, die du brauchst. Lass uns zu ihr gehen.«

Zu meiner Überraschung nickt Shilah und wir machen uns auf den Weg zu Moms Grab. Vor dem Stein unter dem Baum bleiben wir stehen.

Schweigend, bis ich merke, dass mein Vater leise zu schluchzen anfängt.

Ich greife nach seiner Hand, drücke sie fest, um ihm Kraft zu schenken.

»Eines Tages wird alles gut werden«, verspreche ich ihm. »Das wirst du schon sehen. Halte an den schönen Erinnerungen mit Mom fest. Die negativen dürfen deinen Geist nicht überschatten.«

»Wie bist du nur so weise geworden, Nitika? Ehe ich es mir versehen habe, bist du erwachsen geworden. Ich habe deine Jugend in Trauer verbracht, das bereue ich ebenfalls.«

»Daran gibt es nichts zu bereuen«, widerspreche ich. »Denn das Hier und Jetzt zählt, und wenn du endlich dein Wort hältst und wirklich etwas an deiner Lebensweise änderst, dann wird das Band zwischen uns erneuert werden. Mit Sicherheit.«

»Das wäre schön. Mom hat manchmal mit mir über dich gesprochen. Wie du als erwachsene Frau wärst und wann du einmal heiraten würdest.«

Überrascht sehe ich ihn an. »Das hast du mir nie erzählt.«

Shilah schmunzelt. »Manche Gespräche sollten auch nur zwischen denen bleiben, für die sie auch bestimmt sind. Bena dachte immer, dass du eines Tages in Phoenix studieren würdest. Nur konnte ich dir das nicht erfüllen.«

»Es ist so besser, wie es jetzt ist. Wäre ich nun in Phoenix, dann hätte ich niemals Sakima kennengelernt. Denkst du nicht, dass Mom ihn gemocht hätte?«, frage ich Dad, der seinen Blick wieder auf den Grabstein gerichtet hat.

»Mit Sicherheit«, meint er. »Sakima wäre genau der Schwiegersohn, den sie sich immer gewünscht hätte. Auch wenn es sich merkwürdig anfühlt, dass du immer mehr an seine Seite wächst, während du dich von mir löst.« Sein Seufzen ist lang und schwermütig.

»Eines Tages werde ich es verstehen«, gebe ich zu. »Wenn meine eigenen Kinder erwachsen werden. Ich will dich nicht verlassen, Dad. Nicht jetzt. Nicht so. Aber wenn ich mit Sakima zusammen sein möchte, dann wird es eines Tages so kommen.«

»Ich weiß«, wispert Shilah. »Davor habe ich große Angst.«

»Musst du nicht. Noch ist es nicht so weit. Ich bleibe bei dir, bis der Zeitpunkt für mich gekommen. Du sollst erst einmal heilen.«

Ein Lächeln schleicht sich in sein Gesicht. »Danke, Nitika. Du bist die beste Tochter, die sich ein Vater nur wünschen kann. Und du hast recht: Bena wäre stolz auf dich. Egal, welchen Weg du gehst, sie hätte dich dabei immer unterstützt. Deswegen werde ich das von nun an auch tun und nicht mehr gegen dich arbeiten.«

»Ich bin stolz auf dich, Dad. Das ist ein wichtiger, mutiger Schritt. Denkst du, du kannst irgendwann loslassen?«

»Wie will man loslassen, wenn man den geliebten Menschen doch niemals vergessen will?«, stellt mein Vater die Gegenfrage.

Ich lege den Kopf schief und überlege. »Okay, loslassen ist schwer. Aber weitermachen – das kriegst du ganz bestimmt hin.«

Um seine Mundwinkel herum bilden sich kleine Fältchen. »Ja, diesmal kriege ich es wirklich hin. Versprochen. Nun möchte ich aber gern noch kurz allein mit deiner Mutter sein.«

Ich grinse. »Willst du etwa wieder mit ihr darüber reden, wie ihr euch mich als Erwachsene vorstellst?«

Dad schüttelt lachend den Kopf. »Nein! Diesmal erzähle ich ihr, was für eine tolle junge Frau du geworden und wie unglaublich mutig du bist. Außerdem muss ich mich auch bei Bena entschuldigen und werde ihr sagen, dass ich aufstehen und weitermachen werde, anstatt weiter in der Dunkelheit festzusitzen.«

»Das ist gut. Und ich werde zu Sakima gehen. Er … er wartet sicher schon auf mich.«

Ich spüre, wie meine Wangen heiß werden, doch das Lächeln meines Vaters reißt nicht ab.

»Dann geh.« Das lasse ich mir nicht zweimal sagen. Dad ist hier bei meiner Mutter gut aufgehoben. Dieses Mal habe ich wirklich das Gefühl, dass alles in eine richtige Richtung gehen wird.

KAPITEL 32

Zakima

Ich liege auf dem Bett in meinem alten Zimmer des *Navajo Rest* und starre an die Decke.

Die lange Fahrt nach Phoenix und der dazugehörige Rückweg haben sich bei mir ziemlich bemerkbar gemacht.

Mein Rücken schmerzt, am liebsten würde ich einfach die Augen schließen und schlafen. Dennoch verkneife ich es mir.

Ich möchte wach sein, wenn Nitika zu mir kommt. Überaus gespannt bin ich, was sie mir vom Gespräch mit ihrem Vater erzählt. Jedoch gehe ich davon aus, dass es ein gutes ist, sonst wäre sie schon längst wieder hier.

Ich habe bereits ein Dankesgebet an den *Großen Geist* gerichtet. Er allein ist dafür verantwortlich, dass sich alles in die richtige Richtung gewandt hat.

Mein Vater und die Männer des Stammes sind bereits einen gesamten Tag auf ihren Pferden unterwegs. Sicher werden sie Pfade nutzen, die nicht von den Außenweltlern befahren werden. Demnach wird es dauern, bis sie Tuba City erreichen werden. Noch einige Tage werden sie auf sich warten lassen. Ob der *Athánchan* stolz auf mich sein wird?

»Bestimmt«, murmle ich leise zu mir selbst.

»Führst du etwa Selbstgespräche?«

Ich schrecke sofort auf und setze mich aufrecht in dem weichen Bett hin.

Nitika ist ins Zimmer gekommen, ohne dass ich sie gehört habe. Sie hat ihren Kopf schiefgelegt und sieht mich fragend und gleichzeitig amüsiert an. Außerdem funkeln ihre Augen zufrieden. Es liegt eine Ruhe über ihr, die deutlich spürbar ist. Alles scheint gut zu sein.

»Ich habe nur überlegt, ob mein Vater stolz auf mich sein wird, wenn er von der Rettung des Stammes erfährt«, sage ich leichthin.

Sie lächelt nur. »Natürlich! Das steht außer Frage. Du ... du hast das toll gemacht! Hättest du nicht mit Dad geredet, dann wäre es am Ende eskaliert. So haben wir das Problem mit Worten lösen können anstatt mit einem heftigen Streit.«

»Also habe ich mich in deinen Augen wie ein echter Häuptling verhalten?«, frage ich neugierig nach.

»Aber ja! Ich bin sehr stolz auf dich«, gibt Nitika zu.

»Allerdings haben wir es gemeinsam geschafft«, widerspreche ich.

»Na ja, am Ende hast du bei Dad alte Wunden aufgerissen und ihn dazu gebracht, über sein gesamtes Leben nachzudenken.«

Wärme breitet sich in mir aus und ich habe das Gefühl, dass sich meine Wangen nun genauso rosa färben wie die von Nitika.

»Wo ist dein Vater jetzt?«, will ich wissen. »Ist das Gespräch gut verlaufen?«

»Und wie!« Nitika ist ihre Freude anzusehen. »Er ist noch bei Mom. An ihrem Grab. Ich habe ihm gesagt, dass er versuchen soll, loszulassen.«

»Klappt es?«, hacke ich nach.

Sie nickt und ein Glücksgefühl durchflutet mich.

»Dann ist endlich alles gut!«

»Meiner Meinung nach wird es nun Zeit, dass wir uns auch wieder um uns kümmern. Es … es ist zu lange hergewesen. Ich vermisse die Nähe zu dir«, nuschelt Nitika.

»Ich auch«, gebe ich zu und hoffe, dass sich Nitika zu mir auf das Bett setzt. Doch das Gegenteil ist der Fall.

Sie streckt ihre Hand aus, so als wolle sie nach mir greifen. Es ist eine Einladung, ihr zu folgen.

Schnell hieve ich mich aus dem Bett und halte sie fest. Nebeneinander, kraftvoll durch unsere Hände verbunden, gehen wir nach draußen, wo der Tag sich verabschiedet und der Abend hereingebrochen ist.

Am Himmel sind bereits die ersten Sterne aufgetaucht, die Sonne lässt sich nur noch als heller Punkt am Horizont erahnen.

Fast glaube ich schon, dass Nitika mich hinüber zum Bungalow locken will, um gemeinsam mit mir ein abendliches Mahl zuzubereiten. Doch stattdessen führt sie mich zu einer weiß gestrichenen Bank, die vor dem Haus steht, und einem kleinen Tisch. Dort lassen wir uns nieder. Nitika drückt sich eng an mich und weist dann mit ihrer linken Hand hinauf gen Himmel.

»Weißt du, ich habe Dad vorhin von den ewigen Jagdgründen erzählt«, fängt sie an. »Es hat ihm richtig gut gefallen. Also der Gedanke, dass Mom von oben auf uns achtgibt und Wache hält.«

»Das ist schön«, antworte ich und lege meinen Arm um sie.

»Ich glaube auch ganz fest daran. Bena befindet sich dort neben Takoda. Ich bin mir sicher, dass sich all unsere Vorfahren in den ewigen Jagdgründen aufhalten.«

»Selbst die *Navajo* aus der Zeit vor der Entdeckung Amerikas?«, will Nitika wissen und verbessert sich im nächsten Augenblick, als sie die Fragezeichen erblickt, die mir sicher offen ins Gesicht geschrieben stehen. »Ich meine, bevor die Weißen in das Land einfielen.«

»Natürlich. Für jeden unserer Vorfahren gibt es einen Stern. Es sind mittlerweile so viele, dass sie kein Mensch jemals zählen könnte.«

»Die Wissenschaftler in der Außenwelt beobachten sie«, erklärt Nitika. »Die Anzahl der Sterne in unserem Universum ist nicht unbegrenzt. Wie kann es dann sein, dass jeder einzelne Native American dort oben als Verstorbener seinen Platz gefunden hat?«

»Diese Wissenschaft kann nicht alles erklären«, widerspreche ich sofort. »Die Außenweltler kennen den *Großen Geist* nicht. Sie wissen nicht um seine Macht und welchen Einfluss er auf das Leben auf *Mutter Erde* hat. Deswegen ahnen sie auch nichts von den Unmengen an indigenen Menschen, die in den ewigen Jagdgründen glücklich sind.«

»Du hast recht«, bestätigt Nitika. »Die Außenwelter liegen sicher nicht richtig. Immerhin haben wir den Beweis am eigenen Leib erfahren – der *Große Geist* stand uns in der schwierigen Situation mit meinem Vater zur Seite. Mom ist sicher stolz, dass ich für ihn und damit für die Familie gekämpft habe. Ich bin endlich mutig gewesen. So richtig.«

Sie seufzt zufrieden.

»Fühlst du dich deinem Vater nun etwas näher?« Auch wenn wir kurz darüber gesprochen haben, will ich sichergehen, dass es Nikita gut geht.

Sie nickt, lässt dabei den Sternenhimmel für keinen Augenblick aus den Augen.

»Tatsächlich, ja. Zum ersten Mal seit einer Ewigkeit habe ich das Gefühl, dass er sich ändern möchte. Und das nicht, weil ihm das jemand vorschreibt, sondern von sich aus. Er möchte seine Sucht bekämpfen und die Depressionen, und zwar mit ärztlicher Hilfe.«

»Was bedeutet das?«, frage ich neugierig nach.

»Na ja, ihr *Citali* habt Mingan, den Medizinmann. Und auch hier gibt es Ärzte, die sich um Menschen kümmern, versuchen ihre Krankheiten zu heilen.«

»Verstehe. Das hört sich alles sehr, sehr gut an. Es freut mich für dich. Vielleicht hätten wir schon von Anfang an so handeln sollen. Es war falsch, dass ich deinem Vater heimlich ins Casino gefolgt bin. Ein wenig kann ich seine Wut tatsächlich verstehen.«

»Ich bin froh, dass es so gekommen ist, wie es ist. Nichts daran möchte ich mehr ändern«, meint Nitika leichthin und lehnt ihren Kopf an meine Schulter. »Aus dir wird eines Tages ein toller Häuptling werden.«

Überrascht hebe ich meine Brauen.

»Wie kommst du denn darauf?«

»Nun ja … darum eben! Du wächst über dich hinaus, beweist Mut und stehst vollkommen hinter deiner Familie und dem Stamm. Außerdem kämpfst du für jeden Augenblick der Freiheit.«

»Die Kraft dafür hat mir Takoda gegeben«, überlege ich laut. »Er hatte immer Angst, dass die *Citali* eines Tages nicht mehr frei sein würden. Das hat er mir vor seinem Tod gestanden. Vielleicht … vielleicht habe ich deswegen auch alles für die Rettung des Stammes getan. Für ihn.«

Automatisch bildet sich ein Kloß in meiner Kehle, als ich im Himmel einen besonders hellen Stern entdecke. Er ist es, das spüre ich deutlich.

»Er ist jedenfalls stolz auf dich.«

»Woher weißt du das?«, frage ich Nitika, deren Mundwinkel ein Lächeln umspielt.

»Weil meine Mom es mir zugeflüstert hat und die beiden sich in den ewigen Jagdgründen schließlich häufiger sehen.«

»Der Gedanke gefällt mir.«

»Mir auch.«

»Allerdings muss ich trotzdem noch viel lernen, wenn ich eines Tages ein so guter Häuptling sein möchte wie Ahusaka«, meine ich. »Denn dann hätte ich Takoda retten können.«

»Sakima!«, ruft Nitika erschrocken aus. »Mein Vater ist doch das beste Beispiel dafür, dass ein Mensch auch aus Fehlern lernt. Wir müssen geradezu Fehler machen, um aus ihnen eine Konsequenz ziehen zu können. Nur so können wir uns neue Lebensweisheiten aneignen und dadurch immer mehr wachsen. Es ist normal, einmal zu versagen. Vielleicht sogar noch öfter. Das macht uns Menschen erst zu dem, was wir sind. Selbst dein Vater wird ab und an eine falsche Entscheidung treffen.«

Ich denke über ihre Worte nach, während sich ihre Augen eindringlich in meine bohren und sie von unten, ihren Kopf an meiner Schulter, zu mir emporblickt.

»Das mag schon sein«, murmle ich. »Allerdings kommt mir mein *Ité* nicht wie jemand vor, der auch einmal einen Fehltritt begeht.«

»Hast du ihn jemals danach gefragt?«

Ich schüttle den Kopf. »*Ná*. Natürlich nicht.«

»Dann rede mit ihm, sobald er hier eintrifft. Ich bin sicher, dass auch Ahusaka Entscheidungen getroffen hat, die er im Nachhinein bereut. Das gehört zum Leben einfach dazu. Dad, er … er bereut auch, dass er überhaupt jemals ein Casino betreten hat. Damit hat er auch einen sehr schwerwiegenden Fehler begangen und nun will er ihn korrigieren.«

»Du hast recht«, gebe ich zu. »Fehler gehören dazu. Aber nicht, seinen besten Freund zu verlieren.«

»Du hast ihn nicht verloren, so wie ich meine Mutter nicht verloren habe. Er wird immer ein Teil von dir bleiben. Hier drin!«

Vorsichtig legt Nitika ihre rechte Hand auf meine Brust. Direkt auf die Stelle, unter der mein Herz kräftig schlägt.

Ich verziehe meine Lippen zu einem Lächeln. »Das stimmt. Und wir haben einander gewonnen.«

Nitika nickt und kuschelt sich noch enger an mich. »Ich bin deine *Tadóewá*, schon vergessen?«

»Niemals«, antworte ich lachend. »Wir beide werden immer zusammen sein, egal was noch kommen wird. Davon bin ich fest überzeugt.«

»Ich auch«, gibt Nitika zu und beschert mir damit ein wohliges, kribbelndes Gefühl im Bauch. Sie fühlt sich nach Sicherheit an. Bei ihr kann ich so sein, wie ich bin, ohne für meine Emotionen verurteilt zu werden. Bei den *Citali* dagegen muss ich immer stark sein, weil ich ein Mann – noch dazu der zukünftige Häuptling bin. Wenn sie neben mir sitzt, kann ich mich fallen lassen. Gefühle durch Worte aufarbeiten, indem ich ihr alles anvertraue, wir miteinander sprechen und uns gegenseitig Kraft geben.

Vorsichtig nehme ich ihre Hand in meine, streiche mit meinen Fingern über ihren schlanken Handrücken.

»Eines Tages, Nitika, wirst du es nicht mehr aushalten und auch die körperliche Verbindung zwischen uns wollen«, flüstere ich.

Mit einem Mal hebt sie ihren Kopf. »Du meinst, dass ich mit dir schlafen möchte? Sakima, ich wäre nicht richtig in dich verliebt, wenn ich das nicht schon jetzt wollen würde. Diese Art körperlicher Verbindung ist etwas ganz Besonderes. Aber ich akzeptiere deine Traditionen ohne jeden Zweifel. Habe ich dir etwa einen Anlass gegeben, das infrage zu stellen?«

Heftig schüttle ich den Kopf. »*Ná*, keinesfalls. Immerhin hatten wir die letzte Zeit andere Dinge, mit denen wir uns beschäftigen mussten. Jedoch sind meine Gefühle für dich so stark, dass ich es auch eines Tages möchte. Die Vereinigung würde unsere Liebe nur noch einmal bekräftigen.«

In Nitikas Augen flammt überraschtes Feuer auf. Das Begehren, das sie für mich hegt, wird sichtbar. Ihre Hand löst sich von meiner und legt sich auf meinen Oberschenkel. Doch ich muss sie leider von mir schieben, auch wenn mein Körper sofort auf diese Art Berührung reagiert.

»Ich möchte es dennoch nach den Traditionen der *Citali*«, erkläre ich ihr sanft. »Weißt du, wir *Citali* heiraten sehr jung, denn wenn wir einmal die große Liebe gefunden haben, dann gibt es keinerlei Zweifel, dass es nicht die richtige Entscheidung sein könnte. Deswegen ist für uns der Bund der Ehe sehr wichtig.«

»Was willst du mir damit sagen?«, fragt Nitika. Ihre Augen mustern mich eindringlich, sodass ich zunächst ihrem Blick ausweiche, ehe ich ihm wieder standhalten kann.

»Nun ja, ich fühle mich bereit, Nitika. Jederzeit würde ich den Bund der Ehe mit dir eingehen, weil ich unsere Liebe keinen Tag infrage gestellt habe. Das Band, das zwischen uns herrscht, hat sich immer richtig angefühlt und zusammen sind wir nur noch stärker geworden.«

»Ist das etwa eine Art Heiratsantrag?« Nitika legt ihren Kopf schief und ich kann nicht deuten, ob sie meine Worte gut oder schlecht findet.

»Bei den *Citali* gibt es so etwas nicht«, fahre ich fort. »Eigentlich regeln das die Eltern miteinander. Also dein Vater und meiner.«

»Ziemlich unromantisch, oder nicht?« Nitika lacht auf. »Eine Frau wünscht sich eigentlich, dass der Partner vor ihr auf die Knie geht und sie darum bittet, seine Frau zu werden.«

Ich runzle die Stirn. Davon habe ich in meinem ganzen Leben noch nicht gehört. Wieder fühle ich mich wie ein Fremder in ihrer Welt, doch das ist in Ordnung.

»Sakima, du siehst aus, als hätte ich dich eben abgewiesen. Es ist nur Spaß! Natürlich erwarte ich von dir keinen Heiratsantrag, wie er in der Außenwelt üblich wäre. Du sollst du selbst bleiben und mir gefällt es, immer mehr über die Regeln der *Citali* zu lernen.«

»Aber, wenn du es dir so sehr wünscht …« Intuitiv springe ich von der Bank auf, sodass ich gegen den Tisch stoße. Schnell bin ich komplett aufgestanden, laufe um die Bank herum, bis ich auf der Seite bin, wo Nitika sitzt. Mühelos lasse ich mich vor ihr auf den staubigen Boden fallen.

Überrascht blinzelt meine Seelenverwandte.

»Sakima!«, ruft sie empört. »Nur, weil ich etwas romantisch finde, bedeutet das nicht, dass du es für mich tun musst.«

»Aber ich will dich glücklich machen«, widerspreche ich und räuspere mich, während ich zu Nitika emporschaue.

»Nitika, möchtest du mich eines Tages heiraten? Es muss nicht heute sein, nicht morgen – nur irgendwann, wenn du bereit dazu bist. Ich weiß, dass ihr nicht so jung heiratet wie wir *Citali*, aber dennoch würde ich mir wünschen, dass dein Herz nur für mich reserviert ist und wir eines Tages für immer vereint sein werden.«

Das Lächeln in Nitikas Gesicht wird breiter und breiter und ihre Augen werden glasig vor Rührung.

»O Sakima!«, seufzt sie. »Natürlich werde ich eines Tages deine Frau sein. Denn auch für mich gibt es keinerlei Zweifel, dass wir einander irgendwann nicht mehr lieben könnten. Im Gegenteil: Unsere Herzen schlagen heute in einem Takt und werden das auch morgen noch tun – und in zehn Jahren! Wahrscheinlich schlugen sie sogar in der Vergangenheit gemeinsam, ohne dass wir davon wussten.«

Mein Herz tanzt.

Und ich halte es nicht länger aus, stehe auf und ziehe Nitika zu mir auf die Füße.

Wild wirble ich sie herum, bis sie lauthals anfängt zu lachen. Ich liebe ihre süße Stimme, die in mein Ohr dringt. Ihre ganze Präsenz sorgt dafür, dass ich mich frei fühle.

Mir ist klar, dass Nitika ihre Entscheidung, wann sie sich endgültig mit mir verbindet, noch treffen muss. Immerhin ist sie gerade erst dabei, die Beziehung zwischen ihr und ihrem Vater wieder zu heilen. Demnach werde ich ihr jegliche Zeit geben, die sie braucht. Shilah ist noch immer sehr krank und muss erst zurück aus der Dunkelheit finden. Dazu braucht er Nitika als seine Tochter, die ihm den nötigen Halt geben kann. Doch ich weiß, dass der Zeitpunkt eines Tages kommen wird. Dann wird Mingan zusammen mit Ahusaka unseren Bund für das gemeinsame Leben besiegeln und niemand wird uns mehr trennen können. Der *Große Geist* hat uns zusammengeführt und wird dafür sorgen, dass wir uns niemals wieder aus den Augen verlieren. Da bin ich mir vollkommen sicher.

»*Ivè máwé du*«, flüstere ich Nitika ins Ohr, während ich sie nun langsam in meinen Armen wiege.

»*Ivè máwé du*. Ich liebe dich«, erwidert Nitika mein Geständnis.

Sie löst ihren Kopf von meiner Brust und unsere Augen verweben sich miteinander. Ihr Grün verbindet sich mit meinem dunklen Braun und wir küssen uns, ohne einander zu berühren. Kein Wort dringt über unsere Lippen, denn oft reicht die Stille, um miteinander zu sprechen.

Langsam kommt Nitika Stück für Stück näher. Sie lehnt ihre Stirn an meine und nur noch wenig trennt uns voneinander. Die Kluft zwischen uns wird geschlossen, als sich unsere Lippen treffen. Sie teilt meine mit ihren und ich schmecke ihre Süße, ihr ganzes Wesen. Gemeinsam atmen wir ein und dieselbe Luft, während unsere Körper sich fest aneinanderklammern und niemals loslassen wollen. Zwischen uns passt nun nicht einmal mehr einer meiner dünnen Pfeile. Nein, wir sind so eng beieinander, dass es für jeden Außenstehenden sicher nicht sichtbar ist, wo Nitika aufhört und mein Körper anfängt. Doch das ist gut so. Jeder soll sehen, dass unsere Seelen sowie unsere Herzen für immer zusammengehören.

Und so küsse ich Nitika unter dem Sternenhimmel.

Erst sanft und unschuldig, bis die Flamme der Liebe uns wieder übermannt und unsere Münder sich einander öffnen, unsere Zungenspitzen sich berühren. Wir tanzen miteinander, ohne dass es jemand sehen kann. Ich glühe von den Zehenspitzen bis hinauf zum höchsten Punkt meiner Stirn. Es kostet mich Kraft, die Regeln meines Stammes nicht zu missachten, denn mein Körper spricht eine Sprache, die *Citali* erst in der Ehe sprechen sollten.

Ich will Nitika vollständig. Nicht nur ihre Lippen. Es reicht mir nicht, dass meine Hände ihre nackten Arme berühren können. Am liebsten würde ich jede Stelle ihres Körpers mit Küssen bedecken und jede Sekunde den Anblick ihrer nackten Haut genießen.

Meine Gedanken werden so übermächtig, dass ich schließlich nicht mehr imstande bin, meine Leidenschaft zu verstecken.

Nitika bemerkt es natürlich und rückt ein Stück von mir ab. Mit schiefgelegtem Kopf mustert sie mich amüsiert, denn meine Leinenhose verbirgt nichts.

»Wir sollten die Luft zwischen uns wohl etwas abkühlen lassen«, stellt sie fest.

Mein Kopf fühlt sich hochrot an. »*Ná*«, widerspreche ich. »Noch habe ich mich unter Kontrolle.«

»Das sehe ich«, stellt Nitika fest und ihr Blick bleibt zwischen meinen Beinen kleben.

Jedoch ist es mir nicht unangenehm, im Gegenteil. Meine Gedanken schweifen weiter und stellen sich vor, was wäre, wenn wir schon längst im Ehebund vereint wären. Was sie dann mit mir und ich mit ihr anstellen würde. Wie es sich anfühlt, wenn nackte Haut auf nackte Haut und Leidenschaft trifft.

»Aber vielleicht sollte ich wirklich langsam schlafen gehen«, seufze ich und unterbreche damit den prickelnden Moment zwischen uns. »Bevor dein Vater mich noch so sieht.«

»Er hat sich inzwischen damit abgefunden, dass wir ein Paar sind«, erklärt Nitika. »Ich denke, er weiß, dass ich eines Tages eine *Citali* werde, um mit dir zusammen zu sein.«

Glück überflutet mich und ich widerstehe dem Drang, Nitika sofort wieder meine brennende Leidenschaft zu zeigen.

»Trotzdem will ich nicht, dass er schlecht von mir denken könnte. Immerhin achte ich die Traditionen meines Stammes. Ich will nicht, dass die *Citali* in einem schlechten Licht dastehen.«

»In Ordnung«, meint Nitika. »Trotzdem solltest du nicht allein im *Navajo Rest* schlafen. Wir ... wir gehören zusammen und ich will jeden Moment mit dir genießen. Meinst du, du hast über Nacht deine Leidenschaft im Griff? Ich werde mein Bestes geben, um dich nicht zu überfallen.« Sie zwinkert mir neckisch zu und sorgt damit dafür, dass ich ebenfalls grinsen muss.

»Nichts lieber als das«, antworte ich.

Nitika greift nach meiner Hand und zieht mich mit sich zum Eingang des Bungalows.

Drinnen gehen wir sofort in ihr Zimmer.

Ich setze mich auf die Kante ihres Bettes.

»Willst du nicht warten, bis dein Vater von Benas Grab zurück ist? Hast du keine Angst, er könnte wieder in sein Auto steigen und ...« Ich spreche nicht weiter, Nitika weiß, auf was ich anspiele: Shilah könnte jederzeit in seine alten Muster zurückfallen und sich auf den Weg ins Casino begeben.

Jedoch lächelt Nitika und schüttelt den Kopf. »Nein. Tatsächlich habe ich keine Angst davor, Sakima. Ich habe mit ihm heute so intensiv gesprochen wie seit Moms Tod nicht. Es wird alles gut werden, davon gehe ich nun aus. Und ich will auch nicht, dass er das Gefühl bekommt, ich würde ihn und jeden Schritt, den er geht, überwachen. Dad muss selbst gesund werden. Ich kann ihn unterstützen und ihm zur Seite stehen, aber ich kann ihn nicht lenken. Das muss er selbst tun.«

»Weise Worte, Nitika«, gebe ich zu. »Dann wird alles gut werden.«

Sie nickt und setzt sich neben mich auf ihr Bett, bis wir schließlich auf die weichen Decken sinken und uns ineinander verlieren, ohne irgendwelche Regeln dabei zu brechen.

KAPITEL 33

Nitika

Jeder Tag, der verstreicht, ist ein weiterer Tag in Richtung der Ankunft der *Citali*. Doch bisher reden wir kaum über das Eintreffen des indigenen Stammes. Stattdessen konzentrieren wir uns ganz auf uns selbst.

Mein Vater hält sein Wort – er verschwindet nicht mehr zu seinem Wagen, um heimlich ins Casino zu fahren. Allerdings fällt es ihm sichtlich schwer, gerade an den Abenden benötigt er viel Abwechslung und so bringen Shilah und ich Sakima diverse Brettspiele bei, mit denen wir uns die Zeit vertreiben.

Meinem Vater habe ich bisher noch nichts davon erzählt, dass ich Sakima quasi meine Hand versprochen habe. Doch es fühlt sich gut an, zu wissen, dass Sakima eine derartige Verbindung mit mir eingehen möchte. Seit jener Nacht sind wir uns noch ein Stück nähergekommen, obwohl ich dachte, dass das gar nicht mehr möglich wäre. Und obwohl Sakima und ich viel Zeit miteinander verbringen, uns um das Hotel kümmern und gemeinsam die Seele baumeln lassen, steht die Gesundheit meines Vaters aktuell an erster Stelle.

Das ist auch der Grund, weswegen ich mich zwei Tage nach unserem Gespräch mit Shilah in die Stadt aufmache.

»Mir ist gar nicht bewusst gewesen, dass es in Tuba City eine Anlaufstelle für Süchtige gibt«, merke ich an, während wir durch die Straßen der Stadt schlendern.

»Mir auch nicht. Allerdings leiden sehr viele Native Americans an einer Suchterkrankung, weshalb ein *Navajo* es sich wohl zum Beruf gemacht hat, mit ihnen darüber zu reden und die Süchte zu bekämpfen. Angeblich soll es ein geschlossener und sicherer Raum sein, in dem wir uns über unsere Probleme austauschen können. Deswegen ist es auch nicht verwunderlich, dass in Tuba City keine Werbeplakate hängen.«

Er stößt ein ironisches Lachen aus. Ich merke, wie angespannt er wirklich ist. Aus diesem Grund hat er mich auch gebeten, mitzukommen. So kann er keinen Rückzieher machen.

»Dad, ich bin mir sicher, dass es gut werden wird. Mit anderen Menschen über Probleme zu reden, hilft. Oder hat es dir vorgestern nicht gutgetan?«

»O doch. Es war wirklich gut, dass wir offen und ehrlich miteinander gesprochen haben. Es … es war richtig. Auch dass ich an Benas Grab war und ihr alles erzählt habe. Ich fühle mich nun um einiges leichter, als hätte jemand eine Last von meinen Schultern genommen.«

Zufrieden stemme ich die Hände in meine Hüften und nicke. »So sollte es auch sein. Und genauso kannst du mit dem Zuständigen der Suchtstelle reden. Er wird dich nicht beißen und dich auch nicht verurteilen. Mit Sicherheit zeigt er Verständnis.«

Shilah nickt, sieht aber dennoch nicht vollends überzeugt aus.

»Dort sind nur Menschen, die mit ähnlichen Problemen wie du kämpfen. Du wirst dich dort nicht fremd, sondern aufgehoben fühlen. Du wirst schon sehen.«

»Das hoffe ich«, antwortet Dad mit einem Seufzen.

Schließlich bleiben wir vor einem schäbigen Gebäude stehen,

das am Ende der kleinen Einkaufsmeile zu finden ist. Der Putz bröckelt von den Wänden, das *Navajo Rest* sieht dagegen wie ein Luxushotel aus. Und das will etwas heißen.

»Das ist es?«, frage ich skeptisch und betrachte das Haus von oben bis unten. An der Tür deutet nicht einmal ein Schild darauf hin, was sich dahinter verbirgt.

Mein Vater wirft einen kurzen Blick auf seinen Zettel und nickt. »Das ist die Adresse, die mir der Mann am Telefon gegeben hat.«

»Okay«, sage ich, noch immer skeptisch.

Mein Vater drückt gegen die hölzerne Tür, die sich sofort mit Schwung öffnet.

Drinnen ist alles in einem schummrigen Licht gehalten. Anstatt in einem Flur stehen wir sofort in einem großen Raum. In einer Ecke führt eine Treppe, bei der bereits einige Stufen fehlen, in das nächste Stockwerk.

Bis auf ein paar Stühle ist der Raum vollkommen leer.

Jetzt wundert es mich auch nicht mehr, dass es draußen nicht einmal ein Schild gibt. Die Infrastruktur der *Navajo* zeigt sich von ihrer besten Seite. Sicher einer der Gründe, warum Mom wegwollte. Wir können uns glücklich schätzen, dass diese Suchtstelle, sowie unser Haus überhaupt an das Stromnetz angeschlossen sind. Selbst einen Platz in der Schule habe ich ergattert, ein riesiges Privileg damals. Noch immer fehlen den *Navajo* einige Dinge, die die moderne Welt zu bieten hat.

Hier wird es sichtbar, denn das Licht ist gedämpft und Möbel sind bis auf die Stühle keine vorhanden. Die meisten von ihnen sind bereits besetzt.

Ein Mann sitzt in der Mitte und winkt Shilah freundlich zu.

»Du musst Shilah sein, nicht wahr?«

Mein Vater nickt und setzt sich in Bewegung. Sofort folge ich ihm.

»Ich hoffe, es ist in Ordnung, dass ich meine Tochter mitge-bracht habe. Mit ihr bin ich wohl um einiges mutiger.« Nervös fährt sich mein Vater durch sein Haar. Es ist ihm deutlich anzu-sehen, dass er sehr aufgeregt ist und sich auch unwohl in seiner Haut fühlt. Fehl am Platz. Hoffentlich werden ihm die Gespräche hier guttun.

»Kein Problem, deine Tochter kann gern hierbleiben und zuhören. Sie muss aber eine Datenschutzerklärung unterzeichnen, wenn das in Ordnung ist.« Der Gruppenleiter nickt mir zu und ich schnappe mir einen Stuhl und die Datenschutzerklärung, den ich etwas in den Hintergrund ziehe, während mein Vater inmitten der anderen Süchtigen Platz nimmt.

»So, dann wollen wir mal anfangen. Begrüßen wir zunächst unser neustes Mitglied: Shilah!«, beginnt der Mann die Runde.

Alle übrigen Anwesenden, begrüßen meinen Vater einstimmig. Danach wird er aufgefordert, sich selbst vorzustellen.

Er steht von seinem Stuhl auf. Hilfesuchend wandern seine Augen zu mir, doch ich weiche seinem Blick aus. Nicht ich bin diejenige, die ihm jetzt helfen kann. Es sind die anderen Men-schen, mit denen er hier ist. Es ist der freundliche Gruppenleiter. Ihnen muss er sich nun anvertrauen.

Shilah öffnet den Mund und schließt ihn kurz darauf wieder. Für einen Augenblick habe ich Angst, dass er einen Rückzieher machen könnte. Er bräuchte nur seinen Stuhl zurückzuschieben, zu gehen und nie mehr wiederzukommen. Jedoch enttäuscht er mich nicht. Mein Vater schafft es, über seinen Schatten zu sprin-gen.

»Ich bin Shilah und ich bin spielsüchtig«, gibt er zu. »Nachdem ich meine Frau durch Suizid verloren habe, bin ich Stück für Stück in diese Sucht geraten. Nun möchte ich aus ihr ausbrechen, um vor allem für meine Tochter endlich wieder da sein zu können«, erklärt er und meine Brust schwillt an vor Stolz.

Er hat es nun wirklich zugegeben.

Sogleich geht der Suchtleiter ins Detail und möchte wissen, welche Emotionen in meinem Vater vorgehen, wenn er eine Spielhalle betritt.

Nach und nach erzählt mein Vater. Später stellt sich heraus, dass zwei weitere *Navajo* in diesem Kreis unter Spielsucht leiden. Die anderen sind den Drogen oder dem Alkohol verfallen. Ich sehe es Dad an, dass es ihm guttut, Gleichgesinnte zu treffen.

Nachdem die Stunde offiziell vorbei ist, unterhält er sich eine Weile mit den beiden anderen Spielsüchtigen. Ich möchte dem Gespräch nicht lauschen, dennoch bekomme ich einige Fetzen davon mit.

»Ich komme seit einem Jahr her und bin seitdem nicht mehr rückfällig geworden. Das hier ist mein Ersatz für die Nächte im Casino«, erzählt gerade einer der beiden.

»Aber was tut ihr, wenn ihr den Drang verspürt, in eines zu fahren?«, will Shilah wissen. »Schließlich finden diese Gespräche hier nicht jeden Tag statt.«

Ich bin entzückt darüber, dass Dad Fragen stellt und sich so selbst um Hilfe bemüht. Zwar ist mir bewusst, dass das erst der Anfang und ein Rückfall niemals ausgeschlossen ist, dennoch fühlt es sich gut an. Als wir zwei Stunden später das Gebäude wieder verlassen, hat sich die Stimmung meines Vaters deutlich gehoben.

»Ich bin sehr stolz auf dich«, erkläre ich ihm und drücke seine Hand.

»Danke. Mir hat es besser gefallen, als ich gedacht hätte«, gesteht er. »Und ich mag die anderen. Sie sind alle nett und freundlich. Keiner gibt mir das Gefühl, ein Versager zu sein.«

»Das bist du auch nicht«, erwidere ich. »Du siehst nach vorn und möchtest dein Leben ändern. Und das ist gut so.«

»Meinst du?«

Shilah lächelt und legt mir väterlich einen Arm um die Schulter. Ich nicke. »Und ob!«

»Lass uns zur Feier des Tages im kleinen Diner zu Mittag essen. Was hältst du davon?«

Den Hinweis darauf, dass wir immer noch knapp bei Kasse sind, spare ich mir. Ich möchte Dad nicht vor den Kopf stoßen, außerdem genießt er es, Zeit mit mir allein zu verbringen.

Wir suchen also das Diner auf und setzen uns an einen versteckten Nischenplatz. Während sich Dad einen Burger bestellt, begnüge ich mich mit einem Sandwich, da mein Hunger noch nicht sehr groß ist.

»Weißt du noch, als ich gesagt habe, dass ich das Hotel doch nicht verändern möchte, weil ich die Erinnerungen an deine Mutter aufrechterhalten will?«, fragt mich mein Vater plötzlich, während wir gerade am Essen sind.

Überrascht sehe ich auf. »Ja. Du ... du hattest schon Pläne, doch das Streichen hast du nicht über dich gebracht.«

Er nickt und fährt fort: »Allerdings fühle ich mich nun bereit dazu. Ich habe intensiv mit deiner Mutter am Grab darüber geredet. Bena will nicht, dass keine Touristen mehr das Hotel besuchen. Sie möchte, dass es wieder mit Leben gefüllt wird.« Überzeugung schwingt in seiner Stimme mit.

»Sicher, dass du schon so weit bist?«, frage ich nach. »Ich ... ich will nicht, dass es dir zu viel wird. Du kannst Stück für Stück Dinge verändern. So wirst du auch Schritt für Schritt mit Moms Tod abschließen.«

»Ich bin mir sicher«, erwidert mein Vater. »Diesmal schon. Ich möchte es wirklich. Wir brauchen das Geld. Außerdem muss ich meine Einzeltherapie bezahlen. Und anders komme ich von meiner Sucht nicht los, demnach muss ich etwas unternehmen, um dem *Navajo Rest* zu altem Glanz zu verhelfen.«

»Dann werde ich dich unterstützen«, verkünde ich feierlich.

Shilah lächelt. »Danke, Nitika. Vielleicht können wir dafür sorgen, dass den Touristen die Kultur der *Navajo* etwas nähergebracht wird. Zwar haben wir in Tuba City das große Museum, aber interessieren sich die Menschen dafür?«

»Herzlich wenig«, antworte ich und Dad seufzt und nickt schwermütig.

»Richtig. Weil die Kultur der *Navajo* dabei ist, zu sterben. Nicht umsonst haben so viele deiner Altersgenossen das Reservat verlassen. Niemand sieht hier mehr eine Zukunft, auch deine Mutter hat es nicht getan. Dabei dürfen wir die Wurzeln unserer Vorfahren nie vergessen. So wie die *Citali* diese ehren.«

»Du hast recht«, gebe ich zu. »Ich selbst hätte gern mehr über mein Volk erfahren. Kaum jemand in Tuba City spricht noch die Sprache der *Navajo*. In der Schule habe ich sie nie gelernt. Es ist eine Schande, dass wir uns immer weiter von unseren Vorfahren entfernen.«

Dad nickt. »Das sehe ich ebenso wie du. Vielleicht kann ich daran etwas ändern. Ich könnte kleine Veranstaltungen im Hotel anbieten, musikalische Abende mit indigenen Tänzen. Das würde sicher bei den Durchreisenden gut ankommen.«

»Wow«, entfährt es mir. »Das ist wirklich eine sehr gute Idee. Doch woher wirst du Wissen über unser Volk nehmen, wenn es schon so sehr vergessen ist?«

»Die älteren *Navajo* sprechen noch unsere Sprache und kennen sich mit den Traditionen aus. Ich werde in Tuba City sicher welche finden, die mir hierbei unter die Arme greifen.« Shilah klingt überzeugt und auch mich steckt sein Elan an.

»Gut. Dann lass uns schnell aufessen und zu Hause über die Renovierung des Hotels reden. Ich kann dir beim Streichen helfen, wenn du möchtest.«

Mein Vater schüttelt den Kopf. »Das ist nicht nötig. Ich möchte es wirklich allein tun. Du sollst Zeit mit Sakima verbringen. Denkst du etwa, es ist nicht offensichtlich für mich, was ihr füreinander empfindet?«

Hitze schießt in meine Wangen und ich trinke schnell einen Schluck aus dem Wasserglas neben meinem Teller.

»Weißt du, Nitika, es ist schön, wenn du für mich da sein willst. Aber mir ist bewusst, dass du eines Tages das Reservat verlässt, um bei den *Citali* leben zu können. Das liegt auf der Hand.«

Mich wundert es, dass er immer noch lächelt.

»Dad, ich … ich werde nicht gehen, ehe du nicht gesund bist. Immerhin hast du erst Bena verloren und …«

Ich breche ab, spreche nicht weiter. Die Worte liegen unausgesprochen und doch für jeden sichtbar auf meinen Lippen.

»Wird es denn wirklich ein Abschied sein?«, will Dad wissen.

»Eigentlich nicht«, antworte ich schließlich. »Aber ich werde nicht mehr zu Hause wohnen.«

»Und dennoch im Herzen immer bei mir sein«, erklärt mein Vater. »Natürlich wird es mir unendlich schwerfallen, dich gehen zu lassen. Ich meine, du bist meine Tochter! Ein Vater sollte doch wehmütig werden, wenn er seine Tochter einem Mann anvertrauen muss. Jedoch weiß ich, dass du diesen Schritt eines Tages gehen musst, um vollständig glücklich zu sein. Und glaube mir, nie wieder werde ich mein Glück über deines stellen. Ich habe dich unzählige Male verletzt, deswegen werde ich nun alles – aber wirklich alles – für dein Glück geben. Und das Band zwischen *Citali* und *Navajo* wird dadurch obendrein gestärkt.«

Ich bestätige das mit einem Nicken. »Allerdings nur, wenn die

Citali besänftigt werden können. Sie sind immer noch unterwegs, und wenn sie ankommen, werden sie als Erstes an deinen Verrat denken.«

»Überlass das ruhig mir«, meint mein Vater und lächelt sanft. »Ich werde mich entschuldigen und das Band zwischen uns wieder kitten.«

»Das hört sich gut an. Wir könnten ein Festessen für die *Citali* vorbereiten, wenn sie nach ihrer langen Reise bei uns eintreffen«, schlage ich vor.

»Das ist eine sehr gute Idee«, bestätigt mein Vater. »Schließlich haben sie uns auch ihre Gastfreundschaft erwiesen. Milton sollte als Präsident der *Navajo* auch eingeladen werden.«

»Es wird uns allerdings unser letztes Geld kosten«, gebe ich leise zu.

»Nitika, sollten wir dafür nicht jedes bisschen zusammenkratzen? Nur so können wir gute Gastgeber sein und zeigen, dass wir an Friede und Freundschaft interessiert sind. Ich möchte, dass die *Citali* wirklich sehen, dass ich mich ändere. Sie sollen nicht mehr denken, ich könnte ihr Dorf verraten. Denn das möchte ich wirklich niemals tun. Auch nicht, wenn ich noch einmal so wütend werden sollte.«

Dads Worte rühren mich sehr. »Stimmt. Ich werde zu Hause die Haushaltskasse stürzen.«

»Lass uns darauf anstoßen!«, freut sich mein Vater und im nächsten Augenblick klirren unsere Wassergläser aneinander.

Es fühlt sich an, als würden wir ein neues Kapitel unserer eigenen Geschichte aufschlagen. Mein Vater akzeptiert, dass ich meiner großen Liebe eines Tages folgen werde, außerdem arbeitet er an seiner Gesundheit und seinem finanziellen Erfolg.

Alles wird gut werden. Und Mom wäre stolz. Stolz auf uns alle zusammen.

KAPITEL 34

Nitika

Sakima ist froh, dass er nun endlich eine anspruchsvolle Aufgabe bekommt.

Wir sind den gesamten nächsten Tag damit beschäftigt, den Empfang seiner Familie vorzubereiten und das Hotel auf Vordermann zu bringen.

Dad setzt sein Vorhaben in die Tat um und streicht direkt die Abstellkammer im Hotel. Diesmal auch wirklich. Er zeigt mir damit, dass er tatsächlich stärker geworden ist.

Dann, endlich, treffen die *Citali* ein.

Wir erwarten unsere Gäste im Hof vor dem Hotel. Dort haben wir auch Tische mit Stühlen aufgestellt und alles schön gedeckt.

Zuvor hat Milton alles dafür getan, dass die *Citali* ungesehen eintreffen können. Sie nehmen nicht den Weg durch die Stadt, sondern an ihr vorbei, über Pfade, die von den Ortsansässigen nicht genutzt werden.

Natürlich ist Milton ebenfalls da und steht direkt neben meinem Vater. Nachdem nun auch der Präsident die gesamte Wahrheit erfahren hat, ist das Verhältnis zwischen ihm und Shilah deutlich angespannt. Jedoch freut sich Milton, dass zumindest versucht wird, weiterhin am Bündnis mit den *Citali* zu arbeiten –

meinen Gefühlen für Sakima sei Dank. Es ist gut, dass Dad nun bei jedem mit offenen Karten spielt. Jedoch ist ihm die Aufregung deutlich ins Gesicht geschrieben, als die Pferde der *Citali* auf unseren Hof traben. Auch Sakima ist nervös und wippt auf seinen Fußsohlen auf und ab.

»Alles wird gut«, flüstere ich ihm beruhigend zu.

Wortlos nickt Sakima und konzentriert sich auf seinen Stamm.

Ahusaka ist der Erste, der von seinem Pferderücken rutscht. Mit ausdrucksloser Miene sieht er sich um, ehe sein Blick Shilah und Milton streift, ehe er an Sakima hängenbleibt.

Nach und nach steigen die anderen *Citali* ab, der Häuptling geht ein paar Schritte auf Sakima zu.

»Was hat das zu bedeuten?«, fragt er mit ernstem Unterton und weist auf die gedeckte Tafel. »All das hier vorzufinden und noch dazu meinen Sohn, der eigentlich auf unser Zuhause aufpassen sollte.« Seine Augen verengen sich zu Schlitzen und Sakima schluckt sichtbar. »Die *Navajo* wollen uns verraten, weshalb gibt es ein Festmahl?«

»Das kann dir Shilah am besten erklären«, antwortet Sakima seinem Vater.

Mein Dad räuspert sich und tritt einen Schritt nach vorn. »In der Tat kann ich das«, sagt er und überrascht mich, weil seine Stimme laut und kräftig klingt. Auch wenn er aufgeregt ist, lässt er keinerlei Unsicherheit durchscheinen, und das, obwohl jeder *Citali* eine Waffe bei sich trägt und Kriegsbemalung im Gesicht trägt. Selbst Sunwai, die ebenfalls mit von der Partie ist, hat sich rötliche Streifen auf die Wangen gemalt, die sie verwegen aussehen lassen.

Alles schreit nach einem Kampf und mir wird bewusst, dass die *Citali* nicht gezögert hätten, hätte mein Vater tatsächlich Verrat an ihnen begangen. Sie sind bereit, für ihre Freiheit zu kämpfen. Das imponiert mir, gleichzeitig jagt es mir auch Angst ein. Was, wenn sie die Beweggründe meines Vaters nicht verstehen und ihn trotzdem bestrafen wollen für das, was er tun wollte?

Ich schlucke den Kloß in meiner Kehle herunter und beobachte Ahusaka und meinen Vater.

Sie stehen dicht voreinander, der Häuptling der *Citali*, der sonst schon immer Autorität ausgestrahlt hat, wirkt noch ein Stück weit gewaltiger und eindrucksvoller. Wenigstens hält er seine Waffe nicht in der ausgestreckten Hand. Aber er hat ein Lederband um seine Hüften geschlungen, in dem ein Messer steckt.

In diesem Augenblick sinkt mein Vater auf die Knie. Er lässt sich mitten in den staubigen Boden fallen, direkt vor die Füße des *Athánchan*. Selbst seinen Kopf hat er zur Erde geneigt.

»Es tut mir aufrichtig leid«, sagt er. »Der versuchte Verrat am Stamm der *Citali* wäre ein Fehler gewesen. Ich bitte um Vergebung, wenn dies noch möglich ist. Viele Fehler habe ich in letzter Zeit begangen, nur weil ich eifersüchtig auf die Freiheit deines Stammes gewesen bin. Die Spielsucht hat mich dazu getrieben, so zu handeln. Ich habe nur meinen Profit gesehen, allerdings nicht, was ich mit meinem Verrat anrichten würde. Nichts würde ich lieber tun, als alles zurückzunehmen. Doch was ich gesagt habe, habe ich gesagt. Ich hoffe nur, dass ihr mir verzeiht, dass ich so falsch handeln wollte. Es tut mir leid. Mittlerweise arbeite ich daran, meine Krankheit in den Griff zu bekommen. Das Bündnis zwischen *Citali* und *Navajo* war mir immer wichtig und ist es jetzt noch. Ich hoffe nur, die Freundschaft zu euch nicht zerstört zu haben.«

Er bricht ab und mit einem Mal herrscht Stille. Nur das Schnauben einiger Pferde ist zu hören. Keiner der *Citali* sagt etwas, auch Sakima und Milton sind unheimlich still. Jeder Windhauch ist zu hören, selbst mein eigener Herzschlag.

Alles, was nun gesagt werden wird, ist entscheidend. Für das Schicksal von Sakima, für mich und unserer Liebe. Doch vor allen Dingen für meinen Vater und die *Navajo*-Nation. Ist ihr Ruf vollständig durch die Tat meines Vaters ruiniert? Oder zeigt der Häuptling der *Citali* Erbarmen? Noch kann ich nichts aus seiner Miene ablesen. Ahusaka steht da wie versteinert.

»Weiß diese sogenannte Presse bereits etwas von uns?«, durchschneidet schließlich seine Stimme die Stille. »Die Außenwelt, ist sie über den Ort unseres Dorfes informiert worden?«

Mein Vater sieht hinauf zum *Citali*-Häuptling und schüttelt dann den Kopf. »Nein. Niemand weiß von euch oder eurem Dorf. Dein Sohn Sakima hat mich im letzten Augenblick zur Vernunft gebracht. Keiner Menschenseele habe ich irgendetwas davon erzählt, ich schwöre!«

»Und ich bin Zeuge«, mischt sich Sakima ein. »Deswegen bin ich auch nicht zu Hause geblieben. Ich konnte es einfach nicht, sondern musste etwas tun. Wären Nitika und ich nicht sofort zu Shilah gefahren, dann hätte er am Ende doch mit der Presse geredet.«

Überraschung blitzt in Ahusakas Gesicht auf und er wirft Sakima einen anerkennenden Blick zu.

Automatisch rücke ich näher zu ihm und kralle meine Hände in den Ärmel seines dünnen Leinenhemds.

»Alles wird gut, das spüre ich«, hauche ich leise in sein Ohr. Ich werde zuversichtlicher, je weicher der Gesichtsausdruck des Häuptlings wird.

»Wir *Navajo* bedauern zutiefst, dass Shilah euch schaden wollte«, mischt sich nun auch Milton mit ein. »Doch jeder Mensch macht einmal einen Fehler und Shilah steht nun zu dem, was er tun wollte. Er bereut es aufrichtig und wird auch in Zukunft niemals Verrat an euch ausüben.«

Wieder lässt Ahusaka seinen Blick über Shilah und den *Navajo*-Präsidenten wandern.

»Nun gut ... Ich sehe eure Reue. Und wenn noch nichts an die Außenwelt gedrungen ist, dann sehe ich auch keinen Grund, dir nicht zu verzeihen, Shilah. Steh ruhig wieder auf.«

Mein Vater erhebt sich und die beiden stehen sich nun Auge in Auge gegenüber.

»Ich nehme deine Entschuldigung an«, erklärt der *Athánchan* mit fester Stimme. »Verzeihen gehört im Leben dazu und jeder hat eine zweite Chance verdient. Das habe ich gelernt und daran halte ich mich.«

Erleichtert atme ich aus und merke, dass sich Sakima ebenfalls entspannt. Seine Schulterblätter sinken herab.

»Ich danke dir!«, ruft Shilah glücklich aus. »Es ... es bedeutet mir wirklich viel. Ihr werdet merken, dass ich es ernst meine. Ganz bestimmt. Das Bündnis zwischen *Citali* und *Navajo* ... Ich möchte, dass es Bestand hat.«

Dad wirft mir einen merkwürdigen Blick zu, der Fragen in mir aufwirft, ehe er fortfährt: »Meine Tochter und Sakima verbindet ein ganz besonderes Band. Nicht nur die Liebe, sondern die Seelenverwandtschaft. Und auch wenn es mir schwerfällt, möchte ich, dass ihr Nitika wie eine Tochter bei euch im Stamm aufnehmt, damit sie und Sakima zusammen sein können.«

Ich reiße die Augen auf, schnappe nach Luft.

Habe ich mich gerade verhört?

Mein Vater, hat er eben darum gebeten, dass ... dass ich mit den *Citali* mitgehen könnte? In den Zion-Nationalpark, um dort zu leben? Ich begreife die Tragweite seiner Worte kaum. Er hat meine Mutter verloren und nun lässt er mich freiwillig gehen.

»Aber Dad, du ... du musst erst richtig gesund werden. So

lange ...«

Shilah unterbricht mich, indem er den Kopf schüttelt.

»Wenn meine Tochter bereit ist, dann darf sie mit euch ziehen«, sagt er zu Ahusaka. »Vorausgesetzt, dass ihr noch Interesse an einem Bündnis zwischen unseren Stämmen habt.«

Mir wird die Ernsthaftigkeit in den Worten meines Vaters bewusst. Er gibt sich sichtlich Mühe – meinetwegen. Er will, dass ich glücklich bin.

»Dad, was, wenn du einen Rückfall erleidest? Ich ... ich kann dich doch nicht allein lassen!«

Shilah lächelt nur. »Doch. Und wie du das kannst! Um deines Glückes willen. Milton wird auf mich aufpassen. Er ist mein bester Freund. Außerdem kannst du mich jederzeit besuchen kommen.«

»Und auch du bist in unserem Dorf immer herzlich willkommen«, unterbricht in diesem Augenblick Ahusaka meinen Vater. »Schließlich sind wir eine Familie, sobald das Bündnis zustande kommt. *Citali* und *Navajo* sind eins und wir kümmern uns umeinander.«

Gerührt legt mein Vater den Kopf schief und schenkt Ahusaka ein dankbares Lächeln. Mir wird nun klar, dass Dad niemals allein sein wird. Sie alle werden ihn unterstützen. Allen voran Milton als sein bester Freund.

Tief horche ich in mich hinein. Natürlich will ich mit Sakima für immer zusammen sein und mir ist klar, dass ich dazu mein Zuhause in Tuba City aufgeben muss. Das Heim, in dem ich sowieso niemals meine Zukunft gesehen habe. Das *Navajo Rest* ist schließlich immer Vaters Traum gewesen, nicht meiner. Dagegen ist Sakima mein Schicksal. Er war es schon, seit ich mich dazu entschieden habe, die *Citali* im Zion-Nationalpark zu besuchen. Ab da hat der *Große Geist* übernommen und mich direkt in Sakimas starke Arme geführt.

»Heißt das, mein Vater kann jederzeit zu euch in den Nationalpark kommen, wenn es ihm schlecht geht?«, frage ich Ahusaka mit zaghafter Stimme.

Der Häuptling nickt. »*Tá*. Eine Familie kümmert sich umeinander. Wie ich schon sagte. Allerdings liegt die Entscheidung ganz allein bei dir. Es wäre verständlich, wenn du deinen Vater nicht sofort verlassen möchtest. Und dir sei auch gesagt, dass du bei uns nach den Traditionen der *Citali* leben musst. Du wirst unsere Sprache lernen und in all unseren Ritualen unterrichtet werden. Wenn du also mit meinem Sohn zusammen sein willst, dann musst du deine jetzige Haut abstreifen und durch eine neue ersetzen.«

Ein Kribbeln fährt durch meinen Körper. »Nichts würde mir leichter fallen, als mich auf die Traditionen der *Citali* einzulassen«, antworte ich wahrheitsgemäß. »Es wäre mir eine große Ehre. Allerdings …«

Mein Blick wandert zu Sakima, der mich aufmerksam beobachtet. Er wartet auf eine Antwort. Und ich ahne, auf welche er hofft. Das Schicksal unserer Liebe liegt nun in meinen Händen. Ich allein treffe die Entscheidung.

Unruhig beiße ich mir auf die Unterlippe, sehe hinüber zu meinem Vater, der meinen Blick sofort auffängt. Überraschenderweise sehe ich keinerlei Traurigkeit oder Angst in seinen Augen. Stattdessen lächelt er mich ermutigend an. Die Entscheidung liegt also wirklich komplett bei mir. Niemand kann sie mir abnehmen. Was ich als Nächstes sagen werde, bestimmt meine Zukunft, mein ganzes Leben.

Und obwohl die Schwere in meiner Brust bleibt, weiß ich tief in meinem Herzen, was ich sagen muss. Nun ist es Zeit, an mein eigenes Glück zu denken. An mein Leben und meine Gefühle.

Tief hole ich Luft, ehe ich ausspreche, was mein Herz mir zuflüstert.

Sakima

So unendlich still.

Niemand sagt ein Wort. Alle Blicke sind auf Nitika gerichtet, die längst meinen Arm losgelassen hat.

Ihre Worte werden alles verändern. Mein Leben und ihres. Egal, wie sie sich entscheidet, ich könnte es akzeptieren. Schließlich weiß ich, wie schwer es fällt, die eigene Familie zu verlassen. Und Nitika hat nur noch ihren Vater, der sie aktuell mehr denn je braucht. Das ist mir in den letzten Tagen bewusst geworden. Schließlich sind die beiden gerade erst dabei, das Band zwischen ihnen aufzufrischen und zu erneuern.

Jedoch kann ich nicht leugnen, dass ich Angst vor ihren nächsten Sätzen habe. Denn was, wenn sie nicht mit mir kommen, sondern noch Zeit mit ihrem Vater verbringen möchte? Wenn ich mehrere Mondzyklen, vielleicht sogar bis nach dem nächsten Winter, von ihr getrennt wäre? Mein Herz würde sich nach ihr verzehren, ganz sicher. Doch ich würde es aushalten. Ich habe nur gehört, dass Liebeskummer schmerzhaft ist. Sunwai hat es durchgemacht, als Johnny kurzzeitig zurück nach Los Angeles musste. Diese Art von Trennung ist das Schlimmste für Liebende. Will ich das auch erleben? Bin ich stark genug dafür? Wie werde ich reagieren, wenn Nitika ihre Entscheidung verkündet?

Heftig schlägt mein Herz in meiner Brust. Fast glaube ich, dass es meinem Körper entweicht, um zu Nitika zu eilen und sich für immer mit ihr zu verbinden.

»Ich werde den *Citali* in den Zion-Nationalpark folgen, um mit Sakima zusammen zu sein.«

Noch nie hat sich ihre Stimme so eindringlich in die Stille

gebohrt. Nitika hat das gesagt, wonach sich mein Herz sehnt, jedoch kann ich es noch nicht begreifen.

»Wirklich?«, rufe ich laut aus, sodass jeder der Anwesenden mich hören kann.

Heftig nickt Nitika. »Ja. Ich will mit dir zusammen sein, für immer. Das habe ich dir doch erst kürzlich gesagt.«

Langsam macht sich ein Lächeln auf ihren Lippen breit. Ihre Wangen glühen in einer wunderschönen, rosigen Farbe. Mir wird bewusst, was ich für ein riesiges Glück habe und wie wunderschön Nitika ist – von innen und von außen. Ihre Augen sind ganz allein auf mich gerichtet. Und auch ich sehe nur sie, blende unsere Väter und die Mitglieder der *Citali* Stück für Stück aus. Weil nichts mehr von Bedeutung ist, außer wir beide.

»Du wirst also bald eine *Citali* werden?«, frage ich Nitika.

Diese lächelt noch breiter und nickt. »Erst einmal würde ich mich gern im Dorf einleben, doch dann … Ich fühle mich bereit, mit dem Bündnis der Ehe nicht allzu lange zu warten.«

Neckisch zwinkert sie mir zu und sorgt dafür, dass mir noch ein Stück wärmer wird. Ihre Worte bedeuten mir alles und das will ich Nitika zeigen.

Also ziehe ich sie zu mir und drücke meine Lippen auf ihre. Stürmisch, als würde ein Gewittersturm über uns hereinbrechen.

Im Hintergrund nehme ich wahr, wie die *Citali* zu johlen anfangen. Nun habe ich öffentlich besiegelt, wem mein Herz gehört. Meine Liebe zu Nitika ist für jeden sichtbar und nichts könnte mich mit mehr Freude erfüllen.

Als ich mich von ihr löse und mich umsehe, fällt mir als Erstes das breite Grinsen meiner Schwester auf. Auch Johnny sieht hocherfreut aus und reckt seinen Daumen in die Höhe. Nun bin ich derjenige, der verlegen wird. Schnell fahre ich mir durch mein langes Haar.

Zum Glück rettet Shilah die Situation. »Ihr könnt euch nun alle an den Tisch setzen. Sicher seid ihr hungrig von eurer langen Reise und wir *Navajo* wollen euch gute Gastgeber sein. Lasst uns auf das Bündnis anstoßen und auf das Verzeihen!«

Milton nickt bestätigend. »Nehmt Platz und genießt das Essen.«

Nach und nach zerstreuen sich die *Citali*. Sie binden ihre Pferde fest, dann setzen wir uns an den langen Tisch. Während sich Nitika zu ihrem Vater setzt, nehme ich rechts von Ahusaka Platz. Sunwai und Johnny sitzen links von ihm.

Das Festmahl beginnt mit einem Gebet, das Ahusaka für den *Großen Geist* spricht. Danach machen sich alle über das Essen her. Es gibt Speisen, die typisch für die Außenwelt sind. Chicken Wings und Spare-Ribs, dazu Kartoffeln und Gemüse.

»Ich muss zugeben, die *Navajo* sind wirklich gute Gastgeber«, sagt mein Vater plötzlich zu mir in der Sprache unseres Stammes.

»Danke. Das freut sie sicher. Es … es ist schön von dir, dass du Shilah vergeben hast.«

Der *Athánchan* lächelt nur. »Ohne dich wäre wohl vieles anders gekommen. Auch wenn du dich meiner Anweisung widersetzt und das Dorf einfach verlassen hast, bin ich stolz auf dich. Bereits jetzt benimmst du dich wie ein würdiger Häuptling. Du nimmst deine Aufgaben sehr ernst. Das ist gut. Eines Tages wirst du meinen Platz einnehmen und alle *Citali* werden ehrfürchtig zu dir aufsehen. Schließlich hast du unsere Freiheit gerettet.«

Das Kompliment meines Vaters sorgt dafür, dass meine Wangen warm werden. Ich lege mein Besteck zur Seite und schüttle dann den Kopf.

»Vielleicht wäre es ohne mich auch gar nicht so weit gekommen«, werfe ich ein. »Es wäre wahrscheinlich weiser gewesen, mich nicht so tief in die Angelegenheiten von Nitikas

Vater einzumischen.« Ich senke den Kopf, während meine Gedanken zu Takoda wandern. Bei ihm habe ich versagt und nun bin ich noch einmal ganz knapp einem weiteren Verlust entkommen, indem ich Shilah zur Vernunft gebracht habe. Ist das wirklich etwas, das ein würdiger Häuptling tut?

»Ich habe Fehler gemacht«, fließt das Geständnis über meine Lippen. »Meinen besten Freund konnte ich nicht beschützen, meinen Stamm habe ich allein in Gefahr gebracht. Das ist nichts, auf was ich stolz bin.«

»Sakima, du hast den Stamm gerettet! Und Takoda ist für seinen Tod selbst verantwortlich. Es gibt nichts, was du dir vorwerfen solltest«, entgegnet mein Vater, doch ich schüttle den Kopf.

»Mir scheint es immer so, als würde ein *Athánchan* keinerlei Fehler begehen. Du bist so weise und triffst die richtigen Entscheidungen, während ich noch unsicher bin und dadurch Fehler mache.«

Nun schmunzelt mein Vater. Sein Blick ist voller väterlicher Zuneigung, ich erkenne darin in keiner Weise den strengen Häuptling der *Citali*. »Sakima, auch ich mache Fehler. Weißt du noch, wie ich Johnny als Verräter bezeichnet habe? Wenn er das Dorf betreten hätte, hätte ich ihn die Konsequenzen spüren lassen, obwohl er nichts falsch gemacht hat und alles auf einem Missverständnis beruhte.«

Wild schüttle ich mein Haupt. »*Ná*. Mir kommt es immer so vor, als wüsstest du genau, was du sagst und tust. Jede deiner Handlungen wirkt überlegt.«

»Mein *Itéta*, das mag vielleicht den Anschein machen, jedoch siehst weder du noch ein anderer des Stammes, wie es in meinem Inneren aussieht. Bei manchen Entscheidungen bin ich ebenfalls unsicher oder denke längere Zeit nach, stelle sie infrage. Jeder

Mensch begeht Fehler – so auch jeder Häuptling.«

Mein Kopf versucht, die Worte zu verarbeiten, die mein Vater mir eben anvertraut hat. Ahusaka – der starke Häuptling – soll tatsächlich auch zweifeln und Fehler machen? Mir kommt es nicht so vor, doch sein sanfter Blick macht mir klar, dass er mich nicht anlügen würde, nur damit ich mich besser fühle.

Ich schlucke.

»Was aber, wenn ich immer wieder Fehler mache? Werde ich dann jemals ein guter *Athánchan* sein können?«, frage ich nach.

»Natürlich!«, erwidert mein Vater sofort. »Du zeigst bereits jetzt, dass du für deine Fehler einstehst und für deinen Stamm kämpfst. Er steht für dich an erster Stelle, und das ist das Entscheidende. Denn wenn du den Stamm liebst, dann wirst du alles dafür tun, dass es jedem *Citali* gut geht. Fehler gehören dazu, jedoch ist es genauso wichtig, dass man daran nicht verzweifelt, sondern wieder aufsteht und weitermacht.«

Ich nicke. »*Tá*. Das versuche ich auch, Vater. Nur … Takoda. Seinetwegen fühle ich mich immer noch schuldig. Ich glaube, ich muss damit erst vollständig abschließen, bevor ich bereit bin, eines Tages Häuptling zu werden.«

»Das verstehe ich«, erwidert mein Vater. »Du hast Nitika geholfen. Meinst du nicht, sie könnte dir mit deiner Trauer ebenso helfen?«

Heftig nicke ich. »Natürlich. Seit ich sie kenne, fühle ich mich besser, jedoch muss ich noch einmal zu Takodas Todesort. Ich muss die Stelle sehen, an der alles passiert ist, und dort direkt loslassen, um wieder frei sein zu können. Kann ich diese Reise zusammen mit Nitika machen?«

Ahusaka lächelt. »*Tá*. Natürlich.«

Ein warmes Kribbeln macht sich in meinem Bauch breit. Die Aufmunterung meines Vaters hat mir gutgetan. Er glaubt an mich.

Niemals hätte ich gedacht, dass er so viel Vertrauen in mich hat. Im Gegenteil: Er ist stolz, sieht mich als den Retter der *Citali* an. Bin ich das? Bin ich das wirklich?

Tá. Ich darf auf mich stolz sein. Auf Sakima, den zukünftigen Häuptling. Auf den Mann, der ich die letzten Mondzyklen Stück für Stück geworden bin – ein stärkerer Mann, als ich es direkt nach Takodas Tod war.

Zufrieden wende ich mich dem Festmahl zu, genieße die Zeit mit meiner und Nitikas Familie, während in mir jede Faser meines Körpers bereit ist, ein letztes Mal an den Ort zu gehen, der mein Leben für immer verändert hat – um dort loszulassen.

KAPITEL 35

Nitika

Am Tag der Abreise ist es früh morgens seltsam still im Bungalow. Während Sakima noch schläft, schleiche ich mich aus dem Bett. Noch bin ich müde von den Feierlichkeiten am gestrigen Abend. Doch als ich mir im Bad kaltes Wasser ins Gesicht spritze, bin ich mit einem Mal hellwach.

Nachdenklich betrachte ich mein Spiegelbild, doch äußerlich kann ich keine Veränderungen entdecken. Dafür innerlich. Ich bin gewachsen – erwachsener geworden. Die schüchterne Nitika ist fort, stattdessen sieht mir eine Frau mit einem gesunden Selbstvertrauen entgegen, der ich sofort ein Lächeln schenke.

Heute ist der Tag der Tage.

Noch fühlt es sich unrealistisch an, dass ich tatsächlich mein Zuhause verlassen werde. Diesmal für immer. Ich würde nicht mehr im *Navajo Rest* arbeiten. Stattdessen würde ich mich dem Alltag der *Citali* vollständig anpassen. Ob ich in ein paar Jahren eine von ihnen sein würde? Würde ich meine Wurzeln irgendwann vergessen? Nein, sicherlich nicht. Dazu bin ich zu sehr Nitika. Mir ist wichtig zu wissen, woher ich komme. Und dass ich an diesen Ort jederzeit zurückkehren kann.

Nachdem ich meine Katzenwäsche erledigt habe, verlasse ich

das Haus.

Mein Weg führt mich zum Grab meiner Mutter, denn es ist an der Zeit, dass ich mich von ihr verabschiede. Überrascht bleibe ich stehen, als ich erkenne, dass ich nicht allein bin.

Mein Vater steht vor dem Grabstein unter dem grün leuchtenden Baum. Er hat seinen Blick zur Erde gesenkt und ich erkenne, dass er die Lippen bewegt. Er spricht mit Mom.

Ein wohliges Kribbeln breitet sich in mir aus. Das ist gut. Es zeigt mir, dass er stärker geworden ist.

Langsam nähere ich mich meinem Vater. Als er mich bemerkt, zuckt er kurz zusammen.

»Hast du mich erschreckt!«

»Das wollte ich nicht«, erwidere ich und wende meinen Blick zum Grabstein. »Es ist ziemlich früh am Morgen, nicht wahr? Was treibt dich um diese Zeit hierher?«

Mein Vater lächelt. »Ich habe deiner Mutter erzählt, dass du heute in dein neues Leben aufbrichst. Schätze, sie findet das toll und wird dich gedanklich begleiten.«

Nervös presse ich meine Lippen aufeinander. »Es tut mir unendlich leid, dass ich mich dazu entschieden habe, zu gehen.«

»Nein, Nitika. Bereue deine Entscheidung nicht, denn es ist die richtige«, bestärkt mich Dad und zieht mich in eine väterliche Umarmung.

Als er mich loslässt, glitzern seine Augen verdächtig. Es ist ihm anzusehen, dass es ihm schwerfällt, mich gehen zu lassen. Auch in meiner Brust macht sich Schwere breit, wenn ich an den bevorstehenden Abschied denke. Gleichzeitig ist da ein starkes Glücksgefühl, das passt in meinen Augen nicht zusammen. Ist es falsch, dass ich so empfinde?

»Was, wenn du zurück in deine Sucht fällst, sobald ich fort bin?«

Shilah legt den Kopf schief. »Nitika, du hast mir sehr geholfen, aber nun liegt es ganz allein an mir, dass ich gesund werde. In Phoenix gibt es einen tollen Arzt. Zwar sind es etliche Autostunden bis dorthin, aber ich werde sie in Kauf nehmen, um mit ihm über meine Depressionen zu reden.«

»Schaffst du das auch finanziell?«, frage ich nach.

Mein Vater zuckt mit den Schultern und nickt dann zaghaft.

»Es wird anfangs sicher schwer werden. Allerdings werde ich die Einnahmen des Hotels auch nicht mehr im Casino verspielen. Das ist ein Schritt in die richtige Richtung, außerdem ist mir dieser Arztbesuch wichtig. Klar, es wird immer gute und schlechte Tage geben. So ist nun einmal das Leben. Allerdings habe ich das Gefühl, mich in die richtige Richtung zu begeben – in Richtung Gesundwerden.«

»Das klingt sehr zuversichtlich. Auf jeden Fall werde ich dich besuchen kommen.«

Shilah schmunzelt. »Und ich dich. Ich mag das Dorf der *Citali*. Während des Aufenthalts war ich für kurze Zeit geheilt. Daher wird es mir guttun, wenn ich öfters dort sein kann.«

Ich reiße meine Augen auf und nicke heftig. Dieser Gedanke ist mir noch gar nicht gekommen, jedoch hat mein Vater recht. Er hat damals nicht an seine Sucht gedacht, sondern es geschafft, im Zion-Nationalpark seine Seele baumeln zu lassen. Das wird seine Heilung ganz bestimmt positiv beeinflussen.

Ein warmes Gefühl durchströmt mich und plötzlich schrumpft meine Angst in sich zusammen. Ahusakas Worte kommen mir in den Sinn – dass *Navajo* und *Citali* nun eine Familie sind und sich gegenseitig helfen werden. Auch sie werden auf meinen Vater achtgeben, das spüre ich.

»Das Hotel wird mich zudem gut beschäftigt halten«, durchschneidet die Stimme meines Vaters die Stille. »Ich habe so viele

Ideen im Kopf, wie ich dem *Navajo Rest* zu altem Glanz verhelfen kann. Dabei wird mir die Presse in Phoenix sicher wirklich helfen. Eine Zeitungsanzeige könnte mehr Touristen anlocken oder ihnen überhaupt erst das Hotel näherbringen.«

Stolz schwingt in seiner Stimme mit und wird auch durch seine aufrechte Körperhaltung ausgedrückt. Shilah ist auf dem besten Weg, seine Arbeit hier im Hotel, die er vor Moms Tod immer geliebt hat, wieder zu mögen. Indem er Schritt für Schritt an sich arbeitet.

»Das hört sich gut an«, sage ich. »Ich bin gespannt, wie du das Hotel verändern willst.«

»Mit Milton habe ich auch schon gesprochen. Er findet die Idee gut, traditionelle Riten der *Navajo* aufleben zu lassen und Veranstaltungen auf meinem Hof zu initiieren. Das würde dem *Navajo*-Museum in der Stadt ebenfalls zugutekommen, genauso wie allen Anwohnern. Die Touristen werden es lieben, die Stadt zu besuchen, und ihren Aufenthalt vielleicht nicht nur als Durchreise betrachten, sondern ein paar Tage länger verweilen, um alles zu erkunden.«

Seine Augen strahlen, dann schlägt er sich die Hand vor den Mund.

»Tut mir leid, wenn ich so überschwänglich daherrede. Es sind alles derzeit nur Träume in meinem Kopf.«

»Aber ich bin sicher, dass du es schaffst, sie in die Wirklichkeit umzusetzen«, bekräftige ich ihn. »Schließlich ist das *Navajo Rest* schon immer dein Traum gewesen.«

Heftig nickt mein Vater. »Richtig! Denkst du, Bena wäre stolz auf mich?«

»Natürlich!«, rufe ich aus und hefte meine Augen auf ihr Grab. »Mom würde es gut finden, dass du weiterhin das tust, was du liebst. Du hast dich niemals für sie oder mich verbiegen sollen.

Das *Navajo Rest* ist dein Baby und Mom wird sich in den ewigen Jagdgründen mit Sicherheit darüber freuen, wenn es wieder glänzt und die Touristenzahl ansteigt.«

»Danke, Nitika. Das ist ein wirklich schöner Gedanke. Gibt es noch etwas, das du deiner Mutter sagen willst, bevor du aufbrichst?«

Ein Kloß bildet sich in meinem Hals und ich senke meinen Blick auf das Grab.

»Nur, dass ich dich lieb habe, Mom«, sage ich leise und spreche direkt zu meiner Mutter. »Niemals werde ich das vergessen, was du mir für das Leben mitgegeben hast. Dein Talent zu töpfern werde ich im Dorf der *Citali* sicher gut anwenden können, um die dortigen Frauen zu unterstützen.« Unwillkürlich lächle ich. »Sakima wird auf mich aufpassen. Er ist gut zu mir und weiß genau, wie es mir geht, ohne dass ich auch nur ein einziges Wort sagen muss. Mich in ihn zu verlieben, war so leicht – ihn für immer zu lieben, fühlt sich allerdings noch viel leichter an. Achte du nur auf Dad und weiche nicht von seiner Seite. Er braucht dich, um gesund zu werden.«

Ich hebe mein Gesicht und drehe meinen Kopf nach links. Tränen glitzern in den Augen meines Vaters. Ungelenk wischt er mit seinem Hemdärmel darüber.

»Schön gesagt«, gibt er zu. »Ich bin stolz auf dich. Und auch, wenn ich dich lieber rund um die Uhr bei mir hätte, freue ich mich, dass du heute abreist. Du bist nun erwachsen und musst deine eigenen Wege gehen. Wir beide müssen das. So wird unser familiäres Band nur noch stärker werden, weil jeder das tut, was ihn glücklich macht.«

Ich lächle. »Mir fällt es auch schwer. Wahrscheinlich werde ich heulen, wenn du mir noch einmal zum Abschied winkst.«

»Das sollst du nicht, mein Liebes, das sollst du nicht!« Wieder zieht mich mein Dad in eine feste Umarmung. Diesmal jedoch drücke ich mich ebenso fest an ihn.

Vater und Tochter. Tochter und Vater. Selbst über die Entfernung werden wir verbunden bleiben. Das spüre ich.

»Wir sollten zum Bungalow gehen«, meint mein Vater plötzlich. »Ich möchte unseren Gästen noch ein reichliches Frühstück servieren, damit ihr den langen Ritt gestärkt antreten könnt.«

»Dann helfe ich dir«, sage ich.

Während mein Vater schon davongeht, werfe ich noch einen allerletzten Blick auf das Grab meiner Mutter.

Von irgendwoher kommt ein Windstoß und trägt Benas Stimme direkt an mein Ohr.

»Mach's gut, mein Kind. Finde dein ganz eigenes, persönliches Glück. Ich habe dich lieb, egal wo du auch bist.«

Ein Lächeln stiehlt sich auf meine Lippen und mit einem Mal fällt es mir weniger schwer, mich umzudrehen und meinem Vater zum Haus zu folgen.

Nach dem gemeinsamen Frühstück mit den *Citali* kümmere ich mich um mein Gepäck. Es gibt nicht viel, was ich mitnehmen möchte. Nur ein paar Erinnerungen. Ein paar Fotos von Mom, Dad und mir und ein paar Tongefäße, die mir etwas bedeuten. Darunter ist auch ein Pferd, das ich in mühevoller Arbeit angefertigt habe und das in meinem Kopf nun für Freiheit steht.

Auf einen Großteil meiner Kleidung verzichte ich, denn diese werde ich bei den *Citali* wohl kaum brauchen.

Als ich gegen Mittag mit meinem Rucksack bewaffnet aus dem Bungalow trete, atme ich erst einmal tief ein und stelle dann fest, dass sich bereits alle versammelt haben.

Die *Citali* haben ihre Pferde bestiegen, nur Sakima hat noch festen Boden unter den Füßen. Er hält ein braunes Pferd an einem Strick, das offensichtlich für mich gedacht ist. Zum Glück haben die *Citali* ein paar Pferde mehr für Gepäck dabeigehabt.

Selbst Milton ist gekommen und hat sich neben meinem Vater positioniert, sicher, um ihm Beistand zu leisten.

»Bist du bereit?«, fragt mich Sakima und legt seinen Kopf schief.

Ich nicke, denn mit einem Mal ist mein Mund staubtrocken und mir fehlen jegliche Worte. Schnell eile ich noch einmal zu meinem Vater. Als ich vor ihm stehe, schaffe ich es nicht, die Tränen zurückzuhalten.

»Ich … ich hab dich so lieb«, stammle ich und falle ihm um den Hals.

»Ich dich auch, Nitika.« Mein Vater atmet in mein Haar und drückt mir dann einen Kuss auf die Stirn.

»Du wirst die *Citali* und *Navajo* nun für immer verbinden«, mischt sich Milton ein.

Ich nicke, Dad lässt mich los. »Sieht so aus. Dennoch wünschte ich, ich könnte dich einfach mit in meinen Rucksack packen und mitnehmen, Dad.«

Shilah schüttelt lächelnd den Kopf. »Nein. Du bist bei Sakima und den *Citali* glücklich, während mein Platz weiterhin hier ist. Und nun geh zu deinem Sakima. Lass uns den Abschied so kurz wie möglich halten, schließlich werden wir einander besuchen kommen. Außerdem kann ich sonst nicht dafür garantieren, dass ich dich nicht einfach über meine Schulter werfe und doch hierbehalte.«

Seine Lippen kräuseln sich zu einem Schmunzeln.

»Wir sehen uns bald wieder, Dad«, sage ich mit fester Stimme und wische mir nochmals über die Augen. Ich schaffe es einfach nicht, nicht zu weinen. Die Tränen verselbstständigen sich.

»Ja, bis bald«, antwortet mein Vater und hebt seine Hand.

Auf den Fußsohlen mache ich kehrt, nicht ohne noch einmal tief durchzuatmen.

Mit wenigen Schritten bin ich bei Sakima, der mir auf den Rücken des Pferdes hilft.

»Bist du bereit?«, fragt er mich, nachdem ich fest auf meiner Stute sitze.

Ich nicke. »Bin ich.«

Sakima lässt sich auf den Rücken seines weiß-braunen Tieres nieder, dann gibt Ahusaka das Zeichen zum Aufbruch.

Wir sind die Letzten, die dem Zug folgen und vom Hof reiten. Noch einmal blicke ich über meine Schulter zurück zu meinem Vater. Wie versprochen winkt er mir und wie vorausgesagt laufen auch jetzt wieder meine Tränen.

Doch sobald Tuba City außer Sichtweite ist, stellen sich bei mir neue Gefühle ein. Mein ganzer Körper kribbelt. Eine weite Reise liegt vor mir, hinein in eine neue, aufregende Zukunft. Ich spüre, dass der *Große Geist* seine Hand über mich hält und mir den richtigen Weg weist. Hier gehöre ich hin – neben Sakima.

Zakima

Sobald wir den Zion-Nationalpark erreicht haben, kriecht der Geruch von zu Hause in meine Nase.

Der Ritt ist anstrengend für Nitika, schließlich saß sie noch nicht ein einziges Mal annähernd so lange auf einem Pferderücken. Sie hat sich bisher tapfer geschlagen. Dennoch hat ihr jede Pause, die wir unterwegs gemacht haben, sichtlich gutgetan.

Noch zeigt sie keine Anzeichen von Heimweh. Im Gegenteil – jetzt, da der Zion-Nationalpark endlich vor uns liegt, scheint es, als würde eine Last von ihren Schultern fallen. Ihre Wangen haben Farbe bekommen und sie unterhält sich schon jetzt fleißig mit den Männern des Stammes, die meiste Zeit aber mit Sunwai. Es freut mich, dass sich die beiden so gut verstehen.

Überrascht hält Nitika inne, als mein Vater sein Pferd anhält und alle anderen ebenfalls zum Stehen kommen.

»Ab hier trennen sich vorerst unsere Wege«, verkündet Ahusaka und nickt mir ernst zu.

»*È Radó*, Vater«, bedanke ich mich, ehe ich mich verabschiede: »*Appasaché.*«

Meine Schwester hebt ihre Hand.

»Bis bald, kleine Schwester«, rufe ich ihr zu, was sie mit einem Augenrollen beantwortet.

Dann setzen die Männer der *Citali* ihre Pferde in Bewegung. Nur Nitika bleibt auf ihrer Stute eng neben mir. Gemeinsam beobachten wir, wie mein Stamm Stück für Stück verschwindet.

»Lass uns weiterreiten«, fordere ich sie schließlich auf und treibe meinen gescheckten Hengst an. Auch wenn wir seit Tagen unterwegs sind, bedauere ich es, dass der Häuptling Devaki nicht mitgebracht hat. Allerdings wusste er ja nichts davon, dass ich mich in Tuba City aufhalte. So muss ich mich mit dem älteren Hengst, der auf der Hinreise als Lasttier gedient hat, vorliebnehmen. Doch wir verstehen uns gut.

Mir fällt der verwirrte Ausdruck in Nitikas Gesicht auf, doch sie folgt mir.

»Wohin sind wir unterwegs?«, will sie nach einer Weile wissen.

»Wir besuchen den Checkerboard Mesa«, verkünde ich.

Nitika runzelt die Stirn, ich sehe es im Augenwinkel.

»Der Checkerboard Mesa ist ein Tafelberg. Er liegt im Osten, nicht weit von hier.«

»Gibt es einen besonderen Grund, warum wir den Berg besuchen?«, will meine *Tadóewá* wissen.

»*Tá*«, erwidere ich und schlucke den Kloß in meiner Kehle hinunter. »Das ist der Ort, an dem ich Abschied nehmen und loslassen muss.«

»Etwa der Ort, an dem Takoda …« Nitika spricht nicht weiter, doch ihre zaghafte Stimme zeigt mir, dass sie genau weiß, was dort geschehen ist.

Ich nicke. »Dort hat er sich in den Tod gestürzt. Ich … ich habe das Gefühl, dass ich noch einmal zu ihm muss. Mit ihm reden, ihm alles erzählen. Er sollte wissen, dass die *Citali* weiterhin frei sind. Denn das hat er sich immer gewünscht.«

Nitika zeigt ihre Anteilnahme, indem sie mir verspricht, nicht von meiner Seite zu weichen.

Gemeinsam reiten wir weiter, bis wir schließlich den Berg erreichen. Sobald er sich vor uns in den Himmel erstreckt, schnürt sich meine Brust zusammen.

Erinnerungen kommen in mir hoch und ich kann nicht dagegen ankämpfen. Das Gefühl der Machtlosigkeit macht sich erneut in mir breit und ich versteife mich so sehr, dass mein

Hengst automatisch stehen bleibt.

»Ist alles in Ordnung?«, möchte Nitika wissen. Sie hat ihre Stirn in Falten gelegt.

Ich nicke. »Es ist nur ... merkwürdig, wieder hier zu sein.«

»Du bist nicht allein hier, denk immer daran«, ermutigt sie mich und ich schaffe es, meinen Hengst wieder anzutreiben.

Den kompletten Aufstieg schaffen wir nicht auf dem Pferderücken, sonst hätten wir den längeren Weg nehmen müssen. Also binden wir unsere Pferde an einer uneinsichtigen Stelle fest, um bis zur Spitze zu laufen.

Nitikas Augen wandern neugierig über die Landschaft. Sie ist noch nie hier gewesen und saugt jeden Fleck der wunderschönen Natur in sich auf. Jeden Stein, jeden Busch und auch das Streifenhörnchen, dem wir begegnen.

Ich jedoch konzentriere mich ganz auf das, was vor mir liegt.

Als wir oben angekommen sind, atme ich erst einmal tief aus.

Die Luft ist dünner als am Fuß des Berges, doch sie strömt weich und frisch in meine Lungen.

»Ich ... ich möchte erst einmal allein sein«, sage ich vorsichtig zu Nitika, die sich schon jetzt deutlich im Hintergrund hält.

Sie nickt verständnisvoll. »Ich warte hier, wenn du mich brauchst.«

Langsam entferne ich mich vor ihr. Vor meinem inneren Auge sehe ich sofort wieder Takodas und mein Zelt. Wie wir am Feuer saßen und den Abend genossen haben. Dann das Gefühl, das sich in mir breitmachte, als ich nachts festgestellt habe, dass er das Zelt verlassen hat. Seine Gestalt, so nah am Abgrund ...

Genau diesem nähere ich mich nun, laufe direkt an die Stelle, von der Takoda gesprungen ist. Mein Herz schlägt wild in meiner Brust und am liebsten wäre ich umgedreht und geflüchtet, doch ich gebe diesem Instinkt nicht nach, sondern gehe weiter.

Mein Blick wandert in die Tiefe. Die Felsen und Büsche erstrecken sich unter mir. Es ist ein Graben des Todes. Das letzte Mal ist es dunkel gewesen, heute sehe ich alles im hellen Licht des Tages, obwohl die Sonne schon tief am Horizont steht.

»*Großer Geist*, ich stehe hier – wo sich mein Freund für immer verabschiedet hat. Lass mich zu ihm und gewähre mir sein Gehör, damit ich mit ihm sprechen kann«, rufe ich mit lauter, fester Stimme hinauf in den Himmel.

Kurz warte ich ab, schließe die Augen und fühle nur noch. Nach einer Weile habe ich das Gefühl, dass eine Welle der Wärme mich sanft umschließt. Das ist Takoda!

Ich öffne meine Augen, ehe ich zu ihm spreche.

»*Haulá*, Takoda«, flüstere ich und schlucke, als wieder Bilder in meinem Kopf erscheinen und mich jene Nacht noch einmal erleben lassen. Ich hätte einfach zu ihm gehen und ihn vom Abgrund wegreißen sollen. Stattdessen habe ich zugelassen, dass er sich das Leben nimmt …

Ná! Fest versuche ich, das Nein in meinem Kopf zu verankern. Es ist Takodas Entscheidung gewesen, er hätte es so oder so getan, auch wenn ich ihn dieses eine Mal noch vom Selbstmord hätte abhalten können.

Ich denke an Nitikas Lächeln und den Mut, den sie mir zu jeder Zeit zugesprochen hat. Sie glaubt an mich. Und ich habe die *Citali* gerettet.

Genau das sage ich nun auch Takoda und schiebe so die traurigen Gedanken in den Hintergrund.

»Die *Citali* bleiben ein freier Stamm«, stoße ich aus. »Fast wären wir verraten worden, doch ich habe es geschafft, alles zum Guten zu wenden. Du wolltest immer in die Vergangenheit reisen, weil du dachtest, die Freiheit würde uns eines Tages genommen werden. Doch das ist nicht der Fall. Mir hat dieses Erlebnis gezeigt, dass es möglich ist, den Stamm zu beschützen. Egal, was noch kommen mag. Die *Citali* sind stark und ich – ich bin es inzwischen auch.«

Kurz halte ich inne.

»Nie habe ich geglaubt, dass ich eines Tages ein guter *Athán-chan* werden würde. Nachdem … nachdem du gesprungen bist, habe ich mich nicht würdig gefühlt. Jetzt dafür umso mehr. Nitika, sie hat mir geholfen, wieder das Tageslicht zu sehen. Wir haben es geschafft, uns gegenseitig zu retten – durch unsere Tränen der Hoffnung, durch die gegenseitige Liebe. Sie ist meine Seelenverwandte, Takoda. Du hättest sie gemocht, da bin ich mir sicher.«

Unwillkürlich muss ich lächeln.

»Ihr wärt bestimmt Freunde geworden, sie und du. Nur fühle ich mich immer noch schuldig. Als müsste ich dir gegenüber noch eine Schuld begleichen. Du bist mein bester Freund und ich hasse es, dich verloren zu haben. Ein Platz in meinem Herzen wird immer leer bleiben. Jeden Augenblick. Doch ich möchte weiterziehen, Takoda. Es ist an der Zeit, dass ich mir mit Nitika ein gemeinsames Leben aufbaue und in die Rolle des Häuptlings hineinwachse. Doch das schaffe ich nur, wenn du mir die Erlaubnis dazu gibst: Darf ich weiterziehen? Darf ich ein Leben mit Nitika beginnen und bin ich überhaupt würdig, ein Häuptling zu sein? Wie siehst du das? Bitte … schicke mir eine Antwort, egal wie!«

Die letzten Sätze schreie ich vor Verzweiflung aus mir heraus. Danach ist es still. Ich höre nur noch meinen eigenen, keuchenden Atem.

Hat er mich etwa nicht gehört? Mutlos lasse ich meine Schultern sinken, bis plötzlich der Schrei eines Adlers ertönt. Sofort recke ich meinen Kopf gen Himmel. Der Vogel kreist über mir und ich halte den Atem an. Das ist das Zeichen meines besten Freundes. Denn der Adler bedeutet Freiheit. Mit diesem Symbol gibt mich Takoda frei.

»Danke«, stoße ich aus. »Ich werde dich niemals vergessen, Takoda. Aber ich werde in Zukunft auch nicht mehr im Schatten meiner Trauer leben, sondern stark und glücklich sein. Ist es nicht das, was du dir für mich gewünscht hättest?«

Wieder stößt der Adler einen Schrei aus und Tränen sammeln sich in meinen Augen. Takoda ist immer noch hier bei mir, obwohl er tot ist. Der Adler gibt mir Hoffnung. Er zeigt, dass es meinem besten Freund in den ewigen Jagdgründen gut geht.

Eine Welle der Erleichterung durchströmt mich.

»*Appasaché*, Takoda«, verabschiede ich mich. »Eines Tages werden wir uns wiedersehen. Wenn die Zeit gekommen ist.«

Der Adler hört auf, über mir zu kreisen, und flattert langsam, aber sicher in Richtung Horizont. Ich folge ihm mit den Augen, bis er in den hellen Wolken am Himmel verschwindet.

Erst dann drehe ich mich um und kehre zu Nitika zurück.

Sie bemerkt mich zunächst nicht.

Ihren Blick hat sie in die Ferne gerichtet. Ihr langes, schwarzes Haar weht im Wind und ihr braunes Kleid umschmeichelt ihren zarten, zerbrechlichen Körper.

Kurz halte ich inne und sehe sie einfach nur an, während mich eine tosende Welle des Glücks überrollt. Da ist keine Trauer mehr. Da sind keine Tränen mehr. Stattdessen wächst in meinem Inneren nur noch pure Freude.

Mit einem Lächeln auf den Lippen eile ich zu ihr.

»Nitika!«

Sie wirbelt zu mir herum, Überraschung in ihren Augen, als ich sie sofort an mich ziehe und stürmisch meine Lippen mit ihren verbinde.

Der Kuss ist alles, was ich ihr sagen möchte. Denn er drückt alles an Gefühl aus, was in mir herrscht. Ich genieße es, ihre süßen Lippen zu schmecken und ihren schlanken Körper festzuhalten. Sie hat sich entschieden, bei mir zu bleiben. Unsere Seelen sind verbunden – für immer. Und ich habe in diesem Moment keine Angst, dass ich Nitika wie meinen besten Freund eines Tages verlieren könnte, weil ich ihr so tief und so fest vertraue.

Schließlich löst sie sich sanft von mir und lässt ihre Augen über mein Gesicht wandern.

»Wie fühlst du dich?«, will sie wissen.

»Ich bin erleichtert und fühle mich unendlich frei«, stoße ich aus. »Als wäre ich wieder vollständig zu mir selbst zurückgekehrt. Dort oben am Abgrund habe ich den trauernden Teil von mir zurückgelassen. Nun bin ich Sakima, der zukünftige *Athánchan*. Und ich habe keine Angst mehr vor der Zukunft.«

Ein Lächeln breitet sich auf Nitikas Lippen aus und wird weicher und wärmer. »Genauso geht es mir auch«, haucht sie. »Auch ich bin nun frei und schwerelos. Weil wir zusammen sind. Als Seelenverwandte. In mir herrscht eine Art Friede, den ich vorher nicht gespürt habe. Erst seitdem wir hier im Nationalpark sind. Als hätten meine Seele und auch mein Herz schon immer dorthin gehört.«

»Meine *Tadóewá ... Ivè máwé du*«, gestehe ich ihr meine Liebe, ehe wir uns erneut sanft küssen.

Als wir uns voneinander lösen, sieht sich Nitika gerührt um. »Die Sonne geht langsam unter.«

Der Himmel ist in Orange und Gelb getaucht. Langsam verabschiedet sich der Tag, macht Platz für die dunkle Nacht. Nur dass ich diesmal nicht die Dunkelheit sehe, sondern die Schönheit im Moment, den der *Große Geist* geschaffen hat.

»Wunderschön, oder?«

Sie nickt heftig und lächelt.

»Nun bin ich bereit, meine Bürde zu tragen und eines Tages den Platz meines Vaters als Häuptling anzunehmen«, verkünde ich, während ich nach ihren Händen greife und sie mit meinen verwebe.

»Weil du mir immer den Rücken stärken wirst. Deine Liebe hilft mir, über mich hinauszuwachsen.«

Die Wangen von Nitika färben sich mit einem Mal rosa. Etwas, das ich an ihr liebe. Wie so vieles. »Du bringst mich in Verlegenheit.« Sie beißt sich auf die Unterlippe. »Aber weißt du, so schnell wirst du mich nicht wieder los. Ich werde bei dir bleiben, an deiner Seite stehen. Für immer.«

Zur Bekräftigung drückt sie fest meine Hände.

Mit einem Mal fegt ein leichter Windstoß über uns hinweg, zerzaust unser beider Haar.

Ich lege meine Stirn an die von Nitika. Stumm stehen wir da, schließen beide wie von selbst die Augen und lauschen unserem Atem und dem von *Mutter Erde*. Der Wind, der dabei immer mehr auffrischt, ist ein Zeichen des *Großen Geistes*. Er hat unsere Seelenverbindung geknüpft und verspricht mir und Nitika eine wundervolle Zukunft voller Hoffnung, Träume und Liebe, die gerade erst beginnt.

Ende

Danksagung

Mit ›Hope Full Of Tears‹ muss ich mich von meiner Native-Trilogie verabschieden. Zugegeben, mir fällt der Abschied wirklich schwer. Noch immer hänge ich gedanklich im Zion-Nationalpark fest und würde am liebsten noch soooo viel mehr über meine *Citali* schreiben. Die Reihe ist für mich sehr besonders und wird in meinem Herzen für immer fest verankert sein.

Zunächst danke ich dem Team von VAJONA und Vanessa, die meine Native-Reihe ebenso in ihr Herz geschlossen haben wie ich.

Désirée, danke, dass du meiner Geschichte stets den nötigen Feinschliff verleihst und sie somit noch mehr strahlen lässt.

Julia, dein Cover ist wunderschön und spiegelt den dritten Teil der Reihe perfekt wider. Danke dafür.

Liebe Maddie, danke für deine Freundschaft und dass du mich bei der gesamten Trilogie begleitet hast. Du bist stets die erste Person, mit der ich über neue Schreibprojekte quatsche.

Dann möchte ich noch euch danken: Theresa und Julia. Ihr wisst sicher, weshalb.

Das Buch ist diesmal meiner Schwiegermutter gewidmet. Sie hat mich mit zu dieser Reihe inspiriert, weswegen ihr ebenfalls ein besonderer Dank gebührt.

Zu guter Letzt möchte ich wieder meinem Ehemann danken, der mich bei meiner größten Leidenschaft – dem Schreiben –

immer unterstützt. Auch Aiko möchte ich danken, denn er ist der beste Schreibbuddy überhaupt, obwohl er flauschiges Fell hat. Und danke an meinem Sohn – während des Schreibprozesses trug ich ihn noch unter meinem Herzen und mittlerweile auf meinem Arm. Er ist der wundervollste Junge, den ich kenne!

Liebe Leser*innen – ich hoffe, dass ›Hope Full Of Tears‹ euch Mut macht. Egal, in welcher dunklen Situation ihr euch befindet, am Ende der Tränen gibt es immer wieder Licht und Freude. Ganz sicher!

Meine Native-Reihe ist nun zu Ende.

Sunwai und Johnny.

Adsila und Logan.

Nitika und Sakima.

Sie alle sind so unterschiedlich und einzigartig. Dennoch haben sie alle eines gemeinsam: Sie sind stark und mutig, und das nur durch eine Kraft: die Liebe.

Haltet immer daran fest. Sie ist die größte Kraft, die auf dieser Erde existiert.

Appasaché!

Eure

Vanessa Fuhrmann

Folge uns auf:

Instagram: www.instagram.com/vajona_verlag
Facebook: www.facebook.com/vajona.verlag
TikTok: www.tiktok.com/vajona_verlag
Website: www.vajona.de
Shop: www.vajona-shop.de